자유인

자유인

초판 1쇄 발행 2020년 11월 11일

지 은 이 정도연
발 행 인 권선복
편   집 오동희
디 자 인 김소영
전 자 책 권보송
발 행 처 도서출판 행복에너지
출판등록 제315-2011-000035호
주   소 (07679) 서울특별시 강서구 화곡로 232
전   화 0505-666-5555
팩   스 0303-0799-1560
홈페이지 www.happybook.or.kr
이 메 일 ksbdata@daum.net

값 20,000원
ISBN 979-11-5602-846-8 (03810)

도서출판 행복에너지는 독자 여러분의 아이디어와 원고 투고를 기다립니다. 책으로 만들기를 원하는 콘텐츠가 있으신 분은 이메일이나 홈페이지를 통해 간단한 기획서와 기획의도, 연락처 등을 보내주십시오. 행복에너지의 문은 언제나 활짝 열려 있습니다.

자유인

정도연(鄭道然) 지음

도서
출판 행복에너지

목차

자유인

01.

네가 자신이 무엇인지 아느냐?

01. 네가 자신이 무엇인지 아느냐?

사람은 태어날 때부터, 인생이라는 수감생활을 하는 수감자에 불과하다. 대자연에 의해서, 구속되어 있기 때문이다. 이도 모자라서, 인간은 스스로, 인기에, 사랑에, 권력에, 재물에, 겹겹이, 층층이 울을 치고, 창살을 치고, 그 속에 안주한다. 인간이라는 제 자신을 모르니, 갇힌 줄 모르니, 다행스럽다고 해야 할 일인 듯싶으나, 자신을 바르게 의식하면, 해방, 탈출, 초월, 자유를 얻고, 모든 구속에서 벗어나서, 대자연이든, 인위적 장애물이든, 나를 구속하던 모든 것들을, 자유자재로 다스릴, 절대 위치에 설 텐데, 사람들은 갓 태어난 그대로, 생으로 늙고 병들어 죽는다. 이것은 인간을 평가절하한, 참을 수 없는 치욕이다.

애! 너 이름이 뭐야? 키는 얼마고? 몸무게는? 그래? 그럼 너는 뭔지 아니? 무엇이지? 네 것은, 다 아는데, 정작, 너 자신은, 무엇인지 모르는구나?

얘들아! 왜 그렇게 어렵게 살아? 쓸데없는 것, 잔뜩 싸안고, 끙끙거리지 말고, 쓰레기 좀 다 갖다 버리고, 살아 보렴. 아, 생각 한 번에, 아마도 새로운 세상이 보일 게다.

가고 싶으면 가고, 오고 싶으면 오고, 하고 싶으면 해야 하고, 싫으면 말고, 마음 내키는 대로 살다 보니, 실수를 반복하여, 또 가고, 또 오고, 하느라 분주하고, 혼란스럽고, 바빠서 헐떡거리면서, 자신만 괴롭히면서도, 남 탓만 한다. 마음을 내는, 마음 통은 따로 있는데, 마음만 좇아서, 동서남북 뛰어다니는, 허수아비, 쭉정이, 껍데기 생을 살고 있다는 것을, 알아차릴 날이 와야지, 그마저도 이르지 못하면, 금수의 삶과 다를 바 없는 것이다.

끝없는 욕망에 휘둘려, 입을 것에, 먹을 것에, 경제적 이익에, 인격을 포기한, 물질 만능의 시대가, 오늘날의 현실이다. 가진 것만 해도, 넘쳐나는 현실을 보지 못하고 있는 것이나, 다름없다.

사람이 믿음을 갖거나, 사상의 옷을 입거나, 그것이, 자신을 알고 행할 것들이지, 자신이 무엇인지 알지 못한 상태라면, 웃음거리가 될 소재일 뿐이다. 알맹이 빠진 쭉정이의 믿음이란, 말 그대로 쭉정이일 뿐이다. 그러한 사람들은 정치를 하면, 말이 화려하고, 자신의 거짓말에 자신이 속는 사람이라, 행위는 인색하고 유치하다. 미친 짓을 하고도, 신을 내세우는, 종교 지도자들의 맹신이, 그와 다를 바가 없다.

사람은 물과 비물[非物]의 혼합체인데, 1차원의 세상을 살다 가면, 순수한 동물에 가깝고, 2차원의 세상을 살다 가면, 영리한 동물이라 할 것이나, 3차원의 이타행도, 인간이랄 수는 없다. 최소한의 인간이라면, 도덕률의 범주를 벗어난, 행위를 하지 않을 것이다. 4

차원의 인간은 비로소 자신의 진형[眞形]주인을 알고, 무한한 인간애와 경외심을 지니고, 시공간에 흠뻑 잠기어 산다. 이런 사람은 자연을 꿰뚫고, 우주를 한 손에 쥐고 산다.

봄, 여름, 가을, 겨울, 시공간에, 이 지구상에 두고 간, 무수한 사람들을 비롯한, 생물들의 모습들이, 지금도 쉬지 못하고 순환하는데, 사람이 생각하고, 지각하는, 추리력을 지니고서도, 어찌 이를 보지 못하고, 제 한 몸을 지키는 데 그리도 바쁜가?

행복이란 말은 함부로 쓰지 말라. 세상에 널린 게, 그것이지만, 그것 아닌 것도 없는데, 사람은 그걸 모르고, 엉뚱한 쓰레기처럼, 쓸모없는 것들에 목을 매고, 그 쓰레기 더미 속에서, 쇠똥구리처럼 만족하며, 행복을 느낀다고들 하는데, 이것이야말로 거대한, 우주의 결정체인, 뇌를 낳아 준, 은혜에 대한, 모욕이 아닐 수 없다.

육신의 눈으로 보지 말아라. 고구정녕의 집념과, 순수하게 비워진, 진솔한 믿음의 마음으로, 사물을 대할 때, 어느 날, 불현듯, 실체를 대면하게 되면, 새로운 태양이 뜬 것처럼, 사물이 제대로 보이고, 그 위대한 경이로움이 가슴을 찢고, 우주를 휘젓는 듯, 밝음이 빈 곳 없이, 채워질 때, 비로소 행복을 체득하는 것이다. 모든 사물이 제대로 보이고, 모든 의문이 일시에, 사라지는, 눈부시게 밝고, 어둠의 그림자조차 볼 수 없는, 광명을 보게 되는 것이, 바로 진실의 실체인 것이다. 다리를 꼬고, 가부좌를 하고, 허리를 세우고, 안정을 고정하여 면벽하고, 단전에 힘을 주고, 소리 없는 호흡으로, 밤을 지새우는 날들과, 앉으나, 서나, 일하나, 걸으나, 누워서도, 오직 하나, 이 무엇의, 물건 하나에 매달려, 성경의 신약 구약, 샅샅이 훑으며, 반야심경, 금강경, 법화경, 한자, 한자에, 목매달고, 인식의 실체를 찾겠다고, 뇌의 변연계, 구조와 기능에, 막히면 뚫고, 막히면 또 뚫으며, 도서관을 전전하기를, 수십 년, 물을 마시나, 밥을 먹으나, 오직 그것 하나로, 생을 도배했다. 자신의 실체를 찾는다는 것이, 곧 진리인 것이다.

길을 찾는 일이, 곧 나를 찾는 일이다. 진부하고, 고리타분한, 말일런진 몰라도, 이 지구상에 사는 이상은, 문명할수록 발달할수록 더더욱, 이 명제는 만고불변의 진리인 것이, 인간은 어떠한 경우에도, 이 지구를 떠나서 살 수 없듯이, 자연의 법칙을 벗어날 수가 없기 때문이다. 자연의 구속이, 슬프지만은 않은 것은, 벗어나는 길을 열어 두었다는 데 있고, 그것이 쉬운 일이면서도, 어려운 이유가, 마음이, 다른 곳을 향하고 있기 때문일 뿐이다.

자신이 어떤 물건인지도 모르면서, 가족이 어떠니, 사회가 어떠니 하는 평이나, 어쭙잖은 인생관이 어떻고, 정의니 공정이니, 평등을, 자유를 부르짖는 사람이라면, 그의 것들은 모두가 물 위에 뜬, 나무처럼, 보기는 좋아도, 금방 시드는, 일회용 볼거리에 지나지 않는다. 설사 진심이라고 할지라도, 무지로 비롯된 잘못된 판단일 뿐이다. 뿌리 없는 나무나, 기둥 없는 집, 기준이 없는 잣대, 줄기가 없는 나뭇잎처럼, 구심점이 없고, 근원이 없고, 실체가 없는데, 무슨 내가, 내가 하는, 자신이 존재하는 실체인 양, 착각하고 있다는 사실을 알아야 한다.

　과거 현재 미래, 인류의 역사는, 가족에서 집단으로, 집단에서 부족으로, 부족에서 국가로, 국가에서, 통일 국가로, 끝이 없는, 전쟁으로 이어져 왔고, 이어질 것이다. 피로 도배된 역사인데, 이 모두가, 실체가 없는, 허수아비들의 절규이고, 그들의 거창한 명분은, 자신들의 욕망을 가리는 방패일 뿐인데, 어리석은 사람들은 죽지 않으려고, 총알받이 노릇을 하는 데, 동의하고 있는 꼴이다. 자신의 본질, 실체를 체득한 사람은, 우주 안에, 그 무엇에도, 걸림이 없는, 자유를 얻은, 사람이라는 것을 알아야 한다. 자유 정의 평등 공평 인애 등, 인류 보편의 가치, 이 모두가 허상인 것은, 인류가 없으면, 무슨 가치가 있을까? 자신이 무엇인지도 모르는데, 인류는 무슨 의미가 있으며, 동물과 인간이 다른 점이 있다고 하면, 먹이를 위해 생을 채우는 것과, 생을 위해 먹이를 구하는 차이인데, 현실은 거꾸로, 동물들은 오늘 배부르면 만족하는 데 비해, 인간은 천년을 살, 먹을거리를 쌓고도 만족을 모르니, 소욕지족이란, 성현의 말씀이 무색해지는, 세태인데도, 인간의 본질을 구하는 사람은 적고, 자유는, 정치인들의 표심을 향한 구호로, 귀가 아프도록 메아리친다. 하지만, 자유를 표방하는 국가라 할지라도, 제도적, 인위적인, 사회적 제도일 뿐인데, 인간을 구속하는, 시 공간을 비롯한, 형이상학적 영역의, 걸림을 벗어던진, 진정한 자유야말로, 인간의 궁극적, 생의 목표가 될 것이며, 그것을 행복이라 지칭할 수 있다고 생각하며, 그것을, 개개인에게 쥐여 주는 것을, 국가의 목표가 되고, 이뤄진다면 공산국가이든, 자유 민주국가이든, 제도적 한계를 극복할 것이며, 그것이야말로, 인류 보편의 가치라, 말할 수 있을 것이다.

　인간은, 우주가 보존하는, 원소로 구성되어 있다. 탄소 수소 산소 질소의, 중합에 의한, 분자 중합으로, 고분자들의 구성으로, 생체를 이룬다. 경이롭고 신비하기로는, 우리의 우주 안, 어디에서도, 찾을 수 없는 존재이다. 그러나, 이 위대하고, 정교한 진화물이, 주인이 무엇인지, 알지 못한다는 데, 비극이 있다. 그래서 인간은 신도 창조하고, 온갖 귀신들을 만들어, 숭배하고, 경외하면서 복을 빌고, 적은 죽여주고, 자기는 살게 해 달라고 한다. 남은 떨어지고, 자기 자식은 붙으라고 빈다. 신이, 속된 말로, 존재한다고 치면, 인류역사에 전쟁이 있을 수가 있겠는가? 저쪽에서 보면, 이쪽이 악이고, 이쪽에서 보면, 저쪽이 악인데, 군인들은 전부가 악한, 죽여야 하는 사람들인가? 이 모두가, 사람들이 자신의 주인, 즉 실체를 모르는 어리석음으로 비롯된, 허상에 의존한, 삶의 중심이탈에, 기인한다고 생각한다. 마음이 주인이라면, 심장에 있나? 폐 속에 있는가? 위 속에 있는가? 오장 육부, 어디에서도 찾을 수 있는, 물건이 아닌데, 사람들은 내가, 내가를, 입에 달고 산다, 혜가의 산란한 마음처럼, 있다고도 없다고도 할 수 없는, 이 마음이라는 물건이, 바라보는 시선의 방향이, 자동적인 인간이라는, 귀하고 경탄할 존재가, 허공이라는 데, 또 한 번, 아연, 경탄하게 되는 것이다. 그 본성에 충실하면, 걸릴 것도, 바랄 것도, 부족할 것도 없으니, 비우면 경탄만이 생을 채운다.

자아의 발견은, 자연에서 얻을 수 있는, 흔하디 흔한 것이, 그것이다. 세상 만물이 다, 그것을 말하고 있는데, 사람들은 욕망에 매이고, 명예에 끌려서, 돌아보지를 못하는 형국이다. 고개 한번 돌리면, 될 일인데, 귀하고 귀한, 보배 다이아몬드를, 짐승들처럼 백안시한다면, 천 번을, 다시 태어나도, 인간이라 할 수 없을 것인데, 늙어서 짐승으로 죽는 것보단, 젊어서 죽을 지라도, 사람으로서 죽는 것이, 생명을 준, 대자연에 대한, 최소한도의 보답하는 길일 것이다. 그렇게 하는 것이, 삶이든 죽음이든, 행복할 수 있는 길일 것이다.

5차원의 시공간을, 활보하는 것은, 인간만이 누릴 수 있는 세계이다. 일백사십억 년의 우주사는, 밤하늘의 별들이, 생생하게 빛으로 전하고 있으며, 약육강식의 현실 세계는, 아침저녁, 수시로, 눈에 비치고, 캄캄한 인류의 미래사는, 정해진 자연의 섭리를, 벗어나지 못한다는, 철칙이 말해 주고, 막힌 길은 하나도 없다. 걸리적거리는, 마음의 때들도, 다 비워진, 밝음은, 가득한 희열과, 경탄의 신비경을 감상하는, 행복에 잠긴다. 금강경과 법화경의 차이를, 이론으로, 지각으로 아는 것은, 제대로 바르게 아는 것이 아니다, 소승과 대승의 경지는, 가 본 사람만이, 제대로 알 수 있다고 생각되고, 또한 자연스럽게, 순서가, 스스로를 알게 하는 것이다.

혜능의 무일물이나, 소크라테스의, 너 자신을 알라고, 한 말들이, 끊임없이 변화하는, 물의 세계를, 격물치지에 이르도록, 그 진면목을 갈파하여, 거기에서 벗어나서, 근본에 이르도록, 안내한 말들인데, 학교교육이, 삶의 도구로 전락하고, 물질문명이, 만능의 생의 절대명제로, 변질되면서, 인간의 기본을 망각하게, 현란한 무늬로, 유혹이 홍수를 이루는 세상에, 내버려진, 쓰레기 취급이 되었다. 감성에 매몰되어, 허우적거리는, 욕구에 빠져, 익사하는 인간이라면, 기원전 5세기 전의 인간들로도, 춘추전국시대를 비롯한, 세계 곳곳의 전쟁과, 군주의 압제, 폭정 따위로, 인류는, 충분한 대가를 치렀다고 생각된다.

연월일시가, 정해지지 않았다고, 끝없이 사는 것은, 아닌 줄, 모르는 사람은 없지만, 뻔쩍이는 현실에, 마비된 이성은, 하루하루를 헛되이 한다. 자기는 정해지지 않은, 끝없는 생을 살 것이라는, 턱없는 욕심에, 남을 해치면서도, 쌓고 또 쌓고, 다람쥐 도토리 숨기듯 한다. 다 쓰지도, 먹지도, 가져가지도, 못할 것들을, 차지하고자 아귀다툼이라니, 이성을 지닌, 인간으로서는, 웃지도 못할 일이, 아닐 수 없다. 명예든, 재산이든, 대대손손 이어지리라는, 어리석음을, 인간의 탐욕을, 주위에서 늘, 흔히 볼 수 있다, 왜일까? 우리들의 이성이, 얼마나 하잘것없는 것인가를 아는, 이를 체득한 자만이, 비로소, 제대로 안다고, 말할 수 있다면, 우리들의 알량한 지식과, 면도날의 이성도, 자랑할 만한 것이 못 된다.

인간의 본질을 아는, 체득한 사람은, 인생을 낭비하지도, 보태지도 않는다.

자신의, 진면목을 모르는 사람이라도, 어쩌다, 현명한 판단을 할 수는 있다. 하지만 깨우친 사람은, 무엇을 하든, 모든 게, 먹고 마시고, 숨 쉬는, 자연 법칙의, 합리성에 벗어나는 일이 없다. 털 하나의, 오차 없이, 동화되어, 착오 없이 지켜진다.

사랑하는 사람보다는, 사랑하지 않을 수 없는, 사람이 되어야 한다, 전쟁을 하더라도, 승리할 수밖에 없는, 준비가 필요하듯, 인간으로서의, 인간이기를, 준비하지 않으면, 그 사람의 일생은, 최대치로 보아도, 금수의 영역을, 벗어났을지는 몰라도, 인간이기에는, 부족함이 많은 것이다.

자신을 아는 것, 그것이, 사람으로 태어나는 것이지, 그렇지 않다면, 동물의 굴레를 벗어났다고, 사람으로 태어났다고, 할 수는 없다고 생각한다. 땅에 떨어진, 모든 것들이, 떨어진 상태, 그대로 온전한 것은 없다. 몸이 자라듯, 마음과 정신이, 육신이, 성숙하게 자라나야 하는 것이다.

세상의 나이로, 금년에 76세이나, 실은 사람으로 태어난, 나이가 56세 9월 16일이니까, 20여세가 되었다, 할 일이 없어서, 풀을 뽑는 재미로, 살고는 있지만, 빈 마음은, 언제나 그대로이다. 원래 그대로, 그렇게 길을 가고 있으니, 세상 사람들은, 풀 뽑기는 그만하고, 외국여행도 가고, 술도 마시고, 춤도 추면서, 즐겁게 살아야 한다고 한다. 하지만 내게는, 한 포기의 알곡을 위해서라면, 그 어떤 노고도, 즐겁지 않을 수 없는데, 가진 게 너무 많아서, 나누고 싶으나, 길에 뿌려 놓아도, 공짜로 주어도, 가져가서, 지닐 사람이 없다. 예술인들의 자기도취의, 창작물도 아닌데도, 사람이라면, 당연히, 지녀야 할 필수물인데, 원하는 사람이 없다, 그래서 너무 아까운 마음에, 행여 후손들 중에, 눈 밝아서, 이 글을 보고, 보석임을 알고 지닌다면, 보탬이 되라고, 이 글을 써 둔다.

즐거움도, 안락함도, 주인이 빠진, 나그네들의 잔치일 뿐이고, 자신이 똑바로 서기 전에는, 진짜, 자신이 빠진, 남의 다리 긁는, 허상이며, 잠시 남의, 얼굴을 스쳐 지나가는 바람에, 지나지 않을 뿐, 따스한 봄기운처럼, 스산한 가을 기운처럼, 자신이 잠기는, 희열의 기운을, 느낄 수가 없다. 자신의 허상, 껍데기가, 느끼는 것은, 시공간의 제약, 속에 속해서, 바람처럼 사라지지만, 자신의, 주인이 된 사람은, 시공간과 한몸이어서, 순간도, 영원도, 존재하지 않는, 함께하는 것이다.

산속에서 좌선, 수행하는 사람들이나, 인도에 가면, 많은 수행인들이, 머리카락 기르기, 두 손 들고, 잠 안 자기 같은, 기이하고, 다양한, 수행들을 한다. 사람이 자각하거나, 각성하지 않은 상태에서는, 그 어떤 수행도, 무기적, 인식처를, 도외시한, 행위일 뿐, 유기적이고 공유되고, 존속 가치 기준의 행위로써, 환산되는 인간으로서의, 천부적 혜택을 거부하는, 자연의 역행, 반대 방향이, 아닐 수가 없다. 깨우침은, 자연 그대로의 진면목을, 제대로 바르게 보는, 눈을 뜨는 것과 같아서, 자연법칙과, 그 기준점을, 벗어나는 일은 없다. 죽는 것을 모르는 사람은 없어도, 제대로 바르게 아는 사람은 드물다. 그것 하나만 제대로 알아도, 세상은 바뀔 것이다. 재벌들은, 필요이상은 다 내놓을 것이고, 끝을 모르는, 야성의 정치인들은, 모두 부질없는, 과시욕에서 물러나, 높은 자리 사양하느라, 대통령의 자리가 공석이 될 것이다. 일이관지라고, 한 구멍이 뚫어지면, 산 정상에 올라서서, 사방을 한눈에 보듯, 세상에 못 이룰 것이 없는, 사람이 되나, 그럴 필요가 없음을, 알기에, 한 삽이라도 뜨기를, 멈추는 것이다.

내가 손을 잡고, 쥐여 준다고 하면, 인간의 본질은, 원소들의 다중합체, 혼합체로서, 그에게서, 발산되는 뇌파는, 천 갈래, 만 가지, 온갖 생각들을, 때도 없이 쏟아 낸다. 거기에 이끌려 오고, 가고, 젊어서는 팔딱거리고, 늙어서는 꿈실거리면서, 울고 웃다 보면, 진작 자신의 본 모습은, 까맣게 잊어버리고 살다, 죽음에 이르는 것이 일반적이다. 죽음의 진면목을, 실체를 모르니, 내가 왜 죽어야 하느냐고, 막상 날 정해지면, 그제야 아우성을 친다. 실상은 아우성치는 놈도, 자신의 껍질이지만, 죽음의 본질은 변화일 뿐이고, 죽음이란 언어도, 없어지고, 사라지고, 생명력을 멸실한다는, 그것의, 옳은 정답은 아니다. 돌아가셨다는, 말이 절실한 것은, 그게, 죽음의 본질이기 때문이다. 형상을 이루는 결합과, 해체되는 순환의 변화일 뿐이다. 사람이 태어날 때, 함께 같이, 태어난 것이 죽음이고, 삶이다. 생사불이, 둘이 아닌 것이다.

그래서, 사람의 마음, 정신의 본질은, 파장이요, 빛이요, 무형의, 존재하지 않는, 존속물이다.

인간의 이성이, 제대로 작동한다면, 어떻게 장소에 따라, 진리가 비진리가 될 수 있으며, 한 쪽의 정의가, 다른 쪽에서는, 불의가 될 수 있겠는가? 불의가, 미사여구로 포장된 것을, 가리지 못하겠는가? 요즘의 매스컴은, 거짓 아닌 것이 없는, 실체와는, 진실과는, 너무도 먼, 메아리 같은데도, 사람들은, 왜 뉴스에 홍분하고, 가짜 상품을, 그리도 많이 사는 걸까?

독재에 감염된 사람이, 정상으로 회복되기는, 인류 역사상으론 없다. 이천오백만을 노예로, 볼모로 잡고 있는데도, 나, 못 본 체, 모르는 척은 고사하고, 뻔한, 명약관화한, 자신의 안위를 위한, 용도로 쓰일 게 뚜렷한데도, 굶주리는, 인민들에게 갈 거라는, 실적욕에 마비된, 이성들이, 인도적 지원이라 하고, 평화의 대가로는, 싸다고 말하고, 이를 반대하면, 반인륜적, 반민족적, 패륜자로 매도하면서, 자기들은 거룩한, 민주투사라고, 공공연히 말하는데도, 자신을, 깨우치지 못한 탓에, 바람의 강도에 따라 눕고, 흔들리고, 약쟁이들의 걸음걸이처럼, 비틀거리면서, 그저 하루하루, 일상의 일 향락에 젖어버린다. 각성자들의 지도 사회에서는, 애초에, 독재자가 태어나지도 않겠지만, 포장되고 과장된, 인간의 본성을, 꿰뚫는 혜안을 지닌, 사람들로 가득 차야, 공산이든, 민주이든, 파시즘이든, 사회적 제도에, 얽매이지 않고, 질서정연한, 사회로 태어날 수 있을 것이나, 각성으로 무장되지 않은 사회는, 어떤 제도라도, 혼란과 투쟁과, 전쟁으로 점철된, 역사의 굴레를 벗어날 수는 없다.

한 목숨으로, 이천오백만을, 구할 수만 있다면, 일백 번이라도,

마다할 이유가 없다, 한 인간을 미워하기보다, 그의 오만과, 향락 추구의, 끝없는 욕구를 제거하는, 방법일 뿐, 거룩하고 위대한, 대자연의 섭리를 훼손하고자 하는, 의도는 털 한 올 만큼도 없다.

그러므로 자신과, 가족은 물론이고, 불특정 다수의, 재산과 생명을 담보로 맡기는, 전쟁을 좋아할 사람은 없다. 그러나, 그런 희생을 치르는 한이 있어도, 짐승에게 죽임을 당하는 사람들을 보고, 무기를 들기를 망설인다면, 감히 인간이라 말하지 못할 것이다. 동물로 목숨을 길게, 이어가기보다는, 단 하루를 살다 죽더라도, 인간으로 살다 죽기를 바라는 것이, 인간답고, 그것은 또한, 인간을 생산한, 대자연에 대한 의무이기도 하다. 무의식 상태로, 자연사하는 것은, 결코, 복이라 할 수는 없을 것이다.

진리는 이렇다. 검은 구름이, 하늘을 채우고, 비를, 억수같이 쏟아부으면, 깜깜한 하늘에는, 빛이라곤 기미조차 없다. 하지만 반드시, 검은 먹구름 뒤에는, 태양이 있다는, 확신이 흔들리지 않는, 사람처럼, 그 실체가, 뿌리가 명확하듯이, 존재하는 삶의 지표, 또한 명확하니, 쓸데없는 것들, 안고 살지 않게 된다.

종교적 신념, 종교적 양심에 의한, 병력의무 거부자, 신념이라고 하면, 그 구성이 정의에 뿌리를 두어야 하며, 보편타당해야 함에도 불구하고, 종교적 이유를 들어서, 그것이, 사람을 해치는, 총을 들 수가 없다고 한다면, 보편성에도 어긋날 뿐만 아니라, 정의롭지도 않다. 누구든, 사람을 해하고 싶은, 사람은 없다. 침략 전쟁이라 할지라도, 일방적이긴 해도, 불의를 징벌하는 전쟁은 많았다. 그들의, 정의의 지속성은, 다를지라도, 뿐만 아니라, 맹목적이고, 일방적이고, 자기중심적인, 개인적인 종교적 양심을 주장하는, 사람들의 사고력, 이성적 판단력이 반사회적이고, 편협의 늪에 빠져 있으면서도, 그들 자신들은, 그것을 모르고 있다는 점인데, 사람이 죽음을 불사한다고, 그것도 자신도, 죽임을 당할 수도 있는데, 살생을 할 수 없다고 하는, 단정이, 반드시 정의로울 수 없듯, 이 세상에 넘쳐나는, 뿌리 없는, 근거도 실체도 없는 신념들은, 정의를 벗어난, 보편성을 벗어난, 외눈박이들의, 독선의 따른, 우매함에 기인한다. 전쟁은, 불가피하게 살생을 할 수밖에 없지만, 상대를 제압하는 것이, 자신의 생명을, 지키는 행위가 되는 것인데, 살생을 피하기 위하여, 자신의 생명을 내주겠다면, 그 희생적 박애정신에, 경의를 표할 일이나, 그 결과는, 자신을 해하는 사람을, 죄인 만들어, 살인죄를 뒤집어씌운, 부자기 범죄인 꼴이고, 자신이 아닌 아군, 남의 죽음을, 조장하는 일인데, 이것이 성스럽고, 경의를 표할 일인가? 사람들은, 자신이 믿지 않는 신이면, 사탄이라 하고, 적대시하고, 악으로 간주하여, 테러를 정당화하며, 성전이라 선동한다. 종교전쟁의 대표적인 사례는, 오늘날의 중동의 사태에서도, 뉴스에서도, 흔히 볼 수 있는, 일상화된 일이다. 그들의 신념은, 정말 정의로운가? 그 정답은, 우선 자신이 무엇인가에서, 출발하여야 하며, 그 명확한 답의, 토대에서, 정의를, 정의할 수 있다고 생각하고, 그렇지 않을 경우의 답이란, 중심축이 없는, 저울의 균형을, 구하는 것과 같고, 벽주 목에, 물 주기와 같고, 시체 앞에서, 살아나라고 기도함에, 불과한, 선량한, 소의 희생을 비웃는, 간계하고, 나약함이상은 아니다.

　사람의 육체적 생명은, 모태로부터 복합적 원소결합의 산물로 태어난다. 하지만, 사람의, 주인이라 할 수 있는, 정신적 생명은, 끊임없는 부단한, 자연의 변화의 순환과, 그 섭리 속에서, 그 동기의, 지속성을 새기며, 끈기 있는, 극한의, 인고의, 극단의 길 찾기를 계속하여야만, 얻을 수 있는, 유일한 희열의, 생을 살 수 있는, 비로소, 인간이라 할 수 있는, 진정한 생명이다. 그 생명은 의지를, 자양분으로 사는, 생명체이다.

　밝음은, 어떠한 경우에도, 바르지 않을 수 없고, 모든 구속에서, 벗어날 수 있다. 그것에 의해서만이, 행복이란 얻어지는 것이다. 물을 먹어야, 사람으로 승화될 수 있는, 동물이 있다고 하면, 물이 아무리 많아도, 마시지 않으면, 사서, 괴로움과, 고통을 감내하겠다고, 물을 마시지 않는데, 그 물맛은, 말이나, 문자로 전할 수 없으니, 물을 마시라고, 그래야, 또 다른 차원 높은, 불멸의, 삶의 환희가 넘치는, 세계의 삶이 있다고, 안타까운 마음에, 나는 그저, 그 물의, 방향을 제시하고, 방법을, 가리키고 있을 뿐이다, 손가락 말고, 달을 보라고….

　사람은 누구나, 자기중심적이다. 공정할 수 없는 구조이다. 그러나 행복한 인간이라면, 공정함이, 자기중심에 안착되어 있다. 행복이란, 이와 같이, 편협하거나, 보편성의 결함으로는, 존재할 수 없는, 성형될 수 없는 구조물이다. 그 줄기 중심은, 자유상태로, 자연에 뿌리를 깊게, 내리고 있을 때이다. 보편적이면서 엄정한, 움직일 수 없는, 한가운데여서, 모든 것의 중심이, 될 수 있을 뿐만 아니라, 거스를 수 없는, 객관성을 띤다. 이 실체는, 모든 것이, 한 뿌리에서, 나오기 때문에, 모든 것의, 중심이 되는 것이며, 어떤 것에라도 계합되어, 어긋남이 없다. 행복은, 깨우침에서 태어나고, 모든 만물은, 그와 같은 뿌리여서, 벗어나거나 어긋나지 않으며, 그래서 만물은 귀일하고, 영원한, 시, 공간을 채울 것이다.

나이를 먹어서 늙으면, 사람들이 누굴, 가르치려 들지 말라고, 하는데, 나는 누굴 가르치려고, 하는 게 아니라, 주고 싶은, 마음이 너무 간절해서, 이 말들을 하지 않고는, 견딜 수가 없다. 재산도, 자식들에게 물려줄 생각 말고, 인생을 즐기며, 돈은, 있는 것은, 다 쓰고 가라고, 자식도 남이라면서…. 이젠 늙으나 젊으나, 모두 한결같이, 돈 쓰는 것에, 잠깐의 즐거움에 목매단다. 무엇이, 소중한 인간의, 가치인지, 돈의 진정한 가치는 무엇인지, 그들은 기준과, 중심이 없는 가치관으로, 시시때때로 일어나는, 만 갈래, 마음처럼, 중심이 바뀌는, 우[愚]를 양산하는, 이유는 단 하나이다.

자기를 찾아라! 자신의 본모습을, 깊은 내면에서, 눈을 안으로 꽂아 넣고, 마음 통부터 찾아라. 그래서 자신의, 주인이 되어 보아라. 일체의 모든, 인간의, 예속에서 벗어나 보아라, 진정한, 자유가 무엇인지, 느껴서 인식될 때까지다. 만상의, 겉모습이 아닌, 진정한, 본모습을 보게 될 것이다. 그래야 행복이란 것도, 사물도, 제대로 알 수 있는 것이다. 그래서, 꺼지지 않는, 희열을 몸에 지녀라.

그러노라면, 하루를 살다 죽어도, 인간의 죽음이고, 행복한 삶, 이였다고, 할 수 있을 것이다. 부질없이 오래 살아 봤자, 짐승의, 삶과 다를 바 없는, 고통과 괴로움만 쌓은, 한 줌의 흙이다.

빛과 중력의, 구속을 벗어난, 인간의 염력은, 저장과 추리와 지혜의 생산지이며, 의지를 생산하고, 그 염력의 근원은, 마음속에서 생멸한다. 감성이, 대표적인 직접생산물이고, 용기와 두려움의, 부산물이 생성된다. 마음이란, 육신의 오관을 통한, 감각 수용기능에서부터 시작되어, 정신의, 의지의 심저에서, 염력으로 승화된다. 육신이, 음식으로 유지되나, 양과 질에 따라, 정신적 영역에, 많은 영향을 끼친다. 그러므로, 적정 양과, 복합적인 질은, 인간생존의, 절대요소임에 틀림없다. 또한, 자연과의 공유되는, 연결 통로이기도 하다.

육신이, 자신의 주인이라고 생각한다면, 물 한 컵을 마시면, 그 물이, 자신의 주인인 셈이 된다. 또한, 잠시도 멈춰 있지 않는 생체가, 순간순간마다, 주인이 바뀌는 꼴인데, 어느 순간이, 자신이라고 소개하겠는가? 백조에 이르는, 세포 하나하나가 생체인데, 어느 것, 하나가 자신이란 말인가? 그것도 아니라면, 백조 개의 자신이, 육신 속에, 있다고 말하겠는가. 보이지도, 물질도 아닌, 염력이 주인이란 말은, 많은 선세의, 철인들이 갈파한 바 있다. 대표적인 데까르트의, 나는 생각한다, 고로 존재한다. 이다. 이 또한, 말일 뿐이고, 문자일 뿐이다. 진실체는, 체득한다고 말해도, 딱 맞는 말이라 할 수는 없지만, 방향은 바르다고 할 수 있다. 자연계에서, 유일무이한, 대자유를 누리는, 염력의, 자기 주인의 참모습, 곧 진실체, 그 것을 느낄 때에, 비로소, 만물의 참모습과, 겉모습이, 다르다는 눈을 갖게 된다. 모든, 인간사 및 자연계의 섭리는, 이 무형의 근원에서, 기준이 되었을 때만이, 어긋남이 없는, 삶의 본질이, 될 것이다.

공평이란, 단어가, 내포하는 의미가, 우리가 생각하는 것처럼, 시공간을 포함, 중량, 부피의, 차이가 없는, 상태를 뜻하는 의미인데, 밝고, 바른 눈으로 보면, 진정하고, 엄밀한, 의미에서, 공평이란, 존재할 수가 없다. 일 킬로그램의, 쌀을 똑같이, 나누어도, 사람의 개별, 체중에 따라 다르고, 소화력에 따라 다르고, 영양 흡수력에, 따라 다르고, 사람마다 다 다르게 느껴지고, 다르게 반응하고, 다른 결과를 낳는다, 사람이 백년을 살기는 드물다, 팔십억의, 인류는, 짧고 긴, 차이는 있을망정, 백년 안에, 거의 모두가, 죽음에 이른다. 인간이 땅에서 나서, 땅으로 간다. 원소에서 분자로, 고분자 덩어리로, 몸이라는 세포 덩어리로, 외형상 덩치로, 성형되었다가, 다시, 고분자에서 원소로, 환원되는 것이지만, 어쨌든 공평한 사람의 생이다. 산에 가득한 나무들이, 저마다 키를 가지고, 불공평하다고 다툰다면, 또한 이를, 인위적 수단으로, 공평하게 하겠다고 한다면, 적도에서는, 태양이, 저주의 별이라 하고, 극지방에서는, 그 정반대의, 의견을 가진 것을, 정치적 통치 수단으로 공평하게, 하겠다고 한다면, 밝은 눈을 가진, 바른 생각을 지닌, 사물을, 바르게 볼 줄 아는, 눈을 가진 사람들에겐, 어린아이들의 소꿉놀이, 철부지들의 장난으로 보일 것이다.

자신을 찾겠다고, 산으로, 바다로, 강으로 헤매는, 수십 년의, 고행으로 초췌한, 지친 모습들이나, 몸을 굶주리게도 하고, 앉았다 섰다 누웠다, 갑자기, 벌떡 일어나는, 자연에서, 또는 자신의 육신 속에서, 바른 자신의, 본모습을, 찾고자 몸부림치는, 불변의 금강석 같은, 구도의, 의지를 불사르는 사람이, 자신을 찾아야만, 행복이란 말의, 참뜻을 알고, 비로소, 입에 담을, 자격을 부여받는다. 자신으로부터, 행복을 알 수조차 없으면서, 행복을 모르는데, 행복하다는 말을, 곧잘 하는 사람들은, 그때그때 좀 즐거우면, 행복하다고 한다. 흔히 쓰는 말이지만, 행복이란, 왔다 갔다 하는 물건이 아니고, 시간상으로 변하는, 인간의 마음과는 다르다, 천 갈래, 만 갈래, 수시로 변화무쌍한, 인간의 마음에 끌려서, 왔다 갔다, 분주하게 사는, 사람들이, 울고 웃는, 희로애락에, 매여 사는 것이, 보편적이고 일반적이나, 최소한, 생존을 위한 교육보다는, 먼저, 인간으로서의, 가치를 지닌 사람으로, 성장해야 한다는 것을, 모두가, 알아야 할 일이고, 그것으로만, 인간은, 가치 기준을, 세울 수 있다고 생각한다. 행복은, 인간에 있어, 생명과 같은 것이고, 생의, 가치이자 목표이다, 행복은 변하지 않는, 금강석과 같은 것이고, 누가 훔쳐갈 수도, 빼앗길 수도 없는, 각자[覺者]의 전유물이다. 인간이, 시공간을 통하여, 존재하는 만물, 가운데, 단 하나라도, 행복 아닌 것이, 없다는 것을, 인식할 수 있는, 유일한 존재임을 알아야 한다. 이세상, 이 우주 속에, 모든 것이, 제 것이라는 허황된 소리 같지만, 사실이고, 정확한 표현이다, 제 것, 아닌 것은, 단 하나도, 없음을 알게 된다. 그것이, 진리이고 실제이고, 본시부터의, 시원이고 근원이다.

돌도끼, 뼈 화살, 나무 창, 들고, 부족을 망하게 하던, 정복당한, 부족의, 여자와 아이들을 데려다, 가재도구들과 무기들을, 탈취하고 빼앗으나, 청룡도, 삼지창, 불화살로, 칼창의 전쟁으로, 적국을 무찌르고, 그 영역을 차지하나, 미사일, 대포, 원폭으로, 인명을 살상하고, 원하는 것을, 얻어내나, 이러한, 고도의 문명의 발달이, 인간의 삶에, 무슨 의미가 있겠는가? BACK TO BASE! 잘못되고, 불공정한 경기는, 처음으로 되돌아가듯, 우리의 삶은, 원점에서, 출발부터 잘못된, 경기 운영이, 된 것이다. 우리는 되돌아가야만 한다. 인간의 지고한, 이성의 지배하에, 절제된 정도의, 행복한 삶을 누리고, 생을 구가하는, 세상이 될 때까지.

삼라만상의 아름다움을, 미적기준으로만 볼 것은 아니다. 궁극적인 가치는, 동일할 지라도, 시각적, 표면적인 감동이 아니라, 동화되는 희열이라야, 진정한 의미를 지닌다고, 말할 수 있다고 생각한다. 봄에 산을 오르면서, 나무들의 몸에서, 물오르는 소리를 듣는, 햇빛을 향해 몸부림치는, 경쟁의 아우성이 들릴 때, 빛과, 물과, 탄소, 동화의 이합의, 생사와, 기둥과 깊은, 뿌리를 끌어안고, 인고의 버팀이 어우러져, 존재한다는 것들, 그 자체만으로도, 아름답고 경이롭지만, 이를 함께 느끼는, 일체가 된 사람이야말로, 시들지 않는, 희열의 소유자이고, 그 열락이, 행복이라 말할 수 있다고 생각한다.

사람이 먹고, 마시고, 배설함으로 얻어지는 에너지를, 배를 채우는, 일에 몽땅 소모하고 있다. 재화는, 인간의 양육과, 그 보전에 필요한 것 외엔, 미미한 것들만 있다. 평생을 돈을 벌기 위해, 전력을 다하는, 그것도, 백년을 채우고도, 남을 양을 지나서, 끝도 없이, 추구하는 속성을 지니고 있다. 마치 구멍 뚫린, 위통모양처럼 욕심은 채워지지 않는다. 사람에게 소중한 것은, 배를 채우는 것보다, 음식으로 얻어지는, 영양소를 무엇으로, 소진하느냐, 하는 데에, 그 가치가 있다고 본다. 그렇지 않다면, 금수와, 조금도 다를 바가 없다. 길가의 돌 하나, 풀 한포기가, 빅뱅에서부터 탄생되고, 고열과 고압에서, 변신을 거듭하여, 오늘에 이른, 이력을 더듬어 가면, 산이 되고, 바다가 되고, 강이 되었다가, 다시 바람이 되고, 비가 되어, 스스로를 빚어내고, 제 살을 베고, 부스고 으스러뜨리다가, 다시 용암이 되고, 바위로 변하여, 바람에, 비에, 깎이고 갈려서, 자갈로 모래로, 동물로 식물로, 순환 비화한, 그것을 대하면, 절로 탄성을 지르게 되니, 이것이, 각자의 마음에, 가득한 희열의 재료가 아니고, 아니고, 무엇이겠는가. 수억 년 만에, 만난 친구가 아니겠는가.

만인은, 법 안에서, 평등하다고 한다. 전 세계의, 어느 한, 나라라도, 평등한 국가는 없다. 유전무죄, 무전유죄거나, 악법이거나, 자유를 구속하는, 많은 제약들이, 대의 민주주의의, 이름으로, 국민들을 구속하고, 국민의 재물을, 세금이나 벌과금의 명목으로 빼앗고, 저들은, 그 돈으로, 잔치를 하고 있다. 남의 돈으로, 인심 쓰고, 있는 자들이, 죄인인 양, 반대로 빼앗긴 국민들을, 부도덕의 허울을 씌우고, 그들의 것을 빼앗아, 나태하고, 무능하고, 무책임한, 빈자들에게 베푸는 것이, 다수결의 원칙이란, 법을 들고, 날강도 짓을 하는, 부도덕하고 불량한, 치졸한 맹자들의 열변은, 복지라고,

고무신이 변신한, 선심은 아닐지, 그 속이 들여다보이는데도, 사람들은, 그들이 쳐 놓은, 선택의 울타리 안에서만, 고르는 덫을, 권력 카르텔을, 벗어나지 못하게 하고 있는, 현실에 순종하는, 일반인들의 안일함이, 선출 공무원일지라도, 불손한, 그들의 예측 가능한, 의도를, 무너뜨릴 생각조차 하지 않는다. 위정자들과 공무원들의 행포는, 미사여구로, 당위성이 잘 포장되어 있지만, 그 속은, 억압과, 경멸과, 더러운 욕망으로, 가득한, 파렴치한들이 대부분이다. 선출직이든, 임명직이든, 끼리끼리 초록이 동색이어서, 그들은 어떻게 해서든, 국민의 주머니에 있는, 돈을 빼앗을 궁리만 한다. 그들이 말하는, 자유 평등은, 자신들의 특권을 위한, 명분일 뿐이고, 결코, 단연코, 국민을 위함이 아니다. 자유 민주주의 국가가, 대부분 이러하다. 그들의 행포는, 계속하여 진화되어, 일반인들은 알아볼 수 없을 만큼, 겹겹이 포장되어 있어서, 교통 혼잡의 해결책이, 통행료 인상이고, 서민을 위한 부동산 대책이, 규제를 늘려서, 세금 폭탄을 터트리는 게, 그들의 대책인데, 국민들은 속수무책이다. 그들이 양산하는, 규제와 법은, 자신들을 위한 방패이고, 국민들을, 옭아매는 포승인데, 저들이 만들어 놓은 법을, 그들 자신들은 정작, 지키는 것을, 본 적 없고, 들은 적 없다. 법과 규제는, 그들의, 온갖 부정행위와, 우월감의 성취를 위한, 도구일 뿐이다. 너도 먹고, 나도 먹고, 유죄를 무죄로 만들고, 전관예우라고, 포장하니, 이들의 법이, 평등하다고 믿는 사람들이 있으니, 국민을 가리켜, 개돼지라고, 아니할 수 있겠는가. 미래의 국가 경영은, 이러한 형태로, 발전하지 않을 것이지만, 평등과 자유는, 인류보편의 가치인데, 많은 사람들은, 그 소중함을, 모르고, 영리한 자들의 전유물로,

그들의, 선전 멘트쯤으로, 오염되어 있다. 평등과 자유의, 정치적 영역은, 극히 협소한 의미를 가지나, 인간의 본연의, 그 영역은, 우주적인 무한대이다. 깨우쳐 바르고, 맑은 눈으로 보면, 절대속도인 빛보다, 빠른 인간의 염력의 한계는, 안드로메다가 일순이다. 그 눈으로 보면, 만물은, 원래 평등하고 자유롭다. 인위적인 제도라는 것은, 그 일부분에 지나지 않지만, 그 폐해는 막대하다, 아니할 수 없다. 그러므로 우선, 인간이랄 수 있는, 동물적, 한계를 빨리 뛰어넘어야 한다, 국민 주권이, 선거 당일, 일회용이 되는 것은, 현대 문명의 수치이다, 주권과 자유, 평등과 인권, 재산과 나라, 가족은, 증오에 찬 논리적 힘이나, 집단 구호로 지켜지는 것이 아니다. 밝은 안목과, 지속적인, 권리 관리가 필요한, 누수의 틈이 없는, 철저한 보전의, 정신적 무장이, 핵무기보다 앞선다는 것을, 최후의 승자는, 무기가 아니라, 사람이라는, 것을 인식하고, 이에 대비한, 완벽한 인간, 생사와 마음을, 정복한 사람들로 바뀌도록, 모든 사람들의, 의식이 변해야 한다.

깨닫는다는 것은, 생사에서 자유롭고, 주체할 수 없는 야망과 욕망에서 해방되고, 지나친 우월감에 도취되어, 위대한 인간으로 추앙받고 싶은, 독존적 사고에서 풀려나는 것이다. 그랬을 때, 그것이 대 자유이다. 설사 자신이 위대한 인간일지라도, 그것은 자연물인 인간과 만물의 소유일 뿐, 자기 것은 실상, 몸뚱이 하나도, 자기 것은 아니다. 그러고도 행복을 못 느낀다면, 시체가 아니라고 누가 말할 수 있겠는가. 하루에 밥 세끼 외엔, 더 가져도, 다 필요 없는 것들이거나, 소화할 수도, 관리할 수도 없는, 남의 것이다.

밝은 눈을 가지면, 만물이 같은 값이며, 어느 것 하나 소중하지 않은 것이 없는데, 하물며 사람이겠는가. 그러한 빈 마음이어야, 신비와 경이로운, 최고의 절경을 차지하고, 떠나지도 식지도, 변하지도 않는, 환희와 희열에 싸여 살지 않겠는가. 체면이다, 위신이다, 남의 시선에 비치는, 자신의 모습에 지나치게, 의식하면, 안하무인이 되거나, 열등감에 사로잡힌, 열등의식에 잡힌다. 모두를 그냥 놔 버려라. 모두는 너와 조금도 다르지 않으니, 애써 불필요한 경쟁심으로, 스스로를 괴롭히는 어리석음을, 굳이 싸안고, 높이 쌓고 살 이유가 어디 있겠느냐?

사람이란, 이 지구의 표면을, 지나가는 나그네일 뿐인데, 무엇을 그렇게도 많은 것을, 요구하는지, 신이 있다면, 인간은 그에게 몸서리칠 만큼, 소원하는 욕심이 많다고 할 것이다. 정작 필요한 것은 원하지도 않으면서, 갓 태어난 강아지 매달리듯, 끝나지 않는 인간의 요구에 지쳐, 아마도 오래전에, 이러한 환경에, 신은 지쳐 순직하고, 서로가 상대를 죽여 달라는, 남의 것을, 제 것으로 해달라고 무릎 꿇고, 두 손 공손히 모아 간절히 비는데, 전지전능의 신은 사망하고, 지금은 없을 것이다. 어찌 살았겠느냐? 하기야 죽은 부모 영전에서, 제 자식들 잘되게 해달라는 세상이니, 시신인들 편안하겠는가. 뜬 눈으로도 정곡을 보지 못하는, 장님이나 다름없는 사람이 공복이 되고, 지도자가 되고, 장군이 되고, 키잡이가 되니, 많은 화려한 말들에 속은, 그들을 따르는 사람들이, 어디로 갈 것인가는, 보지 않아도, 그 종착지는, 짐작할 수 있는 일이 아니겠는가. 우선 수신[修身]해야 한다. 자신이 무엇인지를 알아야 한다. 그래야 비로소 바로 볼 수 있기 때문이다.

　제 것이라는 것은, 아무것도, 단 하나도, 그 무엇도 없음을 아는 사람은, 또한 세상에 그 무엇도, 제 것 아닌 것이, 없음을 알고, 모든 것을, 실제로, 법적으로 지닌다 해도, 그는 관리함에 빈틈이 없을 것이다. 많이 가져가는 사람, 적게 가져가는 사람, 아예 안 가져가는 사람, 다양하게 나누어질 것이지만, 그것이 잘 관리되고 있음을 안다. 많고 적은 차이가, 인간의 분발심을 자극하여, 발전의 동력이 되기 때문이다. 무슨 방법으로 사람에 따라 많고, 적게 분배할 것인가, 소유자의 안정이 밝아서, 그냥 내버려 두면, 모두가 제자리로 가는 것을 알고, 무위의 치세를 하는 것이다, 쉽고 간단하고 단순하며 순수한, 이것이 자연의 섭리임을 아는 눈을 가져서, 많고 적고의 차이가, 인간에겐 별 의미가 없는 것은, 금을 먹어야 사는 사람은 없다는 것을, 명확히 알기 때문이다. 그래서 재물은 공평할 필요도, 그럴 가치도, 그렇게 할, 이유도 없는 물건이다, 사람에겐.

02.

왜
살
아
야
하
는
가
?

02. 왜 살아야 하는가?

　인류 역사에 기록된, 위대한 황제와 왕들이 얼마인가, 지혜로운 성현들은 또한 얼마인가, 기라성 같은, 문성들은 또 얼마이며, 지덕을 갖춘 무후들은 얼마인가. 그들이 부르짖은 대의와 정의와 충성들은 모두 어디로 가고, 사람들은 예나, 지금이나, 하는 짓이 조금도 변함이 없는가. 인간의 위대함이란, 이와 같이 삼대도 못 채운, 촉의 제갈 무후처럼, 보잘것없고, 아무리 큰 제국도, 천 년을 넘기기 어렵다. 자연도 인간도 우주도 잠시도 멈추지 않는, 변화의 굴레를 벗어날 수는 없다. 이를 초월하는 것은, 그 성질상, 위대함도 거룩함도 그 반대도 아니다. 그러나 그것은, 유일하게 인간에게만 꼭 필요한, 맞춤형 생명의 근원체이다. 가장 안정적인 경지에 설 수 있는, 인간 최고의 영역이라고 본다. 그것은, 오직 인간만이 누릴 수 있는, 유일무이한 특권이자 상속자산이다. 그런데도 스스로 이를 버리듯, 그냥 지나치고 죽고 만다면, 돼지에게 진주를 던져 준 것이나, 다를 바 없지 않겠는가. 이것이야말로, 인간에게 가장 큰 재앙이라 할 수 있을 것이다. 보석을 보석으로 알지 못하는.

　아무리 흔한 물이라도, 한 모금의 물이, 생명이라는 것을 모르면, 짐승과 같다.

보이는 것이, 그대로 진실체가 아니다. 콩깍지를 떼어 내야 한다. 일생을 걸고라도 도전해서, 그것을 쟁취하기 전에는, 한 발자국도 나서서는 안 된다. 왜냐 하면, 수신하지 않은 사람은 장님과 같으니, 스스로는 물론이려니와, 남까지 수렁에 빠뜨리기 십상이다. 보편성을 지닌, 자연 섭리에 계합되는, 기준이 없는, 기획, 전략, 작전의 전 행위가 아무리 뛰어나도, 어쩌다 요행으로, 또는 번번이 성공할 수 있을지라도, 그것은 결국 제갈 무후의 지략과 같이, 공허할 뿐이다. 수백만의 생명의 고통을 안긴 대가가 없는, 목에 힘주고, 정치한다는 인간들이, 국민 주권을 이용하여, 법을 만들어 국민을 괴롭히는, 만연한 사례들이, 현실사회에서 버젓이 널려 광고하는데도, 줄기차게 일회용인 위임장에, 도장 찍는 사람들의 태연함을 보면, 미래는 보지 않아도 알 수 있다.

1945년 해방직후에, 한국 국민 대다수가, 공산주의자들의 공평주의에 공감하여, 남로당에 동의 내지 지지하고 있었던 것은, 지식인들의 선도에, 일본의 착취 압제에 시달린, 고통을 함께한 동포애의 발로로서, 서민들도 동조하였던 것으로 안다. 지극한 민족애의 지도자로서, 김구 선생은, 존경받아야 할 분임에 틀림없다. 하지만 남북을 왕래하면서, 통일 한국을 설득한, 그의 진정성을, 김일성이 받아 줄 것이라고 믿은 것은, 6·25전쟁으로 확실하게 착오임이 드러나 있다. 공산주의 이론상의 공동생산과 공평분배, 잉여 가치설 등은, 이미 이주의 자유와, 의사 위탁, 자기결정권을 박탈당하는 구조로, 독재적 정치체제 승인 제도인데도, 지식인들은 몽매한 국민들을 선동하여, 연일 좌익계열의 집회가 서울을 메우고, 정치적 혼란을 야기하여, 경제적 피폐와 질서를 어지럽혔다. 남한 단독 정부수립 반대와 미국의 주둔군 철수가 이슈였었다. 김대중 대통령이, 김정일 상대로 평화를 이루고자, 막대한 자금을 송금해 주면서, 평화비용인 것처럼 포장하였지만, 결국 그들은, 핵폭탄을 완성하였는데, 2500만의 인민을 노예화하고, 굶주리게 하고, 질병에 시달리게 하면서, 1호 식품에, 고급 요트에, 북한 전역의 10군데의 특각이란 별장에, 호화찬란한 생활을 일삼는, 그런 독재자에게 찬사를 보내는, 민주투사들이라니, 맨 눈에, 벌건 대낮에, 만 천하가 다 아는 것을, 눈감아도 보이는 것을 부정하고, 포장하고, 그들에게 제공하는 원조는, 전쟁비용에 비하면, 아무것도 아니라고 하니, 폭력집단의 위협에, 돈 갖다 바치는 꼴이 아니고 무엇일까. 대학생이라고 하는, 배운 것이라고는, 먹이 구하는 고급직업 구하기와, 높은 자리 힘들이지 않고 차지하는, 권력직에 매달리는 기술들만 배운다. 왜 이렇게 어두울까, 왜 이렇게 생각이 마비되었고, 이러한 그들의, 허무맹랑한 언어에 사람들은 긍정한단 말인가. 눈에 무슨 때가 이리도 많이 끼였을까. 왜 바로 보지 못하고, 보이는 것도 실체가 아닌데, 이들에게 행복이란, 다시 태어나기 전에는, 이룰 수 없는 꿈일 것이다. 남북 공동 선거로, 분단을 없애자고 한 김일성의 말에 속고, 핵 포기에 속고, 남북 적대행위 금지에 속고, 공납 바치듯 열심히 갖다 바치더니, 목함 지뢰 터뜨리고, 천안함 격침시켜, 우리 젊은 병사들만 죽이더니, 서울 불바다, 핵무기 위협을 공공연히 하는데도, 아직도, 사회주의를 표방한 문재인 정부의, 어리석다 못해 멍청이 같은, 골목 깡패들도, 그 정도로 몰지각하지 않을 판인데, 대북원조에 열을 올리면서, 전쟁 없는 세상의, 평화

애호의 인도주의적, 가면을 벗지 못하는데, 나쁜 놈보다, 속는 놈이 당연히 더 어리석은 것은 사실인데, 눈 밝은 사람은, 단 한 사람도 없는 사회가, 지금 당면한 현실이다.

　사람의 일생의 삶을 통하여, 경험하는 모든 것이, 인간의 노력은, 노동의 대가만이 얻어지는 것이 아니라, 원치 않는 질병과, 신체적 결손의 사고와, 파산의 고통을 당하기 일쑤인데, 각자가 원하는 것을 얻기 위한 노동을 하는데, 많고 적고의 차이는 있을망정, 원치 않는 결과를 초래하기 일쑤이다. 인간의 인지가 아무리 발달하여도, 완벽한 계획과, 실행력과 적응력을 발휘해도, 이러한 자연의 섭리현상은 벗어날 방법이 없는 것이나 다름없다. 이것을 사람들은 운이라고 한다. 하지만 눈 밝은 사람은, 먼저 알고 대처할 수 있는 방법을 안다. 운명을 안다는 것은, 자기를 안다는 의미이고, 자기를 안다는 것은, 자연의 섭리를 알고, 그 기준에서 모든 것을 판단하므로 어긋남이 없다. 그래서 자신이 무엇인지를 갈파하는 것은, 자신의 삶의 기준이 되는 초석점이고, 출발점이고, 근원점인데, 사람들은 이러한 기준 없이, 맹인의 달음질을, 두려움 없이 하는, 고학력의 멍청한 고급, 똑똑이들이다. 그래서 사이비 종교집단의 비리가 터지면, 어김없이 대학 교수, 고급관리, 멀쩡한 젊은이들과, 유명인들이 쏟아져 나온다. 대우와 돈에 매몰된 사회상은, 그것이 기업이든, 공직사회이든, 일반사회이든, 거짓과 눈속임과 과장언어와, 언어의 뜻의 오염이 만연한, 오늘날의, 우리 사회양상은, 머지않아 필발의 원근이 선명한 이상, 전화[戰禍]의 아비규환의 지옥을 면하기 어려워 보인다. 서로가 불신하고 반목하며, 남과 나를 이질화하여 동서 간의, 계층 간의, 학력 간의, 세대 간의 불화가 결국 자멸의, 모두의 지옥을, 부르는 꼴이 될 것이 분명해진다.

사람들은 빵을 생명이라 생각하고, 입에 넣는 것에, 죽기로 매달린다. 하지만 음식으로 위, 소장, 대장을 채우는, 포만감에 만족하지만, 그 음식이 육신을 유지시키는 이유는, 인간의 본능이 목적이 아니고, 목적을 위한 유지책에 불과하다. 자연의 섭리는 존속에, 의미를 두고 있으나, 인간은 그것으로, 그 섭리의 굴레를 초월해 벗어날 수 있는 능력을 지녔고, 그것으로 무엇을 해야 하는가에, 가치를 두고 있다. 그것을 저버리고, 그 음식으로, 빵을 구하는 데에만 몰두하다 죽는다면, 그 사람은 수백 번을 다시 태어나도, 인간의 진정한 희열을 맛볼 수 없을 것이다, 그런 인생은 지지고 볶는, 힘든 고난의 연속이며, 고통이고 지옥일 뿐이다.

인간의 사고 판단이, 연준[然準]에서 출발한다면, 행복은 세상에 가득하여, 그 아닌 것이 없을 것이고, 바라는 것도, 버릴 것도 없을 것이며, 뜻을 세워 나서면, 반드시 승리하지 않을 수 없을 것이다. 본질이니, 실체니, 근원이니, 본원이니 하는, 모든 것들이 말을 바꾼다고, 표현을 달리한다고, 그 뜻이 달라지는 것은 아니다. 그러나 우리가 보는, 눈 속의 형상들은 망막을 거처 시신경의 전달매체인, 형상의 물질과, 전혀 다른 물질에 의하여, 뇌수, 변연계에 전달되어, 인식하게 되는 것이니까, 인간의 인식의 영역이, 형이상학적인 비물질인 바에는, 물질과 빗물질의, 주인을 가려야 할 일이다. 무엇이 나의 주인인가, 인간의 주인은 생각하므로 존재한다는 말에서, 또는 우리들의 상식에서도, 보이지도, 엄밀히 존재하지도 않는, 마음의 생각, 그것이 주인인데, 사람마다 이 공통된 본질이, 만물의 기준이 되어서, 생명 존속의, 삶의 길이 정해진다. 이것을 나는 연준[然準]이라 부른다.

퇴계의 4단 7정은, 한마디로 인간의 현상을 말하는 것이다. 그것을 수양을 통하여, 다듬어야 한다는 것에, 이의를 달 사람은 없다. 하지만 사람의 삶이, 4단 7정만으로 채워지는 것도 아니지만, 그보다 중요한 것은, 그 근원이 어디에 있느냐, 하는 점이다. 인간이 자연의 일부인 것이라면, 그 영성은, 자연의 현상을 벗어나야 함이, 삶의 명제가 된다고 생각한다. 인간의 본성과, 감정의 다듬질로써, 사회적인 질서 안정과, 개인의 행복추구를 만족시킬, 인간 행위의, 기준이 될 수는 없다는 것이다. 인간의 삶을 통한, 샘솟듯 일어나는 욕망을, 도덕적인 자제력으로 감당한다고 하더라도, 근원을 맑고 밝은 눈을 뜨고, 이 현상을 체감하지 않은 상태라면, 한 권의 도덕책에 불과하고, 논리나 말에, 소리에 불과하다. 세상에는 발에 채이는 것이 명언이고, 서가에는, 고대로부터 현금에 이르도록, 쌓이고 쌓인 게 책이다. 지금도 모양과 형태는 다를지라도, 전쟁과 권력과 재물에, 양육강식의 논리가 멈추지 않고, 정당화되고 있음은, 이를 증명하는 것이다, 근원적이고, 본질적인 문제는, 인간 개개인의, 자연의 섭리를 몸으로 체득하고, 확인한다면, 그 의지가 흔들릴 이유가 없을 것이다. 명예와 부귀가, 지상 최대 목표가 될 수 없음을 깨달으면, 변화의 멈춤도, 인간관계의 예의도, 사회적 질서 안정의 도덕도, 불필요한 정신적 영역에서, 안정할 수 있다고 생각한다.

식물의 생존을 위한 전쟁은, 인간의 생존본능에 못지않게 치열하다. 독을 사용하여 적을 방어하는 것은 물론이고, 상대의 피부를 찢고 기생하며, 햇빛을 차단하여 상대를 고사시킨다. 인간사와 조금도 다를 바가 없다. 하지만 생존을 위한 투쟁은, 생존본능의 물질계의 본분이지만, 생존의 가치는, 천양지차를 가진다. 자연 상태에서, 약육강식이 섭리이다. 호랑이가 풀을 먹지 않고, 사슴을 죽여 그 고기를 먹는다고, 부도덕하다고 말할 수 없음이 그러하다. 그렇게 지구상의 생물들과 짐승들은, 삶의 가치를 인식하지 못하는 것이고, 인간은 삶의 가치를 인식할 수 있고, 그것을 누릴 때만이, 짐승과 다른, 비로소, 인간이라 할 수 있다고 생각된다. 먹고 마시고 배설하고 즐기다 가는 삶, 그것은 야생에서 동물들의 생존본능에 충실한 삶이고, 사육되는 동물들의 평범한 삶이다. 울타리를 박차고, 모든 굴레를 벗어던진, 자유를 쟁취해야 한다, 먹이에서 죽음까지, 인간은 그러한 삶의 능력을 지닌 주인이다.

목숨의 가치는, 육신이 살아 있는 것이 아니라, 생각에서 살아야 가치를 매길 수 있다. 생각은 육신으로 비롯되지만, 생각이 빠진, 형이상학적 활동이 빠져버린 육신은, 식물인간이라고 부르는데, 우리들은 정도의 차이는 있을망정, 그러한 삶을, 살고 있지 않다고 말할 수 있겠는가. 오직 육신만을 위한, 명예와 권력과 재물과 술과 성적 충족을 위한, 삶을 살면서, 그것의 충전됨이 행복이라 하는 세상이니까, 출세라고 하고, 능력 있는 사람이라고 하고,

성공했다고 하면서, 모두들 부러워하고, 심지어 이를 시기하여 질
시도 한다. 한 번만, 만물을 제대로, 진영[眞影]을 본다면, 절대로, 이
러한 일차원의 삶, 그 세계에 연연하지 않을 것이다. 그런 눈으로
세상을 보고 산다면, 행복하지 않을 수가 없는 삶이 될 것이다. 전
쟁에 임하면, 필승으로 죽지 않을 것이고, 장사를 하면, 남들이 앞
다투어, 이익을 나눌 것이고, 만사에 능수능란하여, 조금도 빗나가
는 일 없이, 목적을 이룰 것이다. 왜냐면, 하나를 뚫으면, 모두를 알
기 때문이다.

최소한, 이러한 사람이 5명만 있으면, 한 도시가 편안하고, 10명
만 있으면, 나라에 전쟁이 없을 것이나, 상대적인 전쟁을, 일방적
으로 일으킨다면, 반드시 승리할 것이고, 100명만 있으면, 모든 국
민이 행복한, 국가가 될 것이다. 그런 사람은 강약을 알고, 전후, 완
급, 고저, 인사, 지리, 상황, 천인지, 삼재를 활용하는, 체용[體用]에
밝기 때문이다. 그러나 이런 사람들은, 사생의 섭리와 장단을, 인
위적인 대책으로, 무위의 대자연의 섭리를 거스르기를 망설이는,
경향이 있을 뿐, 능력이 없는 것은 아니다. 한때의 승리가, 영구할
수 없고, 한때의 패배의 고통이, 장구하지 않은 것과, 전쟁이 원인
없는, 결과가 아닌 바에야, 한때의 패배가, 모두에게 쓴 체험의 약
이 된다면, 그것이 오히려 경계심리의 강화로, 효과 면에서, 바람
직할 수 있기 때문이다.

인간 최대의 가치는, 지구라는 별의 아름다움과, 자기 지축 위
에서, 우주의 황홀경인, 별들의 역사를 읽으며, 인간자체의 생성

의 경이로움과, 신비함의 극치에 감동하여, 인간을 사랑하는 것이다. 당장에 죽음을 대하더라도, 한줄기 햇살로, 8분 전 태양을 맞으면, 죽음이 무엇 그리 대단하겠느냐, 거기에 비할 바가 아니나, 산소 호흡기 달고, 오래 살기보다, 일순을 살다 가더라도, 환희로 가득한, 가운을 입고, 가는 것이 사람다움이다.

공직자란, 국민 다수에게 봉사하는 직장인데, 역사적으로 어느 시대에나, 그 양상은 다르지만, 국민다수를 상대로 기름을 짜서, 저희들 배만, 불리는 모리배들이다. 대한민국은 공직자 천국이다. 현직에서는 법을 두른, 철밥통이라 저들이 주인인 셈이다. 저들은 저희들이 법을 만들어 법망을 벗어나서, 아무도 실책에 대한 책임을 지는 사람이 없다. 퇴직 후까지도, 국민들의 혈세를 빨다가, 당사자가 죽으면, 그 유족까지도 연금을 받는다. 공직자 천국이란, 규제의 천국이고, 기름은 여기에서 짜진다. 독재자가 없는 독재체제가, 오늘날의 공직사회이다. 그런데도 국민들은 개돼지란 소리를 듣고, 이에 분개하는 국민이 있으면, 먹을 것만 조금 주면, 잠시 소란하다, 금방 조용해진다고 하는데도, 젊디젊은 패기는 어디 가고, 전쟁이 두려워, 정의를 헌신짝 버리듯 하는 양상에, 불공정의 대명사인, 대기업의 높은 봉급이나, 호칭만 민주인, 탐욕 덩어리인 노조의, 정치투쟁도 마다않는, 배운 몰지각의 아귀들 같은, 떼를 지은 군상들이, 그 직장을 목매달고 있는 현실에서, 우리는 발전과 협력의 지혜의 전당이어야 할, 대학이 왜 필요하고, 그 잘난 박사 교수들이 왜 필요한지, 이들을 단순한 악동들이라고만 할 일이 아니라, 제대로 눈을 뜨게 하지 못하는, 맹자들의 사회라는 점이다.

이들에게는 인간으로서의, 행복이란 찾을 수가 없을 것이기에, 안타까운 것이, 나는 무딘 단도이지만, 이것으로 짐승의 폐부를 찔러, 사람으로 화하게 하고 싶다. 그러나 물속에 머리를 강제로 처박는다고, 물을 마시고 안 마시고는, 그들의 몫이다, 대다수는 측은하고 가엽지만, 물을 안 마시고 죽는다.

전쟁을 불사하겠다고, 협박을 하는 상대국가에 대하여, 강경한 자세로, 그 부당함을 항의하지 못한다고, 추궁하는, 자국민들에게, 그러면 전쟁을 하잔 말인가라고 하는, 정치인이 있다. 적들의 경제적 요구와, 군사 훈련을 비롯한, 자신들의 잘못된 행위에 대한, 비판을 하지 말라는, 요구를 들어주겠다고 하는 말인데, 언제까지 그들의 폭력적인 요구를 들어줄 것인지는 모르겠으나, 정의나 윤리나 보편적인 인류애 따위는, 다 어디에다 버리고, 불의에 항의조차, 전쟁이 두려워 못 하겠다고 한다면, 그러한 집단이, 한 국가의 정치집단의 지휘는 고사하고, 한 국민으로서의 자격이나 있는지 궁금하다. 노자의 만물제동의 동등한 가치일 자라도, 큰 나무가 햇빛을 가려, 많은 씨앗들을 죽일지라도, 이는 자연섭리에 따르는, 길게 보아 강건한, 정의 도출의 순도 정의이다. 땅이 100년 이내에, 인간을 모두 낳고, 모두 죽이는 것과, 다를 바가 없는 것이다. 햇볕은 양과 질, 그리고 가치 면에서, 공평하지만, 정의는 공평할 수 없다. 인간의 생존은 정의로운 것이다. 생존의 문제는, 생존의 법칙을 따르는 것이 정의이다. 어줍은 인류애나, 인도적 사고의 대입은 금물이다. 생사를 다루는 사건에 대하여서는, 가치기준마저도 고려 대상이 아니다. 인간의 절대가치가 우선하기 때문이다. 사

43

람의 절대 가치인 생명, 그 이상의 가치는, 이 세상, 그 어디에도 존재하지 않는다. 그렇다고 비굴한 생을 구걸하는 것보다는, 의로운 죽음이 값진 것은, 자유를 향한, 진일보이기 때문이다. 현재의 자유 민주주의는 세계는, 뒤로 퇴보하는 추세이다. 유일신앙과 공산주의 사회주의 민주주의는 사상과 이념에서, 인류 보편의 가치에서, 그 본질에서 멀어져 가고 있다. 국민을 이용한 권력의 욕심 때문이다. 이러한 인위적 장막, 정치적 제도적 함정을 벗어날 길은, 정도[正道]의 길이, 처방이고, 국민들의 진가의, 바른 선별의 눈을 가지는, 의식의 변화가, 결국 진일보의 사회제도가 될 것이다.

인류에게 전해지는, 성현들의 주옥같은 말씀은, 오랜 시간이 지나면서 변색이 되어선지, 본질에서 멀어진 구절이 많다. 이성을 멀리하라, 간음하지 말라, 이성을 탐하지 말라, 인류는 이성결합으로 생산되고 유지되는데, 그 말대로 한다면, 인류는 이미 오래전에, 멸종되었을 것이다. 남의 것을 훔치지 말라, 도둑이 되지 말라고 가르쳤다. 실제로 엄밀히 말하면, 도둑질을 하지 않고는, 생존할 수가 없다. 인간의 모든 행위는, 노력의 양보다, 자연에서나 인간관계에서나, 더 받아내기 때문이다. 서로 사랑하라, 예의를 지켜라, 상대를 존중하라고 하였다. 아마도 이를 그대로 따른다면, 때와 장소에 따라서는, 상대에게 고통을 입히는 결과를 초래할 수도 있다. 이러한 문제들은, 2차원의 삶에서의 교훈일 뿐이다. 자신의 고유한 3차원의 본모습을 찾으면, 모든 것에서 걸림이 없는, 행위를 하게 될 것이다. 이것이 4차원이고, 해탈이며, 자유를 얻음이고, 5차원의 인간의 모습은, 모든 것에 걸림이 없는, 무위자연의 거대한 재앙에도, 구속됨이 없는, 열락의 자유 천지에, 자유자재를 누린다. 아무 노력 없이, 스스로 자동적으로 얻어지는 것이다. 지옥과 천당이 태어날 때부터, 함께, 내재된 삶의 일부인데, 무엇을 선택하느냐 하는 것은, 인간에게 그 권리가 있다. 사람의 삶은 지옥이고, 인간의 삶은 극락이다.

땅속에서나, 하늘 어느 곳에도, 천당과 극락 지옥은 없다. 인간의 성형 물질은, 우주에서 또는 이 지구에서 왔지만, 이것을 뛰어넘을, 구속의 영역을 벗어날, 염력의 위대하고 절대가치인, 정신세계를 지니고 있으면서, 그걸 모르고, 노에 삶을 산다는 것이 문제인 것이다. 노력 없이, 지옥을 벗어 버릴 수는 없다. 이 글은 그 속박의 그물을 찢는, 방향을 제시하고 있을 뿐이고, 그것을 쥐여 주고 싶어도, 약을 마시고 말고는, 본인들의 판단에 의하며, 실사구시[實事求是] 실제 자신의 몸의 체험으로, 구하지 않으면, 명약을 대신 마신다고, 병이 낫지는 않음과 같다. 앉아라, 벗어라, 놔라, 비워라, 물감 섞지 말고, 있는 그대로 보아라. 이런 것들과 먹고 입고, 함께 자고, 생활을 함께하다 보면, 간절함이 익어서, 구함의 농도가 짙어져서, 일시에 터지면, 새로운, 또 하나의 눈과, 새로운, 또 하나의 세상이 절로 얻어지는 것이다.

인간이 타인의 생명을 해하는 일은, 자신의 생명을 보호하기 위한, 극한 경우가 아니라면, 어떠한 명분이라도, 생명을 해할, 정당한 사유가 될 수가 없다. 그런데 인류의 역사에는, 아직도 위대한 인물로 만들어진, 사고 몰락의 상징인, 알렉산더, 징기스칸, 시저,

나폴레옹, 기타 등등이 수도 없다. 20세기의 유태인 500만을 학살한 히틀러처럼 그들은 살인마들인데, 사람들은 위대한, 위인으로 간주한다. 정권을 쟁취하기 위하여, 동족을 무참히 살육하고 도륙한, 모택동을 비롯하여, 스탈린 김일성, 아프리카의 독재자들 등, 수도 없이 많은 인간들이, 반인륜을 저질렀는데도, 많은 사람들이, 그들을 단죄하기는커녕, 위대한 인물시 하는 사람들이, 단 한 명이라도 있다는 것이, 이야말로 인간의 비참한, 정신의 몰락이며, 이성의 주검인 것이다. 인간의 이성이 하잘것없는, 오류투성인 것은, 지금의 정치인들이나, 사법부 검경 공무원들을 보면, 도저히 이성으로는 해답이 없는, 자신들의 주인이 대통령, 또는 자신들이 속한 집단이라는, 오만이나, 거리낌 없는, 국민상대로 착취행위를 자행하는 것으로 봤을 때, 그들의 이성이 마비상태가 아니고서는, 주권자인 국민이, 다수라는 맹점을 악용하여, 개인이나, 많지 않은 집단의 항의는, 백안시하는 작태를 보이는 것이, 비일비재하다는 점이 용인되는, 사회가 그것을 입증하고 있다. 주인이 변변치 못하고, 잠을 자고 있는 사이에, 그들은 공무원은 국민을 위한 봉사자라는, 헌법의 취지를 망각한, 방종과 월권을 일삼는, 화적패가 되었고, 민들의 침묵은, 이를 방조 묵인하는 결과로 굳어져서, 되돌릴 수 없는 난공불락의, 성이 되고 말았다.

타인의 생명을 빼앗을 수 있는, 유일한 단 하나는, 자신의 생명, 즉 육신과 정신적, 영역을 훼손하는 것만이, 정당하다고 할 수 있다. 인간은 목숨이 중요하기보다, 정신은 육신이 모태이기 때문에, 정신적인 피해가 육체적인 피해에 비해 중하나, 선후에 있어서는 동등해야 한다. 뇌사 상태에, 식물인간이 되도록 육체적 타격을 가한, 범죄자는 육신의 죽음과 관계없이, 살인 행위자라고 보는 것이 올바르다. 그러므로 인간의 생명 중에, 정신적 영역을 침해, 가학 행위, 욕설, 멸시 등은 중히 다루어야 할 중죄여야 한다고 본다.

전쟁, 그것은 항상, 상대가 누구이든 준비하지 않으면, 이길 수밖에 없는 전쟁을 수행할 수 없다. 막강한 전력을 지녔다고, 반드시 승리하라는 법이 없듯, 약하다고 반드시 패배할 이유도 없다. 국력으로 이뤄지는, 전력과 전략 전술이, 천지인의 삼재를 활용하는 지략과, 병사들의 사기는, 전력에 버금가는 필수 요소이다. 전쟁에 있어 승리는, 얼마나 인명피해가 상대적으로 적은가이고, 그다음이, 국가 재정적 손실의 다소에 있으며, 그다음이, 점령한 영토의 크기로 결정할 일이다. 피아의 전력, 지휘부 구성원의 인성과 지덕용의 함양정도, 군사시설 및 화력의 강약 장단을 비롯한, 전쟁 물자 수급과 생산능력, 병력수와 사기, 상대의 약점과 장점을 철저히 숙지하고 활용한다면, 어설픈 인도적 고려를 한다거나, 국제적 조약에 매이거나 할, 일이 아니다. 생사는 그 무엇과도 비교하거나, 앞세울 수 없는, 인간 최고의 가치이기 때문에, 둘 중에 하나가 있을 뿐이다. 국가 방위는 반드시, 안전할 수밖에 없도록 준비되어 있어야 한다.

한 병사의 죽음은, 삶과는 달라서, 전 병사의 목숨은, 한 병사의 죽음과 같은 값이다. 코에 호스 꼽고, 침대에 누워 죽음을 기다리는 것과, 병사로서, 한 순간일망정, 삶의 정의를 위해 싸우다 죽는 것이, 인간다운 행위일 것이다. 인간으로서 삶을 도모하는 것은, 지상 최고의 의무이나, 죽음 또한, 어떻게 맞는가는, 인간 최후의, 가치의 척도가 될 것이다.

독재국가의 가장 취약한 안보는, 구조상 한 사람의 최고 지도자가 무너지면, 그냥 서리 맞은 풀잎처럼 힘을 잃고, 스스로 쓰러진다는 점이다.

인간의 최대 약점은, 삶의 내용이 아니라, 단순한 목숨에 철저히 매달려 있다는 점이다. 그로 인해, 인간이기를 포기한 삶이, 세계 곳곳에 만재하여 있다. 목숨은 귀하고, 경이롭고, 아름다우며, 사랑할 수밖에 없는 존재이나, 그것은 모두 내 것이 아니고, 자연의 것이며, 인간의 소유는, 그 생명이 자연을 수용하여, 재생산하는, 감정과 사고의 능력이라고 할 수 있다.

민주주의 국가의 병폐는, 자유의 방종과, 빈부의 격차, 다수의 우매함에 있다. 법치국가의 병폐 또한 양심을 지워 버린, 욕망의 지능이 법을 악용 착취하고, 그들 자신들은, 자신들이 방망이로 만든, 법의 그물망 바깥에서, 법외 특권을 누린다. 결과적으로, 질서 유지의 확립이 아니라, 일반인들에게는 법망을 빠져나가는, 기술만을 능란하게 만들 뿐이다. 법이 만능이라고 믿는, 사람들이 만연한 세계이다. 공산 국가의 이념이나 제도에서, 독재적 구조라고 하는 것은 자명하고, 병폐는, 국민들이 한솥밥을 먹으면서, 개인의 소유 욕구를 충족시키지 못하고, 그로 인해 모두가 일하지 않는다는 것이며, 독재자와 그를 둘러싸고 있는 충성 분자들의 배만 불리는 정치구조이다. 대다수의 서민들은, 그들의 인위적 정치구조에 적응하여, 욕구충족을 도모하는 삶이다. 그들은 정치적 반대자들을 잔인하게 처형하고, 대다수의 국민을 억압한다. 최소한 민주주의 국가들은, 반대하는 정적들을 학살하는 일은 하지 않는다. 하지만, 사회제도가 인위적 사고에서 출발하는 구조인 한, 모든 사람의, 반대론자가 없는, 모두 긍정의 제도는 존재할 수가 없다. 봉건사회가 그러했고, 제정국가, 군국주의, 파시스트의 체제가 그러했다. 인간의 우월감 충족의 야망과 물질의 소유욕은, 밑 빠진 독에물 채우기와 같다. 그렇다고 무위국가를 만들면 될까, 하는 사람이있다면, 그 또한 무정부주의와 같이, 우매함의 표본이 될 것이다. 사람이 인간으로 승화되는 것은 깨달음에 있다. 민주주의 국가이든, 공산국가이든, 이들의 행위에는 독재도, 방종도, 욕망의 불꽃도, 남을 위해 노동하기를 거부하지 않을 것이며, 부질없는 자기욕심을 채우는, 야만적인 포만도 거부할 것이며, 지나친 자연 섭리를거슬리는 행위를, 용납하지 않을 것이다. 미래 인간 사회는, 도덕국가가 아니라, 행복국가여야 한다고 믿는다. 행복이 자기수양에의한 열매인 이상, 국가가 해 줄 일은 많지 않지만, 그들의 국가가정의를 위한다면, 최후의 한 사람도 목숨을 구걸하는 일이 없을 것이므로, 이보다 강한 국가가 있을 수 없을 것이고, 진정한 의미로, 그들 자신이 국가일 것인데, 부정한 공직자들이나, 행세하는 권세지향의 인간들이나, 가난을 멸시하는, 부자들이 살 수 있는, 그런일이 있을 수 없는 사회일 것이다. 법이 공정성을 잃으면, 이미 미래를 버린, 사라져야 할 국가이다.

대의 민주주의는, 결국 야생의, 인간의 원초적인 욕망에 희생물이 된 지 오래이다. 법을 생산하지 말라, 그것은 국민을 괴롭히는, 또 하나의 규제이거나, 범법자들을 생산하는 행위이다. 하나를 제제하기 위하여 전체를 구속하는, 그래서 저들에게 예속되게 하는, 일반 국민들을 법을 빌어 통제하고, 세법으로 재물은 탈취하면서, 신성한 의무라고 포장하는, 부끄러운 줄 모르는, 몰염치한 정치인 되지 말고, 배운 악동들의 술수를 모르는, 일반인들의 무지를 어리석다고 비웃지 말고, 그들의 순수성을 짓밟는 행위는, 이제 그만했으면 한다. 국민의 지지가, 국민 자신들의, 사지를 옥죄는 쇠사슬이란 것을, 모르는 어리석은 국민들이지만, 그들은 막연하나마, 그래도 행여, 이번에는 안 그러겠지 하는, 기대로 흔쾌히 세금 내는, 애국심마저 꿀꺽하는, 공무원 되려고, 노량진 학원가에 줄 서지 말았으면 한다.

선거권의 연령을 18세로 낮춘다고? 감성으로 홀리기 좋은 나이이긴 하다. 어차피 어른들도 모르기는 마찬가지인데, 정당에서 추천한, 검증된 사람이겠지 하는, 검증할 방법을 숨긴, 장님 코끼리 더듬기처럼, 국민들의 눈을 가린 선거제도인데, 더군다나 일회용 권리행사에 불과하게 만들고, 엿장수 마음대로 가위질이니, 막 땅에 떨어진 아기에게 선거권을 준들, 무슨 의미가 있겠는가만, 민주주의 참 좋은 제도이다. 법 공장 종업원들에게만, 인위적인 제도가 아무리 좋아도, 오염된 야만인에 의한, 훼손, 굴절, 왜곡은 막을 길이 없다. 평범한 사람들도 찍을 사람이 없다고들, 선거철마다 하는 푸념인데, 자격이 되어서 선출이 된 것인 양 하는, 당선자들의 환호성을 들으면, 쓴웃음이 절로 나온다. 전체 유권자들의 3분의 1로 당선되어도, 부끄러움이 없는 대표성이, 무엇을 말하는지, 무엇이 떳떳함인지, 무엇이 진실인지, 그들만 스스로 모르는, 양식에 함석 두른, 모리배들과 다른 게 무엇인가, 그들이 만든 선거법, 그들의 선에 맞는 인선, 지선이 무엇인지, 알 필요를 못 느끼는, 자신들의 욕구충족, 권력 영역 넓히기에 혈안이 되어, 자신들마저 자신들의 속임수에, 스스로 속아서, 거짓을 걸치고도 태연해하는, 모습들이 가엽지 않은가. 하긴 국민들이 잘 속아 주니까, 그래서 인간에 의한 어떠한 제도도, 인간 스스로가 자연의 법칙에 준하여, 삶을 꾸리는 깨우침이 없이는, 국민을 위한 정상적인 국가가 되기는 어렵다.

  인간사회에서는 꼭 영리하고, 지식이 많은, 사람들이 필요한 것은 아니다. 그들이 필요하다면, 사전이 있고, 책들이 쌓여 있다. 요즘은 영리한 악동보다, 더 똑똑한 컴퓨터도 있다. 일류대학 인재들이 경영하는, 현실의 이 사회가 그것을 단적으로 보여 주고 있듯이, 우리들의 인재들은, 인간의 기본도 못 갖춘, 그야말로 순치되지 않은 야성인, 동물수준의 욕구 충족 형상, 기술자로 전락된, 불행의 고기 덩어리일 뿐, 인간이란 명칭도 아까운 물건들이다.

  잘못된 정책으로 인해, 막대한 손실이 나도, 국민이 땀으로 일궈 놓은, 재산상의 손실로 부당함을 항의하면, 말단에서는 법이 그러하다 하고, 과장급은, 상부의 지시라 하고, 상부는 면피용 미사여구로 얼버무린다. 결국은 국민이 잘못 선택한 사람의 책임이 아니라, 잘못 선택한 국민의 책임일 뿐이다. 그 피해는 고스란히 국민들이 지니까, 책임지지 않으려고, 그들은 영리하게도 법이란 도구로 방패막이를 철저하게, 법의 철책을 마련하여 회피하고 은거한다는 점이다. 그들의 실책에 대하여는, 엄격히 적용해야 하는 이유는, 함부로 능력 없음을 모르고, 자리만 탐한 죄를 물어야 하고, 그 피해에 대하여 개인이 책임지는, 구조적 행정제도여야 함이 마땅한 것이다. 그것이 함부로 법을 만들고, 규제를 남발하는, 탁상 행정만능의 피해를 줄일 수 있다고 본다.

자신의 능력과, 자신의 실체를 모르는, 맹인과 다름없는 인간일수록, 잃을 것 없는, 자가 용감하듯, 남의 것을 우습게 보기 마련이고, 자신의 땀이, 배지 않은 제물이야 말할 것 없고, 잘나지도 못한 것일수록, 잘난 것으로 착각하는, 못난 사람이기 마련이다. 정제되지 않은 인간, 그것은 동물과 조금도 다를 바 없다는 것을, 수천 년 전부터 많은, 각인들과 군자들이, 누누이 한 말들이다. 제 애비라도, 나이 먹은 노인을 꼰대라는 비속어에, 싸잡아, 진부하고 고루하고 낡은, 쓸모없는, 하찮은 사람의 대명사로 사용한다. 옛 것을 천시하고 경시하고, 다른 사람의 경륜이나 체험의 지식 따위는 안중에도 없다. 핸드폰에 꽂을 눈은 있어도, 금강석과 같은 자성을, 찾을 여유 없는, 한 곳에 매몰된, 흥미에 빠져 허우적대는 게, 요즘의 젊은이들이다. 자기 생의 가치추구를, 갈구하는 간절함이나, 절실함이라곤 전혀 없는, 문명을 모르는 미개인이나 다름없으면서, 자신의 미개와 문명의 실상을 착각한, 유인원 시대보다 못한, 현대라고 하는, 정보의 홍수 속에, 혼돈되어 시간만 죽이고 있다.

인간의 1차원의 세계는, 먹이를 보는 눈에 충실함이고, 2차원의 인간은, 동물과 달리 타인과 협동하는 사고의 소유이고, 3차원의 인간이란, 자신의 진실체, 자아의 주인을 체감하는 고도의 수련을 거친, 사고의 기준을 세운 인간이고, 4차원의 인간은, 자연물로서 일체를 이루는 조화 화합의, 통합의 삶을 누리는 것이라 할 것이다.

내가 자식들이나, 후손에게 물려줄 유일한 유산은 이러한 말들이다. 이것이야말로 그 무엇에 비해 부족하지 않은 유산이라고 생각한다. 평생을 이것을 얻기 위해 노력했다고 할 수 있다. 길 안내자는 없어도, 유구하고 구태의연한 자연과, 옛 지성들의 유산이, 나에게 이러한 생각을 하게 하고, 눈을 뜨게 하였다. 비록 누구의 소유랄 것은 없으나, 이러하게 한, 모든 것에 감사하는 마음이 전부다.

세계에는 군사적으로나 재정적으로나 인구로 봐서, 막강한 강대국들이 있다. 이들 국가에 반감을 지닌, 국가 또는 집단들이, 자살폭탄으로 항거하는 뉴스가 잦다. 옳고 그름은 자치하고 그 방법이 목적을 이루는 데는, 거리가 먼 전략이라는 것이다. 단순한 감정풀이라면 몰라도, 최소한 인간을 살상하는 데는, 그에 걸맞는, 이유와 가치가 있어야 한다고 생각한다. 강한 것의 대처는, 약[藥]이 약[弱]이다. 반대로 약한 것에 대하여서는, 강이 약이다. 강약의 묘미는 다루는 자의 손에 의해, 천변만화의 그림을 그릴 수 있다는 점이다. 외부가 강하면, 내부가 약이고, 내부가 강이면, 외부가 약이다. 집단은 쪼개기가 우선이고, 산재한 것은 중심이 약이다. 무엇을 얻으려고 하거든, 머리를 숙이는 고통을 익히고, 시혜를 베풀 때는 겸손하고, 악에는 먼저 자신의 감정을 다스리고, 신성한 목적을 달성하기 위한 일이라도, 희생을 최소화하는 것에 게을리 말아야 한다. 한 사람의 살상은 소우주를 파괴하는 것과 같고, 그러므로 사람의 생명탈취는 그 수와 관계가 없다고 할 수 있다. 무엇을 도모하고자 한다면, 확실한 방법이 아니면, 타인이든 자신이든, 생명을 담보로 시험하지 않아야 한다. 생명은 다시 오는 것이 아니다.

　국가안보, 군사력의 사용은, 오직 인류보편의 가치인 자유, 정의, 평화와 인간의 궁극적 목적인, 행복 추구권의 확보, 또는 그 보존에, 목적을 두어야 한다고 생각한다. 최후의 1인까지 목숨을 바쳐도, 결코 헛된, 비싼 대가라 할 수 없을 것이다. 인간은 아프리카 세렝게티 평원의 누 떼처럼, 많고 적음에 가치가 아니고, 먹고 자고 일하고를 반복하는, 단순 생존의 의미라면 몰라도, 행복한 인간의 삶은, 육신의 생존의 가치보다, 단순한 동물과 다름없는 삶인, 행복권의 박탈은, 그 누구의 죽음으로든 지켜진다면, 그 한 사람을 위해, 당연히 인류의 최후의 일인까지도, 그것은 즐거이 받아들여야 할, 높은 자율적 도덕성일 것이다. 그러한 인간자세는, 세계를 구할 수 있다고 본다. 한 사람은 모두와 같고, 모두는 한 사람과 다르지 않은 것이다. 생명의 개체는 모두가 동일하니까, 세계도처에서 정신적 행복권은 고사하고, 육신의 생존권마저 위협하는, 불량 지도자들, 악마 같은 독재자들이 버젓이 존재하지만, 팔억에 가까운 인류는, 남의 일이라, 그 만행에 손놓고 구경만 한다. 이러한 인간의 좁은 이기심은 행복이라는, 인간의 절대 가치에 미치지 못하는, 벌레 같은 무치의 우매함에서 비롯되며, 현실적으로, 실제로, 진정한 인간의 가치 또한 쉽게 얻어지는 물건이 아님을 절감한다.

　사람은 지나간 과거에 매달리는, 미욱한 생각을 빨리 버릴수록, 그만큼 미래가 밝아진다. 지난날에 동생이 내게 어떻게 나쁜 짓을 했고, 거짓말로 나를 모함하고 시기하고 비난했고, 내 것을 어떻게 빼앗아 갔고, 하는 따위는, 잊어야 한다. 과거 미국의 백인들이, 원주민인 인디언들을 학살한 것이나, 호주의 원주민들에게 가한 혹독한 참상들, 아프리카인의 노예화에 기여한 유럽 열강들의 잔인성, 야만적 부도덕성, 비인도적인 야성 등, 히틀러의 미친 광대놀음에 95% 지지로, 놀아난 독일인들, 일본의 잔악한 제국주의 식민정책, 난징대학살, 만주족 조선족 동남아 여러 민족, 국가에 저지른 갖가지 살육, 감금, 강제노역, 여성 성적노예, 등은, 인간으로서는 용서할 수 없는 만행이었다. 일본 국왕을 비롯한, 군부지도자들의 민낯의 야욕은, 짐승보다 훨씬 우월했었다. 그러나 그 시대, 그 사람들, 자국민이든, 타 국민들이든, 피해자도 가해자들도, 지금은 거의 사라진 것이나 다름없다. 2차 대전의 참혹상은, 지구 곳곳에 깊고 슬픈 아픈 자국을 남겼다. 모태 전으로 돌아갈 시간만큼, 말해도 세월이 부족하다. 내일을 생각하고 준비하고 실행할 시간도 모자란다. 바보가 따로 없을 것이다. 지나간 것보다 앞으로의 시간이 훨씬 중요함을 새겨야 한다. 용서와 관용은 복수보다, 많은 미래의 재산이 되고, 분리보다 통합이 보다 강함을 생산한다는 것은, 자연이 가르치는 교훈이다.

북한은 한 사람의, 개인 소유의 나라이다. 2,500만의 노예와 그들을 관리하는, 김일성가의 옹호집단으로 이뤄진, 세계에서 유일무이한 독재와 폭압에, 무자비한 살육과, 굶주림의, 지옥의, 공포통치, 한 사람만을 위한 집단인데, 그 자리를 포기할 것이란 기대는, 죽은 지 천 년된, 주목이 다시 살아나는 것만큼이나 비정상이고, 해가 서쪽에서 뜨는 것처럼, 지구자전의 방향을, 바꾸는 것이 더 쉬울 수 있을지언정, 인간은 한번 어둠에 잠기어 굳어지면, 모태로 돌아가서, 다시 태어나기 전에는 불가능한 일이라고 생각한다. 한 사람의 일생이 꿈과 같으면, 그 꿈을 깨기가 어렵듯이, 삶 속에 갇힌 것에 경화되면, 다시 쓸 수 없는 오염된 물과 같이, 처음부터 다시 시작하지 않으면 불가한 일이다. 항상 깨어 있는 사람이 아니면, 정치인들의 농간에 이리 저리 휩쓸려, 그들의 욕심을 채우려는 선전 선동에, 표의 올바른 향방을 잃어버리게 된다, 전쟁을 좋아하는 사람은 없다. 그러나 도탄에 빠진 사람들을 보고, 굶주리고 죽어가는 사람들을 보고, 억울하게 죄 없이 죽임을 당하는 사람들을 보고, 못 본 체하는 비굴한 삶보다는, 이들을 구할 방법이, 비록 죽음일지라도, 그것이 더 인간답지 않겠는가. 그게 인간이 짐승과 다른, 높은 도덕적 자율성이 아닌가. 1950년대에 이미 전쟁은 잉태한 것이다. 언제고 그것은 태어날 것이다. 그렇다고 이 땅에서, 그 태어날 전쟁만으로 끝날 일은 아니다. 인간의 역사가 존재하는 한, 국가가 존속되는 한, 전쟁은 불가불의 재앙인 것이니, 항상 끊임없이 대비하는 것만이, 그 피해를 줄일 뿐이다. 세상에는 잘난 사람들로 가득하다. 미국이든 러시아든 중국이든, 많고 많은 현명한 사람들이 셀 수도 없이 많아도, 바르고 옳은 것에, 그 현명의 밝음이, 자신의 섭생이, 자연의 은혜로운 보살핌이라는 도덕적 대의에, 자유로이 숨 쉬고, 움직이는 모든 것의, 바탕이 되어 헌신하는 대지의 은덕을 공유하는 인간으로서, 꿀벌의 새의 혀 바닥에 묻어지는 꿀만큼도 없는, 인간으로서는 용서할 수 없는, 만행을 차단하고, 굴종과 폭정에서 구하는, 정의 공정 평등의 의협의 실행 의지가 하찮은, 가치에 속하는 사람들이다. 용상이나 왕좌가 아무리 호화로워도, 그 높고 큰 자리에, 널부러진 미천한 벌레라면야, 그래서 존경할 만한 사람은, 제자리에서 자연을 겸손하게 섬기며, 검약소욕, 자족하는 자가 가장 현명하고, 존경할 만한 사람이다.

잠을 깬 사람을, 나는 성인[醒人]이라 칭한다. 사람마다 자신의 국부하늘이 있고, 사람마다 자기 지축을 지니는 것이 기준이고, 자연의 공정함이고, 생명의 진리이다. 정의[正義]의 정의[定意]도, 그와 같이 개인으로 출발하지만, 모두와 다를 수 없는 기준이 진리이다. 정의가 시대 따라, 환경에 따라, 위치에 따라, 국가마다 다른 풍습에 따라, 개인의 사정에 따라 달라지는 기준이 아니고, 그들 성인들은 어디에 있든, 어떤 국가의 사람이든, 개인적인 어떤 환경에 있든, 다를 수 없는 기준은, 오직 성인들만이 지니는 가치이다. 삶은 신비로움의, 자연스러운 스스로의 희열이고, 죽음은 분주한 삶의, 반대인 조용함과 편안함의 극치이다. 권력과 재물의, 삶의 영역에서의 필요영역은 극히 제한적이다. 사지가 멀쩡한 사람이라면, 물질은 구하면 된다. 기준을 잃어버린 사람들, 그들만이 천 년 걱정을 지고 사는, 백 년 미만의 삶인 것이다. 비록 하루살이 곤충이라도, 가벼이 하지 말아라. 꿈속을 백 년을 헐떡이는 것보다, 잠을 깬 하루의 희열이, 더욱 값진 것일 테니까. 잠을 깨기 위한 노력은, 사람에 따라 차이가 크지만, 눈을 안으로 집중하고, 자신의 본질에 대한, 탐험을 야수가 되어, 오직 그것에 전념하는 시간이, 좌선이든 행선이든 와선이든, 손에 잡힐 때까지, 잡다한 일상은 건성으로 때우는, 삶의 부실이 될지언정, 단전에 힘을 꽉 주고, 날을 세우는 성의 없이는, 쉽게 얻어지는 열매가 아니다. 그 열매는 신의 존재를 알게 하고, 법화세계를 살게 한다. 주체가 없는 의존적인 믿음이 아니라, 주관적 시야가 법화계이고, 삼라만상이 제 진실한 모습으로 보인다. 그것들은 하나도 변한 게 없는데도.

꿈을 깨라, 모태에서 출발한 의식작용을 빼고는, 모든 것을 버려라. 특히 욕망이라는 그물을 벗어나야 한다. 다 버리기만 하여도, 자연은 스스로 찾아들 것이다. 자연의 일부인 인간의 영특함이, 도리어 장애가 되어, 스스로를 지옥에 가두는, 우를 지니고 살지 마라. 그것은 사람으로서의 가장 수치스러운 어리석음이다.

꿈을 깨려고, 달마의 제자 혜가는, 한 팔을 잘랐다. 삭발하고 수십 년을 면벽하는 이들도 많고, 목숨 걸고 고행하는 이들도 많으며, 평생을 궁핍한 생활을 마다않고, 구도하는 사람들이 적잖은데, 그 이유가 자신이 무엇인지 모르는 상태에서는, 한 발짝도 앞으로 나갈 수가 없다는 바른 생각 때문이다. 눈이 먼 상태에서, 바르고 옳다는 판단이 시대에 따라, 사람에 따라 다르고, 나라마다 다르니, 단 한 번의 행동도 두려운 것이나, 어두운 사람은 용감하여, 행위가 앞선다. 인간은 자연의 원소들의 연에 따라 결합해서 성형되었다가, 시공간의 섭리에 따라 흩어지는, 순환의 굴레를 벗어나지 못한다. 육신은 이러할망정, 소프트웨어인 마음은 정신을 통하여, 인식의 한계를 초월케 하고, 소립자들의 정체를 밝히는 등, 천문학적 영역의 도전의 길을 내고 있는 현실이지만, 인간의 삶의 목표를 잃고, 그 가치를 모르고, 무의미한 몸의 양육과 그것의 원초적인 본능과, 감성에 잠겨 허우적거린다. 너 자신이 무엇이냐, 우선 육신이 주인인가? 정신이 주인인가? 정신이 주인이라면 그것이 무엇이냐, 형체도 없고, 냄새도 나지 않고, 만져지지도 아니하고, 허공과 다름없는, 이 한 물건이 도대체 무엇인가. 미립자에서 우주의 근원을 찾겠다고 하는데, 그것을 인식할 인간부터, 그 존재를 확인해야 한다. 그것을 확신하고 난 후에 기준이 서고, 바른 인생관이 서고, 국가관이 서고, 가치관의 확립이 서는 것이다. 그에 세상의 모든 것이 신비롭고, 아름답고 귀해서 경탄사로 채워진 희열이, 영원의 불꽃처럼 꺼지지 않을 것이다. 모든 것이, 그대로이나 새롭고 밝아서, 어두운 곳이 없으니 활동이 자유롭고, 언어가 올바르고, 막힘이 없는 자유를 얻음이다. 이것이 인생의 목표이고, 이것이 대자유인의 영역이다. 첨언하면 깨달음의 영역은, 모든 형이하학의 결정체이고 그 주인이며, 단 하나이다. 이것은 깨어나면 알 일이지, 글자로는 전달될 수 있는 것이 아니라서, 가 보지 않고, 마셔 보지 않고, 해 보지 않고는, 체험하지 않고는 알 수 없듯, 내 말의 진위도 구도를 실천하지 않고는 알 길이 없다.

보수와 진보라는 정치집단이, 봉건시대의 왕의 제복을 가지고, 시시비비하던 노, 소론의 당쟁과 다른 점이라곤 없는, 어디를 보아도 없는 판박이다. 역사의 무용론이 없음이 안타까울 정도이다. 현재의 보수는 자유 민주주의를 표방하고 있지만, 그와는 거리가 먼, 표면만 그럴싸한 가짜이다. 진보 또한, 새로운 혁신의 체제를 부르짖고 있지만, 실상은 공산주의 사상을 물 타기해서, 사회주의 친북적이고, 소득의 공평한 세상을 내세우고 있지만, 사회주의의 제도의 맹점을 모르는 표면적 구호일 뿐이다. 그들 양당은 당익을 위한, 국민으로부터 나오는 권력을 차지하기 위한 전략을 세울 뿐, 진정한 보수나, 진정한 진보는 아니다. 자유 민주주의의 대의 권력을 사유화하고, 재산권이나, 언론의 자유, 또는 법의 평등권, 등을 세금과 과태료 전관예우 등, 온갖 공익의 이름을 빌린, 규제를 구실로 국민을 괴롭히고 쥐고 흔들며, 가난한 사람들에게, 선심 쓰면 표수는 많을 테지만, 나라는 망한다는 것을 도외시하고, 진보의 공산사상 중에, 경제적 관점인 소득분배의 공평성에 대한, 복지혜택이 능률을 깎아 먹는지, 일하지 않고 놀고, 얻어먹는 사람들을 양산할 구실이고, 성실하고 근면한 사람들의 가치를 절하하는, 국제적인 현실의, 경제적 여건에 비춰 볼 때, 경쟁력을 떨어뜨려서, 표를 얻는다고 그것이 국가를, 국민을 위하는 일인가. 그렇게 하지 않으면, 그 자리에 앉을 수가 없으니, 몽매한 우치[愚痴]들이거나 장님처럼 앞을 볼 수 없거나, 그도 아니면, 국민을 상대로 사기 치는, 모리배에 지나지 않는 무리들이다. 국민으로부터 위임받은, 대의 민주주의의 공직자란, 오직 국민의 봉사자로서, 하나부터 열까지 모든 일은, 국민을 위한 일이여야 하는데, 요즘 거론되는 선거 구제가 국민을 위한 건가, 터럭 한 올 만큼도 없는, 위민의 봉사 정신이 없을 뿐만 아니라, 대표성도 없는 수로, 다수결 원칙이 무색한, 삼분의 일, 반도 되지 않는 것을, 당선으로 법을 만들어, 자신들의 잔치상만 풍요롭게 하고도, 부끄러운 줄 모르는 몰염치한, 부도덕하고 뻔뻔한 그들의 행태야말로 유구무언이다. 좌이든, 우이든, 유물론이든, 유심론이든, 육신은 유물이요, 정신은 유심이다. 하나를 가지고, 국부[國富]를 구실로 혁명을 일으키고, 그에 반하는 권력을 핑계 삼아, 마치 국민에게 권력이 있는 것처럼 속이고, 전횡을 일삼고, 경제적인 측면에서가 아니라, 인간의 사지가, 그 모든 구조가, 천부적인 권리가 자유임은 분명하고, 부의 축적도 보이지 않는 손, 즉 욕망의 의한 적극적인 행위가, 능률면에서 월등히 효율적이고, 잉여가치보다 낫다는 것은, 이미 동유럽에서 입증된 사실이다. 그러나 몸과 정신이 둘이 아니듯, 조화로움을 모르고, 화음을 모르고, 기득권의 자리에만 연연하니, 누가 누구를 탓할 일이 아니고, 민주주의의 사회이든, 공산주의 사회이든, 성인들의 행복권은, 스스로 지켜질 것이기 때문에, 먼저가 자신의 진면목을 깨우치는 것이다. 오른손은 민주주의이고, 왼손은 공산주의인데, 양손을 다 쓰는 것이, 외팔이보다, 쉽게 소득을 올릴 수 있고, 능률적이고 쉬울 텐데, 왜 한 팔만 팔이라고, 하구한날 툭하면 민주, 민주하는데, 정작 민주는 저들 손에는 없다, 줄 것도 없으면서, 투사니 열사니 이름만 거창할 뿐이다. 손에 쥔 민주를, 막걸리 고무신에서, 이젠 복지로 둔갑을 거듭하고 있는데, 눈 뜨고도 이를 모르는 유권자들만 속고, 또 속고, 다시 속으면서도, 그들에게 손가락질만 해댄다.

나는 너무 늦게 눈을 떴으니, 인생의 꽃이랄 수 있는 황금기인

장년을 허무하게, 그냥 남들처럼 인생의 목표도, 의미도 모르고 살았다, 너희들도 나처럼, 눈을 일찍 뜨지 못하거든, 아래사항을 유의하도록 하거라.

* 남을 괴롭히는 소득으로 먹지 마라. 공직은 교육직이라도 함부로 맡지 말거라. 너는 장님이나 다름없으니, 그저 몸으로 일하는 보람을 익혀라. 철밥통에 노후가 보장되는 것이라면, 더 더구나 서민들 피 빼는 흡혈귀 되기 십상이다.

* 일하지 않고는 먹지 마라. 기업에 취직을 하거든 성실하게 하여, 남들을 기준으로 삼지 말고, 자신의 양심에 따르도록 하고, 봉급에 연연하지 말고, 부족하면 더 낮은 곳을 택하여, 진취적으로 남보다 먼저 일하고, 먼저 생각하고, 먼저 준비하며, 앞으로 나아가라, 그러노라면 얻어지는 것이 많을 것이다.

* 이 세상에는 소중하지 않은 것은, 그 무엇도 존재하지 않는다. 배우자는 반드시 그 마음의 근원을 보되, 완벽함을 추구하지 말고, 사물에 대한, 이해력과 사고력, 그리고 보편성에 친숙함과, 생활화됨이, 천함과 귀함을 구분할 정도면, 족하다고 생각하거라.

* 감사하는 마음은, 인간에게 주어진 최상의 특혜이다. 생에 있어, 가족이 우선함은 당연하나, 남을 대함에, 비록 천할지라도 존중하여라. 세상에 귀하지 않은 사람이나, 하찮은 돌멩이 하

나라도, 불필요한 것은, 단 하나도 없는 것이다. 사람은 사람을 소중히 할 때, 재물도 그들에 의해 들고 나는 것이다.

* 겸손해라. 실천하지 않는 지식은, 인간을 더럽히는 오염물에 불과하다. 지도적인 위치에 오르면 직책을 완수하는 것은 물론이나, 아랫사람들을 능동적으로 일하도록 만들어야 한다. 지시 확인은 지시나 명령으로 하지 말고, 스스로 모범을 보이고, 각자가 일하고, 확인하도록 장려하여야 한다.

* 검소 절약은, 인격을 재는 척도이다. 재물을 모았거나, 여러 사람을 지도하는 위치에 오르면, 겸손할 줄 알아야 하고, 그것들은 잠시 내게 머물 뿐이라는 것을 잊지 말아라. 세세손손 그 재물이 이어지는 것은 없으며, 그렇게 된다면, 그것은 죄악이나 다름없다. 부잣집 자손들이, 체험으로 얻어지는, 지혜의 눈을 뜨기는, 더더욱 어렵기 때문이다.

* 물질의 낭비는 시간의 낭비이고, 그것은 생명의 낭비이다. 자신은 물론이려니와 가족들이 검소함을 익히도록 노력하여야 한다. 소욕지족은 자연에서 보나, 인간에게서나 유익함이지, 손해 보는 일은 없다. 뿐만 아니라, 나눔의 이타행의 첫 걸음마이고, 만물을 사랑함의 시작이다.

* 자신의 수양이란, 야생마처럼 날뛰는, 욕망을 순치하는 수련이다. 지위를 탐하지 말고, 재물도 탐하지 말아라. 그것들은 모

두 쫓는다고 얻어지는 것은 아니며, 태어난 자는 노력으로, 누구나 모두, 자력으로 생을 이을 수 있게 마련이며, 가난과 고독은 친구처럼 사랑하여라. 그것들은, 인간의 정신적 휴양과 양식이 되는 것들이다. 가난한 자여 복이 있나니, 란? 예수 그리스도의 말은, 그냥 흘려 버릴 평범한 말이 아니다.

* 지혜는 지식으로 얻어지는 것만은 아니다. 사물을 궁구하는 간절함에서 얻어지는 성실함의 결과물이다. 남의 말들을 그대로 믿지 말며, 오직 체험한 것들만 믿어야 하고, 눈에 보이는 것보다, 보이지 않는 것들을 탐구하고, 그 이면을 헤아리도록 노력하고, 그러자면 자연 열심히 알고자 하는 노력이 필요할 것이다. 나아가고 멈추는 것은, 지천명에 이르러야 하니, 거기에 이르지 못했거든, 현실에서 앞과 뒤를 헤아리는, 지혜를 활용하여라. 어려워서 결단이 어렵거든, 사양하거나, 모든 도모하는 일을 멈추는 것이 최상이다.

* 환란이나 전쟁 시에는, 생존에만 삶을 던져야 한다. 전쟁은 항상 대비하는 것이 좋으며, 피아간의 공방지역은 빨리 피해야 하고, 군사 병기가 있는 곳이나, 군수시설 물자가 있는 곳은, 적의 공격 대상이다. 전쟁 시에는 재물에 연연하지 말고, 서해 바닷가 쪽으로 가면, 굶주릴 염려는 없을 것이다. 전쟁은 살육전이다. 상식과 도덕률이 엎어진 상태이니, 오직 구명에만 전력을 다해야 한다.

* 재물은 필요 이상은, 내 것이라 할 수 없는 것이다. 가족 이외에 다른 사람일지라도, 재물로 사람을 살릴 수 있다면, 흔쾌히 내주어라. 결코 손해 보는 일이 아니다, 하늘은 스스로 돕는 자를 돕는다고 했는데, 인간의 내생은 없지만, 운명은 공평해서, 불행과 행운을 반드시 번갈아 체험하게 된다는 것을 알아라. 주는 것이, 받는 것보다 훨씬 즐거운 행운이다. 그러면 생이 한층 풍요로워져서 넉넉함을 얻을 것이다.

* 사람의 뒤에는 눈이 없다. 과거는 앞을 향한 자료일 뿐이다. 인간에겐 지나간 과거는 무가치하다. 오직 미래만이 유효한 가치이다. 그리고 현재는 되돌릴 수 없는, 그냥 지나가는 것으로, 헛되이 할 수 없는 것이다. 그러므로 최소한 생을 마감할 때, 후회하는 일은 없도록 살길 바란다. 악인이라도 사람은, 미래의 선행 가능성에, 보다 나은 가치를 함유한다.

이 세상에, 내 것이라 할 수 있는 것은 단 하나도 없다. 내 몸마저도 엄밀히 내 것은 아니다. 그러나 그 빈 공간에는, 우주가 지붕 되고, 오대양 육대주가 앞마당이며, 인류가 꽃밭이다. 만물이 다 내 것 아닌 것은, 단 하나도 없는 법이다. 제 것이라고 짊어지고 있는 것 아니고, 제 것이라고 몸에 지니고 사는 사람 없다. 또한 쓰지도, 지닐 수도 없는 것들에, 사람들은 제 나라, 제 돈, 제 집, 하지만 내가 쓰면, 내 것이고, 내가 보면, 내 것이고, 내가 가면, 내 나라이고, 내가 밟으면, 내 땅이다, 따지고 보면, 모두가 다 나이고, 나 또한 모두이다. 한 덩어리가, 나누어졌다고 다른 것은 아니다. 한 줌의 흙이라고, 중국 것, 미국 것, 하지만, 통합의 지구인 것이다, 사람과 지구가 다르지 않은 것은, 한 덩어리이기 때문이다.

중국이 대학교수들을 동원하여 추진하는 동북공정, 이는 한국의 고대사 및 근대사를 중국의 역사에 편입해, 한국이 자기 나라라고 말하고자 하는 것인데, 삼국시대부터, 우리가 세자를 봉하는 것도, 중국의 허락을 받아야 했던 것도 사실이다. 그러해서 지금의 중국이, 우리나라를 자기들의 영토라고 주장한다면, 나는 흔쾌히 그렇다고 긍정할 것이다. 맞다. 한사군을 설치한 사실이 있고, 때마다 조공을 바치느라 애쓴, 우리 선조들이 큰 유산을 남기는 일을 해 주었다고 생각한다. 한국이 너희들 나라이면, 중국 또한, 우리나라 아니겠는가, 당나라 태종은 왜, 그리도 어리석게 백성들을 동원 무장시켜, 고구려의 안시성을 뺏으려고 많은 목숨까지 바쳤는지, 웃지 않을 수가 없는 노릇이다, 일본이 독도를, 자기들 영토라고 우긴다. 역사적인 증거가 없는데도, 그냥 우기는 것인데, 왜 우리가 그들의 장단에, 일희일비한단 말인가. 세계적인 논란거리를 만들고자 하는, 그들의 장단에 놀아 줄 이유 없다. 대마도가 우리 땅이라고, 우리도 우기면 그만이지, 개가 달보고 짖는다고, 신경 쓸 일 아닌 것이다.

일본이나 중국은, 우리에게 영원한 고통스런 이웃이다. 대국의 오만함이나, 도적질을 하고도 사과다운 사과 한 번 제대로 하지 못하는 일본이나, 그들의 잘못보다, 우리들 자신의 어리석음을 먼저 반성해야만 하는 것이 옳다. 항상 너희들로 하여금 침을 삼키게 한

죄, 비루하여 깔보이게 한 죄, 만만하게 보이게 대비하지 않은 죄, 치자들의 권력투쟁에 날이 세는 줄 모르는 허약한 나라로 보이게 한, 그 죄가 사실, 더 크다는 것을 절감해야 하는 것이다.

자연의 섭리는, 적자생존의 법칙에 의해서, 인간의 탄생과 지속성을 유지하게 한다.

만약에 절대자, 전지전능의 신이 존재한다면, 일어나서는 안 되는, 일들이 일어난다. 태어나는 것은, 죽지 않아야 한다. 먹지 않아도 죽지 않아야 한다. 시공간에 예속되지 않아야 한다. 생물은 계속되고 있는, 진화의 굴레를 벗어나지 못한다는 것은, 신의 존재에 불신을 낳는 것이다. 지구상에서 생물의 멸종이라는, 재난이 여러 번 있었다는 점이다. 이런 것들은 신이 존재하는 것이 아니라, 인간의 창조물이란 것을, 간접적으로 말하는 것이라 생각한다. 인간이 신의 창조물로, 의존적 지적존재라면, 자신이라는 주체는, 어디에 존재하는가. 인간의 최종목표인 행복은 과연, 누구의 소유인가, 신이 하사하는 선물인 것인가. 인간은 꿈에서 깨어나는, 부단한 노력을 해야 한다. 예속된 삶이 아닌, 자신의 삶을 살기 위해서, 행복을 내 손으로 쟁취하기 위해서, 깨우침은 단언하건데, 신이 안겨 주지는 않는다. 그것은 부모라도 안겨 줄 수 있는 것이 아니다. 오직 자신의 체험을 통해서만 얻어지는, 보물인데, 이를 포기하고 영원히 예속된 의존적인 존재로 살아야 한다는 것은, 신도 있다면, 바라지 않을 것이다, 끝없이 성가시고 귀찮은 존재일 뿐일 테니까.

인간은 삶을 따라가다가 죽음을 만난다, 그러므로 삶은 따라가지 말고, 누리고 살아야 한다. 욕망으로 도색된 삶 말고, 바르고 옳은 삶은, 다이아몬드처럼 순수성을 잃지 않고, 순도 높은 이지의 삶을 말한다.

무소유의 인생, 잠시 이 별에 머물다 가는 것, 올 때나, 갈 때나, 형체가 이루어져 땅에 떨어질 때나, 땅속에 묻힐 때나, 원소들의 결합일 때나, 해체될 때나, 인생이 무엇인지, 알기도 전에 사라져 버린다. 가져갈 것도 없고, 가져오지도 않았고, 자신이 무엇이지도 모르는 사이에 사라지는 것이, 인생이다. 인간은 본래부터, 제 몸뚱이도 제 것이 아닌, 무소유물이다. 한데 무슨 유소유? 소유는 착각일 뿐이다. 모두가 착각 속에 일생을 살다 가는 것이다, 정도[正道], 바르게 보고 바르게 생각하고, 바르게 사는 삶을, 상식선에서 아는 만큼이라도, 실천하는 그런 삶이면, 족하고도 남는 삶이다. 인간은 왜, 배우면 배울수록, 지식의 양이 늘어날수록 남의 것을 탐하는 데 밝아지는지 알 수가 없다. 이것은 지식의 함정이자 인간을 죽이는 늪이다.

인간의 눈은, 앞만 볼 수 있다. 잘잘못을 떠나, 지나간 과거에 집착하는 것은, 개인이나 국가나, 미래의 가치를 송두리째 날리는 일이다. 인간의 가치는 미래에 있지, 과거에 있지 않으며, 단 한순간의 과거는, 그만큼의 시간의 생명의 낭비일 뿐이다.

인간은 오감을 통하는 인식기능에 의한, 강약, 고저, 다소의 차이는 있지만, 이 감성을 바탕으로 정신활동이 이뤄진다. 눈, 코, 입, 피부로부터 인식되는 육식이 있고, 이 의식상으로 몰려드는 육감은, 종류별로 강약 다소 고저에 따라, 혼합된 감성들을, 의식상에서, 완급 우선 순에 따라 선별하고, 선명도를 높이기 위한 조절역할도 한다. 의식의 길을 좁게 하면, 사물의 구별의 선명도를 높일 수 있음과 같이, 반대로 길을 넓히면 인식의 선명도가 떨어진다. 그래서 양손을 각각 뜨겁고 찬 곳에 넣으면, 한꺼번에 차고 뜨거운 것을 동시에 느낄 수가 없다. 흐릿한 것을 확실하게 보기 위하여, 사람들이 눈을 가늘게 하고, 물체에 가까이 간다. 이 모두가 의식의 작용이다. 의식은 전기처럼 켜졌다 꺼졌다 한다. 생명의 신호인 것이 이것이다. 인체의 감각기관을 수용하고 인식하지만, 그 외에도 무한한 무의식계도 작용한다. 직관력도 발휘하는 인간에로의 입구이자, 정신활동의 출발점이고, 그러한 다음, 다시 활동을 선별 배정하는 기능을 발휘한다. 그곳이 마음 통이다. 이 통이 자신의 주인이고, 개체이며, 생명의 주인이다. 그래서 이곳을 점령하기 위하여, 많은 사람들이 수련한다. 거기에서 승리한 자만이 인간이라 할 수 있을 것이다.

소욕지족은 돈 벌지 말라는 의미가 아니며, 소유하지 말라는 의미도 아니며, 오직 무한대의 소유를 감당할 수 있는, 그 자격을 말한 것이다. 지구의 모든 것을 다 지녀도 힘겨워하지 않을 사람인 것이다.

한 집안을 망치는 데는 못난 한 사람이면 족하고, 한 나라를 망치는 데는 세 사람의 욕심이면 족하다, 한 집을 태우는 데는 성냥 한 개비이면 족하고, 한 사람을 죽이는 데는 한 종지의 독이면 족하다. 망치는 것은 이처럼 쉬우나, 이루기는 어려우니, 경계해야 할 것은 사전에 방비하는 것이 으뜸이다.

　의식의 솥 안에, 오감을 통한 감각기관들이 채집한, 인식물들이 혼합된 채로 뒤섞여 있다. 이것들은 온도의 고저, 열량의 강약에, 의해 취사된다. 선택된 인식물은, 연상기능을 거쳐 소리로 또는 행동으로 유도되거나, 저장창고로 저장되어 있다가, 필요시에 꺼내 쓰지만, 선택되지 못한 것들은, 그냥 즉시 버려져 잊혀진다. 언어나 행위로 연결되는, 선택된 인식물들은, 대체로 사건의 크기와 각자의 사상에 따라, 며칠 또는 몇 달, 혹은 몇 년, 죽을 때까지 평생을 가는 기억들도 많다. 이러한 정보의 취사선택을 위한 분석은 본능적이고, 주관적이며, 감성적인 욕망이 주관하고 있다고 해도, 무리는 아닐 것 같다. 인간은 태어나면서부터 이러한 경험을, 시행착오와 오류, 잘못된 인식들에 대한 대처방안을 찾고, 상대적인 오류는 타협을 하면서 성장한다. 인간에 있어 욕망과 우월감은 정신영역의 대부분을 점유한다고 할 수 있다. 한마디로 사람은, 뜨거운 욕망덩어리인 것이다. 이 욕망의 부정적인 요소들을 제거하는 데, 인류역사상의 많은 철현들이 심혈을 기울였다. 대다수의 사람들은, 이 욕망에 노예라 할 수 있을 정도로, 매몰된 상태로 살다가 간다. 스스로 망쳐 가는 인간의 존엄성을 볼 때, 밑이 터진 항아리에 밤잠을 자지 않고, 그걸 채우려고 평생을 헐떡거리며 살다 죽는다. 정보 분석 및 저장능력이 많은 것과, 재사용 재현 시에, 인출 속도에 따라 총명하다거나, 기억력이 좋다고 한다. 어떤 나라에서는 미개하게도 이 총명한 기억력만 있으면, 출세의 만병통치약으로 쓰인다. 이런 총명함은 서적이나 언어로써 보완할 수 있지만, 부정적인 욕망의 덫을 벗어날 수 없다면, 사람은 아무리 총명하여도 도둑에 불과하다. 총명을 이용해 욕망을 채울 테니까. 긍정과 부정적인 양면성이, 인간으로 하여금 분별하도록 부여된, 사고력 연사력 추리력을 동원하여, 추리하고 탐구 분석하여, 바로 보고, 바로 생각하고, 실사구시, 있는 그대로를 체득 인식하고, 사물을 궁구하여, 이해력과 의혹과 의문을 풀어 가는, 격물치지에 이를 때에, 인간의 본모습, 있는 그대로가 보일 때, 비로소 의지라고 할 만한, 확신적 믿음이 첫 싹을 틔울 때에, 흔들리지 않는 만물의 기준을 세우고, 그 무엇에도 걸림이 없는, 대자유를 누리는 사람이 될 것이다. 이것이 대자연이, 인간에게 부여한 가치추구의 명제이며, 삶의 목표이며 벼리이고, 자연 섭리의 기준이다.

대자유인의 특징은, 모든 만물이 하나이듯, 서로 연계, 또는 계합되지 않는 것이 없다는 데서, 출발하므로 어긋나거나 안 맞거나 틀리는 것이 없으니, 자유롭지 않을 수 없는 것이다.

감정은 감각기관에서 출생하여, 생존본능에 수접되어, 욕망으로 화한다. 감정과 의식은 의식이 먼저이고, 그다음이 감정이다. 그러니 의식을 끄면, 감정은 선 채로 죽는다. 고개 한번 돌리면 되고, 눈 한번 깜빡이면, 화를 죽이고 더러움을 씻는다.

사물은 부분 낱개로 보아서, 분석한 후에 전체를 보고, 그 복합체의 물질적 형이상학적 영향력을 추리 음미한다.

인간의 정신적 활동 중에, 가장 핵심적인 의지형성의 과정이, 보편성과 공정성이나 객관성을 벗어난 것은 아닌지에 대한 검증이, 필요한 사안이 아닐 수 없다. 체험을 통과한 수용기의 물질[내분비 계통의 인식 전달물질] 또는 전기적 자극과 심장의 흥분 기타 운동으로 일어나는 열과 박동 수에 따라 달라질, 강약 고저 다소의 물질들이, 추리기능의 추적 연상 추정을 동원하여, 소설을 쓴다면, 부정적 견해와, 긍정의 논리적 반박 등의, 사고력 테스트를 거쳐, 통과한 선별된 결심은, 다시 많은 시간을 들여, 사물과의 계합여부를 확인한다. 이러한 실험치는 체험되지 않으면, 얻을 수 없는 '불립문자요 불가언설'이라는 불문의 명언이 있듯이, 의지형성이 맹목적인, 단순 정신적 결정심이 된다면, 보편성과 공정성 객관성의 결여라면, 그것은 사이비가 되고, 독선이 되고, 사물의 섭리와도 계합되지 않는, 이물질이 될 뿐이다. 사이비 종교집단이 표방하는, 모든 논리가 그러하고, 그들의 진리는 사랑이, 죽음을 의미하는 해석이 가능하고, 남을 해하는 테러리스트는 성전이라 하고, 자기의 목소리를 통하여 하나님의 말씀을 전달한다는 목회자는, 어느 날 자신이 예수가 되어 간다는 것을 모르고 한 말들일까? 언어가 도치되고, 진실을 파묻고, 자신들의 삶만을 풍요롭게 하려는 사람들이, 과연 인간의 최고의 열매인, 희열이 가득한 대자연의 삶을 누릴 수가 있겠는가? 남을 속이려고 한 말들에 자신마저 스스로를 속아 주는, 사람들이 넘쳐 나는 세상이다, 최소한 가난은 할지라도 사람이기를 포기하지는 말아야 한다. 사람에게 부여된 것들은, 미물들에겐 먹이 외에, 필요한 것들이 없기에 제 배설물은 배척한다. 이 또한 지각을 지닌 인간에겐 감사해야 할, 귀중한 삶의 안내 재료들이다. 최소한 말똥구리는 쇠똥을 먹고 산다는 것을 알고 있다. 순환의 묘수를 모르는, 인간이 한번 오염되어, 그 의지가 퇴색되면, 차라리 제 것이라도, 불필요한 것들을 버릴 줄 아는, 벌레가 훨씬 낫다고 할 수 있을 만큼, 덜어낼 줄 모르는 몰염치다. 그래서 실천하는 의지 형성은, 자연 섭리의 기준이고, 인간 순수 양심의 기준이고, 체험을 통한 확인 검증의 산물이어야 한다는 것을, 강조하고 싶다. 연준[然準]! 내가 너에게 물려주는 유일하고, 가장 값진 유산이 연준이다. 네가 무슨 일을 하든, 어떻게 살든, 이 대자연의 섭리는 벗어날 수 없으니, 그 품 안에서 늘 누리기를 희망하는 것이다. 네가 지닌 기준, 그 이상은 바라지 말아라. 그처럼 풍요로울 수 있는 것은 없다. 열심히 성실히 살아라, 최선은 항상 아름다워서, 사람에게 항상 머무는 기쁨을 안겨 준다. 내가 지름길 하나를 알려 주마, 사람은 죽는다. 너는 사람이다. 그러므로 죽는다. 진리임에는 틀림이 없는데, 이 기준을 세워서 삶을 사는 사람은 드물다. 왜 그럴까? 머리로는 모르는 사람이 없는, 이 다이아몬드보다 값진 진리를, 왜 사람들은 너나 할 것 없이, 모두가 쓰레기로 던져 버렸을까? 합리적이고 단순하면서도, 순수한 의지력이 태어나기 전에, 본능이 먼저 점령한, 복잡하고 뜨겁고 혼잡한, 요란한 욕망의 세계이기 때문이다. 의지력만 있다면, 아무리 꺼지지 않을, 불같은 욕망이라도, 고개 한번 돌리면, 온천물에 눈 녹듯 할 것이다. 오직 바른 의지만이, 인간을 구제할 수 있다고 생각한다. 그래서 지식은 저장할 가치도 없다. 삶을 영위하는 데는, 고등수학도 필요하지 않다. 미분 적분 함수 인수분해 따위는, 삶을 잇는 데는 별로 쓸 데가 없다. 그러나 사물의 이치를 궁구하는 데는, 이보다 더 나은 학문도 없다. 시간에 구애받을 일도, 그러므로 급할 것도 없다. 하면 되게 되어 있다. 하지만 게으름은 금물이다. 내 것이랄 것은, 이 세상에 아무것도 없다는 것을, 의지 창에 늘 떠 있다면, 돈도 열심히 벌어라. 많으면 많을수록 더 좋지 않겠냐? 많은 사람들에게 삶의 터전을 제공할 테니 말이야. 무소유 운운하는 사이비에 귀 기울이지마라, 소욕지족을 실천하는 사람은, 사실을 사실대로, 개를 개라고 말하는 사람처럼, 드물어서, 말은 숨은 보물찾기를 하듯, 그 뒷면을 읽어야 한단다. 신중하고 단순한 사람은, 명백하고 진실한 사람이다. 가장된 연극이 아니라면 말이다. 이처럼 의지가, 인간의 제일 덕목이란 점을 염두에 둬야 한다. 인격은 사람이 재물을 어떻게 사용하느냐에 따라 가늠하기가 쉽다. 합리적인 판단력, 정의로운 공분, 측은지심의 인을 숭상하는 자세 따위가, 실천 여부에 따라 가늠하기가 쉬운 포인트이기도 하다. 인격은 본인이 수양하고, 남이 인정하는 것이지, 자신이 인정하는 것은 아니다. 자신에게 엄격한 사람은 용서할 줄 모르는 바보가 되는 것을, 경계해야 하는 것이다. 그래서 사람들은 스스로 자신이 인격인이라고, 믿는 사람들이 대부분이지만, 진정한 인격을 갖춘 사람은, 자신이 인격인인 줄 모르는 것이 대다수이다.

감성은 동물에게도 많다. 혼잡한 감정, 감각기관들의 혼재된 영상들은, 사고의 관을 통과하면서 정제되어야, 실체를 가늠하고 취사선택을 하여, 적절히 사용할 때에, 인간이라고 할 수 있다고 본다. 무조건의 사랑, 맹목의 일방적인 무절제의 사랑은, 동물의 전유물처럼, 굴종일 뿐이다. 인간에 있어 사랑은, 정제되고 엄격하게 관리되어야 하는 독극물이기도 하다. 인간의 오관을 통한 수용기관들의 정보는, 의식의 출발선에서부터 시작되는, 정제과정을 거쳐서 사용되어져야 하는 이유는, 사람으로서의 권리, 천부적인 인간의 상속물을, 확보하기 위함에서이다. 자칫하면 사람이 강아지가 되는 수가 있다.

　사람의 기준에서, 강한 것은 악이고, 약한 것은 선이다. 무엇이든 모이고 많으면 강해지고, 그와 반대면 약해진다. 많으면 다툼이 생기고, 시기 쟁투가 벌어지고, 결국 악으로 발전한다. 선이 인간의 궁극적 목적이 아닌 바에야, 굳이 선악을 구분할 이유도 없겠으나, 사람들은 선악을 가지고 놀기를 좋아하니까 하는 말인데, 근본적으로 직설로 말하면, 선악은 따로 나눠지는 것도, 있지도 않은 허상일 뿐이다. 인간 위주의 선악은 정의롭지도 바르지도 않다. 군인으로서의 살상을 두고, 한쪽은 악이고, 그 반대쪽은 선이라고 우겨대는, 인간의 의식상이 과연 정의롭고 합리적인가? 정상적인 사고력의 정제된 사고물인가? 초식동물을 죽여 생존하는 육식동물이 악인가? 생명을 빼앗겨야 하는 초식동물은 지선인가? 만물과 만사가 조절되고, 조화를 이루면, 피아간의 균형을 이루는, 이 모든 것들이 진정한 정의이다. 자연의 순환과 섭리 법칙에 계합하는 현상이, 바른 길이라 생각하기 때문이다. 초식 동물의 억울함도, 육식동물의 당연함도, 순이든 역이든 자연 상태의 현상은, 근원적으로 모든 동식물, 생명체의 생존과 보전 유지에 벗어나지 않는다. 그러므로 정의는, 약자는 다수를 차지하고, 강자는 소수를 유지하여 균형을 이룬다. 그래서 단순한 정의, 감정적 정서적 정의, 개별적 정의를 주장하는 것은, 효율적 가치 면에서도, 균형 외에는, 모두가 합당하지 않다고 본다.

인간의 내용은 시간이다. 시공간이 곧 인간의 내용이란 말이다. 지구 자전과 공전의 길이 개념은, 인간내면의 공간 개념과는 다르게 보아야 할 필요성과 실제성을 인정해야 한다고 생각한다. 사람마다 다른 시공간을 가지고 있기 때문이다. 지겹도록 하기 싫은 일을 할 때와 하고 싶은 일을 할 때의 시간이 다르고, 즐거울 때와 괴로울 때의 시간이 다르고, 그 내용에 따라 달라지는 시간이 단순한 느낌으로만 봐야 할 것인가? 건강한 육신일 때나, 병들어 고통받을 때의, 시간의 기준이 지구 표준시간으로만 봐야 할 것인가 하는 문제는, 단순 느낌, 감성의 문제만은 아니라고 생각한다. 이 시공간의 느낌이 사고를 거치면서 많은 변화를 하기 때문이다. 하루를 살더라도 단 한 번의 만물을, 자기 눈으로 직접 보는 것과 바꾸겠다는 장님이 있다면, 그의 시간은, 일생이 한 순간일지라도, 만족할 수가 있기 때문에, 그의 수명은 한순간의 시공간이 될 것이나, 내면은 객관적인, 일생보다 길 수도 있다. 그러므로 마음은, 시공간을 마음대로 할 수가 있다고 생각한다. 마음은 인간의 꽃이고 열매이며, 무한대의 시공간이다. 마음의 영역은, 인간의 인식 수용기능에서부터, 확인과 이성적 사고의 검증을 거쳐, 몸으로 체험된 궁구의 결정체일 때의, 의지를 마음이라 할 수가 있다. 이 의지가 행위로 연결되는 삶이 진정한 인간의 삶이라 할 수가 있다고 본다. 자신이 존재하지 않으면, 시간이 존재할 리가 없다. 그것이 우주이든, 삼라만상이든, 한순간에 지워지고, 한순간에 나타나는, 지난 세월이, 한 토막의 그림처럼 비쳤다가 사라지는 것이, 시간상의 자신이다. 인간의 생명이다. 그러나 그것이 무엇인가. 어제가 무엇이었나! 너 자신이? 한순간이 사람의 일생인 것이다. 영원한 것은 존재하지 않는다. 그것은 일별[一瞥]에 지나지 않는, 일순간일 뿐이다.

또한 이 마음은, 머무는 바가 없으니, 이 얼마나 광대한 영역인가? 안드로메다성을 일별의 한순간에 왕복하고, 우주지름 100파섹을 한 발걸음 안에 두고, 아무것도 없는 공간을 휘젓는 것은, 꿈이 아닐 것이다. 마음이란, 자신마저도 없는, 시공간을 마음껏 음미하며 머물다 가자.

머리로 인식하는 것은, 기억창고에 오래 머물지 않는다. 몸으로 체득하는 것은, 잘 지워지지 않기에, 사람들은 지식이나 이성의 갈마지로[羯磨之勞]를 중하게 여기지 않는다. 인간의 지성은, 몸을 보호하는 피부와 같고, 무기와 같다. 하나 마음은 인간의 결정체이고, 한번 진리의 용광로를 거쳐 나오면, 무소불위의 존재이다. 그러나 이 세상은 너무도 조화로워서 손댈 곳이 없을 뿐인 것이다. 인위적인 폐습만 멈춘다면, 자멸의 늪은 벗어날 테지만, 자연의 섭리는 결국, 궁극적인 정점에는, 성주괴공[成住壞空]의 섭리를 벗어나진 못하는, 한계를 넘을 길은 없을 것이다.

지금까지의 말들의 결론을 말하면, 태어나서 지금까지 살면서,

어느 날 보니, 자신의 이름 뭐고 성이 뭐다, 라고 하니, 그런가 보다 하고, 배고프면 먹고, 졸리면 자고, 가고 싶으면 가고, 오고 싶으면 오고, 무엇인가 하고 싶으면 해야 하고, 싫으면 말고, 성장하면서, 하기 싫은 일도, 먹어야 하니까, 억지로 하는 경우도 있지만, 대체적으로 사람은 마음 가는 대로 따라간다. 이 마음이란 놈은 싫어도, 좋아도 내 마음이란 것이, 내 마음대로 되지 않아서, 갖고 싶은 것은 못 가져서 괴롭고, 싫은 것도 하지 않을 수 없어 고통이다. 마음 따라 울고 웃다 보니, 어느 날, 나라는 사람의 주인이 없음을 깨닫고, 마음을 내는 물건이 주인인데, 이 물건은 형상도 형체도 없다. 어디 있는지도, 어떻게 생겼는지도 모른다. 그저 그냥 시키는 대로 하고 살았다. 내 자신의 종인 몸은 알아도, 그 주인은 모르고 산 껍데기들이, 자신을 안다고 말하는데, 그야말로, 자신의 쭉정이만 알고 있다는 것을, 모르고 있기가 십상이다. 마음이란 물건은 용광로 속에서도 녹지 않는 물건이고, 목을 베어도 죽지 않는 물건이다. 물리적인 방법으로는 불가항력의 물질이다. 이놈을 사로잡아 길들이지 않고는, 자신이 자신의, 주인이 될 수 없음을 모르는 사람은 없을 것이다. 이 마음을 순치시키는 데는, 많은 노력과 희생을 감수해야 한다. 끈기 있게, 성실하게, 그 한곳에 목숨 걸고 구하는 길이 바로 이 길이다. 자칫 잘못하여 사이비 자아에 속지 말고, 바른 정도를, 조급히 욕심 내지 말고 묵묵히 찾노라면, 인연이 닿으면 손에 쥐고, 평생을 찾아 헤맨, 자신을 발견하게 될지도 모르지만, 정도를 벗어나면, 한평생을 허비하고도, 한이 남을 것이다. 길은 평범한 굴레 안에 있고, 상식을 벗어나는 법이 없고, 정도를 벗어나는, 신비 따위는 너무도 먼 거리이다. 그 순도 백의, 연금체인 금강석에 해당하는 인간의 의지는, 모든 인간의 정신의 열매이다, 이 물건은 천문학적 온도나, 압력으로 생성되는 물질이 아니고, 인간만이 발견할 수 있는 빗물이다. 그래서 부족함이 없는 삶을 누리고 살다, 백 조개의 세포결합을, 풀어 해방시켜 주고 나면, 남은 그것이 자신의 실체이다. 이것은 죽은 다음에도 모르니, 살아서 찾는 데, 목숨을 걸어도 아까울 것이 없는 것이다.

자
유
인

남을 해한다면
네가 잃을 것이 더
쌓일 것이다

03. 남을 해한다면
네가 잃을 것이 더 쌓일 것이다

　천지인[天地人] 삼재[三材]는, 인간의 삶의 절대 요소이다. 이 삼재는 용[用]이 핵심이다. 그 활용도는 무궁무진하여, 누구든 그 끝에 이를 수는 없을 것이다. 자기의 지축에서 자기 하늘 수평선상에서, 어떤 목적을 달성하고자 하는 목표에 따라, 자연과 인간의 자원을, 어떻게 이용하는가에 따라 성패가 좌우된다. 이런 삼재의 막힘없는 활용의 경지가, 만능에 가까울 만큼, 자유자재인 사람을, 자유인에 속한다고 생각한다.

　생물의 절대 권리는 육체적 자유이고, 인간의 절대 가치는, 정신적 자유 확보이다.

　요즘의 국회나, 선출직 공무원이나 임명직 요직에는, 모두 지난날에 학생 운동하던, 데모꾼들이 장악하고 있다. 그들은 자기들을 반대하는 것을 받아들이지 못한다. 그들의 행동은 잡아떼기서부터, 뒤집어씌우기, 끈질기게 결사반대하기, 선전선동의 수법까지, 모두가 공산 독재자들의 권력 장악 패턴하고 너무도 닮았다. 가진 자의 것을, 세금이란 이름으로 착취 강탈하여, 없는 사람들 구제한다고, 연일 복지를 외쳐댄다. 노동자는 무조건 파업하고, 임금은 생산성과 관계없다. 일하지 않는, 귀족노조가 국내에 기업들을 바깥으로 내쫓아도, 그래서 국내의 일자리가 없으니까, 이젠 공무원을 더 늘려서 실업률 줄이겠단다. 사람이 중요하단다, 표가 중요하단 소리는 할 수가 없겠지만, 민주주의 그렇게 목이 터져라 외치더니, 걸핏하면 반민주세력이니 뭐니 매도하더니만, 정작 북한의 일인 독재자가 무력으로 위협하니까, 전쟁은 안 된다고, 비굴하게 할 말을 못하고, 극히 삼가하면서, 정작 옳은 말 하는 사람들을 향해, 그럼 전쟁하잔 말이냐, 고 면박을 준다. 그들이 줄기차게 부르짖던 민주는, 번지수가 틀린 우편물이다. 아니면 자신들이 차지한 자리 값이거나, 자신들의 배속의 똥이거나, 뻔뻔한 민주투사, 몰염치한, 가면극을 즐기는 진보 정치인들, 복지 그렇게 남발해서 국가 부도 나면, 영삼이처럼 배 째라고 할 테지, 만들 의사도 능력도 없다던, 대중이는 핵의 자금을 댄, 일등 공로자로 천국에서 훈장이라도 받겠지만, 세금 낸 국민들은, 장차 눈덩이처럼 불어나는, 국가 채무를 자식들에게까지 물려야 할 판인데, 철밥통에 현직의 권세와 잔치 상을 마음껏 즐기다가는, 산 사람들 등골까지 빼먹는, 연금악귀가 되기에, 요즘 젊은이들이, 목매달고 노량진 학원가에 연일 북새통이란다. 후인들아 사시[四時]가 어김없듯, 흥망성쇠[興亡盛衰]도 어김없는 것, 정해진 백년 미만을 어쩌면 그리도 허망하게 낭비한단 말인가. 충직한 종노릇을 할 각오가 아니면, 공직자가 되어서는 안 되고, 상대의 원폭을 스스로 안고, 죽게 할 능력이 없으면, 대통령이 되어서는 안 된다. 그것은 또한 헌법이 명시한, 의무로 정한 것이기도 하다. 국권을 수호할 자격도, 능력도 없으면서, 자리만 꿰차고, 쓰레기만 잔뜩 먹고, 제 몸, 안위 하나 못 지키는, 대통령이나, 국민의 봉사자란 명문을 무색케 하는, 공직자들의 위세는, 후진국가의 전유물만은 아니다.

사람은 서로를 보호하고, 서로 돕고 나누는 것이, 행복으로 가는 지름길이지, 결코 남을 이기고, 지배하려는 우월심의 성취가, 자신을 보호하지는 않는다는 것을 알았으면 한다. 인간은 쓰레기를 너무 많이 안고 산다. 그러니 정작 행복이 들어갈 공간이 없다. 이기심과 욕심으로 가득한 배 속을 비워야 한다. 빈 배가 공명을 일으키는 것이다. 한여름의 매미가 그렇게도 울부짖는 것은, 자기 빈 배를 보고, 자기 소리를 들어 보라고 외치는 듯하다.

아집과 고집은, 뚜렷한 보편성과 그 타당성을 기준점으로 하였을 때만이, 쓸모가 있을 뿐이지, 맹목적인 자기중심의 감성적 고집은, 스스로 물론이고, 남까지 해를 입히는, 칼이나 다름없다.

전두환이 국권을 탈취한 반역자임에는, 판결이 말하듯, 분명하나, 그의 정적들이 말하듯, 비무장의 광주시민을, 대검으로 무차별 살해하라고, 명령하지는 않았을 것이다. 지난날의, 우리 군은 6·25 때도, 그러했듯이, 거창사건처럼 집단학살을 자위권이라 우길 정도로, 인간으로서의 보편적 가치를 모르는, 부도덕한 집단이다. 그들 또한 국민이고 설익은 젊은이들이니, 그 직속상관들의 삐뚤어진, 부하들에 대한 애정과, 상관에 대한 과한 충성심과, 소아적인 영웅심 따위가 저지른 만행이라, 누구 할 것 없이, 우리들의 자화상이 아닐 수 없다. 분대장에게 직결 처분권을 주고, 사지에 몰아

넣고 후퇴하면 쏘아 죽이라고 한, 이 나라의 군대이다. 전략상 불가피한 희생이 필요할 때, 사실대로 병들에게 알리고, 자원자를 선발하는 성숙한 민주적 사고는 마비된 집단이다. 상급자의 사병화된 지 오래지만, 요즘엔 민주 군대라고 해서 구타를 금하고 상관의 간섭을 줄인답시고, 사병들의 인권을 존중하니까, 반대로 상관의 명령 따위는 우습게 여기는 사병들이 늘어서 걱정하는 국민들이 많다. 이 모든 것이, 바르지 못한 상관들과, 위정자들의 무책의 부도덕이, 모든 국민들에게 전염되어, 병들어서, 어느 한 곳에도 성한 데가 없는, 만신창이의 중환자의 몸이 된, 국가이고 국민이다. 새로 태어나야 하고, 오염되지 않은 새싹들을 잘 교육해서, 새로운 숙성된 민주주의 정신, 도덕적 가치의 회복과, 보편적 가치를 존중하는, 삶의 목표가 뚜렷한 국민들이어야, 언어 화장 짙게 하고, 본질을 왜곡하는, 정치인들의 사기술책을 꿰뚫어, 속을 보는, 국민 기본권을 훔쳐서 자기 배를 불리는, 잡배들의 노리개가 아닌, 공짜 복지 준다고 하면, 그럼 누가 일하나 하고, 반대할 정도는 돼야 하지 않겠는가. 내가 누군지 아느냐? 고 호통 치는 국회의원, 또는 철밥통에 일하지 않고, 노후는 물론이고, 유족까지 국민들의 세금, 국민들의 노동대가를 탈취하는 공직자가 되겠다고, 노량진 학원가에 줄 길게 서는 일이 없을 것이다. 온갖 명목의, 국세 지방세 벌과금 과태료 중과세 종합세 따위의 이중삼중 매겨서 잔치하는, 그들을 응징하는, 정의를 실천하는 젊은이들이, 그리운 것은, 나만의 바람이 아닐 것이다. 자리나 사회적 지위를, 또는 신분 상승을 위한, 가면의 민주투사 말고, 계획경제 잉여가치 노동계급 우선을, 분배주도 성장을 소득주도성장이라 속이지 말고, 공산주의 사상을 진보, 또는 사회주의라 치장하지 말고, 민낯으로 당당하게 사는 게, 최소한의 양식인데, 그들은 줄기차게, 모든 것은 국민을 위해서라고 말한다. 그들은 남을 속이는 것을 반복하다, 끝내는 자신도 스스로 속아서, 술은 마셨는데, 취하지는 않았다고 하는, 어리석음의 극치에 이르렀다.

이 나라에 부족한 대통령이 한둘이 아니지만, 대통령이 배 타고 수학여행 가다 죽으라고 기도한 것도 아니고, 그렇다고 물리적으로 침몰시킨 것도 아닌데, 세월호가 전복된 책임이 대통령이나 정부에 있다고 생각하는 사람들, 줄기차게 떼를 지어 몰려다니며 외쳐대는, 그들은 도대체 뭘 먹고 사는지 궁금하다. 하기야 그렇게 하면 돈이 쏟아지니까, 할 만하겠다, 라는 생각도 할 수 있겠으나, 군중 떼만 보면, 넙죽 엎드리고, 장려금 지불하며 달래고, 자신들이 번 돈도 아니니까, 펑펑 써 대는, 그 이유는 떼 표니까, 자리보존용 선심이다. 그걸 악용하는, 국민 일부 몰지각한 집단이나, 집단에 목매다는 위정자들의, 정의에 대한 사고는, 마비 상태나 다름없다.

시리화(時利和)

지금은 기업을 하려고 할 때가 아니다. 아무리 좋은 기술을 지녔어도, 든든한 자본이 있어도, 긴 안목으로 보면, 이로운 것은 낙농 외에는, 전부가 정신적이든 육체적이든, 감성에는 도움이 될지언정, 인간의 주인에게는, 모두가 공해물일 뿐이다. 과격한 노동환경의 터무니없는, 일하지 않고, 임금 지불 요구하는 노동정책, 임금 싸고, 노동유연성이 보장되는, 해외로 기업들을 몰아내고는, 국내에 늘어나는 실업자 수가, 마치 자연재해인 양 하는, 노동정책 입안자들이나, 남이야 죽건 말건, 제 배나 불리겠다는, 극성노조 귀족노동계급, 인위적인 땜질 처방 정치는 독재성을 잉태하지 않으면, 국가를 고사시키는, 부정적인 반복 실패 결과만 낳을 확률이 높을 뿐이다. 국민들이 서로 화합하기보다 경쟁하기를 즐기고, 시기 질투 쟁투를 마다하지 않으니, 기업이 생존할 수 없는 토양이고, 국민 대다수의 각 개인은, 바르고 굽은 것을 구분하지 못하고, 욕망의 오염된 환경 내에서, 자신을 위한다고, 자신을 기름 속에 던져 놓고, 스스로를 튀긴다. 이러한 세상에서 무슨 기업을 계획한단 말인가, 시리화 삼재가 모두 오염된 세상이다. 천시 지리 인화가 모두 오염된, 이 나라의 미래에, 연도[然道]가 무심함을 새삼 절감한다.

이 세상에서 공평한 것은, 하나로 족한 것은, 인간의 모든 것을 아우르는 생명의 공정성이다. 그 누구도 벗어날 수 없는, 차별 없는 백년미만의 삶이다. 그 이상 무엇의 공평성과 공정성을 논하겠는가. 그다음의 것들은 공평한 것보다, 불공평한 것이, 오히려 인간다운 삶에 보탬이 될, 근면과 성실함의 촉진제일 뿐만 아니라, 물질의 본질에서 보면, 과유불급일 뿐이기 때문이다.

진정한 의미에서 이 지구상에서 인간이 소유하는 것은 하나도 없다. 반면에 그것은 자기 것 아닌 것도 없는 것이다.

인간의 권리는 천부적인, 모든 것에 한한다. 육신과 정신적 영역에서 자유로운 것이, 자연이 인간에게 부여한 그 권리이다. 인위적인 어떤 이유이든, 이를 인정하지 않거나, 거부할 수는 없다. 독재자는 법을 무기로, 자국민들을 억압하고 구속하고, 세금으로 강탈하고, 규제로 위세를 부리고, 저 하고 싶은 대로, 마음 가는 대로, 법을 나무 방망이로 찍어 내듯 생산한다. 독일의 히틀러도 불법은 저지르지 않았다. 법은 밥이 아니고 똥일 뿐이다. 하층, 동물 수준의 사회에서나 필요한 것이 법치국가의 틀이다. 인간사회에서는 자율의 도덕적 규범이 기본 틀이어야 한다.

　사람이 어떻게, 각기 자기 삶을 꾸려 가는가에 따라, 방법은 다를 수는 있어도 그 목표는 하나다. 자연을 깊게 음미하는 즐거움의, 감사함과 소중함이 함께하는, 환희의 희열의 감동이 쌓이는 편안함이다. 그것을 행복이라 할 수 있을 것이다.

　인간은 천부적으로 평활도를 유지할 수 없다. 일순간도 멈추는 바 없는, 자연 속에서 변화의 틀을 벗어날 길은 없다. 육식[六識]의 근원인 마음 또한 그러하나, 의지만은 의식처럼 평탄한 줄기를 키울 수가 있을 수 있으나, 그 또한 엄밀한 내면에는, 곡선을 그린다고 생각되므로, 꾸준한 단속과 성실한 정성을 들여야, 얻을 수 있는 경지라고 말할 수 있을 것이다. 그것은 모든 것들을 일시에 놔버리는, 마음속을 텅 빈 공간으로 만드는 작업이다.

　인간이 무엇을 지녔다고 한다면, 그것이 무엇이든 허망한 것들뿐이다. 왜이냐면, 인간이 지녀야 할 진짜배기는, 모두 지닐 수 없는 것들이기 때문이다.

가졌다고 내 것인 것 없고, 잃었다고 내 것 아닌 것 없다. 이룬 것 못 이룬 것, 사랑과 미움, 네 나라 내 나라 모두가 그러하다. 삶은 경탄 아닌 것 없고, 감탄하지 않을 수 없는, 그 무엇은, 단 하나도 없는데, 사람들은 물욕과 자리를 탐하여, 스스로를 구속하고 속박하여, 고통을 자초하는 영어의 세월을 허비하느라, 눈코 뜰 새가 없이 바쁘다. 자유를 아는 사람만이 누릴 수 있는 경지가, 단 하루를 살더라도, 생의 모든 속박에서 해방되는, 편안함과 즐거움 그리고 감탄스러움으로 가득한, 돌멩이 하나, 햇살 한줄기, 나뭇잎 하나로, 그러하기에 충분하다 못해, 넘쳐나는 것임을 알기 때문이다. 근심하고 걱정하고 두려워하는 것은, 고개 한 번 돌리면 해결되는 쉬운 일이다.

한여름의, 무성한 번성의 때를 지난 나무들에서나, 한낮의 어둠을 멸살하는, 정의의 뜨거움을 뒤로하고, 서쪽 하늘에 드리운 백운 위에서부터, 온 천지가 찬란한 단풍으로 물든, 산허리에 이어진 석양빛은, 사라져 가는 것들의, 슬픔과 환희의 향연이다. 이 향연의 심저에는, 인간들이 사육하는, 동물들의 주검이 내재되어 있고, 이 지상의 온갖 초목들의 씨앗들이, 볶이고 삶긴 아우성이 깃들어 있다. 이러한 원소들의 순환은, 자연의 섭리이나, 인간만은 이 찬란하고 아름다움을, 그저 눈요기 내지 무관심으로, 스쳐 가는 바람 같은 존재여서는, 그보다 더 안타까운 일은, 인간사에 없을 것이다. 그러기엔 너무 슬픈 일이다. 2500만의 동포들이, 억압과 폭정을 인내하며, 독재자를 위하여 목숨이라도, 내걸겠다고 결의에 차 있는 현실은, 인간의 이성에 대한 회의를 더욱 깊게 한다.

초구가 곡[梏]이라면, 결구는 방[放]이다. 사람이 이 세상에 태어남은, 자연의 섭리라는, 감옥에 들어선 것과 같은 것이다. 어떻게 해서든, 이 질곡의 늪을 벗어나야 함에, 목숨을 걸어야 한다. 일향락[日享樂]에 젖어, 그렇게 하루하루를 허송하다 간다면, 자신을 위해 희생된 많은 것들에 죄스러워서 견딜 수 없을 터이고, 그것마저 모른다면 범죄인의 딱지를 안은 채, 가는 것이나 마찬가지니, 다음 생이라 한들, 죄인의 굴레를 벗지 못한 동물의, 삶일 것이다. 벗어나야 한다. 그래야 비로소 인간이라 말할 수 있을 것이다. 이를 벗어나는 길은, 자유인이 되는 길 외엔 다른 길은 없다.

이 우주나 지구상의 모든 생명체는, 그 누구의 소유가 될 수 없다. 비록 인간이라 할지라도, 자신의 목숨이라고 자기 소유권을 주장한다면, 이런 사람이 있다면, 그는 어리석은 사람일 뿐이다. 사람에겐 동물과 같은, 자신의 생명을 보존하기 위한 운영권이 있을 뿐이다. 그러므로 이 세상의, 자연의 섭리를 벗어나, 자신의 노력으로 자신을 생산한 사람이 없듯, 그 누구도 천부적인 자신의 운영권을 박탈할 수는 없다. 생명은 절대적이며, 유일한 불가역적인 존재이다. 인간집단의 명령이나 법률로 정할 수 있는 것이 아니다. 하므로 인간의 자율적인 운영권은, 자기 결정권에 의해서만이, 결정될 수 있는 유일한 방법이지만, 그 결정 또한 이타적 활인[活仁]에, 국한될 수밖에 없다. 생명의 운영권은 모든 것에 우선하고, 우위에 존재한다.

굶주림이나 혹심한 갈증이나 혹한의 추위를, 죽음에 이르도록 경험하지 않은 사람은, 음식의 맛이나 물의 고마움이나 옷의 귀천을, 논할 자격이 없으며, 그 가치도 안다고 말할 수 없다.

공산주의의 독재성을 빼고 나면 사회주의인데, 없는 이들의 고통을 덜어 주자는 취지는 나쁘다 좋다 하는 것은 제쳐 놓고, 가난한 사람들에게, 많이 가진 자들의 재산을 빼앗아 나누어 주겠다고 한다면, 그게 법률에 의하든, 강압에 의하든, 민주주의는 보이지 않는 손에 의한, 부의 창출을 극대화할 수 있는, 경제구조인가 하는 점을 고려하지 않은, 표를 얻어 자리보존을 위한 정치사기는 아닌지, 자신들에게 자문할 필요가 있다고 본다. 공평하게 나누자고 한다면, 그것은 이미 민주주의가 아닌 것이다. 놀아도 없으면 받는데, 누가 일할 것인가? 공산주의 몰락은 세상에 널리 알려진 사안이다. 창고는 비는데, 정치인 저들이 벌어서 나누어 주는 것 아니라고, 남발하는, 선심행정에 박수치는 사람들, 그 수가 만만치 않으니, 그들의 미래는 보지 않아도 읽혀지는 것이다. 국민 모두에게 깡통을 준비시키는 것이, 바로 미래 대비책일 것이다.

위[位]와 명[命] 그리고 공평, 인간의 자유는, 섭리에 근원이 있고, 정의와 평화는 인간에 근원이 있다. 김일성 삼대가 남한을 침공하여, 통일 공산 국가가 된다고, 잃거나 얻거나 할 것이 무엇들일까? 독재에 굴복하지 않을 민초가 있고, 정의에 목숨 걸고 싸울 정치인들이 있고, 무소불위의 국민을 쥐어짜는 공무원 집단들이 있고, 국민을 위한 충성을 아침저녁으로 외치는 오십만의 군이 있는데, 인성은 옷을 벗는다고 사라지는 것일까? 정의가 충성이 사라지는 것일까? 전쟁으로 승패를 가른다고 얻어지는 것이나, 잃는 것은, 극히 미약한 것들에 지나지 않는다. 전쟁의 참화는 이념을 넘어서는 고통이지만, 각개인 의지만 굳건하다면, 북남통일이든, 남북통일이든, 치자들의 승패일 뿐일 확률이 높다. 국민들이 쟁취하지 못할 것은, 아무것도 없는데, 정치인들만 요란한 것이다. 국민 모두가 스스로를 단련한다면, 그러하건만 쉬운 것을 어렵게 하는 것은, 국민의 어리석음이 원인이고, 몽매한 위정자들이, 종북 종중하는 것은, 제 무덤이 가장 먼저 닥친다는 것을 모르는, 우매함은, 종북의 원로, 남로당 당수 박헌영이가, 제일 먼저 처형된 사실을 부정하고, 믿지 않는다는 점이, 그것을 입증하는 것과 같다.

　　옛 일화를 현실에 빗대어 말해 보면, 은둔자를 찾아온, 여당의 한 대표가, 둔자에게 우리당에 입당하여, 출마해 줄 것을 요청했다. 그러자 일 잘하는 여당이 여기를 왜 옵니까? 내가 일을 하려면 문제 많은, 야당을 찾아가야지, 라며 고갤 돌렸다. 이 소식을 들은 야당의 대표가 그를 찾아왔다. 그도 여당과 같은 것을 요구하자, 여당의 주장을 반대하는 것이 야당의 역할인데, 그걸 왜 나에게 시킬 생각이요, 난 본시 그런 제주는 없는 사람이지요, 그건 나보다 당신들이 훨씬 잘하고 있는데 말이요, 하고 거절했다. 그러고 얼마 지나서 여야의 대표들이 함께 그를 찾아왔다. 다 알다시피 국민들이 정치권 불신하여 정책을 실행하기가 어려우니, 신망이 두

터운 분을 모시고, 선장으로 우리를 이끌어 주시면 어떻겠습니까?
고, 말하자 그가 빙그레 미소를 지으며, 말씀을 들어보니, 이젠 나
같은 사람은 필요 없을 겁니다. 여야가 합심하여 한 길을 가는데,
내가 왜 새 길을 만들겠소? 당신들과 다른 게 뭐가 있겠소? 다툼을
그만두는 일이야 말로, 큰 장애를 걷는 것이고, 그것은 새로운 싹
을 틔우는 거름이 될 것인데, 국민을 위한 민생을 살피는 일에, 나
로서는, 도움이 될 만한 것은, 두 분의 합의만 한 것 외에는 없으니,
아무 짝에도 쓸모없을 것입니다. 라고 거절했다고 한다. 지위가 높
다고, 자신이 최고인 것처럼 생각하지만, 세상에는 자신보다 훨씬
나은, 사람들이 가득하다는 것을, 안다면, 높을수록 사람쓰기가 용
이하니, 못할 일도, 잘못할 일도 없다. 일을 완성할 목적이라면, 정
적이라도, 죽이고 싶은, 미운 사람이라도, 기용하는 아량을 지닌
지도자가 필요한 세상이다. 훌륭한 대통령보다는, 아량이 넓은 대
통령이 국정운영에 필수 요건인데, 말은 인사가 만사다. 대도무문
이라고들 떠들어 대지만, 그간의 어느 대통령도, 농사일을 농부보
다 잘하는, 대통령 보지 못했고, 나라 전체의 일을, 저만 제일 잘하
는 줄 아는 멍청이의, 오만 건방 자기도취 이런 것들이, 장애인지
도 모르는 인간들이, 구용이네 십용이네, 넘쳐나는 출마자들을 보
노라면, 한숨만 길어진다. 눈도 뜨지 못한 사람들이, 길 안내 자처
하니, 장님에게 의탁할 일이 아니건만, 사람들은, 겉만 보고, 투표
하고, 잘못 디딘 발을 뺀다는 것이, 수치스러워선지, 앞 못 본다는
말은 않고, 죽어도 정상적인 걸음이었다고, 방송들 입 틀어막는 데
급급하다. 죄를 저지르면, 제 편의 검찰총장 바꾸면 되고, 헌제, 대
법원, 모두 제 손으로 임명했으니, 주먹이 법보다 가깝게 효과를

낸다는, 동네 깡패들 수준인 것을, 또한 법정에 간들, 오염된 법쟁이들이, 손들어 주는 편은 보지 않아도 안다.

전쟁의 승패는, 5할은 지혜에 매여 있고, 3할은 화력에, 2할은 물자에 기인한다. 전쟁은 이길 수밖에 없는 준비가 첫째이고, 국민의 의지가 둘째이고, 셋째가 국가의 신의이다. 승리를 쟁취하는 것이 목표이긴 하나, 최소의 희생이 그에 못지않은 덕목이다. 전쟁을 지휘하는 자는 반드시, 전공의 명예에서 벗어나야 하고, 병사는 물론이려니와 민간인의 희생에서 자유로워서는 안 된다. 지휘자가 뒷전에서, 불가피한 경우를 제외하고, 병사를 사지로 모는 짓을 한다면, 그의 전공은 동[銅]값에도 미치지 못한다.

인간 생의 최대의 가치는, 많이 가지는 것이나, 높은 자리를 얻는 것이 아니라, 자연에 순응하며, 존중하고 활인하는 것만이, 가치라고 할 수 있다. 재벌과 대권에 줄 대고, 그것을 부러워하고, 우러러보는 것은, 천[賤]함을 노출하는, 무식하고, 천박함의 노출이다.

국가경제는, 인위적인 모든 장애물을 제거하는 데, 힘을 쏟아야 한다. 국가 구성원 모두가, 한 마음으로 한결같은데, 치자[治者]들의 인위적 장애물, 규제 인허가권 설치가, 경제를 망치는 것인데, 대다수 사람들은 이를 피하기 위하여 몸부림친다. 무슨 일이든, 일을 하려면, 관청을 한 달을 드나들어야 하고, 그 서류구비, 교통요금, 국가납입금 등, 이런 장애물은 국민의 골을 파는 행위이고, 법으로 정한 모든 규제는, 공익을 위하기보다는, 공무원들의 권위 강화용이고, 대국민 겁탈 행위에 지나지 않는다.

한국의 중병[重病]

노동유연성 결여, 공무원 과잉 및 특권, 4대 보험과 연금제도의 방만 운영, 교육제도[주입식, 전체주의식 직업기술교육, 난이도 위주, 간판주의], 노동권 보장[정치적 집단양성 허용, 비유연성, 비생산성], 정치권[인격 장애, 평등권 위배, 대의 민주주의 역행], 국영기업[방만 경영, 주인 없는, 정치권 밥줄], 국군 제도[일반병력 장교들의 사병화[私兵化], 실제적인 훈련 미비, 명령 불복종], 금융제도[약자들의 빨대기관, 자금의 횡포], 세법 횡포[실질적인 소득 보장미비], 국가적 차원[채무 증가의 무책임] 등 국가의 이와 같은 문제들은 모두가, 국민들에게 인위적인 장애물이다. 국민 기본 소양도 못 갖춘 사람이 대통령이 되니, 헌법을 뭉개고, 국민의무도 아예 모르는 사람들이 장관입네, 국회의원입네 하니까, 마치 죽은 동물에게 체면 없이, 달려드는 하이에나와 같이, 꼬리를 말아 가랑이 사이에 넣으면서, 국민 주권을 밟고, 제 몫 차지하기에 바쁘다. 세수라는 고래 등을, 사이에 두고, 여, 야 할 것 없이, 서로 쟁탈전을 불사하여, 의사당은 생사를 가르는 전쟁판이다. 잡초 점령한 논밭에 새싹을 심는다고, 달라질 판이 아니다. 갈아엎기 전에는 희망이 깎아지른 절벽이다.

공무원은 국민의 봉사자여야지, 국민 위에 군림하면서, 후한 연금에, 철밥통에, 잘못한 것에 대한, 면책을 비롯하여, 갖가지 비리를 저질러도, 제지할 방법이 없도록, 법을 제정해 놓고 있다. 그러면서도 노동자인 양, 노동조합도 설립되어서, 결국 국민을 상대로 이권을 위해 투쟁하겠다는 것이, 지금의 공무원들의 작태이다. 국민들의 주머니를 상대로, 온갖 아이디어를 생산하여, 교통체증 해결책이라고 교통요금 징수하고, 기름 값 올리고, 화재가 나면 전국을 상대로 온갖 규제 법안 만들어서 벌과금 올리고, 국민 건강을 위한답시고 담배 값 올리고, 강남 집값 오른다고, 전국을 빙판을 만들어 놓고, 건축물 규제 만들어서, 강제이행 분담금 털어가고, 저들이 받을 수 없으니까, 일종 유흥업소의 영업자에겐 매기지 못하고, 건물주에게 영업자 분담할 과태료 매기고, 사업실패로 가정까지 유지가 어려워도, 법이 정한 세금에 대한 결손처리를 하지 않기 위하여, 문중소유의 선산에 압류해 놓고, 죽을 때까지 아니 사후에도 그 책임을 자식들에게 묻겠다는, 심보가 국민을 아연하게 만든다. 이게 과연 공무원인가? 도적인가? 국민에 대한 봉사자들인가? 이들에게도 잘못된 판단에 대한, 손실이나 국민의 고통에 대한, 영구책임을 물어야 하고, 자신들의 울타리인, 퇴직 전임자들에 대한, 모든 행정적 편의 및 특혜는 물론, 놀고 있는 태만하고 무책임한 수동태를 근절하는, 정원을 대폭 감원하고, 연금의 세금출혈을 막아서, 국가 경쟁력을 키워야 함에도, 혹자들은 국민소득의 격차는 무시하고, 선진 외국의 단순 선례를 들먹이며, 재정확충을 외치는데, 이야말로 국가의 이적이라 아니할 수가 없다.

선생이란 자들이, 아이들이 수업을 성실히 받을 수 있도록 하는 수업이 아니라, 잠을 자건 떠들건, 자기만 혼자서 흑판과 대화하고, 참교육이란 게 이런 것인 줄 아는 사람도, 확인 개선하려고 하지도 않는다. 교육자들의 노동조합은, 자라나는 학생들에 대한, 약탈이나 다름없다는 것과, 교직자 자신들의 평가절하라는 겉치레 겸손에는 이의 없으나, 스승으로서의 존경과 인격의 포기라는 데에는, 할 말을 잊는다. 중학교육으로부터, 최고 학부까지 이력화[履歷化]하여, 국가인력 관리를 철저히 하고, 노동 생존권을, 적성과 능력에 맞게 직장을 배정하고, 교육자와 인력관리청의 긴밀한 연대와, 산학의 협력과 더불어, 대기업과 중소기업들의 임금격차를 최소화는 정책으로, 대기업의 단가 후려치기 등이 없는, 상호보완적인 정책개발이 이뤄지고, 이를 집행하는 관리자들의 인격에 걸맞는 대우와, 무한 책임으로 자신들의 명예를 담보하는, 사회로 발전해야 하고, 아울러 노동자들의 인격적 수양으로, 삶의 질이 향상되도록 하여, 행복한 생을 영위하도록 하는 것이, 교육의 큰 목표이어야 한다고 생각한다.

국영기업은 방만한 경영으로, 정치권의 공로용 선심배정으로, 낙하산 임명된 경영자들의, 너도 먹고, 나도 먹고, 노동자들 후하게 주고 정치권의 지지표 얻고, 저도 덕분에 수억대 연봉이 되고, 회사가 깡통 되면, 국민 세금으로 보완하니, 이야말로 꿩 먹고, 알 먹고 이다. 이와 같은 사람들은, 철 심장을 지녔는지 부끄러움을 모른다. 하기야 너 나 할 것 없이, 모두가 그러하니, 민심이 천심이라는데, 어찌 하늘이 쓸쓸해하지 않겠는가. 적자경영자는 즉각 변상조치하고, 속성상 자금의 유동화가 원활하고, 흑자를 내지 못할 이유가 없는, 국가보증을 엎은 것이 국영기업이다. 대체로 판로 또한 확보된 상태에 있는 것이 과반 이상인데, 이를 두고, 세금으로 도배를 하고 있으니, 이런 정치권이 과연 정상인들인가 하는 의문은, 무리하다는 생각이 들지 않는다. 한마디로 지위와 돈에 야수가 된, 악귀들이거나, 도덕적 파산 선고자들이다.

군 집단의 부정행위는, 한마디로 이적 행위이자, 자국에 대한 도살자라고 해도, 틀리지 않는다. 대간첩 작전이랍시고, 조준 사격 유효사거리 내에서, 헬리콥터 줄타기를 시키는, 작전 설계자가 별을 달고 있다면, 그 또한 무지로 인한, 이적 행위자이라고 말할 수밖에 없다. 군은 생명을 좌우하는 집단이다. 무조건 고지 탈환하라고 명령하고, 자신은 뒷전에 앉아서, 헌병들을 동원하여 후퇴하는 병사는 사살하라고 하였던, 육이오 전쟁 시의 장군들의 후안무치한 행위가, 미화되어 있는 현실이 가소롭다고 아니할 수 없다. 아무리 큰 국가이더라도, 아무리 막강한 군사력을 지녔다고 하더라도, 준비만 철저하고 완벽하다면, 그리고 경계를 게을리 하지 않는다면, 최소한 두려워 할 일은 없다. 싸우지 않고도 이길 수 있는 작전이란, 바로 이러한 철저함에 있다고 생각한다.

이 나라의 수훈갑이라고 한다면, 경제 집단이라고 할 것이다. 그들은 세계 각지를 밤잠을 설쳐 가면서, 때 묻고 해진 옷을 아랑곳하지 않고 뛰어다니면서, 오늘날 이 나라의 산업을 이루었다. 근데 청치집단은 과연 그 시절에 무엇을 하고 있었나? 하라는 공부는 하지 않고, 하루가 멀다 하고, 거리로 뛰어나와, 민주주의를 악용하여 정치적 야망을 이루고자, 데모에 정열을 쏟았다. 민주화를 집단적으로 외쳐서, 다소 군부의 독단적 아집을 깨트린 공을 인정하여도, 그들의 민주는 독한 독재 앞에서 굴절되고, 자신들의 출세

앞에 무릎을 꿇고 있다고 봐도, 현실이 무리가 아님을 보여 주고 있다는 것이다. 어리석음은 그보다 더한 피해를 가져왔다. 능력도 의도도 없다고 하던, 적의 핵무기는, 그들의 자랑거리가 되고, 스스로 안고 죽을 지라도, 그것은 우리들에게, 그들의 협박 수단으로 돌아왔다. 어쨌든 중요한 것은, 그들의 독재 타파의 구호는, 자신들의 야욕의 완성인, 출세용으로 비치는 것은, 작금의 대북관에서이다. 경제인들은 강압에 못 이겨 돈 갖다 바치고, 돈 먹은 정치인은 멀쩡하고, 죄 없는 기업인들만 감옥에 보내고, 부도덕한 세금도둑의 누명을 뒤집어쓰니, 이게 웃음꺼리가 아니라면, 물고기가 하늘을 나를 일이다. 그들의 죄는 노동자들의 집단 파업과, 도를 넘는 임금인상의 협박에, 중소기업의 단가 후려치기, 비정규직 양산에 있다. 이로 인하여 꼬이기 시작한, 경제적 순환의 경색 정체는, 정치권의 그 자리욕망 때문이란 것을 모르는 사람은 없을 것이다. 경제인들의 몰이해는 물질의 유혹에, 맹목적인 중독에 빠져, 정의 원칙 공정을 내팽개치고, 오로지 물욕에 깊이 빠져 있다는 점을 자각해야할 덕목이다. 비굴함도 치사함도 다 버리고, 당당한 이 나라의 공신들임을 자각하여, 성실하고 근면하며, 오로지 근로의 가치를 구현하여, 많은 사람들이 생을 영위할 수 있도록 다함을, 자본의 근원적 가치에 합당한 경영으로, 이 나라에 헌신해 줄 것을 기대하고, 바른 많은 사람들의 감사한, 마음의 뜻을 헤아려 주었으면 한다.

눈곱만큼의 양심이 남아 있다면, 솔직히 국민을 위해 한 일이 무엇인지, 한 가지만 내놓았으면 한다. 정치가 무엇인지, 자신이 무엇인지, 국가가 무엇인지, 그것에는 관심 없고, 오로지 사욕에만 빠져서, 허우적거리는 모습은 보는 것도 민망스럽다. 그들이 양산하는 법제는, 거의 국민을 괴롭히는 규제들이고, 선심용 복지 법이고, 법을 위한 법이다. 법치국가라고 떠드는 사람들은 모두가 법조인들이다. 제 손으로 만들고, 제 마음대로 가지고 노는 법, 법을 어기는 사람들은, 경범죄 생계형을 제외하면, 거의가 법을 다루는, 고위 공직자들이다. 법 가지고 공놀이 하듯, 치고받으면서 잘들 놀고 있다고 생각되는데, 법은 궁극적인 목적이 사회 질서 유지로 알고 있는데, 질서를 지키지 않는 사람들은, 전부가 권력의 그늘에 기식하는 기생충들이다. 그러니까 국민이 국회를 폭파해야 한다고 하지 않는가. 자기들끼리는 존경하는 의원님이라 호칭하고, 서민에게는 저분이 누군지 아느냐고 겁박하고, 철 되면 구십도 절을 하면서도, 당선되면 내가 누군 줄 아느냐고, 언제 봤더냐고, 하는 게 그들이고, 자기들 집단에 울타리 치고, 저들의 입맛에 맞는 사람만 쓰고, 공천헌금에 굽실거리는, 순종파에 학연 지연 인척 등 몇 겹으로 울타리 치고, 권력독점에 혈안이 되어 있다. 이들이 진정한 국회의원으로서, 국민을 위한 대의 민주주의 본분으로 회귀하지 않는 한, 국가는 어두운 밤을 벗어날 길이 멀어 보인다. 이들이 스스로 길을 바로 찾지 않으면, 언젠가는 지금의 허물이 잉태한, 그 씨앗이 자라서, 철퇴가 되어, 자신들을 징벌하게 된다는 것을, 모르고 사는 우직함이 편할지도 모르겠다.

국가 장래를 예단하는, 투자처를 물색하는 세계적 자본가가, 한국에서 젊은이들이, 노량진 공무원 시험을 보기위한 학원가에, 길게 줄을 서 있는 것을 보았다고 하는, 기사에 부끄러운 것은, 좀 더 낳은 일자리를 얻겠다는 열망이 아니라, 패기 왕성하고 거칠 것 없는, 자신감이 바람 빠진 풍선처럼 꺼져 버린, 졸렬하고, 비굴한 처량한 모습을, 들킨 듯하여서다.

공무원이라면, 봉사정신으로 무장되지 않고서는 갈 곳이 아니다. 식생활을 영위하는 데 필요한 소득은, 사지가 멀쩡한 사람이라면, 어디에 가더라도 해결할 수 있는데, 왜 하필이면 선량한 평민들을 괴롭히고, 그들의 땀의 결실을 훔치는, 법에 의한 도적이 되고자 할 것인가.

민주주의 주된 목표는, 오로지 개인의 자유에 있다고 봐야 한다.

사람은 인간으로 태어났다는 것만으로 이미 더 바랄 것 없는 상태이다. 그것으로도 이미 충분하고, 공평하며, 공정한 것이다. 그것 외에 모든 것은, 사람들의 꿈이 만드는 허상의 기준에서 뿐이다. 달 여행을 하든, 수소폭탄을 만들든, 우주에서 새로운 지적 생명체를 발견하든, 인간의 생명이 지닌 신비를 감당할 수 있는 것은, 단 하나도 존재할 수 없다. 비록 인간 지능으로, 인간이상의 로봇이 만들어 진다고 해도, 자연 섭리를 벗어난, 고통을 벗을 길이 없을 것이다.

꿈을 깨도 꿈인데, 꿈속에서 꾸는 꿈을 위해, 일생을 불태우니, 남는 것이 바람에 날리면 간 곳조차 알 길이 없는데, 사람들은 어찌하여, 생시가 이러한 줄을 모른단 말인가?

돈 버는 기술자, 도둑 자리 차지하는 훈련자만 양산하는 교육의 성취도가, 과연 인간 삶의 질을 얼마나 향상시킬지는, 대낮에 하늘을 보듯 뻔하다. 산천초목을 보아라. 단순하고 순수하고 초라해도, 만물을 양육하는 것을, 수수께끼 같은 요금체계, 번잡한 미로들을 줄 세운 구덩이들을, 일반 사람들은 곡예를 하듯 피하며 산다. 이것이 고등교육 이수자들을 채용하는 대기업들의 부도덕적 얼굴이다. 사람의 노력은, 그 한계가 두세 가지의 기술이면, 족히 생활하는 데 문제 될 일이 없다. 순수하지 못한 교육이, 사람의 인성과 삶의 가치를 잠식하고, 인간 본연의 순수한 모습을 일그러지게 하고 있다는 것을, 자각해야만, 성공이라고 하는 더럽혀진 도덕성을 회복할 수 있을 것이라 본다.

국가가, 가난한 사람들을 사회적 약자라고, 다른 사람들의 것으로 복지를 한다면, 과연 누가 열심히 일할 것인가를, 예측 못 하는 단순 선심 감성정책이다. 장님들도 그러지는 않을 것이다. 신체적인 조건과 정신적 능력에 따라, 모두가 일하는 사회가 바람직하다는 것은, 다 아는데, 정책 입안자들의 눈에는, 당장의 자리다툼에서, 패자가 될 수 없다는, 졸렬한 사고 때문에, 이러한 현상이 화석화 되어 시멘트가 된, 사회가 바로 우리들이 사는 사회이다.

다수결의 함정은, 1938년경의 독일 국민들은, 히틀러를 98퍼센트가 지지했다는 점이, 거대한 어둠의, 죽음의, 블랙홀이었다. 인류역사의 영원한 수치가 아닐 수 없는데, 인류 역사의 유일한 기행도 독일 나치당의 만행이다. 그런데 지금도, 나라마다 다수결에 의한 선출이 마치 신성한 진리인 양, 깜깜이 지지를 받아 선출되었다고, 자신들이 선량이라고 떠들어 댄다. 대의 민주주의가 지닌 구조적 폐단은, 당선자들이 제 마음대로 무슨 짓이든 해도, 제제할 방법이 없는, 그들에게 전권을 털리는, 국민들의 무지가 합작한 해독이, 대의라는 허울 좋은 제도이다. 그것이 제도적 한계점인 것이다. 제도가 만능이 아니듯, 법치의 행정이 공정할 수가 없는 데는, 제도나 법의 한계를 넘지 않으면, 인간의 정신적 수양에 의한 행동의, 자세를 다듬을 의지를 세우는, 근원적 문제를 해결해야 할 것이고, 이는 교육을 통한 개인들의 자각을 일으켜, 높은 도덕률을 삶의 지표로 하여, 모두가 하나이고, 그것이 자신들이라는, 이타행의 일체의식이 함양되어야 할 것이다. 그렇지 않으면, 스스로 질서를 지키려는 선진 자율국가는 요원하다.

북한의 핵무기는, 스스로 포기하지 않으면, 종국에는 만든 자가 스스로 안고 죽을 수밖에 없을 것이다. 사용한다면, 자신이 확실하게 죽을 것이고, 사용하지 않는다면, 자신들의 영역에 의해 자멸할 것이기 때문이고, 미래의 역사는 현재에 의해 쓰여진다. 인간의 의식과 행동양식, 압력과 내구성의 강약, 그 처한 환경이 인간의 DNA을 변화시키듯, 그렇게 엮어지기 때문이다.

남북 간의 평화협정이란, 북한 쪽에서는, 미군철수의 명분을 노리고, 남한 쪽에서는 남북 간의 전쟁 종식으로 생각한다, 말은 같아도 그 의미는 다르다.

북한의 한반도의 비핵화는, 한국에 주둔하는, 미국의 핵무기 포기를 말하고 있는데, 남한의 돌머리, 위정자들과 국민들은, 북한의 핵무기를 없애는 것으로 이해한다.

독재 국가란?

독재라는 말 자체가 없는 국가를 말하고, 권력자에게 반대하는 사람이, 단 한 사람도 없는 국가를 말하고, 민주주의를 특별히 빠트리지 않고, 이를 강조하는 국가를 말한다. 조선민주주의 인민 공화국처럼, 반대자들은 죽여 없애서 없고, 위대한 어버이 수령이란 언어가, 독재라는 의미이니까, 그런 언어 자체가 없는 것이다. 그들의 민주주의는, 한국의 진보라는 사회주의자들과 같이, 국민주권을 한 번의 투표로, 몰수할 수 있는 제도가, 대의 민주주의라는 제도이기 때문이다.

대한민국은 휴전 상태인데도, 군 장성들은 대한민국의 주적이 누구인지 모른다고 한다. 이러한 군인이 왜 있어야 하는지, 국민들은 의아해하고, 국민의 생명과 자유와 재산을 지켜 주겠다는 국가의 간성이, 적이 누군지도 모르는 실태라니, 차라리 장님에게 망을 보라는 게 낫지 않을까 싶다. 그런데도 그들은 뻔뻔하게 별을 달고, 국록을 축내고 있으니, 미래가 먹구름이라 아니할 수 있겠는가? 적들은 핵무장에, 정규군 100만에, 500만의 남녀 노농 적위대, 명칭은 예비군이나 상비군이나 다름없고, 유치원 어린아이들에게까지, "매국놈 까부수자" 하는, 쇠세로 마비된, 이성의 죽음에 이른 2500만 동포들이, 남쪽을 적대시 하고 있다. 허다 많은 허구 투성이의 약점이, 백일하에 드러나 있는데, 그 많은 흔해 빠진 상책은 다 버리고, 친북 원조가 해결책이라니, 두려운 것은 북녘 동포들의, 맹목적이고 저돌적인 충성심이 낳을 정신 무장으로, 어느 군사 장비보다 무서운 것이다. 한데 우리는, 이런 상태라고 생각하면, 구름 흐르는 하늘만 쳐다보게 된다.

물이 혼탁하다는 것은, 물의 순도를 잡물로 인하여 잃었다는 것이다. 사람들은 맑고 깨끗한 순수한 물의 청정도에 살고 싶어 한다. 그래서 물이 탁하면 잡물을 가라앉히려고 흔들지 않는다. 그러면 나중에, 잡물들이 모두 가라앉아, 침전물은 법의 영역이 되고, 그 위로는 맑은 물이 된다. 이 맑은 물이, 인간에게는 도덕률이고, 침전물은 법의 영역이다. 법치는 도덕영역이 잡물로 오염된 상태를 말하고, 그 속이 보이지 않고, 그 진실이 가려지지 않는 사회이다. 그러므로 법은 침전물 내에서만 필요한 제도이고, 청정한 맑은 영역은 도덕적 가치를 존중하는, 다툼이 없는 협력 자율 영역이다. 법이 필요한 것은 침전물의 영역이고, 하위의 썩어가는 오염의 영역이다. 그런데도 사람들은, 법을 쓰기를 왜 그렇게 좋아하는지 알 길이 없고, 마치 그것이 인간 사회의 정의 구현의, 만능의 약인 양 여긴다. 물은 생명의 근원이고, 삶의 원동력이다. 흙탕물일수록 다툼이 많은 사회가 되는 것은, 제 꼬리를 물고 도는 강아지 꼴과 조금도 다르지 않다. 근원을 볼 수 없는, 오랫동안 퇴화된 인습화된 눈이, 진실을 볼 수 없기 때문일 것이다.

산은 반드시 멈춰 서 있고, 그 웅장함은, 서늘한 위엄을 느끼게 한다. 물은 또한 반드시 한 길을 간다. 낮은 곳으로 끊임없이 흐른다. 그리고 모여 큰 바다를 이뤄, 넓고 확 트인, 그 평활도는 사람으로 하여금, 근접을 불허하는 광대함을 감탄케 한다. 나무가 땅이, 바람과 비가 각기 그 특성과 역할이 다르나, 태양과 땅이 선악을 떠난 고른 공평함을, 바람과 비가 모이고 흩어짐에 따라 얻고 잃음을, 답습하는 인간사에서, 그때마다 울고 웃는 희비의 곡선을 오르내리는, 삶의 굴레를 벗어던지려면, 만물의 상생과 상극의 순환 조화가, 인간을 낳고 죽게 하는 섭리를 깨우쳐서 열희[悅喜]의 삶이 되도록 하는 길은, 그 근원 본질을 뚫어서, 그 굴레를 벗어나는, 대자유인 되는 길뿐이다. 우주선이 지구의 중력을 박차고, 대기권을 뚫고 지구를 벗어나듯, 그리고 우주를 지팡이로 휘젓는다는, 어느 선사의 말을 이해하고, 고개를 끄덕이게 될 때가 그것이다, 궁구하고 간구해라, 죽음에 이르도록, 살아서 극락의 천당의 그윽함을 모르면, 어찌 죽어서야 얻겠느냐.

백세를 채우고 죽어도, 깨우치고 자유롭게 죽지 못하면, 동물의 주검이고, 세 살에 죽어도 자유를 얻고 죽는다면, 그는 사람으로 죽은 것이다. 자유를 얻은 사람의 주검은 슬퍼할 일이 아니나, 이를 얻지 못하고 죽는다면, 그것은 통곡할 일이다. 동물과 다른 특혜를 입고도, 이를 모르고 진주를 거름 속에 버리는, 돼지와 차이가 없으니, 참으로 통탄할 일이 아닐 수 없다.

빨리 빨리 급하다 급해, 말도 빠르고 동작도 빠르고 노래도 빠르고 급해서, 여성 가수는 옷 갖춰 입을 시간 없어 벗은 채고, 남성은 생각할 시간이 없어, 마음 내키는 대로다. 법은 솥에 콩 볶듯 만들고, 돈 댄다면 불구덩이라도 마다 않고, 먼저 먹지 못해 덥석 덥석 먹고서, 검찰이다 법원이다 왔다 갔다 하며, 정신없는 사람들이 정신없이 살고 있다. 너는 내려와, 내가 적임자야, 잠도 자지 않고, 서로 내가 하겠다고 고함 소리 요란한, 책임지는 일 없는 국회가 있고, 전임자고 선배고 상관이었던, 변호사가 한 건의 수임료로, 대박을 터트리는, 주고받는 사법부가 버젓이 건재하고, 살인자는 찾지도 않고, 엉뚱한 사람, 옥살이시킨 경찰 검찰은, 낯 두꺼워 부끄러운 모르고, 시민들은 늘 바빠서 깜박하고, 두뇌는 서랍에 두고 살다가, 어느 날 급히 훌쩍 떠나면, 배운 것 하나 없는, 남은 어린 세대들은 어쩌란 말인가?

인류 80억은 모두가 한 곳으로 향하여 간다, 그러나 길은 제각각이고, 나라는 200여 개이고, 인종 또한 다양하다. 잘사는 부자나라, 먹을거리가 없어 어린이들이 아사하는 나라, 모두가 나눌 줄 모르고, 첨단 무기들을 들먹거리거나, 경제적 여유로움으로, 저 자랑만 하면서 산다, 못된 군주 치하에, 몸서리치는 억압과 굶주림으로, 고통으로 하루를 지옥살이처럼 연명하는데, 이웃 나라가 되어서도, 한 민족이 되어서도, 사촌이 되어서도, 저만 잘 먹고 저만 편하면 그만이지, 신경 쓸 일은 아니라고, 아예 서랍 속에, 자물쇠까지 채워 놓은 생각은, 고려하거나 배려하거나, 측은지심이라는 사치품을 인식할 수가 없이 살다가, 코에 호스 박고, 모두가 백년미만에 같은 곳으로, 왔던 곳으로, 해체되어 가는 게 사람이다.

가난한 노인들은, 두 부류로 압축할 수 있다. 하나는 젊은 시간을 낭비한, 게으른 사람이거나, 또 하나는 지나치게 자손들에게, 몰입한 정신적 균형상실자와 신체적 불구자이거나이다. 신체적 불구자는 구제할 대상이나, 그다음은 전혀 교육적 가치가 없는, 복지예산의 낭비일 뿐이다. 자신의 노후는 자신의 책임이다. 세속적인 성공이나 성취가, 환영[幻影]이고 포말[泡沫]인 것을 모르는 무지의 대가이다.

일하지 않고, 많은 걸 얻고자 한다면, 그것이야말로 강도나 다름없는 범죄 공모자다. 많은 사람들이, 공공재산은 먼저 보는 사람이 임자라는 시대에, 우리는 너무도 무감각하고 무책임한 경계를 하고 있는 것이다. 자신으로부터 이웃에 이르도록, 만성적인 악습에 젖어서, 당연시되는 것은, 무엇을 방조하는지에 대한, 혼란의 결과를 간과하고 있다. 자신부터 이를 경계해야 하는 것이다.

노인을 천대하지 말아라. 그들의 세월만큼 쌓여진, 지혜와 경험은 귀만 가지고도, 얻을 수 있는, 거의 공짜나 다름없는, 과거 시간들을 획득할 수 있는, 수명연장의 귀한 보물이다. 꼰대들의 고통을 이겨 낸 열정에 의해서, 너희들의 현재가 있음을, 생명과 지식과 성장을 돕고, 보살핀, 그에 대한 보답이, 부모를 꼰대라고 하는 젊은이들이 정상이라면, 지옥과 아비규환의 삶을 받아 놓은, 상장과 다름없다. 왜냐면, 사람의 삶은, 죽을 때까지 감사해도, 시간이 모자란다는 것을 모르기 때문이다.

신앙을 빙자한 지도자들이란, 스스로 선이라 이름 지어진 너울을 쓰고, 남의 주머니의 동정을 살피는, 파렴치하고 졸렬한, 사기성이 농후한, 모리배들이 대다수를 이룬다. 신앙은 인간의 천부적 자유를 박탈하고, 의존형 종속 노예를 만들어, 이성을 취하게 하여, 제 피를 빨리면서도 즐거워하게 한다.

젊었으면, 먼저 자신을 단속하는 것을 게을리 마라, 자칫하면 나치독일 청년 전위대가 될까 두렵다. 그렇다고 내 나라를 침공하여, 내 가족을 살상할 적들 앞에서 두려움에 떨고, 죽음이 두려워 얼어붙은 심약함을, 칭송하고 싶진 않다. 조절장치가 성숙되지 않은 감정 분출이나, 막연한 미지의 미래에 대한, 애착과 불안에 대한, 자기애를 키우는 것, 또한 바람직하지 않다. 그래서 동물들도 자식들을 교육한다. 우선은 미성숙한 자신은 접어 두고, 어른들의 말을 귀담아들어야, 현대의 다양한 과학문명의 길잡이가 될 소양을 키울 수가 있지, 그렇지 않으면 먹이를 얻기 전에, 함정에 빠지면, 다시 되돌릴 수 없는 생명까지도, 위험에 처하게 될 수 있다. 그래서 사회의 나가는, 첫 발의 젊은이들은 신중해야 한다.

삼류 정치 집단은, 자신들의 안위 보전과 정권 탈환에 정치 생명을 건다. 여당이 되면 독선에 빠져서, 야당을 무시하고 제가 하고픈 대로 하고, 야당이 되면 조건 없이 반대하고, 앞을 막아서고, 건건마다 그럴싸한, 이유들을 나열한다. 호화스런 말잔치에, 막말에 주먹다짐에, 멱살잡이로, 해가 뜨는 것도 잊고, 달이 뜨건 해가 뜨건, 밤낮없이 싸우면서, 모두들 자기들이 옳다고, 포장하고 미화하여, 국민들을 속이고자 애쓰는, 그 몰골들에 신물이 난다. 제발 좀 그만하고, 나라방위 성심을 다하고, 국민 생활 안정되게, 자기놀음 그만하자, 삼류 인간들아, 그러한 행위가 미래에 무엇을 생산할지 두렵지도 않은가. 삼류정치, 정치 미개국, 국민의 수준 또한 이들과 더불어, 웃고 우는 찬란한, 어둠의 덩굴 속이다.

삶에, 지니고 못 지닌 것이나, 높고 낮은 것에, 휘둘리지 마라. 잘나려고 노력할 이유도 없다. 교육은 인간이 세워야 할 진리 탐구에 있지, 좋은 직장, 좋은 배우자, 기득권 획득에 있지 않아야 한다. 그런 거추장스러운 것들에 낭비하기엔, 시간이 너무도 아까운 것이, 그런 것들은, 생의 찬미를 더럽히는, 정제되지 않은 마음과, 그에 따라 일어나는, 허망한, 거친 행위일 뿐이란 것을, 젊어서부터 알았으면 하는 것이다.

사람은 언젠간 죽는다는 것을 단순히 아는 것, 그것을 모르는 사람 없듯이 진정으로 날짜와 시간이 정해진 주검을 인식한 상태라야만, 비로써 죽음을 안다고 할 수 있을 것이다. 직접 대면하지 않고, 인식할 수 있는 방법은, 단 하나, 자신의 주인을 인식하기 위한, 끈질긴 구도의 정신과 불변의 의지에 달려 있다.

이 지구상에서, 생존하는 모든 것들이, 비록 그것이 미생물일지라도 감동스럽지 않은 것은 없고, 서로 의존적 동일체라는, 경이로운, 그리고 절대의 존재라는, 인식이 옳다고 생각한다.

발아래 굴러다니는 자갈 하나일지라도, 저 머나먼 빅뱅에서부터, 억겁의 시간상의, 바람과 물의 역사와 그 움직임들의 발자취가 새겨져 있으니, 단 하루를 살다가더라도, 그것을 음미하는, 감동으로, 그렇게 사는 삶이, 남보다 조금 더 갖겠다고, 온갖 머리 짜는 것이나, 좀 더 남보다 먼저 자리 차지하려고, 이웃과 친구를 헐뜯고 비판하는 것보다, 훨씬 인간다운 것이다.

인간은 한정된 삶을 살다 간다는, 절대 전제를 잠시라도 잊어서는 안 될 일인데, 그걸 잊으면, 삶의 첫 단추가 잘못 꿰어진 것과 같고, 일생이 꼬인 삶으로 변할 것이기 때문에, 이를 각인하여 잠시라도 놓거나 잊어서는 안 될 일이다.

자유인

04.

마음의 생멸을, 그 움직임을 정복해라

04. 마음의 생멸을,
그 움직임을 정복해라

결구란?

내 생애에 마지막 남기는 말들이란, 정도로 이해했으면 한다. 1943년 12월 20일 진시 해 뜬 시간이다. 삼사동에서 울음소리 극성스럽게 울면서 왔다. 8살에 6·25변란에 아버지를 잃고, 대가족이 대주를 잃으므로, 풍비박산이 되어, 어린 삼촌들은 친척집으로, 할아버지는 노구에 병들어 굶주리고, 우리들은 어머니 친정으로, 그렇게 헤어지면서 굶주림을 밥 먹듯, 하면서 자라서 10대 때에 어부생활로 배를 탔고, 20대에 서울에서 생산직 노동자로 직장을 생활을 하면서, 30대에 결혼하여 너희들을 낳고, 가족의 생활을 영위하려고 자영업을 시작하였다가, 40대에 석유파동으로 망하고, 50대에 부동산과 관련한 건설 시행사, 신축판매 등, 업종에서 시련을 거쳐, 전국 각지를 헤매면서, 돈벌이를 위해 애썼었다. 결국은 사우디까지 가서 일을 한, 건설 공사 현장 경험도 있다. 좀 더 나은 생활, 가족의 안정된 식생활을 위한 내 노동에, 나는 조금도 고통이라고 생각해 본 적이 없었는데, 50대 후반에 너희들이 결혼하고, 손자가 태어나고 며느리들을 맞으면서, 시대의 변화를 경험하니, 나는 나를 되돌아보는 기회가 되었다. 내가 지향하던 삶과, 너희들의 삶에, 너무 깊은 괴리를 경험하면서, 내가 지금껏 잘

못 살았는가 하고, 나는 내가 평상심을 잃지 않은, 그 위에서 삶을 살고, 내 것이라는 것은, 내 몸, 오고 가고, 나타났다 사라지는, 변화 속에 존재하는 것들 중에, 단 하나도 내 것이라고 할 수 있는 게 없다는 것을 안, 이후부터의 내 삶이 진정한, 내 삶이라고 단언할 수 있게 되고, 그것이 참으로 소중하고 값진 보물이라고 생각하기에, 어떤 재산보다도, 나로서는, 이것이 유산으로서 가장 값지다고 생각하기에, 실상 이것은 물려준다고 그냥 받기만 한다고 소유할 수 있는 성질의 아닌 줄 잘 알면서도, 이렇게라도 하면, 너희들이 이를 얻고자, 실사구시[實事求是]할 것으로 기대하면서, 체험의 노고를 마다 않고, 채 갈, 사람이 있을지 누가 알겠는가 싶다. 해외여행을 가고 매일 소파 위에서, TV만 본다고 편안할 것이라 여기는 것은, 그 말과 뜻이, 다르다는 것을 안다. 내가 활동하는 것은, 그것이 노동이라 하더라도, 내겐 그것이 즐거움이다. 내 평생에 목표가 없는 삶을, 왜 사는지를 모른 채, 허비한 시간들이 아까워서, 눈물이 날 지경이었는데, 지금은, 그래도 단 하루라도 즐겁지 않은 날이 없다. 웃는다고 즐거운 것이 아니고, 운다고 괴로운 것도 아니다. 단 하루라도 만족할 것인데, 어이 울 것이냐, 그래서 내가 왔던 곳으로 돌아갈 때에는, 즐거이 얼굴에 웃음 띠며 갈 것이다. 실상은 돌아가는 것도 아니지만, 말이 그렇다는 것이다. 보물을 너희들 손에 쥐여 주고 가면 좋으련만, 직지뿐이니 안타까운 일이다. 이것이 나의 근원이고 본질이며 실체이다. 얻는 것은, 자신만이 알게 되고, 모든 것은 있는 그대로이나, 다른 것은, 그 실상들이 보인다는 것이다. 그뿐, 얻은 것도, 잃은 것도, 없는 것이 실상인데, 내가 자연의 일부인데, 무엇을 얻고 잃겠느냐?

나는 생각한다, 고로 존재한다는, 명제는, 인간의 인식에 의한 생각, 즉 인간의 6식[안이비설신의]의 수용기에 의하여 입력된, 형이상학적 인식이, 정신의 세계로 거처 확인된 결과이나, 존재하는 모든 것들이, 인간의 이 같은 실체가 없는, 형이상학적 인식체계는, 물리적 실체가 없는 것이, 근원이라는 점이, 인간의 비애이다.

인간이라는 존재는, 약 100조 개의 세포로 결합된 복합체이고, 그 물체로부터 발생하는, 인식할 수 없는, 마음의 영역에 의한 정신 기능이, 운전하는 자생, 자율, 자동, 생명체이다. 또한 마음과 정신의 영역은, 그 실체가 없는 복합체이다. 한 인간의 주인은, 물론 육신이 아니라 정신적 기능이다. 이처럼 허망한 주인이, 지배하는 인간이건만, 사람들은 자신의 실체가 실제로 존재하는 것처럼 착각하고, 평생을 그 오류로 역사를 만든다.

자기 자신을 개인이라 칭하는 것은, 생명에 있어, 전체가 묶여 있기 때문이다. 사람을 형상하고 있는, 많은 세포들 중에, 수십, 수백, 수천을 죽인다 해도, 사람이 죽지는 않는다. 하지만 죽는다는 것이, 없어지는 것은 아니듯, 원소의 결합이 분리될 뿐이다. 해체된다고 없어지는 것이 아닌데, 사람의 육신이 그러하듯, 정신세계도 진동과 빛의 결합인 것이다.

그러므로 사람은, 그 근원이, 우주적이고, 이름 지을 수 없는, 체험으로만이 인식할 수 있는 붓다의 염화미소요, 공자의 안회의 미소고, 예수의 천국이 너희 것이요, 네 마음속에 있다는 말인 것이고, 노자의 만물제동[萬物濟同]이 변화의 굴레 속에, 한 묶음이라는 갈파는, 인류 역사에, 위대한 선각의 지성들의 인식이다, 4성현의 가르침은, 극존칭으로 예우함이 옳으나, 그들이 자연의 일부이고, 나 자신이 또한 그러하므로, 자신에게 예우하는 것이 되므로, 존칭을 생략하기로 한다.

육식[六識]으로 수용되는, 모든 인식은 실제적인 그 실체가 아닌 것이다. 그 실체의 인식이 쉽사리 얻어지는 것이 아니라서, 스님들은 평생을 면벽하고, 붓다는 설산의 고행을 마다하지 않았고, 예수는 물 없는 사막을, 별과 바람먼지 속에서 수년간 인고한, 결과물로 얻었고, 노장과 공맹은 극단의 궁구한 끝에 얻은, 체득한 진리인 것이다.

그냥 말로 하면 인간의 실체는, 허공과 같고, 없는 것이며, 또한 모든 것이기도 하고, 만물이 존재하는 상태, 있는 그대로이다. 그래서 없는 것도 없고, 있는 것도 없는 것이다. 이러한 근원에서 보면, 만물이 신비하지 않은 게 없고, 무엇 하나 모자라는 것도, 남는 것도 없는데, 하물며 원수가 어찌 있으며, 또 무엇 탐할 것이 있겠는가?

이러한 근원을 기준하여, 삶을 사는 것이, 그래야만 어떠한 험난한 일이 있어도, 흔들리지 않는 평상심과, 바람 한 점 없는 거울처럼 맑고, 조용한 바다의 잔잔한 아늑함처럼, 극락의 평온을 잃지 않을 수 있다고 본다.

이러한 근원을 바탕으로, 수신하고, 제가하여, 사회로 진출하여 봉사하는 완성된 인간이 되어야 한다. 생로병사의 고통이나 인의 예지신의 방향의 정수나, 믿음 소망 사랑의 삶의 뜻을, 제대로 인식동화[認識同化]된 일체로 승화될 때, 비로소 여타 동물과 다른, 한 사람의 인간으로 탄생한 것이라 할 수 있을 것이다.

생은 항상 진지하고 성실하며, 열정으로 섭리의 변화를 감수하여, 좀 더 많은 사람들에게 평안을 얻도록 돕는 데, 기여하는 것이 보람이 될 터이나, 마시지 않으면 죽는데도, 마시고 안 마시는 것은, 내 마음이 할 수 있는 것이 아니다. 이것을 얻는 자는, 반드시 대성할 수밖에 없을 것이다. 일하지 않을수록, 확률은 더 높아질 것이고, 하지 않아도, 해도, 바라는 게 없는 경지가, 최고의 경지임을 그는 알기 때문에 그러하다.

야욕은 정말 쓰고 싶지 않은 말인데, 생존의 존속을 위한, 최소한의 자연 섭리에 준하는 욕망과는 달리, 너무도 추하고 더럽혀진, 저급한 마음이기 때문이다. 탐욕이라 불릴 만큼의 인간 활동은, 이미 인간이기를 포기한 것으로, 간주하여도 무리가 아닐 것이나, 사람은 미래를 향해 사는 생물이라, 앞을 보고 용서할 뿐이며, 희망이 살아 있는 것도 그 때문이다.

인간은 너무 많은, 욕망의 옷을 입고 있고, 앞으로도 끝없이 입게 될 것이다. 제대로 마음을 다스리지 않고, 때를 닦지 않고, 맑히지 않으면, 자신이 누군지도, 자신조차 알아볼 수 없게 될 것이기 때문에, 자신의 알몸을 알아보지 못한다면, 죽은들 어찌 자신을 알아보겠는가, 옷은 벗어도, 진실체는 입어라, 단 한 벌이면, 가장 아름답게 평안하게, 살아갈 수 있을 것이다.

필요치도 않은 것들에 목매달고, 죽기 살기로 목숨 거는, 소위 승리, 성공이란 것들이, 과연 얼마나 인간에게 유용한 것들인지, 생각이나 해 보면서 사는 것인지, 저 혼자서 잘난 자랑을 실컷 하라고 해 둬라. 먹을 수도, 가져갈 수도 없는, 먹이를 실컷 지고, 이고, 살도록 내버려 둬라, 능력도 강단도 설득력도 없으면서, 높은 자리에 올라, "내 명을 거역해" 호령하는 것에 취한, 중독된 자들을, 불쌍히 여기지 않는다면, 그 또한, 명품에 게걸들린 사람들, 주렁주렁 많이 입고 걸치고, 신고 끼고 사는 자들을, 부러워 시기하는 사람들과 무엇이 다르겠는가. 사람이 가장 천한 것은, 알몸으로 사람들의 시선을 끌고자 하는 것처럼, 잘나지 못해 안달을 부리거나, 우월감에 도취된 중독자들이고, 그들은 정신적으로 천박한 미성숙인이다.

우리는 잠에서 깨어나야 한다. 꿈속에서 다시 꿈을 꾸며, 현실이라고 하는 착각 속에서, 한시라도 지체하지 말고, 자신의 실체를 찾아야 한다. 너무도 두꺼운, 욕망의 장애 속에 갇혀서, 헤어나지 못하고 있음을 자각하는 것이 첫걸음이고, 환골탈태[換骨奪胎]의 부단한 수양으로 새롭게 태어나려는 노력, 그것이 사람으로 가는 길이다.

자기 자신이 아닌, 사람들에게 보여 주기 위한 삶 말고, 남들로부터 추앙받으려 하지 말고, 자신의 삶을 살아야 한다. 그들에게서 존경이나 동경의 대상이 되지 말고, 떵떵거리는 그들에게 비록 도움은 될지언정, 무엇이라도 받을 생각은 접고 살아라. 그건 사람으로서는, 자신이 너무 비참한 정경이 아니겠나. 부귀영화는 행복과는 정반대의 방향이고, 방해물의 첫째이다.

　인간이 이목구비, 사지가 다 있으면, 사단 칠정을 지니고 산다. 그런데 어떻게 같은 사안을 두고 사생결단하듯, 반대하는 무리들로 나눠지겠느냐, 약육강식의 생물 존속의 섭리는, 자연의 법칙에 의한, 자연 도태로 조절의, 순환의 범주라 하지만, 그래서 이해되지만, 힘센 돼지가 주둥이로, 주위의 약한 것들을, 죽통에 범접치 못하도록 하는 짓이나, 암컷들이 사냥한 먹이를 두고, 수사자가 먼저 혼자 먹은 후에나 먹어야 하는, 동물세계의 법칙이, 인간세계에서 버젓이, 공공연히 지금까지 존속되고 있음은, 문명세계의 수치가 아닐 수 없건만, 법치라고 하는, 대안의 공권력이 그러하고, 강대국이 약소국을 무시하고 휘두르고, 협박하고, 위협하는 파워의 세계가, 모든 인간의 꿈, 의식이 잠자고 있기 때문에 기준이 없고, 그러므로 정의도 시시때때로 변하고, 공정함도 사람에 따라 다르고, 인간의 진리라고 말하는 진리도, 사실 실체가 아니라서 그야말로, 동물세계와 조금 다를 뿐, 거의 동물세계이기 때문에 그러하다. 그러므로 수십 겹의 장애물을 걷어 내고, 바로 보는 눈과 실천 의지를 단련하고, 그것을 지녀야, 흔들림 없는 판단을 할 수가 있다고 생각한다. 원시적 야성의 감성은, 순치되어야 할 때가 지난,

문명시대를 경악케 하는, 선사시대의 유인원 시대를, 지금도 연상 케 한다.

사람의 욕망은, 생존에 있어 절대요소이다. 그러나 이성으로 걸 러지지 않는, 의지에 의한 마음의 조절기능이 없는, 야생 상태의 인간은, 본능만 지닌 동물에 가깝다.

마음이 그런 걸 어떻게 해, 나도 내 마음을 어떻게 할 수가 없어, 자신의 마음이라고 할 이유가 없다. 남의 마음이 아니라면, 자신 의 마음을 자신이 어떻게 할 수가 없다면, 이런 상태가 야생인 것 이다. 사람들이 이러한 상태로 사는 사회가, 오늘날의, 제 마음도 아닌, 마음이 일으키는 대로 따라 행동하는, 자신의 마음도 아니니 까, 제 멋대로 노는, 그 마음을 따라가는 개인의 삶이, 집단을 이룬, 그러한 약육강식이 횡횡하는, 그것이 지금의 우리 사회이다.

인간의 생명은, 주검과 함께 태어나고, 함께 죽는다.

인간의 생사[生死]란, 원소의 결합이고, 죽음은 원소들의 분열이 다. 삶도 마찬가지로, 뭉치고 협력하면 원하는 것을, 쉬 얻을 수 있 어도, 우리사회처럼, 지역이 분열되고, 세대 간이 벌어지고, 계층 간, 출신지별, 혈연별, 서로가 적의에 찬, 경쟁구도면, 가 보지 않아 도 그 결과는 미루어 짐작할 수 있을 것이다.

사람이 싫어하고, 좋아하는 것들은, 생과 사와 같고, 음식과 배설물과 같고, 미와 추, 선과 악이 이와 같다. 싫어하고 좋아할 이유가 전혀 없는 것에, 매달려 살고 있는 것이다.

인간의 통합과 분열은, 기준이 없어 그렇고, 자연의 분열과 통합은, 필요에 의한 게 아니라, 자연의 고유한 물성에 따른 운동, 진동에 의한 산물이다.

만물의 근원은, 빛에 가깝고, 변화는 진동의 힘에 가깝고, 성주괴공의 순환 변화는 시간이고, 중력은 그 내용물이다.

독립하는 하나는, 존재하지 않는다, 존재하는 모든 만물은, 의존적인 결합 상태이다.

신은 생물의 세계이든, 무생물의 세계이든, 인간의 머리 외에는, 존재할 곳이 없다.

지식과 지혜의 차이는, 생과 사의 차이처럼, 지[止]와 활[活]의, 능동성과 수동태의 차이만큼, 방향성의 오류는, 정반대로 큰데, 사람들은 저장된 지식의 양을 기준으로, 능력을 가늠하는, 잣대의 눈금으로 평가하는 대학들이, 사회악을 키우는데 일조하고 있는 것이다. 소규모의 생계형 범죄를 제하면, 대다수가 중범죄는 지식 계층의 대형 범죄들이다. 실용성 없는 난이도만 높여, 경쟁적 구도의 입시지옥이, 그것도 시간적 제한을 두고, 지식의 측도를 잰다는 것이, 웃지 못할, 미개한 제도가 아닐 수 없다. 차라리 사전에다 학위를 주거나, 육법전서에다 판검사 자격을 부여하면, 저장량 측면에서는 단연 사람보다 앞설 것인데, 하는 생각을 일으키게 한다. 지식으로 무장한, 지도층들의 원하는 것을 얻기 위해서는, 억지 새법을 만들어서라도 이기적 욕구를 채우는 도덕망실은, 일반국민들의 전반적인, 무감각해진 법정의가, 대중심리의 저변에 깔려, 반칙과 거짓과 떼쓰기, 옳지도 않은, 집단행동을 서슴없이 자행하게만든 원인이 된 것이다.

인생의 마음의 자세는, 소동파의 시, 인생도처 지하사[人生到處知何事], 응사비홍 답설이[應似飛鴻沓雪泥], 설상우연유지조[雪上偶然留脂爪], 홍비나복계동서[鴻飛哪復計東西]와 같아야 한다. 사람 사는 도처가 어떤 줄 아느냐, 흡사 진 논바닥, 눈 위에 먹이 찾는, 기러기처럼헤매니, 우연히 눈 위에 발자국을 남기는구나. 기러기 날아간 다음에 방향 물어 뭣 할 거냐. 무엇을 남기려는 욕심 버리고, 삶의 진정한 의미를 즐기는, 삶을 도모하는 마음으로, 평상심에서 살고, 일을 함에는 적재적소에 능동적으로, 그 위치에 맞게 하고, 지퇴이[知退而], 부지[不知], 퇴[退]하는 우를 범하지 않으려거든, 열심히 공부하여 미래를 예단하는, 지혜를 키워, 지진이[知進而] 부지 진[進]하는소인배 되지 말고, 물러서거나 나아가거나, 마음은 항상 그 자리어야 한다.

평상심을 잃으면, 모두를 잃는 것이니, 그걸 잃을 바에는, 차라리 목을 내놓는 것이, 사람다운 자존심이고, 아름다움일 것이다.

경제적인 활동은, 경제원리에 입각해 계획하고 실행하여, 그 결과물로 수익을 창출해야 하는데, 이것을 소홀히 한다면, 머리 손발을 내준, 자연에 대한 배신행위이다. 먹이는 인체구조를 보더라도 자신을 영위할 수 있게끔 갖춰져 있다. 자신을 방어할 수 있도록, 구조적 틀을 부여한 것이다. 그런데 자신을 방위하는 데 게으르게 하고, 몸을 유지하는 에너지 공급을 중단한다면, 이런 행위야말로, 여타에 의한 죽임을 당하거나, 스스로 자살하는 행위처럼 저급하고, 비열한, 부모 형제 자식 배우자는 물론, 저 먼 빛의 거리에서부터, 발을 딛고 있는 지구, 그 위에 자생하는 만물의, 대자연의 대한 은혜에 배신 내지, 역행일 뿐만 아니라, 신성한 생명에 대한, 모독 행위인 것이다.

자연 섭리를 따르며 살아야 한다. 춘하추동 사계가 있듯, 봄에 씨앗 뿌려야 하고, 가을에 열매를 거둬야 하듯, 결혼시기가 여성의 폐경기에 이르러 아기를 생산하겠다고 한다든지, 젊은 혈기만 가지고, 경험도 없이 사업을 하겠다고 한다든지, 한창 무르익은 나이에 쉬겠다고 노세 노세 젊어서 노세 하면, 아이들의 학업과 노년의 생활은 무엇으로 할 것인가. 그래서 근검 검소는 생활의 미덕일 뿐만 아니라 필수인데, 인간을 생산하는 데도, 장소 때도 가리지 않고, 생산 후에는 기본도 바르게 가르치지 못하고, 거의 기형인간을 생산해 놓고, 그마저도 자기 소유로 생각하는 망상은, 정상적인 사람이라 하기가 어렵다. 자기 자신도 엄밀히 말해, 제 것은 아닌데, 하물며 자식이야 더 말할 이유가 없을 것이다.

요즘 여성들은, 직장에 나가서 일을 하고 돈을 버는 것을, 마치 여성의 우월성을 과시하고자 하는 듯한데, 여성이나 남성의 우월성은, 상대적인 성의 우월에 있는 것이 아니라, 자기성의 역할을 얼마나 잘해내는가에, 그 능력에 매겨지는, 가치관이 합당한데도, 엉뚱하게도 남자를 부엌에 두는 것을, 보람으로 생각하는, 여성의 가치관이다 보니, 연하의 남성과 결혼하는 것이 능력 있는 여성처럼, 보인다고 하니, 정말 이게 생시인가 싶다. 여성이 자식을 생산하고 가르치고 밥 짓고, 식구들을 건강하게 유지, 양육하는 일이야말로, 남성들과 대등한 가치일 텐데, 스스로 선생들이 자신들을 노동자로 비하하듯이, 자신들의 정체성을 망각하고, 남의 밥그릇에 수저를 넣으면서, 되레 큰소리치려고 하니, 가관이 아닐 수가 없으나, 결국에는 자연의 섭리를 역행하여서 얻어지는 것은, 불행의 근원이 될 것이 자명하다. 멱살잡이 당하는 선생들처럼, 기준이 없는 맹목적이고, 호, 불호의 감성적 가치관 기준이, 원인인 것이다.

결혼을 할 때, 여성들이나 남성들이나 자기가 사랑하는, 사람과 결혼하는 것이 옳다고 당사자들은 생각한다. 자기가 사랑하는 것이라고 하는 것이, 진짜 자신을 알가나 하고 하는 말이며, 생각인지 그게 궁금한데, 만약에 그렇다면, 그 사람은, 신의 경지에 있다고 해도 부족함이 없다고 생각한다. 그러면 이혼이 없을 터인데, 왜냐면, 자신을 아는 사람이라면, 상대도 알기 때문이다. 맑은 마음의 소유자는, 인간의 마음뿐만 아니라, 사물을 환히 볼 수 있다고 생각하기에 말이다. 남자나 여자나 사람들은, 빛에 목매다는지 알 길이 없다. 불빛에 자리다툼하는 하루살이 날벌레들처럼, 눈에 보이는 것만 아는 생물이, 하루살이만이 아니란 것에, 충격이 아닐 수 없다.

부부라고 하는 것은, 법적으로는 개체로 규정하지만, 사실 한 덩어리의 결합체라야 하는 것이다. 그래서 고인들은 부부일심동체라고 했던 것이다. 결합체란 신체구조적인 요소가 첫째이지만, 정신적으로는, 부부라는 하나를 위해 각개가 소멸되는, 아픔과 포기의 고통을 사랑으로, 결합되어 가야 하는 관계인데, 자기를 별개로 내세우고, 각자 주장이 있고, 각자의 자존감이 있고, 그렇게 유지될 수도 있겠지만, 그것은 결코 바람직한 생을 영위하기가 어려울 것이다. 그래서 옛 사람들은 나이에 층하를 뒀던 게 아닌가, 어느 한쪽이 경험이 많은 쪽으로 조건 없이, 다른 한쪽을 따라가도록, 쉬운 방법을 택했던 것이라 사료되지만, 그것이 바이블이라고 생각하지는 않지만, 그 의도는 이해되고, 그만큼 성숙한 상태로, 그 나이 또래가, 선도되기가 어려웠을 것이다. 평생을 살고 가도, 이러한 자세로 인습된 사람은 많지 않을 것이나, 옛날 방식은 최소한 이혼율에 있어, 긍정적인 면이 많은 것이다. 하기야 이것은 치기를 벗지 못한 어린 나이에도, 투표권이 행사되는 시대인데 무엇을 더 말하랴.

사람의 내면은, 자신도 모른다, 한데 하물며 남이겠는가. 하나, 사람의 행동과 마음의 근원은 다르지 않으니, 다만 생각의 방향과, 행동 양식과, 성질과 기호가 다를 뿐이다.

사람의 일생은, 자기 자신의 실체를 찾는 데, 그 목표를 두어야 한다. 그것을 쟁취할 능력을 갖춘 생물은 오직 인간뿐이니까 그렇다. 아니면 사람의 가치가, 동물의 수준으로 하락할 수밖에 없다. 20년 동안 쌓은, 교육을 통한 지식이, 인간 삶의 목표에서 보면, 거의 휴지조각에 불과하다. 안다는 것이, 인식하고 있는 것들이, 소화되고 정제되지 않고는, 개인에게나 사회에 전혀 보탬이 되지 못한다. 배우지 않아서, 몰라서, 대통령이 되면, 나라가 제 것처럼, 제 멋대로, 헌법도 무시하고 날뛰는 난리를 피우고, 검사 판사 되면, 법이 제 것인 듯, 저 하고 싶은 대로, 구속과 무죄방면의 칼을 마구 휘둘러 대고, 국회의원 되면, "내가 누군 줄 아느냐"고 무소불위, 안하무인이 되어, 제 편의 이, 불이에 따라, 나무 방망이질에 손들어 찬성하고, 이런 것들이 다 마음의 노예근성 때문이다. 그들의 지식은 이런 추잡함을 가리는 데, 동원일조하고, 마음 가는 대로 따라가는, 야성만 살아 있는, 순치되지 않은 동물과 다름없는 것은, 학벌이 모자라서가 아니라고 본다. 사물을 바로 보는 눈이 없고, 의지도 없고, 능동적인 자율적인 마음의 수양이 없는, 쭉정이들인 것이다.

　물리적 문명이 현대처럼 발달한 지금에, 생이지지[生而知之]는 아닐지라도, 온 세상의 만물이, 어느 것 하나, 이것 아닌 게 없는데, 어두운 밤도 아니고, 대낮 같이 밝은 빛 속에서도, 이것을 못 보고, 못 느끼고, 못 찾으니, 숨을 쉬면 이것이고, 밥을 먹어도 이것이고, 잠을 자도 이것인데, 게임에 홀려서인가, TV에 빠져서인가, 돈에 지위에 뭣에 취해서 잠을 깨지 못한단 말인가. 제발 똑바로 보고,

바르게 생각하고, 온전하게 행동해서, 자신을 비롯하여 여러 사람들에게 해를 입히는, 소득 없는, 지푸라기 껍질 쭉정이 되지 말고, 너희들은 제 발로, 제대로 바로 걸어가는 삶의 모습들을 보여 줬으면 하는 바람에서이다.

소욕지족[小慾之足]은, 걱정 근심의 만병의 근원을 없애는, 예방약이자 치료제이다. 그러나 무슨 일이든 맡은바 최선을 다하고, 성심과 정성을 다하여 일을 하는 데는, 몸을 아끼거나 적은 성과로 만족해서는 안 된다. 노동의 비효율을 장려하고자 한 말이 아니고, 열정을 다하여 하되, 얻어지는 것에 만족하는, 평상심을 유지하라는 명구이다. 최선을 다하고, 그 결과물이 많으면, 그 또한, 내 것이라기보다 잠시 내게 머물러 있을 뿐이라는, 평상심이 만사를 평탄히 하고, 시비를 잠재워서, 근심과 걱정거리를 베어 내는 명약이고, 최선을 다하고 얻어지는 것이, 하늘이 내게 주는 정당한 대가라고 생각하면, 조국이나 정경심이 겪는 망신은 당하지 않을 것이 분명하지 않겠는가. 출세지상주의가, 제 것은 아닐지라도, 자식마저 망치는, 무모하고 어리석은, 사랑이라 해 두자.

많이 갖는 것이, 좋은 일임에는 틀림없지만, 사람의 정도에 따라, 가지 많은 나무에 바람 잘 날 없듯이 하고, 더 보태려고 쌓이는 것에 취하면, 없는 이들의, 쌀 한 되 박마저도 뺏으려 하고, 현자는 물질의 줄고 더함에, 정신적 육체적 노력은 할망정, 그 결과에 마음은 쓰지 않으니, 얼마이든, 차지도 넘치지도 않는다.

높이 오르면 넓고, 많은 것들이 작게, 많이 보여 시야를 넓히는 데 보탬이 되나, 자칫하면, 높은 만큼 추락할 위험도, 그렇게 많아질 뿐만 아니라, 경쟁자도 많아져, 모함과 질시의 대상이 됨도 당연하지만, 그 위치에, 그 자리에 걸맞는 일을 처리할 능력을, 지니지 못하거나, 그것을 실행하고, 그 결과를 이루지 못한다면, 그 높이에서 보인 만큼의, 많은 여러 사람들에게 그 피해를 입히는 결과를 초래하니, 그 죄가 가볍다 할 수 없을 것이다. 동류의 다른 사람에 비해, 비록 그 정도의 차이가 있다 한들, 많은 사람들의 긍정적인 이해를 받기는 쉬운 일이 결코 아닐 것이다. 왜 그런 일들을 하지 못해, 그런 자리에 오르지 못해, 사람들은 그렇게 안달들을 한단 말인가. 밥 먹고 사는 데 지장 없으면서, 자신보다 능력이 출중한 사람 찾기를 게을리 말아야 한다. 그들을 존중하고, 그들에게 자리를 주고, 그들의 노고에 감사하고, 격려하는 사람이 되기를 소망하는 것이, 훨씬 정상적인 사람에 가까울 것이다. 세상에는 반드시 자기보다 나은 사람이 있게 마련이다. 세상사 구석구석 모든 것을, 다 아는 사람은 없다.

명예는 자신이 만드는 생산물인데, 똥치는 일은 인간사회에 꼭 필요한 일인데, 그토록 싫어하면서, 인간의 주인인 정신을, 퇴폐의 늪으로 몰고 갈 위험이 많은, 돈과, 지위에, 맹목적으로 덤비다 못해, 아귀다툼까지 마다하지 않는단 말인가? 그들은 진짜 더러운 것이 무엇인지를 모르고 있는, 배운 멍청이들이다.

필요 이상의 돈과, 정신적 타락의, 명예라는 자리에 매몰되고,

중독되어서, 그리도 쉽게 노골적인 맨살을 벌겋게 드러내기를, 멀쩡한 입은 옷을, 욕심 때문에 벗기를 쉽게 하면서도, 부끄러운 줄 모르니, 이것이 후안무치[厚顔無恥]라 말하지 않을 수 있겠는가.

교육의 목적은 간판이 아니라, 사물을 이해하고, 그 정의[定意]를 얻기 위함이다, 그 결과물로 인간의 정신과 행위를 합리적으로 운영하도록 하여, 정신적 평안과, 행위의 환골탈태 과정을 지나, 다 듬어진 유익하고 부유한 자부심으로, 승화됨을 목표로 하여야 할 것이다.

다른 여타 동물과 달리, 인간은 털 대신 지혜를 받았다. 그러므로 인간다운 사람이 되는 것은, 의무이자 사명인, 행복을 실현하는 것이다.

물질의 세계에서는 하나는, 존재하지 않는다. 그러나 불변의 진리는 하나이며, 만사 만물이 이에 계합하지 않는 것이 없다. 하나라도 어긋난다면, 그것은 진리가 아니다. 앞과 뒤, 위 아래가, 찬성을 해도 반대를 해도, 옳고 그름이, 지금이나 나중이나, 가거나 오거나, 악이든 선이든, 모두가 이와 계합하는 것이 하나인데, 그것은 오직 자아의 발견, 있는 그대로의 자신의 진면목을 인식한 잣대가 바로 그것이다.

그래서 진리는 오직 하나의 기중만 존재한다.

노동하는 것은, 삶의 근본이며 의무이다. 일하지 않는 자는, 삶을 누릴 자격이 없다.

인생에 있어 변화를 읽는다면, 그 이상의 학문은 필요 없다. 우선 계절을 음미해라. 그리고 고인들의 관찰을 진부하다 생각지 말고 경청해라. 그리고 진솔한 마음과 경건한 마음으로 성실을 다하여 관조해라. 이 세상의 만물을, 그렇게 하나 둘을 뚫으면, 일이관지[一以貫之]의 경지에 이르게 되고, 그것은 격물치지[格物致知]의, 물의 품성을 간파한, 겸손을 몸에 스며들게 하는, 덕목이 될 것이므로, 근심 걱정 두려움을 쫓아내는, 삶의 무기가 될 것이다. 그렇게 해서 변화의 회오리 속에서, 눈을 얻고, 그것을 잣대로 세상을 견줘 판단한다면, 그것이 연준이고 진리이고 잣대가 되고 길잡이가 될 것이다.

단 한 방울의 똥물이 두려운 것은, 수원지를 몽땅 더럽히기 때문이다.

물질의 변화는, 궁극에 순환의 원을 그리며, 이합[離合]의 움직임은 생사의 원천이고, 산집[散集]은 변화의 마디이고, 성쇠는 진퇴[進退]하는 반복의, 순환의 길일 뿐이다. 그래서 물질세계는 앞만 있을 뿐이다.

인간이 누리고자 하는, 행복의 장애물은, 의식주와 죽음과 욕망과 본능적인 욕구이다. 하나 이것이 사라지면, 행복도 사라진다.

생이 존재하므로 죽음이 있듯이, 궁구하지 않는 행복은, 존재해도 알맹이 빠진 곡식처럼, 소용이 없고, 배고프지 않으면, 음식의 맛을 모르는 것과 같다. 그래서 장애를 이겨 내야 하는 것이다. 초월이 필요한 것이다.

마음은 반사경과 같아서, 그 비춰지는 피사체에 따라 천변만화, 천 갈래 만 갈래 바뀌니 혼란스러운 존재와 같다. 이 반사경의 각도가 무엇을 향하여, 설치할 거야 하는 것을, 결정할 시기와, 그 방향과 목적이 분명하고, 금강을 쪼개는 의지로 실행할 때, 인간은 비로써 행복을 쟁취할, 구도의 입구에 선 것이라고 말할 수 있다. 그래서 연준[然準]의 잣대와 행복을 모두 얻기를 희망하고 기원한다.

어려운 것은 쉽게 생각하고, 복잡한 것은 단순하게 생각하고, 단순하고 쉬운 것은, 쪼개서 어렵게 신중히 생각하여야 한다. 간구하고 궁구하다 보면, 손에 쥔 것이, 바로 그것이란 것을 알게 될 새로운 눈을 얻을 것이다.

자동차가 가는 것이냐, 내 마음이 가는 것이냐, 이것이 명제이고, 사물은 존재하지 않는다. 사물은 존재하지 않는 것도 아니다. 사물은 있는 그대로 존재한다는, 이 과정을 거쳐서, 이 같은 결론이 얻어지면, 파안대소의 평안의 눈을, 삶의 기준을 얻은, 사람이라 할 수 있을 것이다. 그것이 마음의 자리, 진면목이고, 존재의 실체를 체득한 것이라 할 것이다.

두 눈은 자신의 가슴팍에다 꽂고, 고구정녕[故口叮嚀] 궁구하다 보면, 어느 날엔가 자신도 모르게 무릎을 탁 치는, 밝은 세상이 펼쳐지는, 새로운 별에 온 느낌을 받을 것이다. 그런 후에야 문밖을 나설 수 있다고 할 것이다. 어떻게 자신의 길도 모르는 사람이, 남을 안내한단 말인가, 세상 모든 이들이, 그래서 혼란의 순환의 고리를 끊지 못하고, 욕구로 가려진 장님들이, 미사여구로 사람들을 현혹하고, 달콤한 소리에 매혹되어, 이리저리 몰려다니며, 제 갈 길을, 잃어버린 꼴들이다.

우리는 우리가 가진 마음이, 제 것으로 알지만, 그것은 올바른 진솔한 인식이 아니다. 많은 학교가 지식인들을 양산하나, 그것은 알곡을 싸고 있는 껍질처럼, 거칠고, 모나고, 일그러져 있어서, 화장 짙게 한 얼굴처럼, 보기만 그럴싸하다. 욕망으로 핏발 선, 그들의 두 눈은, 오직 두 곳에 집중하고 있다. 돈과 권력이다. 순수문학이 사라지고, 인문학이 길가에 흩어지는 낙엽처럼 굴러다녀도, 누구 하나 줍거나, 쳐다보는 이조차 없는 요즘 세상이, 모두 일반 대중들 앞에 선, 지식인들이라고 하는 세련된, 고급스러운 고가의 옷으로 도배한, 말 조리 잘 다듬어 쓰는, 잘난 사람인 체하는, 자기미화로 날을 새는 빈껍데기들이, 세상을 어지럽히고 있는 것이 현실이다. 슬프고 씁쓰레한 한기를 느끼게 하는 것들이 낙엽만은 아니다. 나그네가 길을 잃으면, 되돌아가면 되지만, 인생은 되돌아갈 곳도, 시간도 없다는 것을, 새겨야 한다.

지식인은 많은데, 지혜로운 사람은, 눈 부릅뜨고 찾아도 보기 어렵다.

곤이지지[困而知之]들이, 대기업을 운영하고, 국가를 경영하고, 노동자를 채용하는 데 대졸 학력이 필요한지, 사방이 사람 구하는 사람들은 모두가, 가방 끈이 짧네 기네 하고, 대학을 너도나도 나오니까, 대학을 나오지 않으면 백안시하고, 학력이 미미하면, 주눅이 들어 이유 없이, 머릴 수그리는 젊은이들을 보면, 이 사회가 어디로 갈지, 앞이 훤히 보이는 것은, 인위적인 과오로, 자연재해를 부르는 것처럼, 안타까운 것이다. 요즘의 대학은, 고도의 기술 직업교육에 매몰되어, 삶의 질을 물질로 가늠하는, 곤이지지들의 광란 같아서, 몽둥이 세례라도 내리고 싶은 것은, 순환의 한 마디라서, 하늘을 원망하기도 어렵기 때문일 것이다.

사람이 한정된 삶의 목표가 서고, 가는 길을 안다면, 마치 외계인이 지구에 찾아온 느낌과 다르지 않을 것이다. 지구의 한 외진 오솔길을 걸으면서, 산과 강 하늘과 구름, 보이는 것, 느껴지는 것, 푸른 하늘에, 바람에, 나무들에, 온갖 풀들에, 온 세상에, 가득히 펼쳐진 삼라만상이, 한 번에, 모두가 자신을 묻어버리는, 장관에 경악을 금치 못할 것이다.

사람이 만물의, 중앙 한 점을 안다면, 물리적 측면에서, 허약하기 이를 데 없는, 존재이지만, 이기지 못할 상대도 없고, 이길 이유도 패할 이유도 없음을 알게 된다.

성적 금욕이, 성스러움의 얼굴 같지만, 성스러움과 거룩함의 정점을 지나, 신체의 신진대사를 방해하고 파괴하는, 균형의 추를 빼앗는, 중대한 인재[人災]이다. 왜냐면 인간의 육신을, 그들이 낳았기 때문이다. 성 행위는, 어두운 면이 없는 것은 아니나, 인간의 행위 중에, 자의적인 것은 아닐지라도, 인간을 생산하는 행위 이상의, 가치 있는 일은 없다고 생각한다. 그러므로 숨기거나 수치스런 일은 아니나, 그것의 정도를 넘어 남용하는 것은, 사회규범과 상대적인 피해는, 고려하지 않을 수 없는, 상대성을 지닌다. 적절성을 유지하는, 균형 잡힌 성생활은, 금욕 생활보다, 신성하다고 판단하는 것이 옳다고 생각한다. 인위적인 도덕률은, 자연의 무위적인 법칙에 미치지 못한다고 생각하기 때문이다.

울며 와서, 웃으며 갈 수 있는, 깨친 사람은, 혼탁한 세상을 맑히고, 천둥 번개처럼, 폭발 난립하는, 어지러운 정신세계를, 가지런히 다듬어 묶어, 고요하고 냉혹함 속에 안고, 소리 없는 무소불위의 존재로 승화[昇華]한다.

음식물이 제 역할을 다하면, 다시 식물의 먹이로 돌아가야 하는, 똥의 수고로움을 덜 수 있다. 그렇지 못하면 부패되고 찢어지고 정화되는, 아픔을 반복해야 할 운명이다. 행여나 때 맞춰 비가 오지 않으면 어떡할까, 노심초사하면서, 식물을 키우고 열매를 영글게 하는, 그런 수고로움을 모르는 사람들이, 그 지극하지 못한 마음들이, 사람이란 이름으로, 고등교육을 받은 사람들이라니, 진짜 교육은 사망한 세상이 아닌가.

정점을 지나서 사는 사람은, 만물 순환의 변화를 알고, 그 눈은 보지 못하는 것이 없고, 그 정신 영역은, 입체적 사고에 의한, 현실의 지극한, 묘현[妙顯]의 세계를 보게 되는 것이다.

자신의 눈에 점을 찍지 않은 사람은, 평범하면, 시기 언쟁 즐기고, 남 잘되는 것, 용서가 안 되고, 사촌이 논 사면, 배앓이 때문에 두문불출하고, 좀 잘난 사람은, 자기보다 우월하다 싶으면, 끌어내리지 않고는, 잠을 못 자는 질시의 화신이 되어, 잠을 못 잔다. 그보다 좀 더 잘나면, 관청에 모함투서하고, 공공연히 누가 그러는데, 출처도 없는 모함꺼리 만들어서, 사방에 퍼트리고, 남의 밥에 침 뱉고, 호박에 말뚝 박고, 악의에 찬 거짓소문 만들고, 결국에는 자신의 불에 스스로 태워진다.

자신의 눈에 점정하여야 한다. 선악의 경계가 본래 없고, 늘고 줄고, 미추가 없는데, 어찌하여 저울추가 한쪽으로 기울겠는가, 평추는, 균형은 움직일 수 있는 것이 아니다. 만고불변의 한 점일 뿐이다, 인생은 이 한 점으로부터 시작되어야 한다. 그래야 넘치지도 모자라지도 않는 생을 영위할 수가 있을 것이다.

만약에 신이 존재한다면, "내가 신이 아니라는 것에 어찌 견딜 수 있겠느냐." 니체의 너무도 인간적인 말이라 하는데, 그건 말도 되지 않는다. 그것은 신이라는 영역이, 소유의, 또는 형상의, 구속의 틀을 벗어나 있기 때문이다.

보통 일반적으로, 사람은 평생을, 자신을 찾지 않는다. 잃어버린 것도 모른 채 산다. 왔다 갔다 분주하게, 왜인지도 모르고, 목적도 갈 곳도 모른 채, 그렇게 살다 가는 것이다. 그것은 본능의 노예로 살다 가는 것이다.

간절히 원하는 것이, 그것이 무엇인지도 모르면서 잡아챈다. 원하는 것이 손에 들어오면 흡족해서, 마음 가득히 미소를 머금는다. 왜인지도 모르면서, 누가 만족해하는지도 모르면서, 그저 마음이 시키는 대로 행동한다. 그 마음, 어느 물건이 내는지, 만족해하는 마음, 그놈의 얼굴도 모르면서, 누가 만족해하는 것일까? 자기 마음대로 할 수도 없는, 이 물건, 싫은 것을 사랑할 수 없고, 좋은 것 싫어 할 수 없는데, 모두들 제 것이라 한다.

앎은, 공부해서 이룰 수 있기보다는, 찾아서 체득하는 것이, 참 앎이라 할 것이다. 머리로 하는 공부가 아니고, 분별력이나 추리력으로 하는 공부가 아니고, 마음으로 사생결단하는, 잡고 묶어서, 자신의 몸종을 만드는 일이다. 그것이 알음이라 할 것이다.

사람의 마음은, 투지의 화신이 내는 의지에 의해서, 체득으로 인식되어진다. 그래서 혼란을 야기하는, 그 속의 모든 것들을 비워야 한다. 그리고 흔들림이 있으면, 상이 명확하게 보이질 않는다. 그래서 멎어야 한다. 이것이 기본자세이고, 하늘이 복을 주었다면, 그 한순간을 허락할 것이다.

우주생성이, 또한 이와 같이 일순간일 것이다. 그래야 사람의 인식범주에 들어 있는, 우주를 비롯한, 이 세상의 삼라만상에 이르는, 자연계의 펼쳐진 광경이 경이로운 것을, 빅뱅의 자손으로서, 천부적인 상속을, 제대로 받을 것이 아닌가.

사람이, 자신을 정복한다는 것은, 마음통을 정복하는 것인데, 이 마음통이란, 인간의 오장육부 어디에도, 안에도 바깥에도, 이 세상 어디에 있는지, 알 길이 없다. 보이지도 느끼지도 냄새를 맡을 수도, 들을 수도 없다. 상상이나 논리적인 사고로, 찾을 수 있는 존재가 아니다. 그러나 해변의 모래 알보다 많고, 하늘의 별보다 많아도, 그것들을 다 안고 있는 것이, 이것이고, 이 우주 어디에도, 이것 빠진 곳은 없다. 고갤 들어도 이것이고, 팔을 벌려도 이것이다. 누워도 앉아도, 이것의 영역을 벗어나지 못하는데도, 사람들은 그물로 물을 가두려 하고, 물로써 집을 지으려고 한다. 이것 하나, 단 하나, 점을 찍으면, 눈은 투시경이 되고, 몸은 깃털이 되고, 마음은 우주를 휘젓는 무한대의 영역을 얻고, 그 능력은, 전 우주가 검은 암흑과 같아도, 백지처럼 선명하고, 아무것도 없는 전무한, 시공간도, 오고 가는 것 하나 없는, 빈 것임을 알 것이다. 이렇게 손에 쥐여 주어도, 스스로 자신의 노력 없이는 어렵다. 어느 날, 한순간, 세상을 진 무거운 몸이 깃털처럼 가벼워지거나, 머릿속에 가득한 의문들이, 갑자기 일시에 사라지는 빛을 보거든, 그것이 행복의 문이란 걸 알거라.

성현들의 책은 사방에 널려 있고, 고금을 통한 시인 묵객이 얼마인가, 햇빛이 그리 밝아도, 사람이 죽어, 땅으로 묻혀 간 사람 그리 많아도, 신기할 정도로 어두운 게 사람이다. 아직도 줄기차게, 능력 없이 권력을 잡고자, 불나방이 되어 북새통이고, 더 갖지 못해, 잠도 자지 않고 세계를 누비는 재벌들, 한 끼 거리 가지고, 아귀다툼마다 않는 세태, 길도 모르면서 키 잡기에 목숨 걸고, 물불도 제대로 알지 못하면서, 음식인지 똥인지도 모르고, 나가고 멈출 줄 모르면서도, 사람들은 자신을 잃어버리고, 탐욕만 키우며 함께 산다.

자신을 정복한 사람, 자신을 아는 사람은, 꿈을 깬 사람이고, 유식한 지식인이고, 그렇지 못한 사람은, 박사 학위를 받았다고 하더라도, 무식한 사람이다. 진정한 지식인은, 쓸 줄 아는 사람이고, 더 배울 게 없는 사람이다.

인간의 본질은, 물질 화합의 미[美]이다.

인류는, 이 지구상에서 나타났다가 사라져 간, 그 수가 헤아릴 수 없이 많지만, 죽은 자 가운데, 이름을 남긴들 먹물과 종이일 뿐, 남은 것이라고는 아무것도 없다. 재조차 남아 있는 게 없다. 그들의 살았을 때, 행한 흔적들이, 기록이나 말로서, 전해지고 있으나, 이 또한, 이를 담은 자의 것이지, 결코 죽은 자의 것은 아니다. 그래서 사람은 살아 있는 상태가, 최상의 가치이고, 어떻게 살고 있느냐에 따라, 귀천이 나눠진다고 생각한다. 살아 있다는 것은, 참으로 귀중한 시간인데, 어째서 이웃을 괴롭히고, 남의 것을 빼앗고, 자신을 낭비하는, 그런 어처구니없는 짓을, 잠도 자지 않고, 한단 말인가. 이성적인 판단으로는, 상상할 수도 없는 것들이다.

자신의 눈에 점을 찍어 본 사람은, 무한의 능력을 지닌, 강철 같은 사람이다. 다만 그는 그 능력을 쓸 줄을 모르는 게 아니라, 써야 할 이유가 없을 뿐이다.

국가의 모든 권력은, 국민으로부터 나오고, 법의 권력은, 정의로부터 나온다. 모든 법의 모법이 헌법인데, 철저히 지켜지지 않는 법이고 보면, 형법이든 헌법이든 모든 법은, 국민 모두와 집행자 위정자들과의 약속이다. 약속을 어기는 자에 대한, 처벌 규정이 없는, 그야말로 흰 종이에 검은 먹물일 뿐이다.

생선찌개 끓이면서, 태평양에 불 땐다고 떠들어 대는데도, 그걸 믿고, 한 표를 아낌없이 던지면서도, 일말의 부끄러움이 없는 국민들이라니, 두부 몇 모에, 지나지 않는, 변연계 뇌의 양이, 단백질뿐이긴 하지만, 이 같은 태중 생을 사는 사람이, 버젓이 사회를 구성하고 우글거리는, 집단들을 만들어, 자기소리를 내고 있으니, 그야말로 소음일 뿐인데, 모두들 그 소리 쪽으로 기울어져, 허우적거리는 참상은 목불인견이라 아니할 수 없다. 자신의 한 표가 개인의 권리행사임에는, 이의를 달 사람은 없을지라도, 무지하고 몽매한 한 표가, 많은 사람들을 고통으로 몰아넣는다는 현실을 외면하여, 계속 같은 잘못을 반복하고, 남의 것을 가지고, 제 것처럼 선심을 베풀고, 말똥구리모양 똥을 나누어 굴리는 버러지 같은, 세금 도둑 내지 세금 속에 둥지를 틀고 번데기로 살다가, 날개를 펴는, 꿈을 꾸는 공무원들이 집단을 이루어, 자신들의 천국을 건설하고 있는 것이 대한민국이다. 우화[羽化]한 공무원들이 간과하지 말아야 할 일은, 인간사에 변화하지 않는 것은, 아무것도 없다는 사실과, 우화한 생명은 수명이 짧다는 것이다.

참으로 보잘것없고, 무슨 특별한 물질도 아닌, 인간의 뇌는, 무한의 경계 없는, 우주 태초 빅뱅의 순간을 체험한, 우주의 작품이다. 밋밋한 자연계는, 이로서 스스로, 영구한 존속의 유지 생산, 도태의 능력을 갖춘 것이다. 자연계는 이처럼 평범함 속에, 경천동지[驚天動地]의 신비를 감추고 있음을 알아야 한다.

공산국가들의 경제적 파워는 직선적이고, 격동적이라, 창과 같은 관철의 능력은, 뛰어나서 목표치에 이르는 것이 빠르나, 그 속이 빈, 단점들을 자신들은 모르고 있다. 하나 구형[球形]의 민주국가의 경제 파워는, 결속력에 좌우되는 특징을 지녀서, 그 파괴력의 정도는, 관리여하에 달려 있는 셈이다. 집중력과 성과 면에서나 시간상으로. 공산 독재국가 우월하다고 할 수 있다. 그러나 그것은 한계성을 지니고 있고, 민주 국가들의 장거리 능력은, 내구성은 지닌다. 북한은 스스로 만든, 엄격한 신격화는, 물새는 통속에 갇힌 생물인 셈이라, 새는 곳을 막으면, 숨이 막힐 것이고, 새는 시간은 쉬는 법이 없으니, 반드시 사라질 집단임에는 틀림없다. 중국과 미국이 반목을 하면, 손해 보는 쪽은 중국이다, 세계를 상대로 힘자랑 한다고, 얻어질 것이 무엇이겠는가, 애꿎은 인민들만 고통을 안을 뿐인데, 세계의 지도자들이 선견지명을 지니면, 만민이 평안한데, 인간의 이성에, 최소한의 기대를 버릴 수가 없다.

한 사람의, 마음의 무게가 얼마인지를, 물었을 때, 무슨 대답이 정답인지, 아는 사람은, 깨어 있는 사람이 아니면, 대답하지 못할 것이다, 정답은 70킬로그램이다. 지구의 무게와 같다고 해도, 정답이다. 그러나 같은 대답을 해도, 꿈속에 있는 사람은 모두 틀린 답이 된다. 그것은 실제가 아니기 때문이다. 데미안의 알을 깨고 나오라는 말이 생각난다. 그러면 또 하나의 세계가 있다고, 꿈속에서 기와집을 짓고, 궁궐을 지어도, 왕이 되고, 황제가 되어도, 그냥 꿈일 뿐이다. 공즉시색[空即是色]과 색즉시공[色即是空]의 사이가, 꿈을 깨면, 사라진다는 사실이고, 느껴진다는 것이 그 차이이다. 그래서 내가 너희들을 대신해서, 느껴 줘서, 너희들이 지닐 수만 있다면, 꿈에서 깨어난다면, 나는 죽음도 마다하지 않겠다.

과학의 영역이, 현대의 인간 인식의, 세계 기준이 되어 있는 바, 사람들은 지나치게, 또 맹목적으로 이를 믿고, 그 외의 것은 무조건 배척하고 있지만, 사람의 마음의 영역은, 과학으로 분별하거나, 인식될 수 있는 영역이 아니다. 그렇다고 과학적 논리성이나 합리성, 그리고 객관성과 보편성을 떠나 있는 것도 아니다. 이 마음의 기준은, 자연계의 기준에서 벗어나는 경우가 없다. 모든 자연은, 이 연준에 의해 계합하고, 판단되고 이해되어야 함이 옳다.

마음의 영역은 무한대이고, 이를 정복하기는 전 우주를 정복하는 것과 다름이 없다. 그래서 마음의 본모습과 실체를, 체험을 통하여 인식하고 난 후에야, 그 무엇에도 어긋나는 것이 없는 기준이 서고, 그 기준에 의하여 만물을 비롯한 자신을 판단하고, 그런 과정을 거쳐야만 인간의 행위가 자연과 일치하는, 알을 깨고, 바깥 세계를 보는 경지에 이를 것이다.

완벽한 사람이란, 자연의 기준에서 봤을 때, 어긋나지 않는 일은 하고, 그렇지 않은 일은, 하지 않는, 무위의 치세[治世]를 즐기는, 한 가한 사람을 말한다,

알에서 깨어나고, 애벌레가 되어서 굼벵이처럼, 누에처럼 먹는 데, 목숨 걸고, 치열하게 살다가 번데기 껍질을 벗고 날개를 펴고 하늘을 날아오르는, 우화[羽化]의 번데기 탈을 벗는 고통을 감내해야, 비로소 대화로 가르칠 수 있는, 상태가 되는 것이지, 우직한 소는, 제 머리를 물속에 강제로 처박아도, 물은 마시고 안 마시는 것은, 제 마음이지 강압으로 할 수 있는 게 아니듯, 사람은 아상[我相]이 굳어 딱딱하기가, 거북 등껍질과 같아, 더더욱 대화로 가르쳐 줄 수 있는 게 아니다. 다만 이런 글이라도 쓰지 않고는, 답답해서 가슴이 터질 것 같은, 임계 한계를 넘어선 내 가슴 때문이다.

살아서 존재하는 것만을, 소중히 하는 사람은, 죽음을 두려워하고, 죽음을 안고, 그와 함께 사는 사람은, 삶의 내용을 두려워한다.

지피지기[知彼知己]면 백전백승이라 했던가. 군사적 대국이건 소국이건, 한 사람만 제대로 알면, 수백만 대군일지라도, 능히 대적할 수가 있다. 그 한 사람은, 바로 자기 자신이다. 백만 대군도, 한 사람부터이고, 그 한, 사람을 아는, 그것이 바로 그의 무기인 것이다.

사람으로 태어났다면, 평생에 할 일은, 이것 딱 하나만은, 하고 죽어야 사람이라, 할 수가 있다, 자신의 심통을 들여다보고, 그 실체를 인식하는 것이다. 무물무형[無物無形]의, 보이지도 않고, 만져지지도 않는 것이지만, 그것이, 우주를 아우르는 모든 것의 본질이고 본체이다. 느낌으로 알아채는, 직관력으로 정복 가능한, 체험인 것이다.

제대로 살았다고, 잘 살았다고 말할 사람은, 늙어 용변을 가리지도 못할 정도로 사지를 못 쓰고, 침대에 누워 간병인에게 의탁하여, 연명하기를 당연시 하는 것이 아니라, 죽음이 두려워, 자신이 해야 할 일을, 기피하지 않은 사람이다. 유엔군으로 한국전쟁에 참전한 용사들이, 전우들의 무덤에, 함께하기를 원한, 그런 사람들일 것이다. 보지 않았고, 알지도 못하지만, 그들은 잘 살았을 거라고 믿어진다. 그들은 죽음을 가까이 체험하였으므로 삶을, 성실히 영위하였을 것이라는 믿음이 가기 때문이다.

법 가지고, 공기놀이하듯, 잘들 가지고 놀아 봐라. 핵심은 따로 제쳐 놓고, 요리조리 말 꾸며 가며, 판결문 가지고 놀면서, 전관예우 보장받는 법관들, 국회의 세금 거둬들이는 것은, 대권자리 차지하려고, 죽는다고, 상대당 정책 반대 단식하면서도, 세금문제는 저들이 정권 잡았을 때의, 미래보장이니까, 머리 맞대고 양당이 합의하고, 내가 누군지 아느냐 거들먹거리기 좋아서, 권력 잡겠다고, 눈에 핏발 선, 입법 국회의원 나리들, 잘들 즐기시라고 던져 주자,

죄 없는 사람이, 법 두려워할 일 없고, 거짓으로 도배하는 말치장 좋아하고, 온갖 비리 저지르고도, 남 탓하고, 변증적 논리 동원하여 억지 쓰고, 저들만 옳다는 독선은, 야여 할 것 없이, 꼭 닮았다. 그들의 국민을 능멸하고, 고혈을 짜는, 만행을 지지하는, 국민들이 많은 것, 그들 못지않은 병폐이다. 능력이 탁월하고, 정의롭고, 개혁의 완성자임에 틀림없다고, 인사 때마다 하는, 공식어에 토 달 일 아니고, 잡아떼기 선수고, 뒤집어씌우기 능란하고, 줄기차게 목소리 높여, 반복 주장하여, 순수성에 혼란을 만들어, 사람들 속이기, 신성한 세금 가지고, 저희들 끼리 입 맞춰 가며 논공행상하고, 부패하고 썩은 것 좋아하는, 그들의 것, 실컷 가져가라고 하자, 돈은 저들이 받아먹고, 죄는 재벌들 씌워 매도하고, 그래 밤이 새도록 즐겨 보아라, 감방에 가면서도, 뻔뻔하게 당당하게, 기죽지 않는 이유는, 세상에 날 심판할, 자격 있는 사람 있으면 나와 보라고, 그래, 그들의 눈은, 일반 보통사람들과 다르긴 한 모양인데, 땅속에 사는, 굼벵이처럼 눈이 없을 뿐이다. 어찌 너희들에게 하늘과 땅 사이에, 가득한 희열을 양보하겠느냐? 그래 실컷 잘 놀고 가거라. 땅속으로….

자
유
인

05.

스스로의 자유의지를 가지고
중용의 길을 개척하라

05. 스스로의 자유의지를 가지고
중용의 길을 개척하라

사람들은 사랑한다는 말을 쉽게 한다. 노래 가사의 대부분은 사랑하는 사람과의 관계 상황을 그리는 것으로, 슬프거나 즐겁거나 아프거나 온갖 표현들이 미화되어서, 사람들의 가슴을 파고들게 한다. 연인들은 사랑하고 안하고 마는, 모든 것을, 자신의 마음대로 할 수 없어서, 울고불고 가슴이 아프네, 머리가 아프네, 제 마음대로 되지 않아서, 미치겠다고들 한다. 영화도 연극도 대부분이 그렇게들 하는데, 사람들은 사랑을 하고, 말고를 제멋대로 하지 못하는지, 사랑은 아는데, 그 행위는 상대적이라, 자기 마음만으로는 되지 않는다고들 하지만, 행동은 마음 가는 대로 하면서, 정작 마음이, 왜 그러는지를 모르니 당연한 것이다. 아마도 자신을 제대로 아는 사람들만 산다면, 음악인 예술인 등이 모두 사라질지도 모를 일이다. 제 마음, 제 마음대로 하지 못하는, 사람 없을 테니까, 울고불고 할 일 없으니.

결혼관이 뚜렷한 사람은, 결국 자신을 알고, 제 마음의 실체를, 아는 사람이 아니고서는, 바르게 지녔다고 할 수 없을 것이다. 여성의 성 호르몬이나, 남성의 성 호르몬에 의한, 격렬한 충동을 동반한 구애행위는, 인간의 존속보전의 유전에 의한 본능적, 천부의 명제이다. 인위적으로 여기에 토를 달 여지가 없는 것이다. 남녀 결합의 시기까지 정해진 것이다. 인간의 생산 양육의 과정이 시간적으로, 이미 정해진 상태에서, 적령기의 남녀가, 상대를 선택하는 것만은, 자신의 몫이라고 생각한다. 자신이 사랑하는 사람과 결혼해야 한다. 그것이 자신의 절대 고유권한처럼 생각하여, 인생의 고뇌를 경험한 어른들의 권유도, 한마디로 일축한다. 우선 자신은 어리석은 사람이면서, 배우자는 똑똑해야 하고, 자신은 별로 내세울 것이 없으면서, 배우자는 화려한 인기를 누리는, 가진 게 많은, 사람이어야 한다고 한다. 자신의 가치는 제쳐 놓고, 배우자의 높은, 가치의 것들만 요구하는 것이 정상적인 사고인가. 예쁘게 보이려고 화장하고, 조신한 것처럼 연기하는 것도, 선량한 사람인 양, 가면을 쓰는 것도 모자라서, 요즘은 육탄공세로 노골적인, 과다 노출로, 말초신경을 유도하는, 천박한 몸짓을 쓰는 것도 서슴지 않는다. 한마디로 천한 짓이다. 요즘은 귀천의 가치가 바닥이 돼서, 돈과 지위만 있으면 모든 것이, 만사가 형통이다. 결혼은 인생사에 중대한 일이다. 그런데 자기가 좋아하는, 일방적인 생각에서 온갖 선심, 가장된 부드러움, 학위 위장, 재물 함정, 경쟁자 모함, 강압까지 가리지 않고 쓰는, 결혼 전선에서, 사랑을 정복한들, 그건 잠시일 뿐이다. 멀지 않아 닥칠 환란이, 고통으로 남을 것이라는 것은 자명하다. 우선 자신을 알지 못하면, 주위에 도움을 요청하는 것이, 일반적인 상식이고, 부모의 조언은 절대적이라 해도 될 만큼 신뢰할 수 있을 것이다. 자신을 알지 못하면서 남을 안다고 한다면, 그 말을, 자신인들 믿어지겠는가. 먼저 태어나서 살아 본, 사람들의 가르침을, 소홀이 하지 않고 따르는 것은, 그들이 먼저 태어난 선생이기 때문일 뿐만 아니라, 미래의 길을 알기 때문이다. 무엇이든 아는 것도, 물어보는 것이, 실제를 충실하게 한다. 그런데 모르면서도, 근원도 모르는, 충동적인 느낌에, 감정에 따라, 맹인 외줄타기를 하겠다고 한다면, 그처럼 답답한 일도 없을 것이다. 젊음 자체가, 부족하다는 의미라는 것을 모르고, 무슨 특권인 양 행세하는 것이, 현대의 무서운 시대적 함정이다.

우리의 선거제도에, 선거권이 만 18세 이상의 국민이면 투표권이 있다. 이를 반대하면, 외국에서 석 박사 땄다는 사람들이, 세계 200여 국가의 대부분이 다 그렇게 하고 있다고들, 반박할 것이다. 그들의 명분이, 반대의견이나 이해득실의 명분으로, 툭하면 내거는 당위성을 이렇게들 하고 있는데, 어느 나라가 무엇을 하든, 선진국이든 후진국이든, 누가 뭐라고 하든, 그들이 한다고, 우리가 해야 할 이유는 되지 않는다. 그들은 선진국의 범죄행위도 따라 할 사람들이다. 선출직 공무원들의 공약은 물론이려니와 대통령 국회의원 선거공약을 믿는 사람은 거의 없다. 또 그 사람들을 제대로 아는 국민이란 대부분 없다. 요즘은 언어 도치의 시대여서, 말이나 글의 의미가 반대로 또는 빛바랜 뜻으로, 전해지는 시대이긴 하지만, 그들의 공약을 지키지 않는다고, 제재할 법은 없다. 그래서 책임질 이유도 없는 것이다. 그렇게 알지도 못하는 사람들에게, 또 책임질 이유도, 제재할 방법도 없는, 국민의 권력을 손에 쥐여 줘서, 자신들의 노력의 대가를, 신성한 세금이란 명목으로 탈취해서 잔치하고, 온갖 규제의 올가미를 씌워, 국민 위에, 군림하고자 하는 그들을 선택하는데, 제 눈도 제대로 뜨지 못하는, 십대들이 투표를 한다. 나이든 어른들도 선택하기가 어려운, 이 제도에 대하여, 회의를 품고 있는데, 바른 사회관이 투철한 사람들은, 두려운 마음이 앞서는데, 충동질에 넘어가기 쉽다고, 저들만 좋자고, 그런 법을 당연시하니, 민주주의가 변질되고 망하는 것은, 멀지 않은 미래가 될 것이다. 숫자로 틀어쥔 히틀러의 무소불위 권력, 청년 돌격대가, 국민투표로 이뤄졌다는 사실이, 그것을 입증한다.

꿈속에서 꿈을 이루고자 발버둥을 치며, 소리 지르는 일은, 이제 그만하자. 그만 일어나라 눈뜨고.

100 파섹(parsec)에서 쿼크(quark)까지, 한 마음 안에 넣고, 관조하는 즐거움으로 살아라.

칸트의 순수이성 비판론이나, 러셀의 최상의 인생론은, 바른 눈을 뜨고 나면, 읽지 않아도 배우지 않아도 알게 된다. 한 꺼풀을 벗기고 나면, 사물은 그대로이나, 선명한 새로운 세상으로 비춰진다. 그것은 눈을 뜬, 즉석에서 스승에게 묻지 않아도, 자신은 알 수 있는 것이다.

인간의 삶의 의한, 모든 희노애락[喜怒哀樂]은, 오직 인간 스스로의 의지에 의한다.

산은 왜 생겼고, 초목은 왜 움직이지 않는지는, 동지[動止]의 절묘함에서, 그 이유를 알 수 있다. 굴신[屈伸]은, 높고 낮음을 만들고, 멈춤은 생명을 기른다. 이것이 한통속에서, 원을 그리며, 꼬리와 머리가 서로 교환하니, 동과 지가, 한몸과 같다.

오른쪽으로 가든, 왼쪽으로 가든, 모두가, 올바른 길을 아는 사람은 바르다고 본다. 누구든 모든 사람은 한 곳을 향해 가듯, 그래서 어떤 사람인가에 따라, 선택에 의한, 험도[險度]가 다를 뿐이다. 어디를, 어떤 방향으로 향하든, 모든 것은 대기권을 벗어나지 못한다는 것과 같다.

물 한 잔의 양 속에서, 4백만 년의 인간들의 영고성쇠[榮枯盛衰]의 사연들이 쌓인 모습을 읽지 못한다면, 어찌 즐거이 죽음인들 맞을 것인가. 또한 단 하루라도, 삶이 값지다고 말하겠는가. 어떻게 이 우주 한가운데 지축을 딛고, 머리를 하늘로 향해 고개를 들겠는가. 지고의 도덕률이 아니라, 잠시도 빈틈을 두지 않고, 환희에 온몸이 젖도록 한, 저 하늘을 보겠는가.

만물은, 분열과 융합의 반복에 의하여 존재하고, 그러므로 멈춤 없는, 변화의 성주괴공[成住壞空] 춘하추동 순환의 틀 속에 갇힌다.

자유 민주주의 국가의 법률이, 국민 각인의 권리를 보장하고 있는가, 국가의 모든 권력이 국민으로부터 나온다고 하지만, 대의 민주주의 병폐는, 바로 이 법률의 남용과, 권력의 대리인이 된, 선출직 국민의 종들에 의해, 구속되는 주인 꼴이다. 이것에 대한 견제대책이, 확립되지 않으면, 자유 민주주의 국가는, 지속적인 유지가 어려울 것이다.

　민주국가의 지도자란, 고도의 엄격한 도덕률과, 자율적인 의무 봉사정신이 장착되지 않은 사람은, 자격도 지혜도 없는 사람에 다름없다. 그래서 맘모스급 재물에는, 정치인들의 잔치가 벌어지고, 아귀다툼과 중상모략이 횡행하고, 허구한 날 광화문 광장이, 육식 동물들의 먹이를 차지하려는, 포효로 시끄럽고, 버펄로 급에는, 지방의 장들이 사나운 이리 떼 모양, 무리지어 덤벼든다. 이리, 늑대, 여우까지 중급들의 싸움에서, 이긴 자의 독식이, 고기 나누듯 자리를 가지고 논공행상하니, 지방세 국세에, 국민을 위한 배려는, 그들의 계산에는, 빼버린 지, 오래라서 기억조차 없을 것이다. 입에는 달고 살아도 뒷골이 잘못되었는지, 이렇게 행동과 말이 전혀 다르다. 구더기 날벌레 득실거리는 정의, 상도의가 사라진 대형 기업들은, 마치 죽은 초식동물의 고기 덩어리처럼, 부패하여 썩은 내가 진동하여, 그들을 불러들이고, 무지하고 용렬한 노동자들은, 거친 성질 마음껏 분출 만끽하는, 썩은 고기 한복판에서, 죽는 줄 모르고 구더기 되어 득실거린다. 이게 다 자유 민주주의, 도덕적으로 선행되어야 할, 품위 상실의 현상이다.

　어리석은 국민은, 자신의 소유물을, 스스로 지키지 못하는 법이다. 문제는 자기뿐만 아니라, 많은 남들까지 끌고, 그 구렁텅이에 함께 가고자 하는 것이나 다름없는, 지지를 하면서도, 남을 해하는 지도, 자신들은 그것조차 알지 못하니, 참으로 안타까운 일인데, 투표 함부로, 단순하고 쉽다고 생각 없이 꾹 누르지 말아라.

민주주의는 그래서 신선하지 않으면, 쉬 더럽혀지는 흰 옷과 같아서, 환경이 깨끗하지 않으면, 생존하기 어려운 특성을 지니고 있다. 사회제도란 처음부터 끝까지, 국민을 위한 최상의 효율적이고, 개인적인 배려와 전체적인 화합의 제도이여야 함은, 모르는 사람, 또는 반대할 사람은 하나도 없을 테지만, 실천하는 것은, 선량한 농사꾼과 생산 현장에서 일하는 하층 계급뿐인데, 그들은 이들을 향해, 내가 누군 줄 아느냐고, 팔을 걷어붙인다. 종놈들이 주인에게 대드는 것은, 인간의 숙명인지, 고깃덩인 육신의 양육을 위해, 평생의 노고를 마다 않는, 인간의 정신을 닮았다.

　부모는 나에게 어떤 존재인가. 물리적으로는 생명을 쥐여 준 것이 부모이고, 양육의 노고는, 여타 생물들의 노고보다, 으뜸이랄 수 있을 만큼, 심혈을 다한 분들이다. 진자리 마른자리 갈아 누이며 하는, 동요가, 지금은 사라지고 없다시피 하는 현실이, 늙은 부모를 먼 곳에 갖다버리고, 똥 싸고 오줌 싼다고 양로원에 버리고, 이런 현실을 반영하고 있다고 생각된다. 부모가 도적이고, 깡패고, 노름꾼이고, 살인자일지라도, 스스로 목숨을 다하기 전까지는, 자신의 존재의 근원이라는 것을, 부정할 수가 없는 것이다. 이것이 하늘이, 이 대자연이, 하사한 천부적인 명인 것이다. 부모 핑계 댄다는 것은, 짐승들이나 할 수 있는 일이지, 사람으로서는 뇌를 들어내는 일이나 다름없다. 부모의 말은, 하늘의 명령 같아서, 거역할 수가 없는 것이다. 살인자 부모가 자식에게 살인하라고 시켰다는 말을 들어 본 적이 없다. 아무리 무리한 요구를 하더라도, 하는 데까지는, 해 보여 주는 것이, 자식의 도리고, 그것이 자신의, 한 인간으로서의, 기본적인 사명이다. 아무리 그것이 잘못된, 현실과 동떨어진, 비합리적인 지시라 할지라도, 그 부모의 령을 어기는 일처럼, 사람답지 못한 행동은 없다. 한데 요즘은 공직자들과 사회적 지도적 위치에 있고, 배우고 살 만한 것들일수록, 노부모 유기가 증가하고 있는 것은, 사회적 수준의 타락의 잣대가 아닐 수 없다. 똑바르게 살 사람은, 그 부모에게 문제가 있는 것이 아니라, 자기 자신에게 있다는 것을 알아야 하고, 효의 바탕이, 곧 사람의 바탕이다. 도덕률의 기본인 것이다. 그것이 빠진 인간이란, 생명체로선 하층계급이고, 아무리 잘난 인간이라도, 사람대접받기는 어려운 사회이어야 한다.

자식이란 무엇인가. 인간의 천부적 성, 신진대사에 욕구생산에 의한, 적응에 의한 생산이, 곧 자식인데, 인간이 인간을 생산해 놓고, 반려동물 키우듯, 먹을 것 주고, 안고 뽀뽀하고, 그것들의 노는 행동을 보는, 즐거움에 빠져 사는 것, 내 자식 기죽이지 말라고, 잘못된 행동을 바르게 하라고, 가르치는 이웃에게, 소리 지르며 대드는, 젊은 엄마들을 보면, 부모로서의 기본적인 자격이 갖춰진 것이냐에 회의를 느낀다. 인성이냐 어떻든 상관없고, 일등만 하면 최고라고, 사람이든 짐승이든 합격만 하면, 장래가 보장되는 잘못된 사회가, 그것이 얼마나 많은 사람들을 괴롭히는 괴물로, 반사회적 병적 존재로 자랄지 모르는데도, 그들은 다른 보통 사람들과는 다른, 남들의 우위에 점하고 싶은, 욕망으로 가득한, 몰염치하고, 단순하고, 치졸하고, 앙큼한 생각으로 아이들을 키운다. 자식은 부모원하는 대로 생산되는 것이 아니고, 우선 자기 소유가 아니란 것부터 알았으면 한다. 인간의 노력은 아이를 생산하는 데, 한 생명을 탄생시키는 데, 하느님은 아니지만, 보잘것없는 수준의 미미한, 노력으로 얻어지는 특별한 선물이다. 잉태 전서부터 성장에 이르기까지, 모두가 자연의 산물로 이뤄진다. 유전자가 전해진다고, 자기 소유가 아니며, 그 또한, 자연의 법칙에 속한다는 사실은, 굳이 말로 할 필요가 없을 것이고, 눈에 씌워진 한 꺼풀의 욕망을 벗겨내고, 바르게 사물을 판단하는 사람이라면 알 것이다. 알아도, 제 마음 어쩌지 못하는 불구자들을 제외하면, 바르게 사는 방법을 자식들에게 가르칠 것이다. 짐승들은 먹이를 위해, 새끼들을 교육하지만, 인간은 삶을 위해, 자식들을 교육해야 한다. 인간의 최대 삶의 가치는, 대자유인이 되는 것이라 생각한다. 그래야 진정한 삶의 만족을 얻을 테니까. 만족이 아니면, 죽음도 불사할 인간의 자세는, 난공불락의 요새와 같이, 자기 것을 지킬 줄 알게 되고, 그 누구의 침입도 허용하지 않을 것이다. 자식들이 성장하여, 사회의 한 구성원이 되면, 그때부터는, 그들의 삶이고, 부모로의 책임도 벗고, 의무도 벗은, 부모의 삶과는 이별이다. 스스로 자신의 삶은 개척해가는 것을 바라보는 것은, 당면한 사회상을 바라보는 것과, 달라서는 아니 될 것이다. 이것이, 부모로서의 의무이고, 자연의 법칙이고, 사회적 공동체 내에서의, 자식들에 대한 자세이다.

자식들에게 올바른 삶의 가치를 가르치는 것과, 그 삶의 방법을 가르치는 것이야말로, 산더미 같은, 재물은 상속하는 것보다는, 비교할 수가 없을 만큼, 크다고 하지 않을 수 없다.

인간으로 태어나, 부끄러운 것은, 제 몸 하나, 겨우 유지하는 것으로 끝나는 생이다. 많은 사람들의 생업을 도울 기업체 하나 없고, 많은 사람에게 평안을 나누지도 못한 것들이다. 예수는, 약관의 나이에도, 로마의 횡포에 시달리는 사람들을 위해, 목숨을 버려서까지 십자가에 못 박힘을 마다하지 않았으니, 존경받을 위대한 삶을 살았다고 생각한다.

나는 존경한다. 그리고 너무도 감사하여, 내 몸의 피처럼 느끼며 사는, 성현들의 가르침이다. 참으로 좋은 시대에 태어난 셈이다. 그리고 비록 자신의 욕구의 산물일지라도, 많은 사람들의 생활 터전을 이룩한, 재벌들의 불굴의 개척정신, 오직 일념으로, 많은 사람들의 굶주림을 해결하겠다고, 모험을 창의적인 자신감으로, 해내고 말겠다는, 끈질긴 다짐의 창업정신에, 존경과 경의를 보내고, 이를 비하하는 사람들을 경멸하며, 이를 몸과 마음으로 존경하지 않는 인간이라면, 어찌 사람이라 할 것인가. 굶주려 보지 않은 사람이, 어찌 밥의 제 맛을 알겠는가 싶다.

명예란, 유위의 제도적 명패로, 가늠되는 것은 아니다. 깡통 쪼가리에 색칠한 훈장처럼, 그것은 자신 스스로 키운, 전신에서부터 지녀야 하는, 도덕적 자율성에서부터 시작되어야 하며, 타인들로부터 시작되는 것이 아니다. 요즘은 명예도 사는 줄로 알고, 또 그러한 사회이지만, 그것은 자신이 지니는 것으로 만족해야지, 스스로 자신을 속이고, 명예로운 척하는 것처럼, 어리석은 허수아비 사람으로 전락하는 것이, 현실적인 작태이긴 하지만, 타인들의 존경을 받는 것에 연연해한다는 것은, 결코 명예로운 사람이라 할 수 없을 것이다. 명예로운 삶은, 먼저 스스로가 명예로워야 한다. 몸과 마음을 수양으로, 보편타당성을 지닌, 자신을 속이지 않는 자세에서 출발한다.

자신을 알지 못하거든, 어른들이나 연장자들의 충고를 성실히 듣고, 실천하는 것이 기본이다. 대학을 졸업하고, 전문 분야의 공부를 했다고, 공부가 끝났다는 생각을 하거나, 아는 것이 많다고 생각하는, 진짜배기, 백치는 되지 말아라. 인간은 평생을 배워도 80억분의 1인 것이고, 그들의 체험으로 얻은 인식의 앎은, 세계의 인구만큼 많은 것이다. 80억 회를 반복하여, 산다면, 그것을 체득할지 몰라도, 어림없는 것이다. 사람과 생각의 방향 성품에 따라, 다 다를 테니, 자연은 혼자 그것을 담당하는 것을 허용하지 않았다. 그러므로 누구이든, 이 세상에는, 나보다, 더 나은 사람들이 가득하다는 것을 안다면, 어떤 사람이든, 나 아닌 사람은, 어느 분야에선 나보다 나은 사람들이라는 것을 안다면, 최소한 겸손할 줄은 알아야 하지 않겠는가. 그것부터 몸에 익히고, 실천하는 것이 사회인의 기본이다.

지구는 왜 둥글고, 공전과 자전은 왜 하는가, 물은 왜 아래로 쉼없이 흐르고, 산은 왜 멈춘 채 가만있는가, 이러한 현상이 내 한 몸속에서도 투영되고, 만물이 다 이와 같은 것을, 몸에 담고 살아야하는 것이다. 그래서 감사의 진정한 의미를 알 것이다.

자신을 안다는 것은, 우선 자신의 마음의 모습을 알고, 그 행동 반경과 성질을 알고, 그 상의 반응을 알면, 그것을 정복하여 무엇에든 쓸 수 있게 된다. 그것이 정확한 모습인지는 자연의 섭리에 기준에 대입하였을 때, 계합하면 그것은 틀림없는 앎이다. 그리고 그것에 견주어 생을 투영하면, 죽음까지도 일시에 낚아 올릴 수 있다. 그렇다면, 비로소 그 바탕 위에 생사를 결하는, 전쟁이란 것에 안목이 생기고, 장비들과 물자의 소모량과 공급에 관한 작전이 계획되고, 그것에 대비, 적의 상황을 파악하면, 필승의 묘책은 자동 도출되는 것이다. 전쟁의 승패는 병가의 상사라 하지만, 그것은 못나고 무능한 사람들의 변명에 불과한 것이다. 이기지 않을 수 없는 전쟁이란, 이런 바탕 위에서 가능한 것이지, 사람의 머리로 얻어질 성질의 것이 아니다. 그런 사람들이 즐겨 쓰는 말이 전쟁이라도 하잔 말이냐고 한다. 전쟁이 피한다고 될 일이라면, 백 번이고 천 번이고, 그렇게 해야 하나, 전쟁은 상대적이다. 일반적인 인간의 가치란 자유에 있는 한, 그것을 침해받거나 박탈당한다면, 살아 있은 들, 그 의미가 없어질 것인데, 그러므로 두려워만 한다고, 일방적인 선언은 삶의 정상화를 희생할 각오라면 몰라도, 전쟁이 피해지거나, 없어지는 것이 아닌 것이다. 사람이 사람다운 것은, 생의 가치기준에 따라 다를 수는 있어도, 그 가치기준의 잣대는 보편적 타당성을 지녀야 한다. 만약 그것을 통일하고자 한다면, 모두가 자신의 기준을 세워야 한다. 그것이 대자연의 섭리인 연준[然準]인 것이다. 자신을 정확히 알게 된다면, 의견이 각각 다를지라도, 모두가 같은 결론에 다다를 것이다.

한 나라에, 깨우친 자가 열 명만 있어도, 백만 대군은 무난히 물리칠 것이다.

나는 입에 밥을 넣는 것이, 혐오스럽게 느껴지는 것을 경험한 지, 어느덧 20년이 흘렀다. 내 생애에 이 같은 일은, 죽기 전에 사라져 줬으면 하고, 늘 마음 한가운데에, 자리 잡고 가슴을 짓누르는, 서글픔에 못 이겨, 이 대자연에 대고, 하늘에, 높은 산 정상에서, 바다에 떠오르는 태양을 향해 늘 빌어 본다. 2500만의 굶주림의 고통과, 가족을 고발 감시하는, 가혹한 학정에도, 살겠다고 몸부림치는, 자아를 상실한 사람들이지만, 그들은 내 이웃이요 가족들이나 다름없는 사람들이니, 그들에게 평안을 달라고, 안다, 언제일지는 몰라도, 그들에게도 반드시 그날, 고통에서 해방되는 날이 온다는 것을, 하지만 이제 그들의 참상을 더는 보고, 듣는 것이 너무도 가슴 아프다. 참으로 나는 그들과 함께, 동시대에 살면서 이렇게 밥을 입에 넣으면서 편안한 내 모습이, 참을 수 없을 만큼, 차가운 분노가 치밀어 오른다. 이렇게 무능한 나 자신에게.

그렇게도 오래 살고 싶은가. 큰 동물이 죽어 사체가 부패하기 시작하면, 사방으로 바람 타고 퍼지는 썩은 냄새는, 온갖 육식동물들을 불러 모은다. 공짜 좋아하고, 남이 지어 놓은 밥상에 수저 꽂는 정치꾼들처럼, 제 손으로 벌어 보지 못한 것들이, 하는 일이라곤 그런 것뿐이니까. 제 힘으로 사냥해 보지 않으면, 어떻게 사냥의 어려움을 알 수 있겠는가. 그런데도 그들은 사냥에 대해서는, 누구보다 잘 안다고 큰소리치지만, 거짓으로, 속임수로, 왕 노릇을 하려고, 무리를 지어, 마치 사체가, 제 것인 양, 송곳니를 드러내고, 약한 자들을 쫓아내고, 선점한다. 크고 당당한 사자 무리는, 제 배가 부르면, 미련 없이 자리를 양보하지만, 초라하고 볼품없고 치사한 소인배 같은 이리떼나 하이에나는 다른 짐승들에게 양보하는 바가 없다. 배가 불러도 사체 주위를 떠나지 않는다. 제 힘으로 사냥할 자신이 없으니까 그럴 만도 하지만, 짐승들은 그렇다 해도, 큰 허물이라 할 수 없는 것이, 그들은 짐승이니까. 하지만 인간의 탈을 쓰고, 그게 사자만도 못한 청소 동물이 돼서, 얼마나 더 살고 싶은 것이냐, 짐승들도 품위가 있는데, 사람이 되어서, 그렇게 추하게 살면서도, 추한 줄을 모르고, 오래 오래 살고 싶은가, 참으로 이해하기가 어렵다.

인간의 삶은, 그리 자유스럽지 못하다. 위통에서부터 공기에 이르기까지, 인간은 구속되어 감방에 사는 것이다. 다행스럽게도 어렵지만, 맑고 밝은 사람은 바람결에도 벗어나겠지만, 평생을 갇혀 살다 가는, 안타까운 사람들을 보면서, 그래도 해방되는 길이 있다는, 그것으로 위안을 삼을 수밖에 없으니, 재물보다 길을 알려 주는, 손가락질이라도 이렇게 하는 것이고, 많은 성현들과 선각자들의, 생명 같은 가르침이 진정한 보석인데, 보석은 쓰레기통에 버리고, 오염덩어리는 몸에 안고, 좋다고 희희낙락하니, 그들이 등한시하는 명명덕[明明德]이 무엇인지, 일체[一切] 유심조[唯心造]가 무엇인지, 천국은 네 마음속에 있다고, 십자가에 못 박혀, 피를 흘리며, "알리 알리 나막사막다니" 이들을 용서하소서, 이들은 제 죄를 모르나이다. 죽어간 고통의 가르침을, 현대에 젊은이들은 전자 게임의 한 제목만도 못하다는 양, 귀 언저리에도 못 오게 하는, 세태가 오호 통재라, 보아라 어찌 제 자신도 모르는 인간이, 사람이랄 수 있겠는지!

부부는 믿음을 바탕으로 사랑하는 관계이어야, 지속성을 유지할 수 있는 기반을 마련했다고 할 수 있을 것이다. 젊었을 때의 사랑은, 가파른 협곡의 곡수처럼 되어, 급하고 굽이치는 거친 모습이라, 본능에 도취되어, 상대의 단점을 볼 수가 없다. 믿음은 멈춘 산과 같아서, 사람에게 편안함과 안정감을 심지만, 사랑은 움직이는 참새 같고, 물과 같아서 연기처럼 사라질 수 있는, 여지가 많은 변화물이다. 그래서 부부에게는 믿음 위에 사랑이 자라야지, 믿음 없는 사랑으로 행복을 추구하는 것은, 사상누각이 될 소지가 많은 것이다. 쏟아지는 계곡물에서 큰 강으로 흘러서, 연조가 쌓이면, 깊이도 있고, 여유로워서, 상대를 알아보고, 서로의 장단점을 인정하면서 화합하고 융합되어 한몸이 되고, 서로가 서로를 위해 안배하고, 고려하는 그런 넓은 바다에 이르는 것이, 부부의 목표이고, 그것이 행복의 요소 중에 하나인 것이다.

지족[知足]이란, 검약하고 절제된 삶의 만족을 말하는 것이고, 작은 것에 만족하라고 한다고 한 의미는, 돈을 벌지 말라는 것이 결코 아니다. 작은 것에 만족할 줄 아는 사람은, 큰 것에 두려움이 없고, 잃고 얻음에 연연해하지 않을뿐더러, 나눌 줄 아는 사람을 말하는 것이지, 경제활동을, 작고, 적게 하라는 의미는 전혀 아니다. 백년 먹을거리를 가지고도, 천년 살 것을 채우려고, 한 섬 가진 사람의 것을 탐하는, 우를 범하지 말라는 뜻이다. 삶의 검약은 인격이고, 자연에 대한 겸손이며, 감사의 답이며, 근검절약이 몸에 밴 사람은, 가난하거나 부자 되거나 만족할 줄 아는 사람이니, 이게 진정한 평안을 얻을 자격인 것이고, 호화 번쩍한 가구에, 수천만 원의 고가 보석에, 명품 백을 들고 다니는 촌스럽고 게걸스러운, 그 속에는 썩은 내나는 휴지나 걸레 같은 것밖에 없다. 그런 자세로 기업을 일궈서, 많은 사람의 일하는, 생업을 유지하는 데 공헌하고, 적절히 나누고 분배하며, 넓히고 키워서, 사람들의 삶을 편안하고, 풍요롭게 하는 것이, 곧 재물의 진정한 가치이고, 그것들은 모두가 자신의 소유가 아니란 것도 알 것이다. 제 몸도 제 것이 아닌데, 무엇을 더 소유한단 말인가!

동물이 아닌 사람이라면, 얼마를 가졌든, 만족을 모르는 만큼, 불쌍하고 가난하고 한심한 사람은 없다. 그 사람이 불행한 것은, 행복할 수가 없는, 멈추지 않는 욕구에 있다고 하겠다.

정의와 불의는, 시공간의 국한되는 것이지, 진리는 아니다. 그러므로 옳다고 지나치게 주장하거나, 남은 매도하는 일은 하지 말아야 한다. 그렇다고 불의를 보고, 피하는 일은 비겁하거나 방관하는, 방조하고 묵인하는 것은, 말로든 행위로든, 그것을 멈추게 해야 하는 것이 맞다. 파리 잡는데 무엇을 쓰느냐는, 각자의 재능에 따라, 적절함에 정도의 차이가 있고, 그 차이가, 사람의 품위이다.

자신을 모르는 자는, 세상에 아는 것이, 아무것도 없는 사람이나 마찬가지이다.

자신을 모르는 사람은, 노예나 종과 다름없다. 아는 것이 없는데, 자기 의견이 있을 수 없기 때문이다. 그럴 때는, 항상 상대의 입장에 서서 생각하여라. 내가 만약 그라면, 내 것이라면, 내가 주인이라면, 내가 피해자라면, 하고 판단하고 실천하면, 대소의 차이가 줄어들 것이다. 주위를 잘 활용한다는 것은, 겸손함이고, 남의 말을 진정으로, 성실 진솔하게, 들어 소화하면, 내 것으로 만든다는 것은, 지혜로운 사람으로 가는 지름길이다.

자신이 어두운, 밝지 못한 일천한 사람이라고 자각하는 것도 중요하지만, 자신을 찾는 동안은 함부로 자기의견이나, 자기주장을 할 수 없는데도, 생각나는 대로 말하지 마라. 너의 말은, 논리를 떠나 그 생각은, 앞과 뒤가 결여되고, 위와 아래가 참고 되지 않은, 단순한 감성에 의한 생각, 눈 먼 사람의, 길 안내하기와 같은 꼴이다. 무슨 일을 하든, 무슨 교육을 받았든, 자기주장을 의견을 내려거든, 먼저 자신을 알아야, 사물의 기준이 서고, 그 기준에 의한 판단이어야 함을, 너희들이 깨닫고 나면, 이 말의 맛을 알게 될 것이나, 그렇지 않고서는 이해하기가 어려울 것이다. 그러니까, 아직 때를 벗지 못했거든, 우선 공직은, 말단이 아니라면 사양하도록 하여야 하고, 자신이 경영하거든, 그 분야에 오래도록 종사한 어른들의 조언을, 금과옥조로 여겨라. 또한 일반 회사에 근무하게 되거든, 윗사람의 말은, 틀린 것 같아도 거역하지 않도록 하고, 보수는 주는 대로, 감사히 받도록 하여야 한다. 일은 서푼어치를 하면서, 끝없이 임금인상을 위해, 툭하면 파업하는 귀족 노조처럼, 자유민주주의의 드높은 도덕성을 훼손하지 말고, 윤리를 더럽히는, 많은 기업들을 외국으로 내모는, 많은 젊은이들의 일자리를 빼앗는, 날강도들과 같은 짓은, 꿈에라도 그리지 말아야 한다.

사람은 사지와 건강한 몸만 지니면, 여기에 소욕지족의 덕을 갖추면, 어떤 환경에서라도 생존하는 데, 부족함이 없을 터이고, 그것만으로도 족히 평생을 편안히 누릴 수가 있는데, 헛된 자존심, 남의 것을 동경하는, 어리석음을 몸에 담지 않기를, 진솔한 사람의 삶을 해치는, 그런 것들에, 매혹되어 빠지는, 일이 없기를 내 후생들에게 간절히 당부하는 바이다.

운명이란 무엇인가? 이 보이지도, 자로 잴 수도, 무게를 달 수도, 형체도 알 수 없는 이것이, 인간의 전 생애를 관장하고 있다. 뿐만 아니라, 이 지구상의 모든 이해득실의 주역을 담당하는 것이 운명이라고 한다. 그러나 나는 이 운명의, 이 명제를 바꾸고 싶다. 그것은 연력[然力]이라고 하는 것이, 맞는다고 생각하고 있기 때문이다. 인간은 자기가 가진 모든 것을 다하여 노력하고, 난 후에는, 그 결실은, 바로 이 연력의 힘에 의해 결정된다고 보고 있다. 세계적인 부호들이나, 권력자들이, 자신의 지혜로, 또는 업적으로, 인해서 얻은 것으로 착각을 하고 있지만, 그들이 세계 최고의 지혜를 지닌 것은 아니다. 그들의 물건을 사 주고, 투표해 준 사람들이, 그렇게 판단한 것이 아님은, 자타가 다 알 수 있는 보편적 시각이다. 이 연력은 최소한 그 힘의, 시간성과 방향성과 지역적 장소와, 인간의 행동양식이 마음에 의한다는 것은, 알 수가 있다. 그것은 자연의 사계절만 제대로 읽어도, 절반을 아는 것이다. 이 경이로운 힘은, 인간의 미래를 예단하는, 성스러운 영역인데, 인간에게 미치는 주된, 계절의 중대한 영향은, 많은 명리학자들이, 탐구하고 궁구하는, 통계적인 분석계열의, 미래예단 수단이다. 계절의 힘은, 한 씨앗이 한 겨울의 추위와 인고의 시간을 지나서 싹을 틔우는 봄을 맞고, 신의 본체인 잎을 내고, 성장하는 여름이란, 노력이 열매를 맺고, 다시 새로운 씨앗을 영글게 하는, 그 힘들이 모두 인간에게 지대한 영향을 미치게 한다. 이것이 시간성이고, 방향성은 태공망과 제갈공명 장량이 즐겨 쓴 술법으로 널리 알려져 있지만, 년 월 일 시에, 근거해서 사계절의 손익의 방향을 추단하는 것이다. 장소와 인간의 성품이, 연력의 득실을 가늠하는 잣대이고 보면, 주역이 왜 그렇게 인간의 품위에, 천차만별의 결과를 가져오는지를 알 것이다. 자연을 관조하여라. 만물이 존재해야 하는 뜻을 새겨야 한다. 멈춘 자에겐 자연의 득실 길흉이 별무소용이고, 나아가는 자는 이루고자 한다면, 이 연력의 힘을, 경건한 마음으로 새길 일이다. 마음은 연력의 출발점이나 같다.

실패하는 자들은, 대개가 연력의 반대방향을 가고, 성공하는 자들은 연력의, 정방향으로 간다. 제 마음대로 가도, 이렇게 갈리는 것은, 타고난 성품에 기인하지만, 득실의 진정한 의미는, 길흉에 있는 것이 아니기 때문에, 성공과 실패가 독이 되고, 삶이 되는 것은, 길흉과 관계가 없다. 천부적인 자질은, 좋고 나쁨이 없고, 선악이 없다. 복이랄 것도, 불행이랄 것도 없다. 이 자질이 사람마다, 다 다른 것은, 생존의 보전과, 진화의 동력으로, 진퇴의 변화의 굴레일 뿐이다. 변역을 읽는 사람은, 사람의 품성과 자질의 성향을 활용하여, 천지인삼재와 더불어, 역술을 펼칠 무대를 만들어 낸다. 적벽 대전의, 조조의 욕망과 계절풍의 자료가, 제갈 무후의 '計'의 자료가 되어, 승패를 가르는 것이, 득실을 내는 것이, 바로 술자의 능력이라면, 어김없는 사계 변화의 자연 법칙이, 다양한 인간들의 지혜에 따라, 나누어지는 분복이 아니겠느냐, 그래서 사람은 자신을 알아야 남들을 알 수 있는 것이고, 자연의 법칙을 알 수가 있는 법이다. 그래야 어떤 일이든 도모할 계책[計策]이 수립되는 것이다.

현자는, 연력을 읽고 있을지라도, 지나가는 한 줄의 봄바람과 같이 생각한다. 얻고 잃음이 마음속에서, 한 덩어리로 뭉쳐져 동화[同化]되어 버렸기 때문이다.

사람이, 제 마음 가는 대로 가면, 악운인 사람은 연력의 반대 방향이고, 그런 사람에게는, 비록 알려 줘도, 제 마음, 제가 어쩌지 못하니, 알려 줘도 믿지 못하니, 강제로 순도[順道] 위에 올려놓아도, 내려서서, 애써 가시 밭 길을 택해서 고생하니, 굳이 알려 줄 의미도 없다.

원숭이와 벌들이 꽃밭이나 과일 나무를 발견하면, 동료들을 불러 모아 함께 나누어 취한다. 그들은 미래를 몰라도, 뭉쳐지는 이익을, 존속의 길을 알도록 장착시킨 것은, 인간에겐 두뇌를, 그들에겐 본능으로, 그것은 다 자연의 힘이다.

사람으로서 자손만대를 생각하거든, 독식부터 버려라. 국가든 개인이든 경쟁력이 우위를 점하는, 장점이 될 수는 있을지 몰라도, 협력이 만들어 내는, 긍정적인 노력이, 훨씬 더 인간을, 길게 지속성을 지닌, 미래를 번성케 할, 원동력이 될 것이기 때문이다.

통찰력이란, 다양한 지식을 함양한다고, 지니게 되는 것은 아니다. 사물을 아는 단순한 지식으로는, 이것에 근접할 수가 없는 것이다. 우선 자신의 마음에서부터, 집념과 인내의 결단력으로 이뤄진, 탐구의 궁구에서 얻어지는, 정신적 대오, 돈오 대각의 출발선에서 시작하여, 사물의 지극한, 치지에 이르는 것이, 통찰이라고 할 수 있을 것이다. 통찰은 쿼크에서 우주의 진동과 빛의 소리와 열을 느끼는, 물과 한몸이 된, 일체의 상태를 말한다고 해야 할 것이다.

태공망은, 한 나라를 세우는 것, 통일을 이룬 주나라의 업적을 사업이라고 했다고 한다. 사업을 성공시킨, 중국의 촉을 세운 공명의 지략과, 한나라를 세운 장량의 지혜, 기라성 같은 재사 범용 등의 수많은, 영웅호걸들이, 그 사업에 몰두하였으나, 오늘날 그 사업들은, 흔적만 흐트러져 남았을 뿐, 뚜렷이 남은 것은 없고, 문자와 텅 빈 흔적과 말만 남았다. 그러나 그것 때문에, 자의든 타의든 억울하게 죽은 자들은, 전해지는 것조차 하나 없다. 나라들은 다 사라지고, 그 잘난 인간들의 대의명분도 사라진, 모두 가 버린, 그 땅에서는, 여전히 평범한 서민들만 번성하고 있다. 지혜로운 자들아! 진정한 지혜는, 대의명분에 휘둘리지 않는 법이다. 그들은 지혜로운 것이 아니라, 부질없이, 잠시의 영달을 위해, 헤아릴 수 없는 사람들을 도륙한, 어리석고 악랄한, 악마와 같은 사람들이라 함이 옳다. 이미 하늘을 거스른 치세로 보아, 멸망의 길에 서 있는, 북한을 보면, 가만히 지켜보기만 해도 될 일이나, 그 사이에 삶의 질고에, 허덕이는 인민들을 생각하면, 편할 사람은 없을 것이다.

　인간의 현대사회는, 집단사회로 갈 수밖에 없는 구조로 발달해 왔다. 인간사회에서는 가장 경계해야 할 일은, 그 사회를 이끄는, 군사집단과 공무원 집단이다. 그들은 대체로 국민들의 적에 가깝다. 전쟁이든 세금으로 수탈하든, 그들의 자성이 수양되지 않은 한은, 사회가 존속하는 한은, 이런 현상은 지속될 것이다. 정치집단과 공무원의 착취가 심해지고, 방만한 경영이 국민들의 임계 한도를 넘어설 때, 피를 흘리는 혼란과, 재산의 파괴 후에는, 또다시 사람이 바뀌고, 새로운 전과 같은 사람들로, 정권을 틀어쥐고, 신선한 체들 하지만, 오래지 않아 그들도 같은 경로를 밟게 된다. 거기에 동참하자 하는 이유가 남의 것을 가지고, 제 마음대로 하고 싶은 것이다. 대도적의 마음이 변하지 않는 한, 반복될 수밖에 없는 것이다. 도대체 얼마나 많이 속아야, 대의 민주주의 병폐를 바꾸는 혁신을 할, 국민들의 바른 국가관이 일어설 것인가. 일어서고 일어서라! 양이 사자가 될 때까지, 진정하게 명실상부한, 국민이 주인이 될 때까지.

자유인

06.

자유를 누릴 능력을 가지고
태어났음을 소중히 여겨라

06. 자유를 누릴 능력을 가지고 태어났음을 소중히 여겨라

　지식의 눈은, 백년미만에 미치지만, 마음의 눈은, 우주를 뚫는 미립자와 같이, 황극경세의 중천시대를 품는다.

　부동산과 관련된 업의, 그 소득은 부도덕하고, 주식투자로 얻는 것은, 건전한 투자인가? 불로소득의 정도는, 부동산은 건설도 있고, 터 잡기 정지 작업도 있고, 희소가치와 고유성에 의한 가치 창출인데, 주식투자야말로, 순수한 불로소득이다. 또한 주식투자에 의한 소득은, 소득세도 없는, 순수 개인 소유이지만, 부동산의 투자는, 분배기능의 역할도 적지 않은데, 주식이 기업이익 창출에 기여하는 바가 있다고 하는데, 부동산 관련 업종은, 기업이 아니란 말인가. 정치인, 그들의 부동산업의 매도[罵倒]는 비이성적이고 비정상적인 인식의 함몰현상 내지, 몰상식의 소치이고, 저들은 다 투기를 하면서, 자신들은 아닌 척하는, 사기전술의, 카멜레온의 착각을 유도하는, 방어 전술에 지나지 않지만, 그걸 아는 사람에게는, 조소를 금치 못하게 한다.

　정의롭고 공정한 사회일수록 사람들이 말수가 적고, 쉽고 단순하고 짧고 밝으며 명쾌하다. 판결문이 긴 것은, 죄목이 많아서가 아니라, 판사의 부족함을 가리거나, 무엇을 숨기고자 하는 다른 의도가 있기 때문이다. 소리 높은 곳에는, 반드시 위정자들의 검은 치부가 있고, 판결문의 핵심이 빠지며 미사여구로, 알쏭달쏭하면, 군더더기가 주를 이루면, 그 사회는 볼 것이 없고, 공정한 질서에 대한 희망이 없는 사회인 것이다. 하긴 요즘은, 권력자들의 죄를 덮기 위하여, 검찰을 통째로, 친권 세력으로 바꾸고, 대법원장에서부터 헌재까지 모두, 몰염치한 권력세력들이, 국민들은 안중에도 없는지, 내놓고 누가 봐도 부도덕한, 범죄 행위인데도, 버젓이 불법 만행을 서슴없이 한다. 국민들의 통장 압류에서부터 안방까지, 쳐들어온, 권력의 통치는 머잖아, 법으로 공산국가로 바뀌지 않는다고 장담할 수 없다. 그들은 선거조차 조작하고, 법은 제가 하고 싶은 대로 만들면 되고, 반대여론은 방송 통제해서 막으면, 동의로 간주되니까, 특별난 장애는 없는 셈이다. 인민재판의 판박이는, 여론몰이 재판인데, 그들은 그것을 잘 활용하는 셈이다. 극성팬 20만이 마치 5000만의 국민인 양, 부풀리고, 잡아떼고, 뒤집어씌우고, 광우병 소동이 그렇고, 세월호 사건이 그렇고, 양심들이 태어나기 전부터 망실된 군상들이, 야욕에 핏발선 악귀들 같다. 5 18 광주사태가 낳은 것은, 민주주의가 아니라, 공산주의의 변형, 사회주의이다.

자신이 가는 길은 아니요? 잠은 깼나요? 눈은 떴나요? 왜 가나요? 어디를요? 왜 가나요? 여기에 왜 있나요? 왜 여기에 와 있나요? 자신이 누군지 아세요? 어디에서 왔나요? 이 물음들에 바르게 알고, 대답할 수 있다면, 무슨 일이든 다 할 수 있는 사람이다.

사물을 깨끗하게 볼 수 있고, 그 속을 마음으로 읽을 수 있으면, 더 무엇을 바랄 일도 없고, 바라지 않는 일도 없다. 아무것도 없는 것은, 그 속에는, 전부가 존재한다는 것을, 알았으면, 이 글은 무용지물이다.

살아 있다는 것과 죽어 있는 것의, 차이가 없다는 것을 알면, 생사가 다르지 않다는 것과, 만물의 순환이치를 알게 될 것이고, 곧 해탈의 경지를 탈환하게 될 것이다. 다르다면, 기껏해야 밑 빠진 위통에, 물 붓기의 생[生]과, 아무것도 하지 않는, 무념무상의 사[死]가, 다른 차이이다.

신이나 하느님을 믿기 전에, 누가, 무엇이, 신을 믿는지부터 알아야 한다. 맹목적인 신앙은 인간의 유약함을 증폭시킬 뿐이다. 간혹 독실한 신앙인이, 마음을 비우고 바르게 살아도, 몸은 편안하게 하여도, 마음의 주인마저 자리를 비우니, 나그네, 껍데기, 노예만 편안하다. 자신의 주인이 평안하면, 그 빈자리는 행복한 즐거움만 차지한다.

신으로부터 인간이 시작되는 것이 아니라, 인간으로부터 신이 시작되는 것이 정답이다. 너희가 수태 전에 자신을 알 수 있다는 것을 알면, 게으를 수가 없을 것이다. 감히 그러면 신을 대면할 수 있을 것이다. 그때여야 신을 아는 것이다.

달통 각자[達通覺者]는 일하지 않아도, 그 자리에 이르면, 한 나라를 다스리는 데 어려움이 없고, 그 자리에 있지 않으면, 자신은 일하지 않아도 걱정하는 일이 없다. 무위의 법칙대로, 인간사가 흘러가기 때문이다.

대자유인은 몸이 구속된다고, 자유의 날개를 접은 것은 아니다.

경이로운 대자연에, 경탄은 할망정, 사랑하지는 마라. 사랑은 인간을 구속하는, 족쇄와 같아서, 자유의 건강을 해칠까 걱정된다.

자유를 위하여, 정의를 위하여, 국가를 위하여, 국민을 위하여, 신을 위하여, 해방을 위하여, 질서를 위하여, 명분은 다양하게 내걸지만, 1차 2차 세계대전에서, 수천만의 생명이 희생되는, 안타까운 일이 벌어졌었다. 지구상에서는 생물들의 멸종이 수차례 일어났다. 백악기의 혜성 충돌로 인한 멸종의 참혹함도 화석으로 확인되었다. 진정한 의미로 이 같은 대량 학살이 안타까운 것은, 죽은 자들이, 죽음이란 것을 모르고, 죽었다는 점에 있는 것이다, 무슨 차이가 있느냐고? 엄습하는 죽음의 두려움과 공포 속에서 죽는 것과, 그렇지 않은 것과의, 차이가 있다.

인간의 생명은 귀하고, 절대의 명제이다. 하지만 그 생명의 진정한 모습을 아는 것이, 더 귀한 것이지, 단순한 삶이 귀한 것만은 아니다. 어쩌면 단순히, 그냥 나타났다가, 언뜻 사라지는 구름과 같게, 느낄지도 모른다, 자신의 생사의 본질을 알고, 대처하여 누리는 삶이 되어야 한다. 그것이 최소한의 사람다운 모습일 것이다.

헤르만 헤세의 데미안은, 알을 깨고 나와라, 또 하나의 세상이 있다고 했다. 알을 깨라. 그러면 선명한 세상이, 새로운 또 하나의 세상처럼 보이나, 조금도 변함없는, 있는 그대로이나 경탄을 금치 못할 만큼, 아름답고 신비함을 새롭게 알게 될 뿐이다.

수학적으로 진원이 존재할 수 없고, 물리적으로 미립자의 불확정성은, 하이젠 베르그뿐만 아니라, 많은 학자들이 이에 동의하고 있다. 이것은 과학적 방법으로, 계량 또는 측량 정의한다는 것은, 불가능하다고 말한다. 하나 그것은, 그 본질이 하나라고, 보는 시각이 문제인 것이다. 하나라는 것은 시공간을 벗어나, 물질세계에서 존재할 수도, 하지도 않기 때문이다. 하나는 없는 숫자이고, 없는 무의 상태이고, 물질은 둘부터 시작하의 존재한다는 것을, 기원전에 과학적 계측기 없이, 많은 철인들이 밝힌 내용이다. 그것을 확인하는 방법, 또한 철학적 사고의 염력이 아니고는 불가하다.

형상은 보이지도 않으면서, 인간행동의 모든 것을 지시 하달하고, 그 크기는 한 주먹도 되지 않는데, 온 세상을 다 품고 있으면서도, 무겁다고 하지 않고, 가볍다고도 하지 않는다. 들여다보면, 어둡고 깜깜하여 보이는 것 하나 없는데, 만물이 멈추는 법 없이 다 변하는데, 티끌 하나도 변한 게 없다. 오지도 가지도 않으며, 시공간을 초월하여, 깊고 깊은 바다와 같고, 높고 웅장하여, 가슴이 서늘한 전율을 느끼게 하는, 히말라야 산과 같다. 또한 마치 거울과 같아서, 사물이 비치면 즉각 반응하는, 광속을 능가하는 민첩성을 지니고 있다. 뿐만 아니라 만 갈래 천 갈래로 흩어졌다가도, 한순간에 모여, 하나가 되기도 하는, 전지전능의 재능을 지녔고, 이 세상의 그 어떤 것도, 이를 다스릴 수 있는 물건은 없다. 적수가 없는 무적의 독존인 이 물건을, 만약 사람이 이를 다스릴 수만 있다면, 무소불위의 유아독존의 영역에 들 수 있다.

맹목적인 믿음은, 인간을 기형으로 진화하게 할지도 모른다. 저울추가 중심을 유지하도록 하는 것은, 많은 사람들의 갈등에 대한 정치적 처방이고, 상대가 있는 다툼에 대한 판결의 기준이고, 여러 사람이 공유하는 사회의, 도덕적 기준이 된다. 그런데 맹신의 아집으로 살아 있는 화석처럼 굳어져, 자기만 옳다고, 고집하는 편집증 환자들이, 지금처럼 인정되어, 계속 간다면, 긴 시간 후에는, 한쪽 다리가 기린처럼 길어질지라도 정상이라 할 것이다. 어떻게 균형 맞는, 두 다리, 두 팔을 지닌, 인간들이 그런 짓을 하는지, 저만 옳고 남은 다 잘못한다니, 그것도 사회적 지도자란 자들이 할 수 있는 말이 아닌데도, 태연스레 공공연히 말하니, 참으로 암담한 세태가 아닐 수 없다.

인류는 누구나 자기 지축과, 국부하늘을 누리고 있음을 안다. 이 지구 어디에서나 지축을 딛고 서 있는 것이요, 눈을 뜨면 자기 하늘을 가질 수가 있다. 참으로 공평한 것이다. 지구 어디에도, 어떤 사람이라도, 그 이상도 그 이하도 허용하지 않으니, 이보다 더, 보탤 것도 뺄 것도 없는, 잘난 것도 못난 것도 없고, 더도 덜도 아닌 상태에 중심인데, 인간은 이것을 흔들고, 비틀어 억지로 인위적인 힘을 들여 애써 부정하고, 잘났다고 하고 못났다고 하며, 더 가져야 하고, 남의 것은, 더 빼앗아야 하고, 침약에, 강탈에, 할 수만 있다면, 못할 짓이 없을 만큼 어리석고, 남들 따라 현혹되고, 말에 흔들리고 유혹에 매달리어 중심을 잃으니, 이를 인식할 수 없는 미물들이, 어쩌면 한 끼니의, 먹이만으로 만족할 줄 아는, 그것들이 더 현명하다 아니할 수가 있겠는가?

인간은 삶에 있어, 목숨과, 국부하늘, 지축을 지닌, 평등한, 하나밖에 없는, 고유한 존재이다. 아무리 진실을 땅속 깊숙이 묻어도, 인간의 심정적 판단을 이끄는, 직관력은 정확히 지구의 내핵의 중앙을 꿰뚫는다. 또 다른, 욕망의 눈을 스스로 감추지 않는 한, 그 이유가 거짓으로 포장되어 사라질 수가 없듯, 거짓 꾸밈이 그 이유가 될 수가 없는 것이다. 선한 양심의 중앙을, 몇 겹씩 싸고 있는 양파처럼, 군더더기를 잔뜩 붙여서 가리고자 하나, 자신을 속여 스스로 속는 사람들이 많지만, 몸뚱이 하나 양육하고자, 자신을 속인다면, 이미 사람이라 부르기 어려운, 인간성 말살이나 다름없는 노릇이다. 스탈린의 정적 학살이 그렇고, 600만 유태인 학살을 자행한 히틀러가 그렇고, 한국 중국의 양민을 학살한, 일본의 천황이 그렇고, 김일성의 피아 간의 500만의 죽음을 부른 6·25전쟁 범죄가 그렇다. 이런 괴물들이 지구 곳곳에서, 자행된 살육의 광란은, 세계 곳곳에서 지금도 멈춰지지 않고 있다. 세상에 공짜는 없다. 독일 국민 80퍼센트의 지지를 받은 히틀러를 만든, 국민들이 무엇 때문에, 그렇게 하라고 시키지는 않았겠지만, 자신들의 욕망 때문에, 유태인들을 살해하는 데, 동참한 것이나 다름없다는 것을, 자각해야 하는 것이다. 설익은 과일은 먹을 수 없다. 그것은 젊은 용렬함이, 소영웅심이 낳은, 감성에 불을 일으킨, 명연설이 치장한 거짓, 애국심에 놀아난 결과인 것이다. 유창한 언변의 매끄러움 속에는, 음흉한 마귀가 숨어 있었다는 것을 모른, 일반 평민들이, 막연한 호의적인 의식이, 다른 사람들에게는, 엄청난 피해를 입힌다는, 사실을 알아야 할 뿐만 아니라, 좋은 말, 다듬어진 말, 훈련되고 의도된 말들에, 너무도 쉽게 속는 고학력자들, 소위 지식인들이라 자처하는 사람들을 보면서, 평민의 자격이 얼마나 고귀하고, 엄중한 것임을 일깨우고 싶다. 자신이 제일 잘한다고, 호언하는 것처럼, 어리석음도 없고, 자신이 가장 도덕적으로나, 정의 공정한 삶을 보장할 만한 사람은, 자신 외에는 없다는, 쓰레기 같은 말을, 함부로 부끄러움 없이, 하는 폐기물들이, 넘쳐나는 현실이 답답한 것이다. 모든 일은 국민 스스로가 하는 것이지, 그들이 농사 지어 주고 공장에서 노동하는 것 아니고, 그들이 할 일은, 국민들이 일을 할 수 있도록, 허드렛일들을 위해, 보조하는 것이 그들의 임무인데, 국민들은 자신들의 위해, 무엇을 해주기를 바라는 것 자체가, 모순이고 출발선의 착오이다. 또한 위정자들의 조용하면서도 부드러운 언변에 숨기는 음흉한 저의는, 국민들의 권리를 위임받아, 국민들을 억압하고, 제멋대로 행동하는, 특권에 매몰된, 덜떨어진 젖먹이들 놀음을, 이젠 정말 지겹다. 너희들은 이런 어처구니없는, 말에는 속지도 말고, 또 그렇게 잘날 이유도 없다는 것을, 명심하고, 일거수일투족이, 비록 평민일지라도, 어렵고 심각함을 느껴, 매사 신중하고, 지축을 벗어나는, 판단을 하지 않도록 해야 할 것이며, 있는 그대로, 화장하지 말고, 다소 좀, 손과 발, 말이 거칠어서 촌스럽고, 시대에 뒤떨어진 것처럼 보일지라도, 자연 그대로를 소중히 하여야 한다. 그것이 순수한 행복으로 가는 자세이기 때문이다.

나서는 자가 많을수록, 그만큼 그 사회는, 희망이 상대적으로 줄어든다. 불만이 쌓인 사회는 평안이 줄어들고, 과격한 사람들이 많을수록, 그만큼 전쟁의 불씨가 늘어난다. 치사한 음성적인 인간들이 늘어나면, 야금야금 그들의 숫자만큼 무너지는, 소리가 늘어나는 법이다. 자기주장을 앞세우는 자의, 진의 및 의도는, 그의 겉이 달고, 속이 쓴 말보다, 뒤에 숨어 있는, 그것을 읽고 보는, 혜안을 지니는 것이, 보다 현명하다. 어리석은 국민은, 자신들의 보금자리마저 지키지 못하는 법이고, 맹목적인 편향의 국민은, 저 스스로 자멸할 뿐만 아니라, 나라를 통째로 망하게 할 것이고, 이해득실에 매달려 싸우기 좋아하면, 불행의 태풍을 부르는 것과 같은, 결과를 가져올 것이다.

진리는 만물과 만사에, 계합해야만 진리이지, 사람마다 다른 진리를 입고 있다면, 그것은 진리라 할 수 없다. 그러므로 진리는 한 가지의 색이며, 모든 것의 잣대인데, 이것의 불확정성을 지닌 사람은, 함부로 의견을 내서는 안 된다. 그것은 거의가 오답일 확률이 높다. 진리는 오직 하나이며, 절대성을 지니고 있다. 어떤 것에도 벗어나는 것이 없고, 모든 것을 포함하고 있으며, 모두가 그 안에 품어져 있다. 비과학적 영역에 있으며, 오직 마음속에서만 찾을 수 있는 잣대이다. 이것을 쟁취하는 데는 평생을 걸어도 아깝지 않을 것이다. 진리는 시공간을 초월한 존재이다. 그리고 그것이 곧 인간의 본질이고, 형이하학적 내지 형이상학적인 것들의 원천이고 실체이다.

내가 살자고, 많은 생명체를, 솥에 넣고 삶아 죽이기를, 하루에 세 번 꼬박꼬박 챙긴다. 그러지 않으면, 내가 살 길이 없으니 필요 악이기도 하고, 한편으론 그것들의 희생이, 나라는 한 인간으로 화하니, 나 자신을 행복하게 하여야 하는, 당위성이 엄연하다고 생각하면서도, 그래도 내 양심 한편에서는, 일말의 감사와 서글픔이 서린다. 남의 살을 앞에 두고, 고기 맛을 논하지 말고, 생명을 바쳐 희생한, 그것들에게 감사할 줄 알아야지, 맛을 논한다는 것은, 사람이라면, 만물의영장의 자리를 내놓아야 하는, 스스로를 나락의 절벽을 향해 달리는 것과 다름없고, 그것은 스스로 자신의 일생을, 근심걱정으로 내모는, 우매하고 몽매한, 가금류의 수준의 천생[賤生]이 아닐 수 없다.

진리는 하나이고, 그것은 모든 것이다. 신까지도 포함한.

진리는, 오른뺨 때리거든, 왼뺨을 내주라는 말이 아니고, 죄인에게 너희들 중에 죄 없는 자가 있으면, 이 돌로 치라고 한 말도 진리는 아니다. 총을 머리에 대고, 돈을 내놓으라는 할렘가의 강도에게, 원수를 사랑하라고 한 말이, 진리라면 죽음이 진리일 것이다. 죄지은 자는 거기에 응당한, 제제를 받아야 질서를 유지하는, 사회적 가치가 존중되어야 함에도, 죄인들을 모두 용서하여 방면한다면, 그 피해는 누가 감당하는가. 진리는 이런 것일 수는 없다. 진리는 공평하고 공정하고 정의로워야 한다. 그것이 보편적인 타당성이 아닌가. 천국이 하늘에 있으니 하늘에다 재산을 예치하란다. 그래서 신성한 십일조의 헌금을 해야 한다고 요구한다. 우주인이 하늘에서 천국을 보았다는 소식 들어 본 적 없고, 그 십일조의 헌금이 누구의 뱃속으로 갔는지는 보지 않아도 안다. 이제 예수 그만 팔고, 하나님의 말씀을 자신을 통해서, 전해진다는 말 같지 않은 사기도 멈추고, 진리요 생명이라고 하는 허위광고도 멈추고, 노동을 하세요, 신성하고 즐겁게 정의롭게 사세요, 일생을 거짓말로 도배하지 말고, 눈멀고 정신은 혼란할망정 순수한 사람들 홀리지 말고, 이제 현실에 맞는 현대적인 사고가 필요한 때이다.

국가 권력의 독식에 의한, 독단의 피해를 줄이기 위해, 삼권 분립의 제도가 민주국가의 기본 틀이 된 지 오래다. 그러나 권력의 독선적인 폐해는, 날이 갈수록 정제되는 것이 아니라, 기득권자들의 이기적인 욕구 충족용으로, 교묘하고 세분화되고, 참신한 모습으로 변신하더니 요즘은 아예 노골적으로, 야성화되고, 편 가르기가 아예, 당연하다 못해 법제화되다시피 하였다. 정치적으로나 법적 상대에 대한 맹폭은, 가미가제의 자살 급강하 급습 공격에 버금간다. 법 방망이는 순진한 표현이고, 진영 간의 법적 논쟁은, 탱크 자주포 포격은 아무것도 아니다. 이해가 얽히고설킨, 사법부 입법부가, 약속이나 한 듯, 모두의 진영별로 무리를 짓고, 상대에게 늑대의 송곳니 드러내듯 으르렁거린다. 이를 보는, 깬 국민들도 개목걸이 걸거나, 우리에 집어넣어, 제지할 방법이 없어, 어쩌지 못하고, 제멋대로 방망이 두드리는 양태는, 사법부라고 다르지 않고, 입법부라고 떼 지은, 입법주의 무리들은, 개도 사슴이라고 우기는 것은 다반사고, 어제 자신들의 말은 다음 날 날이 새기도 전에, 언제 그랬냐는 듯, 천연스레 뒤집는다. 내로남불은 옛말이다. 자기진영의 잘못은 감싸고, 과장되었다고, 고함소리 높이고, 상대진영의 잘못은 침소봉대하고, 일차적인 책임이, 어리석은 국민에게 있음은, 더 말할 것 없지만, 편향된 시각을 지닌, 사시안인들이 어떻게 중용의 대덕을 지니겠는가. 국가는 협치가 기본이고, 화음의 조화가, 만들어 내는 번영과 영화가 병들어 죽은 시체가 되어, 그들의 먹이가 되고, 지금은 썩은 내 나는, 자신들의 모습조차 보질 못하는, 맹인들이 되어 있다. 이렇게 국가의 지도급이란 자들의 전횡은 말로 다 하겠는가. 하지만 지도자란 길을 인도하는 향도인데, 길은 고사하고 제 자신 하나의 길도 모르는데, 무슨 국가의 길이란 말인가. 너희들도 이 점을 헤아려서 분수를 지키고, 생의 목적에 충실하고, 남들에게 봉사를 하게 되면, 엄격하게 자신의 능력을 최소치로 가늠하도록 하여야 한다. 행여 잠을 깨고, 꿈을 깰지라도 힘들고 분망한, 그리고 소득 적고 말 많고, 공허한 영예에 뜻을 두지 말기를 바란다.

박사 석사 학위의 가짜는 오래 전부터 묵인된, 공공연한 그들의 사치품인데, 오늘날 와서 진짜네 가짜네 저희들끼리 싸움질하니, 교육부라는 공식적인 자리에 앉은 것들이, 검은 것과 흰 것을 혼동인지, 제정신으로 하는 말인지조차, 알 수가 없는, 말의 도치를 일삼는, 진영논리에 휩싸여 있으니, 믿을 사람 없지만, 저들도 하나 다를 것 없으면서, 반대진영이라고 매도하려고 하는 것이 누가 봐도 분명한데, 진실은 가짜임이 분명할 것이나, 사람은 진짜인 것 같다는 점이다. 진짜 자격 있는 사람이 가짜 자격증을 가지고 써 먹었다, 가 정확한 답이다. 학위라는 것이, 대학입시서부터 사람의 자격을 가리는 시험인데, 뇌 속에 저장한 암기물들을 제시간 내에 얼마나 빨리 끌어내느냐의 속도 시험인지, 아니면 저장고의 양을 측정하는 시험인지, 그도 아니면 이해력의 측정이라는 것이, 분석력의 측정인지, 분석력이 또한 분류역인지, 알쏭달쏭하고, 그런 것들로 미래를 결정하는, 어처구니없는 시험제도로는, 인간성의 회복과 성숙된 합리적 사고, 뚜렷한 문제에 대한, 궁극적 결과물 도출과 이에 합당한 대처를 수반하는 의지력, 진전된 성품의 수양의 정도, 이런 실제적인 사용성에 필요한 인성에는, 아무런 제약 없이, 책만 뒤지면 될 지식 저장 양에, 목매다는 측정이, 과연 무슨 의미가 있는지 나로선 납득하기 어렵고, 그러다 보니 학벌 사회가 되고, 저희들끼리 대학의 간판을 돈으로 팔든가, 명예나 지위로 팔든가 하고서, 지금에 와서 가짜 진짜 하니 가관이다. 그래서 인성이 마비된 사회가 바로 여기에 있다는 것을 입증하는 꼴이다.

현실은 왜곡된 상태로 보이는 것이다. 있는 그대로가 아니다. 격물치지의 경지는 이르기 쉽다. 그러나 사물의 본모습을, 원래의 모습에 이르기는 쉽지가 않다. 그것은 인식처가 다르기 때문이다. 궁구하라. 깨고 나서 보면 쉽고, 깨기 전에는 한없이 어렵다. 만물이 이것 아닌 것 없고, 가지고 지닌 것인데도, 찾기가 쉽지 않으니, 부정하고 긍정하고 번갈아 반복하며, 극단의 궁극함이, 불현듯, 비논리적인 방법으로, 답에 이르는, 지름길인데, 실사구시 그래서 성현의 말씀과, 죽어라 그 행적을 따라 쫓아가는 것이다.

일반적으로 모든 사람들의 바람은, 한도 없는, 건강, 재물, 권력이다. 이 셋이, 사람들을 눈멀게 하고, 개를 사슴으로, 정의를 불의로, 오판하게 하는 요인이다. 이것들이, 평범한 자연이나, 부모나 친족, 가족까지도, 삶의 원천임을 망각하고, 그것을 희생물로 삼는, 사람들이 너무 많다. 정신적 혼탁, 이성의 마비, 판단력의 오염이, 어째서 일반인들보다, 지식계층에서 더 심한 전염병이 들었을까. 대법원 판결이, 정권에 따라 뒤바뀌고, 형법의 구성요건이 진영에 따라 달라지고, 거짓말이 새끼에 새끼를 치고, 악이 알을 낳고, 논리가 가지을 쳐서, 잎이 달라지는, 인간성 망실의 시대가, 현재시제이다.

음식은 삶의 내용이고, 연료이고, 유지보전의 근원인데, 조잡한 거친 조강의 조식이 없으면, 부드럽고 달콤한 미식도 없는 것이나 다름없다. 이 둘이 어우러져 있지 않으면, 조식이 미식인지, 미식이 조식인지, 인식될 수가 없어, 알 길이 없고, 이 둘이 함께해야 하는 이유는, 그뿐만이 아니다. 건강한 육신은, 고른 섭생에 의한다는 것을 모르는 사람 없을 것이다. 음식에 편중 또한 세상의 못된 위정자들 군상들처럼, 위태로운 험지에 가기가, 하루아침에 닥칠 수 있다. 위정자들의 몰상식, 비현실성과 오만의 극치가, 국민들의 인식의 변화를, 유도하는 거름이 되었으면 하는 바람을 가져 본다.

인류는 한 사람과 같고, 세계는 그의 것이고, 그는 빈손이다. 흙은 안고 살 수도 없고, 종이를 쌓아도 먹을 수가 없고, 권력은 발이 붙어서, 제멋대로 변하니, 가질 수도 없다. 원래 집은 비었으니, 빈

집에 무엇을 쌓겠다고 야단들인가, 주인도 없는데.

　대한민국의 일류대학인, 서울 대학교 법학과 교수가, 전 정부에 대하여 "유죄다. 구속해야 한다"고 신랄하게 비판한 자였는데, 자신은 더한, 치사하고 사악한 불법행위를 하고도, 뻔뻔스럽게, 정무적 판단이므로, 죄가 되지 않는다고 한다. 실제로는 그가 책임질 일은 아니라고 본다. 그 책임은 청와대의 최고 책임자의 죄인 것이지, 명에 의하지 않은 사항이라도, 관리 감독의 책임은 대통령에게 있다. 그러나 당사자의 사건을 대하는, 사고방식과 도덕적 양심에는 상당한 결함이 있음을, 상식으로도 알 수 있는 것은, 그의 법률적 판단의 이기적인 기준과, 현실적 이해득실 상관관계의 취약한 진실성이다. 최고의 지식층을 길러내는, 대학의 법학 교수가, 이러한 정도의 품격인데, 정부 각 부처마다 넘쳐나는 똑똑한 그들, 사법부를 비롯한 행정부 산하의 법무부의 인재들이, 이 나라의 질서 유지에 얼마나 기여하고 있는지는, 자신들도 아는지 모르는지, 모르지만, 현 사태만 보더라도, 썩은 사체의 확보를 위해, 체면도 양심도 버리고 죽기 살기로 달려드는, 이리떼와 별로 다르지 않다고 본다. 그러므로 우리들의 교육제도 및 입시제도가 인성의 품격을 높이고, 봉사정신의 함양과, 정의에 대한 철저한 수호의지가 뚜렷한 자들로 양성되어야 한다는 것이, 우선되는 교육으로 바뀌지 않으면, 미래를 기대할 수는 없을 것이다. 논리로 비 양심을, 양심으로 바꾸는 데는, 상당한 교육이 필요한 것이다. 그래서 교육이 필요하다면, 이러한 세상은 당연히 자연 도태의, 싸이클을 벗어날 수가 없겠으나, 당장에 혼란한 질서는 누가 감당할 것인가. 선량한 사람들이 감내할, 피해자들이 될 것이다.

    실천하지 않는 지식은, 알맹이 빠진, 곡식과 같아서 쭉정이만 있는, 졸업장이고 학위이고, 그것들은 용도 폐기물에 지나지 않는다. 봉사실천에 참여도 하지 않고, 참여증명서 위조하고, 논문 위조해서 박사 학위 받고, 공공연한 사실을 지금에 와서, 왈가왈부한다는 것도, 저만 속 빠지고, 상대만 부도덕한 사람으로 매도하는 그 자체만으로도, 얼마나 어리석고 부패한 도덕적 해적 행위인지에 대한, 가늠쇠가 되고도 남는다. 지식은 습득하기보다, 실천하기가 더 어려운 것이다. 그런데도 줄기차게 주입식 교육이 만능인 양, 승자독식의 보장을 안기는, 교육제도에서, 양산된 오늘날의 지식인들, 그들의 일이란, 선량한 국민들을, 규제와 법이란 울타리 속에 가두고, 그들이 노동하여 땀으로 벌어들인 재화를, 세금이란 명목으로 착취하여, 잔치하는 데 몰두하고 있는, 그 법과 세금이란 무기로, 선량한 국민들을 위협까지 하면서, 군림하는 지식인들이란 집단의 행패는, 각 나라마다 없는 곳이 없을 정도로 일반화되어서, 죄의식도 없는 상태이다. 실천하지 않는 지식은, 이미 죽은 시체나 다름없이, 쓸데없는 무용지물이다. 쓰레기일 뿐이다.

    직업을 선택하는 것은 중요한 것이다. 자신의 선천적 천부적인 자질과 기호를 참작하는 것은, 나쁠 것이 없겠지만, 그것을 자료로 가능하다면, 이러한 점들을 고려해야 한다고 생각한다. 직업의 목적은, 삶을 영위하기 위한, 노동 수단이라는 것에 국한하는 것이다. 그래서 정육점과 같은, 생고기를 자르거나, 생물을 죽이는 행위, 노름 따위의 사행성 행위, 음란을 조장하는 것과, 음주의 폐단에 기여하는 것과, 범죄와 관련되는 일은, 직업으로서 장려할 만한 것이 못된다. 만약 도적질이나, 사람을 해하고 싶은, 충동을 억제할 수 없는, 사람으로 태어난다고 하더라도, 군대라든가 경찰에 투신하면 되는데, 왜 굳이 선량한 사람들을 해롭게 하겠느냐. 사람이 태어난 상태의 생사람에서, 다시 깨우침으로 다시 태어나면, 천부적인 품성도 고칠 수 있음을 명심하도록 하여야 한다.

전투 중에나 폭탄이 터진 상태의, 현장에서 사람들을 구할 때도, 선후 완급이 있다. 우선 먼저 우왕좌왕하는, 혼란한 사람들 중에, 부녀자와 아이들 먼저 안내하고, 진정시켜 피신시킨다. 그다음이 경상자이고, 그다음이 중상을 입은 사람들이다. 노인들은 맨 끝순이어야 함이 옳다. 이 순서가 연준에 의한 것임을 알 것이다. 인명은 재천이라 해서가 아니라, 단순한 정서적 사고는, 인간적일 수는 있어도, 피해를 줄이는 데는, 효율성에 보탬이 되지 않는다. 아무리 위급한 상황이라도, 대처할 수 있는 마음가짐을 준비하는 것은, 큰 덕목이 아닐 수 없다.

전쟁이 만약 발생하거든, 현재의 위치를 분석하여야 한다. 병참기지 주변이라든지, 군부대가 있든지, 연료 및 탄약 창이라든지, 대단위 생산시설 공단 주위, 또한 집단 주거인 아파트 단지 한가운데라든지, 이러한 곳들은 위험지역이다. 만약 피난을 가야 한다면, 생[生] 두[杜] 방향을 선택하고, 가족마다 그 방향이 다르면, 염력의 폭을 넓히면, 천명에 가까이 다가갈 수 있을 것이다. 한국에선 서

해 바닷가 쪽이, 좋을 것이나, 바다를 정면으로 바라보이는 곳은 바람직하지 않다. 산 하나를 배경에 두는 것이 이롭다. 맨손이라도 갯벌은, 삶의 생명줄이 될 것이기 때문이다. 그리고 태을성[太乙星]과 청용성[靑龍星]의 변화를 주시하도록 하여라. 현대전의 양상은 속도전이고, 전격전에 의할 것이기 때문에, 적은 보이지 않아도, 많은 사람들을 살상하는, 고도화한 미사일, 폭격기들의 침투, 전함들의 포격, 중화기들의 살상 무기들로 인하여, 그 피해가 클 것이다. 그러나 행여 남다른 군 지휘자가 나타나서, 한 칼에, 적의 전쟁 지휘 계통의 목을 자르는, 전쟁을 끝내는 행운을 기대하면서, 천명에 순응하는 마음가짐을 굳혀야 한다.

군중에 휩쓸리지 말아라. 언제 어디에 있든, 자기하늘 자기지축을 잃으면, 자신을 내다 버린 꼴이다. 평상심이 곧 그것이다.

이 글들은, 나의 자손들에게 물려줄, 유일한 유산으로 한다. 사람이 죽음과 삶이 없는, 상태에 놓였다고 가정하면, 그것이 자유스럽지 않겠느냐. 인간은 숙명적으로, 구속으로 만들어진 물속에 빠진 채, 태어나게 된다. 생명에, 건강에, 병에, 공기에, 먹이에, 대기권에, 중력에, 말로 열거 할 수가 없을 만큼, 예속의 굴레 아닌 것이, 세상에는 단 하나도 없는 것이다. 이것이 석가가 고해라고 표현한 생이다. 이 굴레를 벗을 길을, 찾는 것이, 자신의 진[眞] 자아를 찾는 길이다. 자신이 무엇인지에 대한 답을, 구하는 것이 첫걸음이다. 몸이 자신이라고 생각해 보면, 커피 한 잔을 마시기 전과, 후에, 자신이 커피인지 아닌지, 정답이 없을 것이다. 잘려 나간 내 손가락이 자신이랄 수 있겠는가. 이것은 허무맹랑한 가설이 아니고, 실체를 말하는 것이다. 생각하므로 존재한다면, 생각이 주인인데, 생각의 원천은 육식[六識]을 수용하는 마음이고, 마음은 제멋대로 명령을 내리는, 독립체 행세를 하므로, 그저 거기에 따라, 명령대로 움직일 뿐이다. 본능과, 정신적 추력과, 의식의 수용 확인 등, 먹이를 위해, 우월감의 충족을 위해, 본능의 욕구 충족을 위해, 마음이 시키는 대로 움직인다. 마음이란 놈이, 주인이라면, 천 갈래, 만 갈래, 어지럽게 일어나고 사라지는, 그놈이 사람을 점령하여, 주인노릇을 하고 있다. 이것이 물질도 아니고, 보이지 않는다고 없다고도 못한다. 그렇다고 있다고도 못하니, 그 실체가 무엇인가를 알아야, 그것을 정복하여, 주인이 되는 것이다. 그놈이 가진, 생사, 욕망, 근심 걱정, 두려움, 환희, 모든 인간의 전체를, 제 놈이 만들어 내는, 의지의 거미줄로, 그놈을 묶어서, 그의 모든 것을 회수하고, 주인이 되는 것이, 자유인이라 할 수 있는 근거이다. 자아 발견의 인식은, 정신의 영역 밖이다. 부단한 노력의 의한, 체험으로 인식된다.

원은 둥글어 끝이 없고, 그 안은 텅 비었다. 그것이 실체의 모습이다.

전시에는 큰 건물의 지하는 화제로 인한 위험이 크고, 광장 지하도나 지하철역 주위는 피난처로 적당하다고 본다. 하지만, 기차역이 적의 공격 대상이므로 피해야 하고, 피난 시에도 사람이 많은 곳을, 피하도록 전후를 잘 살펴서, 완급을 잘 선택하여야 가족을 보전하는 데, 이로울 것이다. 항상 대비하는 마음가짐이, 남들이

비웃을지언정 굳건하게 가져서, 매사 이때를 추정해서, 유리하도록 하고, 적의 무기체계와, 지휘체계를 익히고, 그들의 작전성향을 알고, 있으면 혼란이 닥칠 때, 큰 도움이 될 것이다. 높은 산을 오르지 않고도, 멀리 볼 수 있어야 하고, 넓은 시야는, 꼭 눈으로 보아야만 하는 것은 아니다. 생명의 안전 이상의 것은, 하나 외에는 아무것도 없다.

전시에는, 격전지는 필히 우선하여 피하여야 한다. 사람들은 요즘은 미사일 시대라서, 피해도 소용없다고들 하지만, 그것은 잘못된 생각이다. 그런 안일한 생각은 금물이고, 깊은 산은 피하고, 넓은 개괄지도 피하고, 정부의 발표는 소화하여 들어야 하고, 특히 승전보에 대하여 서는 여러 정보를 참작하여야 한다. 현실적으로 제공권과 제해권은 전쟁초기에는 다소 조심할 것이나, 초기 전투에서는 우리의 권역이 될 것이기 때문에, 적의 자주포격과 평사포 다연장 포격에는, 유효사거리 70키로 안에서는, 자하도 또는 대피소를 이용하는 것이 유리하고, 어느 도시이든, 도시 주변에 안거하는 것이, 요령일 수 있을 것이다. 포격의 소리도 관심 있게 잘 들으면, 피아의 구분이 가능할 것이다. 적이 보유한 핵무기는 사용하지 못할 것이다. 그것은 선제 사용자의, 사형선고와 같기 때문에, 함부로 사용하지는 못할 것이다. 만약 죽기로 각오하고 사용한다고 치면, 일차 목표가 미군의 본거지 평택이거나, 수도 서울이 그 목표가 될 것이니, 이곳들은 비정상적인 적의 행태를 볼 때, 간과하거나 안일한 생각으로 넘길, 사안은 아니다. 또한 만약에 현역 군인으로 참전하게 된다면, 항상 긴장한 상태를 유지하되, 냉정함을 잃지 말 것이며, 살아 있음이 충성이고, 살아 있음이 승리라는 것을, 기억하여라! 용맹이 죽은 자들의 몫이라면, 살아남는다고 비굴한 것은 아니다. 진정한 의미로 전장에서, 죽지 않고 살아남기란, 천운과 인지와 품성의 합작품일 확률이 높다. 생즉사요, 사즉생이라, 이는 비굴한 자는 죽을 것이요, 용기 있는 자 살 것이다. 라는 말이나, 말에 매이지 말고, 상황에 맞도록 처신해야 한다는 것을, 명심하도록 하였으면 한다.

성품과 품성 그것은, 사람의 성격 성질 성향 성정 등의 개인의 감성의 특성을 말하는데, 이것이 운명에 지대한 영향을 미친다. 급한 성격일수록 대체로 성질이 사납고, 잔인한 성향일수록 죄의식이 없고, 독선적이고 독단을 일삼으니, 이런 지휘자를 만나면, 적으로 조우하든, 직속상관으로 만나든, 이지적이고 합리적인, 사고를 하는 지휘관보다, 훨씬 불리한 조건에 놓인 셈일 것이다. 또한 자신이 포악한 성정을 지닌 사람이라면, 때로는 크게 승리할 수 있을지 몰라도, 결국은 천수를 누리기는 어렵다고 본다. 이런 어려운 상황에서도, 그들의 들끓는 용광로와 같은, 불같은 성정을 누그러뜨릴 줄 아는 사람이 있다면, 부러워해야 할 일이다.

거울 면처럼 고요하고, 미끈한 유리면 속 같은 호수에, 비친 단풍의 오색들이, 사람으로 하여금 황홀하게 하지만, 그것은 그림이고 허상이다. 뿐만 아니라, 그 호수 주변의 단풍나무들마저도, 실체가 아닌 것이다. 실제 현물이라 생각하는, 그것들도 본질이 아니고 보면, 사람도 역시 그러하다. 산을 본다고, 산이 머리, 뇌 속에

들어가서, 알게 되는 것은 아니니까, 실체를 아는 것이 아님이 분명하다.

사람이 죽기 전에는, 반드시 합과 이[合離]와 고와 원[苦願]이 무엇인지 알고, 소화시켜 몸을 이루는, 백조에 이르는 세포처럼, 그 형상을 지어야 한다. 그렇지 못하고 살다 그냥 죽으면, 너희들을 이 땅에 낸, 천지의 명을 거역한, 죄인일 뿐만 아니라, 너희가 하는 모든 일마다, 많은 다른 사람들뿐만 아니라, 천지 만물에까지, 해만 끼치고 사라지는, 악귀일 가능성이 높다.

인생 예찬에 이르는 길은, 이 세상에 더 바랄 게 없는 상태이다.

자연 속으로 침투하여, 혼연 일체가 되는 것은, 하나만 얻으면 절로 이르게 된다.

석가의 손가락을 따라가는 길, 자성을 찾는 고행의 수련.

상가 집 개라는, 공자의 경험, 안회의 미소를 만든 자료이다.

칸트의 머리 위의 별, 드높은 도덕률은 물에 뜬 푸른 나무이나, 자신이 주인이면 절로 얻어지는 과실이다.

데카르트의 나는 생각한다, 고로 존재한다는, 신에 대한 항변을 인정하는 실존주의의 정곡이다.

니체의 잠언집 속에 녹아 있는, 지극히 인간적인,"짜라투스트라"는 이렇게 말했다고 한, 신은 죽었다, 왜인가 하면, 신이 있다면, 내가 신이 아니라는 것을, 어떻게 참을 수 있냐고, 한 그 뜻은 바르나, 성취하기에는 미치지 못할, 길 잃은 오만함이다.

소크라테스의 너 "자신을 알라"는, 그 자리에 서는 것, 그의 생각을, 인식을 훔치는 것.

정도의 길은, 오직 하나뿐이다.

07.

내가 나를 찾은 연후에
그 기준으로 세상을 봐라

07. 내가 나를 찾은 연후에
그 기준으로 세상을 봐라

　아상만 가득한 사람들 중에, 정도의 목적지에 도달하여, 생의 예찬을 느끼는, 생의 목표나 주제를 얻은 사람은 드물다. 자신이 무엇인지 모르고, 그저 부여받은 천성대로 되는 대로, 살다가 가서는 안 된다.

　진정한 의미로 사람은, 죽는 것보다, 사는 것이, 더 큰 문제이다.

　정도를 얻으면, 모든 것을 얻은 것이고, 그렇지 않으면, 모든 것을 잃은 것이다.

　재기 통문[通門]의 사람이 밥을 지으면, 거의가 남의 것이고, 관성유리회[官星流理會]의 득위자[得位者]가, 도를 얻지 못하고, 인위적인 권력을 사용하면, 욕이 산을 이룬다.

　사람이 살아 있는 동물을 도축하여, 그 고기를 일반인들에게 공급하는, 덕분에 우리가 몸을 유지하는데, 필요한 단백질을 유용하게 섭취하는 데, 실제로 생목숨을 죽이는 일을, 직접 제 손으로 하지 않았다고, 동물을 살해한, 그 도덕적 악의, 공범이 아니라고 생각한다면, 그건 사람이라 못 할 것이다. 생각을 할 수 없는, 동물이라면 몰라도, 그럴 수는 없으니, 그들에게 감사하고, 그 희생을 잊으면, 가치 있는 생이라, 말할 수 없을 것이다. 그러므로 사람으로서 일거수 일투족을 신중하고, 무엇이든 감사하지 않는 것이 없는, 겸허하고 정직한 삶을 이어야 할 것이다.

요즘의 사회를 보면, 정직한 속내, 거짓을 가리기에, 체면도 양심도, 인간의 존엄성도, 다 버린 작태가 참으로, 가슴 아프게 한다.

과장된 광고는, 명백한 사기 행위인데, 모두가 당연한 것으로 넘어간다, 배우 체육인 방송인 등의 검증 없이, 광고 수입에 눈감고, 알면서도 남들이 그렇게 하니까, 하는 유명인들의 과장광고는 리얼하게 찍는다. 진짜처럼. 그래서 순박한 양심 바른 사람들에게, 손해를 입힌다.

대기업이 이익을 위해서, 덩어리는 쪼개서 팔고, 낱개는 덩어리로 판다.

한 줄기에 열리는, 덩굴식물처럼, 세금은 이중삼중으로, 한 근원에 덧대서, 걷어 들이는 세법, 국민들이 저들의 숙주나 다름없다.

자신이 공격한 단죄를, 자신이 같은 죄를 짓고도, 부끄러움을 모르고, 자신은 죄가 안 된다고, 항변하는 정치인들의 몰염치는, 이제 더 참으로, 사람의 눈으로는, 더 보고 싶지 않다.

형법상 증거주의는, 오판을 막아 선량한 피해자가 없도록 하자는 취지인데, 증거만 없으면 무조건 무죄를 주장하는, 죄인들이 활개를 치는, 세상이 되어 버렸다. 인권이 죄악의 보호막 노릇을 하면, 민주주의 질서는 무엇으로 보장되는가.

순수문학은 쓰레기 통으로 가고, 인기영합의 삼류작가의, 막장이 집안을 채우니, 선정적이고 말초신경을 자극하는, 행위를 묘사하지 못해, 안달이 난 사람들의 성추행 막장은, 여자라고 해서 용서되고, 범람한 자극에 의한, 억제력이 미성숙한 젊은, 남자들의 호기심에 찬, 엇나간 행동만 단죄의 대상인가. 다섯 살짜리들의, 유치원생끼리의 성추행이라 떠들고 다니는, 젊은 엄마가 안쓰럽기까지 하다. 남녀평등의 공정한 성추행이라면, 남성들로 하여금, 성적 욕구를 자극하는, 짧은 치마, 선명한 체형 노출형 의복 착용자, 과다 노출자, 모두 성범죄자에 속한다고 생각한다.

여성의 상위시대라고, 시집식구는 적을 대하듯 하고, 친정식구는 제 식구인 양 하는, 행동이 당연하다고 생각하는, 영악한 여성들이 세상을 휘젓고, 물을 흐리고, 미디어들이 질세라, 관심꺼리에 목매달고, 앞장서 선도하고 있다.

요즘 같이 좋은 세월에, 일은 왜 하누, 놀고먹을 수 있는 길이 많은데, 사회보장, 흔해 빠진 게 다 공짜야, 공원에서 술 마시고, 종일 노닥거리는 있는, 멀쩡한 중년들의 말이다.

인간의 순수한 직관력은, 노자의 만물제동은 하나라는 것을 안다.

인간의 드높은 도덕률은, 심정적인 사고의 영역위에 존재한다.

만물의 근원은 하나이나, 모든 형상은 둘 이상으로 시작되고, 모든 바른 것은 하나로 계합되고 비롯된다.

모든 국민의 노동력을 착취하고도 모자라서, 자신의 정책에 비협조적이면, 아오지 탄광, 아니면 총살, 그도 아니면 집단수용소에 가두어 굶겨 죽이는, 잔악한 폭력 집단에, 전쟁 위협을 하지 말라고, 애걸하는 사람들이, 자칭 민주투사라고 한다. 소위 투사들은 출세가도를 위해, 물불 가리지 않는, 탐욕의 화신들인데, 그것을 위해서라면, 나라도 팔 사람들이다. 그 목표를 위해 말 포장이 매끄럽고, 그럴싸해서, 젊은이들의 미혹한 의협심에, 감성적 격동질, 하기 위한 전술에 능란하고, 속은 어둡고 거칠고 더러워도, 표정은 늘 부드럽고 따스하게 가장하고, 저 잘못은, 핵심은 두리뭉실 얼버무리는, 얕은 수법을 쓰는데, 이제들 그만 속도록 하여라.

여당 야당, 너와 나, 남과 여, 전라도와 경상도, 부처가 서로 갈라지고, 부장과 과장이 대립하고, 서로 비위를 염탐하고, 고발하는, 갈가리 찢겨진 나라꼴이 보기 좋은가. 한 나라의 재정과 이를 관장할 직위, 자리를 향한, 그들의 야욕은, 너도 나도 입문하고자, 줄을 서서 대기하고 있다. 그것이 이 나라의 젊은 패기들이라니, 미래를 장담하기가 쉽지 않은 것이다. 승자독식의 광란이, 언제까지 갈지는 알지 못해도, 그 끝은 정확히 예단할 수 있다. 상대는 절대 옳을 수 없고, 자신들은 절대 틀릴 수 없다는, 논리가 아주 잘 먹히는 사회이다 보니, 양대 줄이 있을 뿐, 정의 따위는, 거추장스러운 선전용 언어일 뿐인, 나라이다.

세금이나 범칙금 신설과, 그 인상만은, 여야가 합의하는 데, 아무런 이의가 없다. 많으면 많을수록 그들에겐 좋은 일이다. 그러나 그것의 주인의 권리를 차지하는 것에는, 게거품을 물고 싸운다. 그것이 여야가 유일하게 협치하는 일이다.

정치인의 공약은 법적 구속력이 없다. 법적 구속이 있어야 한다. 모든 공직자는 자신의 과실에 대한 법적 책임과 동시에, 국가와 국민에게 입힌 손해에 대한, 금전적 책임도, 물어야 한다. 원전을 폐쇄해도, 전기요금은 올리지 않아도 된다고 한 공약에 대한 책임은, 막대한 원전의 건설 중단 및 신 원전에 투자한 수천억의 재원에 대한 책임을 지지 않는다면, 그것의 피해는 고스란히 국민이 져야 한다는 것은, 도저히 용서할 수 없는 만행이고, 안전을 빙자한 속임수에 불과하고, 전문적인 구조적 안전에 대한 기술적인 측면도 고려하지 않은, 독단이며 남용이고, 고의적인 독식 행위이다. 그러므로 반드시, 그 책임을 물어야 한다. 책임질 일 하나 없고, 국가의 재원은 눈만 밝으면, 제 마음대로 빼먹을 수 있고, 연금이, 퇴직을 해도 공직자가 빼먹는 세금으로, 해외나 돌아다니면서, 구경이나 하면 되고, 너희들도 군침이 도냐, 아서라 사람으로 태어나서, 이러한 몹쓸 짓들로, 세월을 허비하기엔, 인생이 너무 아깝지 않겠느냐. 짐승과 다름없는, 이 같은 짓을, 법을 만들어 자행하느니, 차라리 없는 것을 즐기며, 여유 있는 삶이, 더 자유스럽지 않겠느냐. 국가라는 것은, 안전이 제일인데, 그것을 맡은, 국방장관이란 자가, 적의 도발에 대한, 대응미흡을 규탄하자 하는 말, "그럼 전쟁이라도 하잔 말이냐"고 했다고 한다. 이런 정도의 국가라면, 차라리 일찍 나라를 내주는 것이, 막대한 군비 대느라 고생하지 말고, 더 현명한 판단이 될 것이라 본다. 그렇게 하면, 아마도 제일 먼저, 그들이 제거 대상이 될 것이다. 왜 그런가 하면, 도둑은 도둑을 절대 용서하지 않으니까. 자격도 없으면서 지위를 차지하고 싶은 거야, 너희들은 자격을 갖추었더라도, 그 일은 하지 마라. 일 많고 어려움 많고, 말로서 설득하고, 화음을 내려면, 얻어지는 자부심은 적고, 얻은 명예는, 꿈속의 꿈이다.

작은 소도둑은 감방에 가고, 엄청난 대도들은 청사로 출근한다.

너희가 기업을 경영해 보지 않고는, 노동자의 주장은 삼가해라. 그래서 노동을 하고 난 후에 기업을 이루는 것이, 정상적인 단계이다. 창구의 일을 해 보지 않고, 뒷전에 앉아 지휘한다는 것은, 자신의 허울을 벗었거나, 꿈을 깼거나 하는, 경험이 없으면, 우선 판단의 기준이 없고, 저울추를 움직이기 전에는, 양쪽의 무게를 가늠하지 못하니 그 중심을 알 수 없으니까, 섣부른 판단은, 민폐만 끼칠 뿐이다.

법을 세우는 자나, 법을 집행하는 자가, 법을 지키지 않는 것이,

보편화되어, 당연시되고 있지만, 이런 사회에서의 법은 장식품에 지나지 않는 것처럼, 질서 유지가 되지 않는 까닭이 여기에 있다.

평생을 투자하여도, 결코 아깝지 않고, 후회할 일 없으니, 목숨을 걸고 죽기로 마음먹고 네 놈이 도대체 무엇이냐고 물어라. 무엇이 얻어지더라도, 머리로 얻으면 헛일이고, 마음으로 바다에 도장 찍듯 얻으면, 손에 쥐는 것 아무것도 없어도, 자신만은 인가받지 않아도 안다. 깃털처럼 가벼움을, 안개처럼 뿌옇게 보이든, 사물이 일순에 광명함을, 의문의 창고가 일시에 활짝 열리어, 그 속을 다 알게 되는 지혜를, 번쩍하는 순간에 저도 모르게, 무릎을 탁치는 통쾌한 낙을 얻을 것이다.

인간의 본질은, 평행을 유지하기 위한 진동체이다. 선악과 욕망과 우월심이, 다 장착된 상태이므로, 악에 대한 피해에 대한 회복이, 악을 유발하고, 악을 징벌하는 법이 악이듯, 그래서 악이 악을 낳는다. 선 또한 이와 다르지 않게, 선한 행위는 편안함을 대가로 주기 때문에, 선함이 선을 낳는다. 또 한편으로 보면, 악에 대한 선한 대응이, 악을 증장시키고, 전염시켜서 악이 창궐하는 데 기여하게 하듯, 선함도 악으로 대하면, 고통을 유발하고, 끝내는 그 주위를 오염시키는 면이 다분하다. 로마시대의 예수가 로마의 억압 착취에, 고통받는 유대민족의 한을 악으로 징벌하는 것이, 정답이 아님을 알게 된 것은, 7년이라는 고뇌로 사막고행을 통해 자연 섭리인 근원에 도달함에 이르렀기 때문이라고 믿어진다. 그는 대철인으로서, 인간의 본질이 곧 신이라는 것을 깨달았고, 당시의 유대민족에게 닥친, 환란에 평안을 얻도록 계몽하였다는 것은 자명한 사실이다. 유학의 격물치지[格物致知]와 명명덕[明明德]이 그 말과 다름없고, 천지신명도 또한 같은 말이다, 부처의 교외별전[敎外別傳]이 같은 뜻이고, 노자의 만물제동[萬物濟同]이란 말도 같은 말인데, 이 법칙은 존재하지 않는 곳이 없는, 우리가 사는 세상천지가 그것인데, 손에 쥐여 있어도 모르고, 산다는 것이, 답답할 노릇이 왜 아니겠나. 악은 그 끝이 험악하나, 후회스럽고, 선은 평안하나 그 끝은 지루하고, 평형을 이루지 않은 것은, 모두가 불만족이며, 불행이다. 적절함을 강조한 중용[中庸]의 덕이 이를 말하는 것이니, 치우치지 않으면, 선이든 악이든, 모두가 약인 것이고, 필요 요소임에 틀림이 없다. 인간에게 부여된 사명은, 한시적인 삶의 궁극적인 목표인, 행복을 누리는 것이다.

과한 것은 악이고, 부족한 것은 선이다. 넘쳐나는 것이 너무 많은 세상이라, 도덕은 땅속으로 들어가고, 집 앞마다 버려지는 일용품들처럼 버려지고, 불법은 하늘 높이, 별을 따려고 하는 듯, 치솟았다.

목줄이 풀어진 개 모양, 제 맘대로 하고픈 욕망에 휘둘러서, 체면도 양심도 정의도 공정도 신의도 모두 다 일순에 외면하는, 국회의원들, 기업 총수들 자녀들의 형제난, 권력을 흔드는 실세들의 법을 뛰어 넘는 월권행위, 윗물이 이렇게 흐린데, 서민들이야 더 말해 뭣하겠느냐, 나이가 어린 사람들도 아닌데, 삼척동자도 자각할 부도덕한 행위를, 아무 거리낌 없이 하고도, 상식 밖의 열변으로 되레, 본인이 이렇게밖에 할 수 없도록 만든, 여건에 대한 비판과 함께, 뻔뻔함을 키워서, 양심가죽이 두껍다. 그래서 그것은 당연성을 주장하고, 인간적으로 그렇지 않냐고, 동의까지 구하니, 우리 같은 사람들이야 어리둥절할 수밖에 없으니, 너희들은 그 말에 동의할 것이다. 너무도 인간적이니까, 너희들도 이와 다름없으니, 나 어렸을 때, 가끔 내가 만약 권력을 쥐고 있다면, 그 힘을 남용하지 않을, 자신이 나에게 있을까, 하는 의문이 있었다. 그래서 대중들은, 그들의 오염된 색깔에 동질감을 느끼고, 동의까지는 아닐 지라도, 그냥 묵인하므로, 이 같은 일이 멈추지 않고, 계속 반복되는 것이다. 욕망이란, 이처럼 인간의 품위를, 일순에 일생을 망치는, 괴물이란 것을 잊지 말아야 한다.

　원자력 발전소를 없애겠다고, 공약한 사람을 당선시켜 놓고, 그게 크게 잘못된 정책이라고 야단법석을 떤다. 일본 후쿠시마의 원전 사고가, 주민들에게 엄청난 피해를 입히므로, 원전의 그 위험성 때문에, 원전을 포기해야 한다고 하면서, 그래도 국민들에게는, 세계 어느 나라도, 아직 성공하지 못한 청정에너지로, 저가 공급에, 자신 있다고 공언까지 했다. 장담컨대 그 말을 믿은 사람이 있다면, 그 말의 주인, 한 사람뿐이고, 죽는다는 사실이 분명한데도, 그걸 알면서도, 인간은 안 죽으려고 헛일하듯, 알면서도 자신마저 속는다, 사고는 안 나게 할 일이지, 그것 때문에 싼 원전을 포기하고, 경쟁시대에 역행하는 정책을 펴는, 진보의 의미가 퇴보로 전도되니, 자신들은 그것도 모르니까, 뻔뻔하게도, 저는 싫은 것을, 외국에 가서는 원전 건설 수주를 구걸하니, 그들이 볼 때에, 참으로 신기한 인간이라 하지 않겠는가. 자신만 그것을 모르고 있는 듯하니, 그런 면에서 특별한 사람임에 틀림없다.

나뭇잎들은, 자기들이 매달린 작은 줄기가 진리인 줄 안다. 또 작은 가지들은, 좀 큰 가지가 근원이라고 여길 것이고, 큰 가지들은 하나뿐인, 더 큰 나무 기둥을 근본이라고 할 것이고, 또한 나무 기둥은 뿌리가 실체라고 할 것이다. 그러나 뿌리는 물이라 할 것이고, 물은 땅이라 할 것인데, 나무의 실체는 인간이나 만물처럼, 본질에서 벗어날 수 없고, 이것에 부합하지 않는 게 없고, 세상의 모든 것은 이의 범주를 벗어날 수 없는, 이것, 그것에서 모든 것은 출발하고, 그것으로, 모든 것은 돌아간다. 그래서 이것이 잣대가 될 때, 계합하면 그것이 진리이다.

진리의 보편성과 타당성에 대한, 나뭇잎들의 주장이, 여린 가지에 뿌리를 박고 있으니, 생명의 원천이, 여린 가지에 있다고 하여도 맞고, 태양의 조양이 없으면, 어떻게 우리가 생명을 유지하겠는가, 라고 하여도 맞다. 바람은 냉온을 관장하니, 그 또한 명분이 된다. 이렇게 따지면 보편타당성을 벗어나는 것이 별로 없다. 진리는 사실적이고 원천적이며 실체적인 근원이어야 한다. 만물의 근원은 하나이고, 둘부터가 형상을 이루는 물[物]이다. 그러므로 보편타당성은, 누구나 긍정할 수 있는, 앎에 지나지 않는다.

정의란 시공간이 끊임없이 변화하고 있는 한은, 이것이 정의다, 라고 말함과 동시에, 그것이 비록 올곧은 정의라 할지라도, 이미 변한, 힘이 난 정의로, 순수한 정의가 아닐 것이다.

바람에 흔들리는 사람은 믿을 수가 없다. 자기 자신도 믿을 수가 없을 것이다. 그래야 한다. 최소한의 자신의, 사람이라는 존재의 실체를 알기 전까지는 그렇다. 자신까지도.

만물의 근원적인 실체는, 양파처럼 벗기고 벗겨도 알맹이는 없다. 현대과학은 우주의 근원을 밝히려고 미립자에 몰두하였으나, 결국 불확정성에 머물렀다. 그런데 기원전에 이미 인간은, 우주의 실체를 갈파하였으나, 지금도 과학적 잣대로는 정의할 수 없는, 철학적 영역의 근원이 되었다. 쉽게 가면, 형상의 물[物]의 또 다른 영역인 셈이다. 그 근원을, 인간의 능력의 범주 내에 있다는 것이 행운이고 그것이 인간의 절대의 가치임을 인식한, 상태로의 모든 행위의 삶이, 진정한 삶이고 인간다운 삶이라 할 수가 있고, 그래서 그것을 기준으로 판단하고 행동하므로, 그것이 인간의 가장 높은 도덕률이 되고, 인간이 지닐 수 있는 가장 무서운 무기가, 핵무기가 아니라 바로 이것이라고, 단언할 수 있다. 많은 사람을 살상할 수 있는 무기라고 해 봐야, 기껏 죽음 이상은 아니다.

후생들에게 사람이 뭔가를 알면, 그다음은 모든 것이 쉽고 가벼워서, 삶이 참으로 어떤 환경에 놓이더라도, 의문 없고 걸림 없는, 자유로운, 조용하고 단순한 행복을 누릴 수 있다고, 말하고 싶었다. 그런데 몇 줄의 글이나, 말로서는 하지 않은 것만 못할 것 같아서, 이렇게 길어진 글이 되어 버려서, 무능한 내 자신의 미욱함을 통감하나, 어쩌랴 그래도 남기지 않는 것보다는 낫지 않겠느냐. 올해가 기해년인데, 나라를 운영하는 정치권에서, 온통 진한 야망과 자리욕심으로 인한 다툼으로, 양편으로 갈라져 치졸한 더러운 속살을 아낌없이 드러내는, 양태를 만끽하는 해가 되었다. 연동형 비례 대표제든, 공수처 설치 법안이든, 칼을 쓰면 칼에 의할 것이고, 더러움을 덮거나 가리면, 오물을 쓰게 될 것이 확연한데, 그들만 그것을 모르고 하는 행동 같으니, 한심할 노릇이나, 다람쥐 쳇바퀴 돌 듯, 섭리는 원을 돌 듯, 반복하면서 전진할 뿐인 것을, 그저 지나가는 한줄기 씁쓰레한 바람일 것이다.

북한의 젊은 김정은은, 삼대의 걸친 거짓으로 포장된, 살인을 일삼는 포악한 허수아비이다. 그들의 원기가 핵무기로 충만한 듯하지만, 실상은 공포를 조성키 위한 공갈 협박에 지나지 않는다고 보면 정답이다. 그를 떠받치고 있는, 노장들의 외교적 실질적이고 정치적인 보위 전술에 싸여 있기 때문에, 당분간은 염려하지 않아도 될 것이나, 위험한 칼을 쥐고 노는 아이처럼, 감정의 휘둘러서, 제정신을 잃을 수 있는 젊은 악마이므로, 항상 경계하고 대비하지 않으면, 엄청난 경제적으로나, 인명의 희생을 야기할 소지가 충분한 상태인 것이다.

전쟁이 발발하면, 적의 노동미사일이든, 화성 계열이든, 미사일의 피해는, 그렇게 대단한 효과를 낼 수 있는, 무기가 아니라고 본다. 아군의 현무 계열의, 탄도 미사일이나 순항 미사일도 마찬가지이다. 천무와 구룡과 같은 다연장 로켓포, 케이나인과 케이투의 자주포와, 제공권과 제해권의 확보에 필요한, 첨단 항공기를 갖춘 공군력과, 잠함을 비롯한, 이지스 함과 같은 해군전력과, 화력의 충분한 확보와 생산능력에, 병기를 다루는 병사들의, 의지 향상이 훈련에 의한 확보가, 훨씬 승패를 좌우하는 데, 포인트가 될 것이다. 이것들을 종합해서, 가늠한다면, 대략의 미래가 보일 것이다. 유비무한이란 말로써 하는 게 아니다. 항상 가슴에 담고 있어야 하고 실천으로 이어져야 할 일이다.

마음과 의지를 그릴 수도 없고, 말로서도 표현이 불가하다. 물을 함께 마셔 보지 않고서는, 물맛을 전할 방법이 없다. 그러니 체험해 보지 않으면, 얻을 수 없고, 알 수도 없다. 서투른 글자로서는 더더욱 그렇다. 미려함이나 군더더기 같은 것들은 버리고, 직설적이고 직접적인 언어로 쓰는 것은, 너희들의 고정관념으로 굳어진 질긴, 마음을 솥에 넣고, 그 솥 밑에, 불을 지피는, 글을 매고, 말을 잇는 것이다.

평화 시에는, 전화[戰禍]를 담고, 전쟁 중에는 평화를 대비하여야 한다. 북한의 핵무기는 국제적인 상대를 만들 것이고, 남쪽은 참혹한 전쟁터를 안게 될 것이다.

인생은 본래, 남는 것도, 모자라는 것도, 없는 것이다.

나를 알면, 세상의 모든 것을 알게 된다. 그래서 인생은 거기서부터 출발하는 것이 바른 삶이다. 합리적인 판단이라고, 정의와 불의를 명쾌하게 갈라도, 선악을 선명하게 구분하여도, 그것이 옳다고 할 수는 있어도, 바르다고 하기에는 미흡하다. 바르다고 할 수 있으려면, 불의와 악을 미워하는, 마음이 배제되어야 하기 때문이다.

인생에 마디가 없으면, 그 다음세대가 견실하지 못하다. 그래서 나는 죽[竹]을 좋아한다. 나무의 나이테의 선처럼, 한 세대를 정리 정돈한, 흔적이라고 봐도 무리는 아니다. 선조들이 쌓아 놓은 한 계단을 딛고, 새 세대가 한 계단, 그 위에 더 세우는 것이, 이 마디라고 할 것이다. 절[節]은 그냥 반복하는 것이 아니라, 발전하기 위한 새로운 준비인 것이다. 그러므로 절이 없는 인생은, 계절이 없는 삶과 같아서, 생존을 어렵고 고통스럽게 한다. 높게 오를수록 가늘고 가벼워지며, 마디에서만 잎이 돋아, 그 자양분을 아래로 나누니, 그 절제와 곧음이 가히 인간으로 하여금 감탄케 한다, 고 아니할 수 없다.

태양의 고마움을, 마음으로 늘 간직한 사람은, 죽음에 이르러서도 1억 5천만 킬로 밖에서, 6천도의 끓는 열기를, 8분 전에 자신에게 보내는, 햇살 한 줄기에 감격하여, 다른 것들은 안중에 없는 경지에 이른다. 죽음까지도.

인류의 역사에 많고 많은, 선각자들과 성현들의 가르침이 그렇게 많아도, 위대한 영웅들의 업적들이 그리 많아도, 인류의 삶의 마음은, 그 바탕에서, 예나 지금이나, 하나도 달라지지 않았다. 가르침이 부족해서도, 말이 부족해서도, 책이 부족해서도 아니다. 인류

한 사람, 한 사람이, 각자가 모두 삶을 뭔지도 모르고, 그냥 주어진 대로 살기 때문이다. 삶의 정의를 세워야 하고, 그것을 세우기 위하여 자신, 주체를 정확히, 그리고 명료하게 알아야 하는 것이다.

인간의 삶이 잘 먹고, 잘 입고, 다른 사람보다 우위에 서는 것이 목표라면, 인간의 뇌는 필요 없을 것이다. 동물처럼 본능만 장착되면 되니까, 문명이 왜 필요하며, 발전이 왜 필요하겠는가. 본능적인 인간의 창의성이나 발명의 창출물들이, 이를 위한 삶의 도구가 되어 버린, 오늘날의 무절제가, 인류에게 무엇이 잉태되고 생산되어, 다가올지에 대한, 답은 굳이 말하지 않아도, 알 것이다.

오늘날의 불만족, 지금의 부족함이, 과연 절대요소인지, 너무 많은 것들을 소유한 탓은 아닌지에 대한, 성찰이 필요하다. 오늘 죽는다고 생각해 보면, 그 답이 정확할 것이라 여겨진다. 세렝게티 국립고원의 초원에서, 죽은 동물 한 마리, 비록 초식동물들을 사냥하여, 먹고사는 초원의 제왕인 사자라 할지라도, 열대의 뜨거운 열기는, 기어 다니는 구더기의 양식으로 변화시킨다. 그 위풍당당한, 근육에서 나오는 힘은, 간 곳 없고, 뛰지도 못하고, 기어 다니는, 애벌레들에 의하여 해체되고 만다. 그 몸을 위해 무엇이 더 많이 더 필요한가.

시진핑의 중국몽, 잠도 깨지 않았는데, 꿈까지 꾸겠다고 하니, 살찐 돼지들의 게걸스러움이 연상되는 것은, 생시에 꿈을 꿔야, 꿈을 이루지, 꿈속에 꿈을 꾸면, 그냥 꿈일 뿐이다.

민주국가의 대의민주주의 체계는 웃지 못할 쇼이다. 국민들을 대신하여 의견을 내고, 협의하여 법을 만들어야 한다고, 법에 명시된, 약속된, 국회의원들이, 제 영달만을 위하여, 거수하는 것 외에는, 거의 하는 일이 없다. 그렇다고 국민들이 다른 선택을 할 여지도 없다. 저희들이 만든 법으로, 울타리를 높여 쌓아 올려, 장벽이 높아서, 겨 중에서, 알곡을 골라내는 것이 아니라, 모래 속에서, 돌 골라내도록 만들어진, 정치집단 이기주의 속이 철옹성이다. 어쩌다 알곡이 입성하면, 모래들이 뭉개서 가루가 되고, 아무리 새로운 사람이 수혈되어도, 똥물에 식수 퍼 부어도 어려운데, 몇 방울 떨어뜨린다고, 마실 수 있는 식수는 되지 않는다. 나팔소리만 요란할 뿐이다.

인디언들의 기우제는, 비가 올 때까지, 지낸다고 한다고, 검찰이 범죄행위의 혐의가, 의심 가는 피의자에게, 죄가 되는 것을, 찾을 때까지 수사를 한다고, 빗대어, 과하다고 한 말인데, 죄질이 나쁘고 지능적인 범죄는 교묘하여, 구성요건에 맞는 요건을 입증하기가, 그리 쉽지가 않다. 그렇다고 전직 고위 공직자의 비리를 적당히 묵과한다면, 이 또한 검찰의 직무유기에 속할 것이다, 가재가 게 편을 드는 것은, 동류의식에 비롯한다고 하지만, 다양한 범죄 혐의를 받는, 사람을 두둔하는 사람은, 어떤 뇌구조를 가졌는지 궁금할 지경이다. 그리고 아무리 빗댄 말이지만, 인디언들의 간절한, 고갈의 아픔을 저버리고, 미개의 상징으로, 예로 들먹일 정도의 수준이라는 것이, 그런 사람이 현대인이고, 지식인이라는 것이, 참으로 견딜 수 없는 혐오감을 불러온다.

민주국가인 한국에서, 좌파 진보인 공산주의자로 알려진, 이영희 교수의 책을 읽고, 감명을 받고, 내가 아는 상식적인 것이, 전부가 아니라는 것을 알았다는, 대통령이 있다. 자신의 몸도 힘에 부친 사람이, 리어카를 끌고, 폐지를 줍는 사람을 보고, 없는 가난한 사람들을 위해, 정책을 편다고, 있는 사람들 몫이나, 재산을 법의 이름으로 수탈하는 것은, 강탈행위나 다를 게 없다. 큰 과일이라고 크기 전에 따 버린다고, 작은 과일에게 그 혜택이 가는 것은 아니다. 큰 것을 크지 못하게, 철망의 족쇄를 씌워도 마찬가지이다. 인위적인 인간의 행위는, 아름다울지는 몰라도 근본적으로 치유되는 것을, 본 적이 없다. 가난한 사람들의, 그 까닭이야 더 말할 것 없고, 아무리 아름다운 것도, 향기 나는 꽃 그림을 본적 없고, 원인 없는 결과는 없듯, 그 결과는 당연한 귀결일 뿐이다.

　천인지 삼재가 화음을 낼 때처럼, 성대하고 아름답고 풍성한 성취의 만찬을 얻으려면, 먼저 그 속에 잠겨야 한다. 그리고 대자유를 얻어야 한다. 그것이 바탕이 되어야, 기문[奇文]의 구궁도[九宮圖]를 마음껏 휘젓고, 명리[命理]의 순리를 깨우치게 되어, 진퇴가 자유롭고, 주역[周易]의 맑고 밝고 넓은, 도덕적 상상봉[上上峰]을 점유할 수 있는 것이다. 그럴 때가 비로소 걸림이 없는 삶이라 할 것이다. 눈으로 볼 수 없는 것들을 꿰뚫는 것은 물론이려니와 누구에게 전해 줄 수도, 보유할 수도 없는 것들이고, 천지간에 널려 있어도, 아무도 찾는 이 없는, 것이 이것이다. 말할 것도, 아니할 것도 없고, 가진 것도 아니 가진 것도 없고, 느는 것도 주는 것도 없는 것이, 이것이다. 그러나 필요한 것은 다 있는 것이다.

운명이란, 운이란, 명리[命理]는 '생사와 재관과 가족관계 성쇠'의 시기에, 즉 천시[天時]를 상, 하위를 제한, 대다수의 평민들에게, 큰 차이 없는, 예단[豫斷]이 근사치에 이르는 통계 술법이다. '연해자평, 적천수, 명리정종'이 명리의 대표적인, 통계분석 서적들이다. 명리가 천시의 정확도에 대한 신뢰도는 상당히 높은 편이다. 기문[奇文]의 용도는 주로, 전시에 쓰임이 소중한 술법이고, '인사 방향 장소 무기 진퇴'의 기용 등에, 탁월한 전술적 가치를 지니고 있으며, 그 근원은 수리와 구궁도[九宮圖]의 운용, 구성[九星]들의 운행의 조합이 이루는, 주역 수리로 이뤄진 유위적[有爲的] 인술이다. 주역[周易]의 깊음은, 자연의 내면과 현상과 인간의 마음을 아우르는, 자연에 근거한, 모든 운명학의 근원이다. 그 위에 무한대의 자연의 엄중한 법칙을 '황극경세'에 실어, 상원 중원 하원의 시대상과, 중천시대의 대단원을 남겨 두고 있다. 또한 '자미두수'도 '질병 사고 성격 성패' 등, 한 예단을 가늠하는 자료임에 틀림없다. 이러한 미래를 예단하는 술은, 대체로 70%가 마음에서 비롯되고, 나머지는 인간의 지혜에 의한다. 그 실체는 자연에 있다. 그러므로 인간이 자연의 일부로서, 궁구하고 겸허한 자세로 교감하는, 일체성, 자연에 녹아 있을 때, 원만한 예단이 가능하고 그 운용에도 자유롭다. 당부한다면, 알더라도 별무소용인 것은, 다른 사람의 악운을 막을 방법을 알아도, 막을 수 없다는 것은, 그 사람의 멈추고 나아가는 것이, 내 자신이 의지가 아니라, 당사자의 의지이라, 말에게 물 먹이기와 같다. 전쟁이 일어날 것을 알고, 막을 방법을 알아도, 함께 일할 사람은 없다. 땀 흘리는 계절이면, 다가오는 가을의 선선함도, 까맣게 잊어버리고 사는 사람들이, 무엇을 믿겠는가? 알아도 자신의 일이 아니면, 발설치도, 안타까워도 말아야 하고, 자연 그대로 맡기는 것이 최상이다. 자연은, 악과 선, 가해와 피해, 흥과 망을, 시간의 속에 넣고, 낡은 것은 새롭게, 과한 것은 고르게, 만들어 내므로, 그냥 두는 것이 최선이다. 인위적인 힘이란, 거기에 비해, 아주 보잘것없음을 알아야 한다. 적벽대전의 승리의 결과가, 승리의 목적이, 그 반대로 이뤄졌고, 그 승자는 패자로 결말이 나지 않았느냐, 인위적인 사업은 위와 같다.

현대의 지난 백 년간의, 기술의 괄목할 발달은, 그 기저에는, 전쟁이라는, 생존의 필적할 만한 원인이 내재되어 있지만, 살상무기 극대화나, 기계의 발달이, 인간의 힘든 노동을 감소케 하였지만, 편한 삶이, 인간에게 무슨 재앙을 안기게 될지는, 걱정스러운 면이 앞선다. 산고의 고통을 기피하고, 여가는 문란한 생활로 도배를 하고, 끝없는 욕구는, 아귀의 심상으로, 주위를 험악하게 하고, 저만을 위한 개인주의는, 화합이라는 기본적인 인간의 미덕을 차 버리고 있다. 심각한 이기주의가, 돌연변이처럼 주위를 적으로 간주하고, 반대나 다른 의견에 대하여, 용납하지 못하고, 적게는 시비쟁투에서, 크게는 살상과 전쟁을 불사할 기세이다. 이런 현상은 미래의 무슨 괴물이 될지에 대한, 걱정할 필요가 있다고 생각한다.

개인의 타고난 성향은, 안에 내재된 천부적인 성품, 기질, 성격, 기호의 강약, 이런 것들이 운명을 좌우하는, 결정의 자료들이라고 생각한다. 이런 안쪽의 촉수들이, 물처럼 흐르는 행운과 악운을 불러들이는 매체가 되는 것이다. 운명은 그 성질이 무심한 것이라서,

악인과 선인을 구별하지 않는다. 또한 항상 한곳에 머무는 바 없는 움직이는 기운이다. 방향을 선택하고 위치를 검토하는 데, 신중한 이유가, 그것에 비롯하기 때문이다. 또한 중요한 점은, 그 크기가 사람마다 각기 다른, 개인의 내재된 심성과, 훈련된 품성에 따라, 정해진다는 것을 알아야 한다. 운명은 결론적으로 사람에 있어 진퇴를 깨우치고, 득실을 가늠케 하고, 생사를 결정하지만, 그 근원은 각자의 품성에 기인한다는 점과, 실제 그런 것들 모두가 큰 의미가 없는 것이, 그 최대의 가치가, 육신의 유지와 양육에 국한된다는 점이다. 그래서인지는 몰라도, 그 실체가 무심한 것이다.

백 년 미만의 인간은, 영생을 꿈꾸는, 고통을 안고 생산된다.

행운을 기다리지 말고, 행운을 불러들여라. 매달린다고, 무심한 얼음이 스스로 녹는다고 생각지 말아라. 자연을 경외하는 충실한 마음 하나면, 행운을 몽땅 얻은 것보다, 값진 것을 알게 될 것이다.

생사의 갈림길에는, 선악의 경계가 존재할 수 없다.

생사를 초월한다는 것은, 그 앞에 초연한, 심원의 축이, 고정되는 것을 말한다.

인간의 행복 추구권은, 법률로 정해지는 영역이 아니라, 천부적인 권리인 것이다. 개개인 각자의, 자신의 내부의 문제이고, 사회 집단의 환경의 문제가 아니다. 누가 주는 것이, 아니라 스스로 찾아야 하는, 생의 목표인 것이다. 육신의 행복은 노예의 것이고, 정신적 행복은 주인의 것이다.

지성이 현대의 기둥이라 생각하지만, 심성이 먼저이고, 그것이 진짜 기둥인 것이다. 지성이란, 사물을 추구하는 도구에 지나지 않는, 가지 끝에 매달린 나뭇잎에 불과하다.

태양의 마음을 읽어라, 라고 하면, 무슨 뚱딴지같은 말 아닌 소리냐고 할 테지만, 인간보다 고차원의 지능을 지닌 외계인이 있다면, 지구에서 벌어지는 전쟁을 보고 그럴 것이다. 뇌가 없는 고기덩어리들의 싸움이라고. 땅덩어리 왜 필요한데, 어디로 가져가려고, 이겨서 뭐가 생기나, 왕 놀음이 뭐가 재미있지, 해안 절벽으로, 서로 꼬리를 물고 바다로 뛰어들어 죽는 들쥐들과 뭐가 다르지. 감정을 다스리지 못하는, 인간 군상들을 보고, 그들은 그렇게 말할 것이다. 제 것이건만 스스로 다스리지 못하는 그것, 인간에게 가장 중요한 그것, 태양 속에도 인간과 같은 그것이 있다.

세평을 하는 것은, 사고의 중심을 가늠해 보라는 뜻에서 한 말이니, 말에 매달리지 말고, 문제를 보는 시각의 지점에, 중점을 둬야 한다는 말을 하고 싶은 것이다.

세평하니까, 집고 넘어가고 싶은 게 생각난다. 대통령이란 직책이, 한 나라 안에서는, 제일 높다고 생각하는데, 실상은 국민의 그 아래쪽으로 첫 번째 종인데, 두 번째 종이 국무총리이고, 그 아래로 각부 장관이 있고, 그 밑에 일반 공무원이 있어야 함이, 현대 내지 미래의 직위계통이 되어야 한다고 본다. 지금도 헌법상으로는 그러하다. 근본적으로 인간 사회에 있어, 직위의 고하는 있을 수도, 있어서도 안 되는 일이다. 명령은 비록 군제에서도 없어져야 할 악법이다. 이런 어처구니없는 제도가 없이도, 수준 높은 도덕률과, 드높은 자율의, 자유의지가 사회를 형성하는 근본이 되면, 탐욕스럽게, 노력 없이 입만으로, 모두를 얻을 수 있는, 정치판처럼 직위 오르고자, 국민들은 어떻게 속여서, 표를 얻을 수 있을까. 잔꾀가 통하지 않게 될 것이다. 망가진 경제 정책 그것처럼 간단한 게 없는데, 아무도 근본적인 처방을 내놓지 않는 이유는, 그렇게 되면 저들이 먹을 것이, 모두 사라지기 때문이다. 가령 경제적인 국민들의 열화 같은 의지를 꺾고 있는, 이중삼중의 세금제도, 손발을 묶는 저인망의 조밀한 규제, 그에 따르는 범칙금 벌과금, 이런 몇 가지만 없애도, 경제는 힘들 일이 없다. 그냥 내버려 둬도, 잘 굴러갈 것이고, 온갖 법 만들어서 잘하는 것처럼, 균형을 바로잡는 것처럼, 거짓 기울어진 노동법처럼, 마치 근로자들을 보호하는 것 같지만, 그들을 결과적으로 다수를 죽이는, 일이 될 것인데도, 그들은 표에, 자신들의 밥그릇 때문에, 많은 국민들을 좌절시키고, 서로 싸우게 부추기고, 편을 가르게 해서, 난장판을 만들고 있음에도, 무슨 경제융성의 정책이, 큰 난제인 양하고, 저들 밥그릇을 내려놓을 생각은, 꿈에도 상상할 수 없는 몰지각한 소유자들인데도, 갈라진 국민들은 제 편의 정치적 선동에, 또는 이해관계 때문에, 무리를 지어 피켓을 든다. 경제를 살리려면, 살릴 짓을 해야지, 망가뜨리면서도, 정치적인, 상대방의 험담만 조목조목 열거하는, 그것도 엉터리이지만, 목소리까지 높여서, 저들만이 해결할 수 있다고 한다. 참으로 보아 주기도 민망한 시대이다.

부자를 장려해라, 그리고 그들을 길잡이로 써라. 그들의 방향을 따르고 협조해라. 그들이 많이 가져도, 인위적으로 조절하려 하지 말아라. 부도덕은 엄히 규탄할망정, 상한선이니 하한선이니 하는 것들은, 세울 이유가 없다. 사람이 소유할 수 있는 것은, 자연이 이미 한계를 정해 놓은 것이나 다름없으니, 그것에 대한 인식을 바꿔야 한다.

느낌이 인간의 실체인 것처럼 보이지만, 만족감 우월감 즐거움 따위의 감정들이, 인간으로서의 자신의 정체성이나, 근원이라고 생각한다면, 다들 그렇게 생각하고 있고, 그것에 매달려 있지만, 행복 또한 느낌임에는 틀림없다. 하지만, 우리는 그것들을 단순히 수용하는 것에, 불과하다면, 그것을 진면목이라고 할 만한 것은 아니다. 사람은 이 세상에 태어나면서부터, 원천적으로 이런 것들을, 다 수용하게끔 되어 있음에도 불구하고, 행복한 만족한 생을 누리지 못한다는 것은, 물거품과 그름처럼, 그 환경에 따라, 변화하는 일이, 망하여 잃고, 일이 잘 되서 번창하고, 막대한 부를 얻고 하는 것이, 구름처럼 일순에 사라졌다가도, 새로이 나타나는, 백두의 파도와 같이, 또는 폭포의 물줄기가 포말이 되었다가, 다시 제 모습으로 환원하듯, 그때마다 희비의 너울을 타는 느낌을, 실체라고 믿는다면, 안타까운 일이 아닐 수 없는 것은, 불변의 확고한 마음의 근원을 아는, 깨달으면, 생사를 즐거이 하며, 성주괴공[成住壞空]의

억겁에 통하며, 의문이 없는 세상을 대하며, 대자유의 걸림이 없는 삶을 대하며, 성쇠[盛衰]의 불필요한 부분을 도려내고, 중용의 길을 갈 것이며, 부족함과 넉넉함의 이치를 깨달아, 비지도 넘치지도 않는, 삶을 누릴 것인데, 왜 울다가 웃는 세월을 반복하겠는가, 너는 자신을, 인간의 진정한 본질을 깨우쳐야 한다. 그렇지 않고서는, 평생의 노고가 다 헛된 꿈일 뿐이다.

사회의 모든 제도가 연준[然準]을 기준하여 제도화되어야만, 자오선 다르면, 정의가 부정의가 되고, 진리가 바뀌어, 부정되는 사회가 아니고, 사람에 따라 달라지는 진리, 정의, 공정, 평등이 아니라, 대자연의 섭리에 기준이 되는, 연준[然準]은 모든 것과 계합되므로, 혼란이나 거짓들이 횡횡하는 일이 있을 수가 없다. 문재인의 독재와 박정희의 독재가 같을 수 없는 것은, 박정희의 독재가 국민 전체의 생존을 위한 경제성장을 이루기 위한 독단과 독선이라면, 문재인의 독단과 독선은, 진보라는 사회주의 집단을 위한 것이라는 데 있다. 인위적인 법은, 의회라는 집단에 의하여 만들어지므로, 자신들의 이해득실에 따라 좌지우지하는 것이고, 다수 국민들의 의사에 반하고, 모든 사람의 생각에 맞을 수가 없는 것은, 그 근원이 입법자들의 인위적 기준이, 문제인 것이다. 계획적이든 우발적인 충동적이든, 살의가 없는 과실에 의한 살인이 아니라면, 살인자를 죽여야 한다와 죽이는 것은 옳지 않다고 하는, 양론이 존재한다. 연준의 기준에서 보면, 피해자가 자연 섭리의 법칙, 평등의 권리를, 침해한 행위를 얼마나 했느냐가, 중요한 것이 된다. 인간은 그 수가 많건 적건, 한사람과 생존권은 같지만, 개개인은 생명에 있어 개체이다. 그러므로 남의 생존권을 빼앗은 자는, 반드시 자신의 생존권을 내놓아야 한다. 하지만 죽임을 당한 피해자가, 타인의 생존권을 강탈했다면, 그를 살해한 자는 무죄인 것이다. 선량한 사람들을 대량 학살한, 독재자들을 살해한 것은, 판결 없이 죽여도 무죄다. 일반적으로 누구나 다 아는 죄인이기 때문이다. 개인의 살해는, 재판을 거처 유무죄를 가려야 함이 당연하지만, 공공연한 악에 대한 심판은 개인적인 집행이어도, 공익적 정당방위로 무방하다는 것이 맞다. 그래서 위정자들은 신중해야 하는 것이다. 단순한 감정, 법의 악에 대한, 이견은 혼란만 자초하는 것이다. 부자의에 의한, 전쟁에 동원된 병사들처럼, 개개인의 의사에 반하나, 강요에 의한 죄라도, 연준의 기준하여 보면, 적이라도 이유 없이 죽였다 하면, 유죄이지만, 정당방위에 속한다면 무죄이다. 그렇지 않은 살인은, 자신의 천부적인 시간들을 내놓아야 함이 마땅하다. 피해자가 노인이냐 어린아이이냐의, 생의 시간적, 정도의 많고 적고의 차이는 있다. 그것 또한 중요한 형벌의 기준이 된다고 생각한다. 정당방위가 아니라면, 인간은 인간을 살해할 수는 있어도, 그 죗값은, 자신의 생의 시간으로, 갚아야 한다.

08.

나의 천부적 역할이 무엇인지를 알아라

08. 나의 천부적 역할이
무엇인지를 알아라

인간에게는 생존권과 행복추구권이 있다. 이것은 법을 초월한 권리이다. 이 지구 위에선 모든 것은, 모두의 소유이다. 그래서 내일 종말이 온다면, 오늘 이상의 것을 바라지 않아야 하듯, 평생을 그렇게 나누며, 협력하는 정신을 버리지 말고 살아야 한다.

국회의원을 선출하는 이번 대선에, 각 정당마다, 구태의연한, 세속욕에 찌든, 노장들을 갈아치우고, 새로운 젊은 사람들에게 자리를 양보한다고 한다. 사람을 바꾼다고 더러워진 물이 갈아지는 것은 아닌데, 그게 정치개혁이라고들 떠든다. 국민을 제발 그만 속여먹어라. 정치권의 물이란 사람도 포함되지만, 제일 먼저 사람으로서의 자격이 문제이고, 그다음이 국민을 위한 봉사정신이다, 규제들만 풀면, 위정자들은 가만히 앉아만 있어도, 국민들이 스스로 일해서 경제는 저절로 성장한다. 노동자나 경영자나 무리한 제도로 획일화하지 말고, 중립을 기본으로 유지한다면, 그것이 개혁이 될 것이다. 그러나 이 단순한 일도, 이루기 위하여서는 많은 희생이 필요할지도 모른다. 너무 많이 자란 잡초제거는, 알곡 희생은 불가피하기 때문이다. 그러나 그들은, 그것을 실행할 의지도, 결단도, 생각도 없는, 모자라는 위정자들이다. 그걸 이룰 만한 정치인은,

지금의 현실 앞에는 보이지 않는다.

대통령을 선택하는데, 잘생겨서, 옳은 말을 하니까, 강단이 있어 보여서, 큰 정당의 경선에서 선출되었으니까, 이런 이유가 선택의 기준이 되는, 국민들이 다수인 한은, 희망은 멀다고 하지 않을 수 없다. 이 점은 민주국가의, 국민주권국가의 가장 심각한 결함이 아닐 수 없다.

사람을 구분 짓기란, 어려운 일이나, 편하게 이해하기 위하여 말한다면, 머리를 우선하는 사람과 가슴을 우선하는 사람, 행동을 우선하는 사람이 있을 것이다. 또한 중요한 것은 사람의 성향이 진취적이냐, 수구적이냐, 순응적인가, 하는 점에 더 중점을 둬야 할 것 같아서, 이를 말한다면, 먼저 진취적인 사람은 싸움에 능하고, 그 성취욕이 강한 만큼 돌파력이 강한 반면, 이해력이 부족하고 독단적이고, 자기주장이 강하여, 적을 많이 만들고, 강약에 민감하고 집산을 간파하는 데 뛰어나다. 이러한 사람이 감성적이라면, 잔인하고 거만하여 힘을 과시하는 것을 즐긴다. 이들이 새로운 것을 발견하거나, 발명하고, 불모지를 개척하는 장점이 있으나, 순발력이 강하다고 만능은 아니다. 수구적인 사람은, 지키는 것에 능하여 꽤가 많고, 생각이 차분하여 사물이나, 사람에 대한 이해력이 풍부하고, 이를 이용하기를 즐겨서, 거짓을 참으로 둔갑시키는 언술에 능하고, 복수심이 강하여, 인내하는 뚝심이 두터우며, 이해타산에 밝아서 득실의 계산이 빠르다. 어려움을 잘 견디는, 장점이 있지만, 이들이 지능적이 되면, 사람의 품위를 떨어뜨릴 공산이 크다. 순응적인 사람들은, 주어진 환경에 긍정적으로 만족하고, 성실함과 순종적인 평범한 생을 지킨다. 그들은 은근과 끈기가 무기이고, 평범한 일상의 향락으로 만족하며, 머리를 쓰는 것을 싫어하고, 순박한 감성의 정을 중시하고, 가족을 다독이며, 성실하고 꾸준하다. 당연히 복잡한 일이나, 남들과의 시비쟁투를 꺼린다. 관직이나 부귀영화와는 거리가 멀어서, 외계의 일처럼 생각한다. 자연 상태에서 정확한 것은 아니지만, 진취적인 사람들이 20%이고, 수구적인 사람들이 20%이고, 나머지 60%가 순응적인 사람들이다. 진취형이 관직을 탐하는, 일하지 않고 남의 것 모두를 노리는, 오리들이고, 수구 형이 노력파로 부를 축적하는 사람들이고, 순응형이 근로자 농민 어민들이다. 자신이 어떤 형에 속하든 자신이 결정할 것은, 어떻게 삶을 살 것이냐에 따라 달라지므로, 그것이 자신의 일생에 중대한 지점이 될 것이다.

자신들의 진영에 칼을 들이댄다고, 검찰청 인사권의 칼 들고, 휘둘러 수사관들을 일시에 갈아엎는, 자신들의 불법 행위, 선거부정을 덮으려고, 속이 보이는 추한 몰골의, 법무부 장관의 힘자랑은, 주먹질부터 나가는, 시장잡배들과 조금도 다를 바 없다.

관직을 탐하는 자, 자의든 타의든, 도적 아닌 자 없고, 부를 탐하는 자, 남을 속이지 않는 정직한 자 없다.

전쟁의 참혹함을 치르지 않은 나라가 없지만, 적에 대한 증오심은 가져도, 이를 없앨 준비나, 전쟁 없는 나라를 희망하는 국가가 없고, 이를 억제하는 병사는 있어도, 경험하지 않은 병사들일 뿐이고, 반복되는 살육의 비인간성의 상징인 전쟁을, 인류가 80억이나 되어도, 이를 종식시킬 목적으로 일하는 사람은, 단 한 사람도 없다. 이것이 인간의 비애이자 결정적인 결함이다.

인간의 이성은 일상에 면역되고, 타성의 중독되어 마비되고, 자기도취에 망가지며, 헛것에 매료되어, 유혹에 빠져 휘청거리고, 아상[我相]에 짙은 때가 눈을 가린다. 그것은, 그것의 원천인, 때 많은 마음자리가, 기둥이 없기 때문이다.

음각된 비문에 홈을 때우고, 칠을 덧씌운다고, 음각의 홈이 사라지는 것은 아니다. 6. 25가 남침이라고, 노동자가 우선이다를, 사람이 우선이다라고, 분칠을 하는 사람들, 중산층의 돈을 세금 명목으로 빼앗아서, 없는 사람들에게 나눠 주겠다는 말을, 소득주도 성장이라고 화장하고, 자유의 숭고한 천부적 가치를, 교묘한 말장난으로 희석시켜 부정하는, 건국의 지대한 공로자를 은근하게 잡티를 삽입하여, 매도하면서 매장시키는, 이들이 교육자라는 데, 경악을 금치 못할 노릇인 것이다. 진보든 보수든, 이 나라의 위정자들은, 모두가 선량한 대다수 국민들을 볼모로, 도적질에, 저들의 자리다툼에, 밤잠을 세우면서, 입으로는 열심히 염불처럼, 국민을 위해서라고, 목이 쉬도록 외쳐 댄다.

본시 정치에 입문하는 초심에는, 국가를 위한 충절에서 출발한다는 것을, 부정하고 싶지는 않다. 자신의 포부에는, 나라가 경제적으로 부강하고, 국민 모두가 고르게, 평안함과 행복감을 느낄 수 있는, 정의롭고 공정한 사회를 만들고 싶을 것이다. 그러나 자기 자신도 모르고, 자기 길도 알지 못하는 맹인이나 다름없으면서, 남들의 길잡이가 되겠다고 나서는, 그 용기와 마음은 그르다 할 수 없을지언정, 얼마 못 가 여기저기의 여러 사람들의 주장들에 휩싸이면서, 자신도 모르는 사이에 편을 가르고, 집단적 이익에 눈이 먼 모리배로 변모하여, 자신도 모르는 사이에, 도적이 되는 꼴은, 자신을 모르는 상태에선, 그 출발점인, 자신이 무엇인가의 파악이, 전제되지 않은 상태에선, 자신이 설 위치를 알 수 없는 것이다.

생물은 시공간과 유기체의 결합물이다. 사람 하나만 두고 생각해 보면, 여성의 난자와 남성의 정자의 결합으로부터 시작되는 분열의 파노라마이다. 궁벽의 말초 혈관과 태반의 융합을 통한 모체의 영양을 공급받으며, 유기체는 분열을 통한 형상을 지어 간다. 세상 밖에서는 폐를 통하여 산소를 채취하여, 혈액에 공급하고, 혈액은 대략 100조 이르는, 사람을 형상한 세포들에게 공급하여 활동을 유지시킨다. 인체의 모발들이 기후에 적응하도록 방열 차양 역할을 하는 것이고, 심장의 심방을 짜는, 근육의 메커니즘은, 다양한 기전의 화합물과 전기적, 역할에 의하고, 그 힘살들의 구조 또한 기계는 흉내조차 낼 수 없을 만큼, 신비하고 정교하다, 혈액 입출의 밸브 동작의 원리는, 자동차의 엔진의 원조이다. 눈썹이 눈 위에 있는 까닭을 알고자 하는 사람이 없듯, 코는 왜 살집이 두툼하며, 구멍은 어째서 둘이며, 입은 위 가까이 있지 않고, 머리 쪽에 있는지, 귓불은 어째서 밖으로 나와 있으며, 생식기는, 왜 아래쪽에 안착되었고, 남성은 해면체이어야 했으며, 통로는 주름이며, 활개근은 자율신경에 의존하며, 사지는 왜 둘씩이며, 손발가락은 각 열 개씩이며, 그 기능은 왜 안으로만 접히며, 오장육부의 그 다양한 기능들에, 이들을 연결 결속한 순환기와 소화기 계통의 입출 등과, 더 복잡한 뇌의 신경계의 작은 체적에 집약된, 신경세포의 역할은 말로 형언하기 어려운 경이로움이다. 그러나 이 모든 것들, 모두가 인간이 아니고, 그중에 어느 하나만인, 것도 아니다. 이들의 합창에 의한 울림이 사람인 것이다.

마음이란 가볍기는 깃털 같고, 자유롭기는 우주적이며, 딱딱하기로는 금강석과 같고, 흐물흐물하기로는 두부장 같다. 이러한 마음이 육식을 통하여, 입식하고 분별하며, 그에 따라 굳고 흔들리며, 불안과 분노하며, 웃음과 평안을 반복하며, 시시때때로 변화무상하게, 희로애락 애오욕에 놓여, 시공간을 메우다 사라진다. 그러나 실제는 사라지는 것도 없고, 나타난 것도 없는 것이 인생이다. 꿈을 깨고 다시 보면, 그렇다는 것, 그것을 보고 싶거나 얻고 싶지 않은가?

사람마다 자기주장이 있다. 오천만의 인구가 있는, 국가는 오천만의 주장이 있는 거나 다름없다. 그 오천만의 주장이 다 틀린 것도, 모두가 옳은 것도 아니란 점이 건강한 사회이다. 정의와 공정함과 공평이 시공간의 방향과 위치, 그리고 행위에 진퇴에 따라 변하기 때문에, 어느 때, 어느 곳에서도 멈춰진 진리는 없으니, 그와 같다. 사악하고 잔학함도, 만인이 공노할 죄악이, 그를 규정하는 도덕적 규범이, 찬반의 사람이 많고 적음에 따라 달라지기 마련이다. 인의 측은지심도, 도적에게는 정의롭지 못하고, 의의 수오지심도, 탐욕으로 이루어지는 문명의 결과에서 보면, 바람직하지 않다. 예의 사양지심도, 오만한 자들의 전횡에 대한, 묵인이 될 소지가 있으며, 방임은 더 큰 화를 불러오는 재앙을 초래할 여지가 많으며, 지의 시비지심은 따지는, 구분의 의미로 봐도, 옳고 그름이 나누어질망정, 취사선택하는 것에는, 도움이 되지 않는다. 그릇 하나가 있다고 치면, 어떤 사람은 물그릇이라 하고, 다른 사람들은 술그릇이라 한다고 치면, 모두가 틀리기도 하고, 옳기도 한 것처럼, 무엇이든 담는 대로 밥그릇도 되고, 기름 그릇도 되는 것 아니겠는가. 인간은 그 자체부터 결합으로 생산된 존재이듯, 화합하는 데, 그 목적을 이루기가 쉽고 가벼우며, 모두에게 웃음을 안길 결과를 낼 소지가 크다. 모든 주장은 다 다르지만, 사람들 모두가 한 점의 시점에서 사고가 동시에 출발한다면, 또는 만물과 만사에, 제반 문제의 측정이 한 기준의 저울에 의한다면, 태평성대는 절로 얻어진다. 그 공통분모가 바로 자연의 법칙에 의한다면, 통합은 절로 이뤄지는 손쉬운 것이다.

한 자리뿐인 대통령 자리를 두고, 여 야 양당이 서로 싸운다. 어떻게 양당이 화합할 수 있겠는가. 그들이 원하는 집단적인 밥그릇은, 국민세금이란 어마어마한 재원을 서로 차지하려는 욕심 때문이다. 그 해결책은 어느 집단이든, 국가 재원의 운영에 투명성과, 집단에 골고루 분배되는, 지위의 남용을 막는 길이다. 얻을 게 없으면, 싸울 일도 없어진다. 최소한, 자기 편이 아니더라도, 경영의 능력이 특출하면, 등용하여 맡기는 것은 못하더라도, 양당의 권리가 비등하도록 하면, 손은 발이 필요하고, 발은 손이 필요하게 만들면, 서로 발목을 잡고, 망하기를 바라는, 국가까지는 가지 않을 것이다.

물은 아래로 흐르고, 산은 위로 솟는다. 산과 물이 다르고, 나와 남이 다른데, 합하면 더없이 좋을 텐데, 자기만 옳다고 서로들 우겨댈 건가, 남녀가 아무리 서로 저 잘난 것만 우겨대고 싸우면, 자손을 얻기는 어렵다, 어이구 이게 뭐냐, 결합은 백년미만이고, 꿈은 일순간이네요.

사람의 만남도 헤어짐도, 성공도 실패도, 좋고 나쁨도, 슬픔과 기쁨도, 모두 함께 가는 것이다. 울고 웃어라, 그러나 아무 것도 없는, 텅 빈 평상심 위에서만 그렇게 하거라.

돈이나 지위에, 매달리지 마라. 죽은 사체에 달려드는, 온갖 맹수들의 날카로운 송곳니에, 평안의 훼손이 두려운 것이다.

무에서 형상은, 일 태극이 양의로 분화되고, 사상에 이르러 DNA 형태를 이루고, 미립자이든 효소이든, 4상의 '아데닌 구아닌 티민 시토신'은, 양의인 두 줄의 유전자로 64회의 형상을 이루니, 8괘의 변화 후, 64대성 괘로, 형상을 마감하니, 인간 형상의 생성 과정이, 만물의 생성과 형상이, 본질에 있어 다르지 않고, 다시 인간의 유전자는, 생성 후 20년의 시간이 경과하면, 같은 DNA를 복사 생산하여 대를 잇듯, 자연은 20년을 주기로, 그 형상을 변화시키니, 그것을 옛 사람들은, 현공이라 하고, 황극으로 후세에 남겼다. 인간이나 자연은 같은 주기로 변화하니, 그 법칙이 어김없고, 같음을 알 수 있다. 'AGTC'의 염기는, 모든 포식동물의 퓨린과 피리미딘의 비율이, 같은 50%로 구성 되어 있다는 것은, 양립되어서 결합한다는 것을, 여실하게, 인간으로 하여금 깨닫게 한다. 자연과 인간, 모든 만물은 그 본질이 다르지 않음을 알아서, 그 법칙에 맞도록 순응하여, 인간을 낸 자연의 뜻을 이루는 것이야말로, 다시없는 홍복이 아닐 수 없다고 생각한다.

인간의 삶을, 석가는 12인연기로 설명했었다. 무지가 행을 낳고, 행이 식을 낳고, 식이 명색을 일으키고, 명색이 육처의 수용기관에 의하여, 촉 수 애 취에 연결되고, 유에 이르러 생의 업이 형성되고, 목숨인 생이 노사를 생한다고 한다. 이러한 인연에 의한, 생의 연속성이 절대적인 법칙은 아닐지라도, 불필요한 삶의 부산물들을 잘라서 버리는 데에, 도움이 되고, 고통의 늪을 벗어나는 데, 그 근원을 파괴하는, 효과를 기대할 수 있으리라 믿는다. 일순의 회두면, 족할 일이나, 평생을 바쳐서도 벗지 못하는 사람들이 대다수인데, 사람들은 너무 깊고, 두꺼운 벽을 세우고, 사는 무지한, 자기주장의 철옹성 속에, 갇혀 사는 꼴이다. 탈출해야 한다. 밝은 지혜와 생사를 건, 용기의 결단으로 잘라야 한다. 그것이 진정한 대장부이고, 그것이 인간의 진정한 가치인 것이다. 모든 구속은, 남에 의한 것이 아니고, 자신의 마음속에서, 만들어지는 것이다. 그래서 일체 유심조[唯心造]라고, 석가는 일갈했었다. 인간의 자유는,

이로서 시작되는 것이다.

진보적인 사상을 지닌, 박승이라는 경제학자가, 소득주도 성장을 옳은 방향이라고, 그러나 경제적 난국인 현실에서, 경고하는 칼럼을, 신문에 실은 것을 보았다. 시장경제의 틀을 저해하는, 남발된 규제 장려와, 친기업정책의 외면과, 과도한 황제노조의 허용 내지 묵인이, 경제 활력을 떨어뜨리고, 내수를 얼어붙게 만들고, 실업자들 양산해서, 총체적인 저성장의 요인들을 키우는, 우를 범하고 있다고 진단했다. 기업들의 투자를 옥죄는 정책만 시행하면서, 소득만 분배하는, 그것도 국가제정인 세금으로 충당하는 복지정책이나, 소상공인들의 최저임금인상의 수익에 반하는 정책과 노동시간 단축의 경직성이, 오늘의 난국의 요인들이라고 진단한 것에 대하여 동의하지만, 아무리 옳고 바르고 정의로운 정책일지라도, 그 사회의 저변에 갈린 토양과 실행 의지와 그 능력의 정도에 적당한 정책이어야 하는 것이지, GNP 십만 불이 어려운 것은, 정책이 아니라, 국민 모두의 결속력에, 그들의 의지와 자신감의 능동성이 좌우한다고 본다. 어차피 정책을 이루는 것은, 모든 국민들의 노력으로 이뤄지기 때문이다. 그렇다고 보면, 정치인들의 말은, 그저 말일 뿐인 허상이며, 그들이 일해서 이루는 것은, 아무것도 없으면서, 마치 저들이 모든 것을 이루는 것처럼, 사기를 치고 있는 것이다.

만물제동이란 만물이 그 뿌리가 같다는 말과 같다. 공산주의 국가의 국가수반이, 인민들의 모든 총생산을 모아서, 개인적으로 착복하지 않고, 인민 모두에게 골고루 나누어 준다면, 민주국가의 개인소득으로, 수입을 창출하는 것이, 곧 분배에 해당하듯이, 양의 차이는 있을지라도, 그것은 자율적인 공동의식이 투철하다면, 극복될 사안인 것이다. 공산국가도 인민을 위한 정치적 집단이고, 민주국가의 정부도 국민을 위한, 정치집단임에는 분명하지만, 위정자들의 탐욕으로 인한, 폭정과 난국이, 그 구성원인 국민들을, 오히려 괴롭히는 원흉으로, 그 뜻은 원천적으로 같으나, 국가운영과 시행의 방향과 방법에 의해, 달라지고 갈라지는 것에 불과하다. 고도의 지식이나, 높은 도덕률의 함양도 필요 없다. 섭생은 손댈 일하나도 없다. 그냥 내버려 둬도, 구성원 스스로 찾아간다. 치자의할 일은, 평상심에 돌아가서, 중용을 유지하는, 방향제시하는 것에, 힘을 기르는 것이면, 충분한 것이다. 무리를 벗어나는 양을, 방향을 벗어나는 것만 규제하는, 양떼 몰 듯, 제 발로 가도록 하는 것이, 국민을 도와주는 것이다. 자신들의 권위를 위한 규제 법 만들어 국민을 위하는 것처럼 속이는데, 고등 지식 남발하느라 애쓰지 말고, 집단적인 도적질을 하기 위하여, 명분용 각종 위원회, 정부 산하 공기업에 일자리 낙하산 분배하지 말고, 참을, 가장한 시민단체, 세금 공급하지 말고, 놀고먹는 공무원 늘려 공무원 천국 만들어, 선심공세 그만하고, 이중삼중 명목 붙여, 세금 착취하지 말고, 잘난 자랑하고 싶어서, 거짓 업적 만들지 말고, 평상심으로만 돌아와도, 훌륭한 지도자로 칭송을 받을 것이다.

정의 공정 평등은, 개인의 자주권과 독립성 확보에, 보다 더 노예근성, 의존적 체념의식에서 깨어나도록 돕는 것을 우선하고, 제도 따위의, 인위적으로 만들어 낼 수 있는 것은 아니다. 물리적으로 그렇게 만들면, 그 부작용이 더 수습하기 어려운, 원천[源泉]에 회귀[回歸]가 불가능할 수도 있다. 사람은 자연스럽게 내버려 두어라. 양떼가 풀밭을 찾아가는 것은, 힘들여 애쓸 일이 아니다.

하도 위정자들의 거짓말이 남발되니까, 이젠 할 일 없는, 사람들의 터무니없는, 가짜 뉴스가 매스컴을 타고, 천파만파 온 나라를 휘젓고 있다. 어느 것이 진짜인지, 가짜인지, 구분하기도 어렵게 지능적이다. 지난날 한때, 유언비어에 대한 단속을 강화하여, 국민들의 언론의 자유를 훼손하는 일이 있었다. 국민 모두의 알권리에 의한 이익보다, 방임에 의한 손실이 큰데도, 혼란을 무방비로, 묵인 또는 조장하는 것은, 질서 정연한 국민 모두의 삶의 장애일 뿐이다. 위정자들과, 지식인들, 사회적 지도자란 사람들이, 국가의 존립의 가치인 헌법마저도, 일탈하기를 이해관계에 따라 좌지우지하는, 진영에 따라 색깔이 달라지는, 미개한 정치 수준의, 권력이 주도하는, 이 나라의 국민주권이 능욕되고, 그 자유가 사라지는 법제에 동조하는 세태에, 미래세대에 대한 걱정을 지울 수가 없다.

한 사람이 무심코 한 말 한마디가, 나라의 제방을 무너뜨리는 시초가 되는, 금을 내는 일이란 것을 알면, 함부로 지각없이 일시적 감정으로 말을 한다는 것은, 극히 삼가야 할 일이다. 본래 말은, 화복이 속 빠른 물건이라, 항상 지혜로 다듬어야 하며, 입은 화근과 복록이 출입하는 문이라고 하였다. 그것은 빠르기가, 미사일처럼, 급히 닥친다고 한다.

민주투사라고 자칭하는 자들이, 마치 공산압제나 폭정에 대하여, 목숨 걸고 투쟁하여, 국민들에게 민주적 권력의, 주권을 국민에게 되돌려 준 것일까. 지금은 투사들이 정권의 실세들인데, 국민의 민주적 권력의 창출에 대한, 대의[代議]가 제때로 누려지고 있는가. 군부의 혁명은 집단적인, 목숨을 건, 국가 헌법의 반역 행위였는데, 그들은 오히려, 자신들의 탐욕보다는, 진정한 국민들의 굶주림을 해결하고자 하는 충의가 뚜렷해서, 많은 국민들의 묵인을 받은 면이 적지 않다. 그러나 과[過]가 또한 적지 않음도 사실이다. 권위주의적 강압과 독단적인 전횡, 계획적 삼선개헌과 같은 독재적 제도, 그것에 대하여, 소수의 반대를 위한, 대안 없는 야당의 구호가 민주였고, 그것이 유일한 그들의 명분이었고, 또한 그것은 정권에 대한 욕심으로부터 시작 되었다는다는 것을, 오늘날, 그들이 잡은 권력을 행사하는, 모든 행정양태가 온몸으로 그것을 입증하고 있으므로, 굳이 독단의 사례나, 자신이 하는 불법은 정당한 것이고, 남이 하는 행위는 무엇이든 불법이라는, 낯 뜨거운, 부도덕한, 모리배들이 위헌적인, 국민의 주권을 침해한 것들을 나열할 필요는 없을 것이다. 다만 그들의 공이라면, 군사 독재시절에 자행되던 권위주의가 사라진 것으로, 언론의 자유 신장, 인권의 중시 제도 등이, 개선되었음은 부정할 수 없다. 하지만 그것도 대비 없는, 부정적인 측면을 노출시킨, 자유와 인권은, 그에 앞서, 선행되어야 할, 국가에 대한 의무와, 사회에 대한 도둑율과, 능동적인 자율성이, 길러지지 않은 상태인 환경에서의 자유는, 방종하고, 다수의 공공성을 부정하는 인권은, 발전의 장애일 뿐이었다. 야생동물을 그냥 풀어 놓는 격이 아닐 수 없다. 민주주의를 위하여, 줄기차게 선동하고, 집단을 만들고, 그 집단을 동원하여, 줄기차게 항변한, 그들의 궐기는, 그 목표가, 권력 장악에 있었다는 것을, 부정할 수가 없을 것이다. 민주는 탐욕을 포장한 명분이었지만, 독재 군사정부는, 국민의 삶을 위한, 대국민 충정에 지표를 새겼고, 민주정부들은, 자신의 영달을 이루고, 국민들의 자유적 개인 권리 신장은, 구호일 뿐이고, 그것을 위한, 그 탐욕의 부산물에 지나지 않는다.

법이란, 공동사회의 건강을 위한, 각 개체간의 권리 보장을 위한, 약속이며 협약이다. 개인의 권리를 보장하기 위한 법이, 법관들의 주관적인 관점에서 판결이 내려지는 사회에서는 질서 유지가 어렵다. 법과 양심에 따라, 판결한다는 상투적인 말은, 법관들의 우월의식의 오만과 위를 향한 승진욕에, 더럽혀지고, 기준 없는 감성의 이념이 전제된 사고의 불균형은 어제 오늘의 일이 아니다. 한 사회의 기준이 이렇게 법관의 개인에 의해 휘청거리게 된 데에는, 오랜 관례에 의한 악습의 반복에 의한 경화작용이 있었기 때문이라고 보여진다. 검은 법의의 지혜는, 먹이를 본 짐승의 절치처럼 사납고, 맑아야 할 양심은 털북숭이로 눈이 가려졌다. 공동사회의 기준이 이처럼 바람 오기도 전에 한쪽으로 기우는 것은, 법관들의 자질의 문제이기도 하지만, 사회전반 특히 입법기관과 행정부 검찰 경찰의, 제 밥통 챙기기 위한 이기적이고 반사회적인 행동양식에서 비롯되었다고 할 수도 있겠다. 그들의 기준에 따라 이리저리 혼란한 사회생활에 서민들은 피곤하고, 원칙이 없는 법 기준에 분노하고, 법을 업신여기는 풍조가 만연하고 있다. 그래도 자세를 가다듬는 법관을 볼 수가 없다. 나라 망가뜨리는 것은, 꼭 전쟁만이 아니다.

법을 알고, 그것을 이용하여 욕망을 채우려는, 법 기생충들이, 권력을 장악하면, 법치국가라면, 국가적으로 정말 비상사태가 아닐 수 없다. 국가의 재산은 물론이려니와, 법의 맹점을 악용하여, 국민의 주권을 강탈할, 충분한 명분을 제작하기에 능하고, 법리적 해석을, 자의적으로 제작하므로, 판결이상의 방법이 없는 법속사회[法屬]에서는, 그들을 제어할 방법이 없기 때문이다.

운의 흐름에 대한 예로서, 한 전자업체가 부도의 위기에 처했는데, 때마침 미국의 한 전자 업체가, 일본보다 싼 전자 부품을 구매하기 위하여, 한국의 업체를 찾아왔었다. 이 한국의 전자회사, 조 사장과 직원들은 회사의 운명이, 이 오더에 달렸다는 것을 잘 알고 있었다. 가격협상이 시작되고, 조 사장의 영업팀은, 바이어가 원하는 가격이면, 그게 얼마이든지 간에, 부도의 위기를 넘겨 유동성을 확보하고자, 낮은 가격으로 입찰할 것을, 사장에게 건의하였다. 하지만, 조 사장은 결정은, 내가 하겠으니, 우선 상대의 요구 가격대를 알아야겠으니, 먼저 덥석 제시하지 말고 미국과 일본의 가격대를 탐색하라고 지시했고, 그 결과 꽤 높은 가격을 제시받았으나, 영업 상무는 사장님의 결정을 받아야 한다고 하고, 즉답을 우선 피하고, 시간을 벌었고, 그들은 뛸 듯이 기뻐하며, 사장님께 이를 보고했다. 조 사장은 바이어 가격이면, 충분하게 현재의 난관을 타개할 수 있음에도 불구하고, 일본과 미국 현지의 가격을 알려고, 백방으로 알아봤고, 그 결과는 일본이 7배, 미국이 10배에, 이르는 것을 확인하고, 5배 이상의 가격이 아니면, 공급할 수 없다고, 그 단가로는 너무 낮아서 도저히 생산할 여지가 없다고, 애원 반 배짱 반으로, 바이어에게 낮은 자세로, 점잖게 통보했다. 막대한 물량인, 이 오더 한 아이템 하나로, 당시 굴지의 전자업체로 발돋움을 했다고, 이후에, 조 사장은, 자신의 회고록에다 밝혔다. 미국의 바이어가 한국까지 온 것과, 가격의 흐름에 방향과 장소, 이 모두의 자연적인, 운이라는 것이, 최종적으로 조 사장의 마음을 거친 지혜에 있었다는 것을 알 수 있는 것이다. 지식은 머리로 결정하지만, 경험에 의해 단련된 지혜는 마음으로 결정된다. 내가 여기에 기록하는 모든 것은, 방향을 제시하는, 것에 불과하다. 인위적인 교육이나, 인위적인 말과 글로서는, 불가능한 것들이라서 답답하기는 나도 마찬가지이다. 아름답고 미려한 글이나 말들은, 낱알의 알갱이를 흐리게 하는, 말과 글에 매달리는 경향을 경계하고자, 나는 글을 다듬지 않기로 했다. 우선 마음을 강렬하게 일으켜라, 모든 경전의 정수를 삼켜 소화될 때까지, 그러지 않으면, 사람의 자격을 상실하는 것이나 다름없다.

사람의 가치는 본능의 소유가 첫 단계이고, 행위의 결정의사가 둘째 단계이고, 지식의 영역을 넓혀, 사고의 신연[伸研]이 삼 단계이다, 자연의 단순하고, 순수한, 가림 없는, 본모습을 보고, 심오한 법칙을 인식하는 것이, 사 단계이다. 인간, 특히 자신을 안으로 깊이 들어가서, 고구정녕 구도심으로 불퇴의 정신을 집중하다 보면, 간절히 바라는, 인간의 형이상학적 형상을 인식하게 된다. 이것이 오차원의 인간이고, 그 실체이다. 삼차원의 인간까지를, 온전한 이

간이라 할 수는 없다고 본다.

더하여 말하면,

* 1차원의 사람은, 선악의 구별 없는, 단순한 본능에 의한 사람, 곧 어린 아이들이다.

* 2차원의 사람은, 주워진 환경에 단순하고, 순수한 마음으로 순응하여, 생업에 묵묵히 종사하는, 머리 쓸 일 없고, 복잡하고 난이도 있는 것을, 피하는 사람들이다.

* 3차원의 사람은, 소위 지식인들이며, 자기주장과 이상이 굳어진, 이기적이고, 이성적이나 술수에 능하고, 시비쟁투를 마다하지 않으며, 자기중심적 사고가 고착된, 성공 지향적 사람들이, 여기에 속한다. 금 만능주의, 권력 지상주의, 그들은 여기에 목숨 걸고, 그것이 그들의 생의 기준이다.

* 4차원의 사람은, 자연의 이치를 궁구하고, 물질의 본질을 캐서, 격물치지에 이른 사람이며, 이합집산의 순역을 깨달아, 진퇴를 알고 행하며, 남과 협력하는 형이고, 성실하고 효와 충의를 생활화하여, 도덕적 삶을 영위하여 안정을 얻은, 남과 다투기를 피하는, 바른 사상을, 확고한 생의 목표를 세워 지닌, 현명한 사람을 말한다.

*5차원의 사람은, 자신의 형이상학의 영역을 간파하여, 자연의 법칙에 기둥을 세우고, 만물의 이치를 자신의 본질을 통하여 얻고, 물질의 변화에 속하는, 생과 사를 즐거이 누리는, 이 세상 어느 것 하나, 경이롭지 않은 것이 없음에 감사하고, 한시적 삶과 죽음에 걸림이 일체 없는, 대자유를 쟁취한, 비로소 행복이란 말이 걸맞는, 변화의 굴레를 벗어던진, 뚜렷하고 가벼운 생을 사는, 사람을 말한다고 할 수 있다. 이런 사람은 일을 해도, 그 목적이, 어떤 대가나, 돈에 있지 않고, 일을 통해 노동의 즐거움을 누리는 사람이며, 자신이 무엇인지 깨우친, 눈뜬 사람이다.

인생도처 지하사　人生到處　知何事
응사비홍 답설이　應似飛鴻　沓雪泥
설상우연 유지조　雪上遇然　留指爪
홍비나복 계동서　鴻飛那復　計東西

소동파의 시인데, 내가 즐겨 암송하는 시 중에 하나이다. 인생은 이런 것이다. 우연히 발자국만 남겼을 뿐, 날아간 다음에 어찌 동서를 논하겠는가.

형역심로 진역인　形役心勞　塵役人
부생록록 일심신　浮生碌碌　一心身
번화과안 춘풍헐　繁華過眼　春風歇
래왕쌍환 무주륜　來往雙丸　無住輪

몸이 마음을 부리고, 사람을 부리니, 일상의 분주함은, 한 몸과 마음을 위함이라.

번화한 세월 눈앞을 지나듯, 봄바람 쉰, 순간과 같으나, 해와 달은 멈춤이 없다네.

중국의 유방을 도와, 한나라를 건국한 장자방, 장량은 지혜가 출중하여, 천리 밖 군사작전을 꿰고 앉아서, 지혜를 내고, 또한, 전쟁터에서 먼지를 뒤집어쓰고, 피의 강을 휘저은 한신 장군에게, 장군은 얼마의 군사를 지휘할 수 있겠냐고, 묻는 주군에게, 나는 군사는 많으면, 많을수록 좋습니다, 고, 답변한, 지휘능력에 대한 자기 과신에 찬 대답이었다고 한다. 능력을 과시하다가, 그는 한 말 한마디로 토사구팽을 당했다. 사람이 능력이 아무리 뛰어나도, 하루 세끼 밥이면 족하고, 송곳 꽂을 땅이 없어도, 살아서는 반 평이면 몸 하나 누이는 데 지장 없고, 죽어서는 청산에 일 배토라 하지 않는가. 후대의, 중국의 유비를 도와 촉 국을 세운, 불후의 전략가인 제갈 무후는 어떠한가. 그토록 전쟁터의 홍진 속에, 반백년을 고진분투하였건만, 세수는 백을 채우지 못하였고, 나라는 삼 대를 잇지 못했으니, 천재의 아까운 노고만, 헛되고 헛되이, 낭비하였고, 죄 없고 무지한 병사와, 그 가족, 무고한 백성들의 피와 눈물만 강물처럼, 흘리게 하였으니, 그들이 현명한 사람들이었다고, 하는 사람이 있다면, 뇌가 정지된 사람일 것이다. 그러나 오늘날에도, 그 홍몽을 줄기차게 꾸는 사람들이, 거리를 메우고 있다는 게, 신기하지 않은가. 대통령이 되는 게, 청사에 빛날 업적이라고 말하는 이가 있다. 다소 일의 형태는 다를지라도, 그 체질은 같은 꼴인 것이다. 정치인들의 맹목적인, 착취욕과 명예욕이 그러하고, 법조인들이, 이해관계에 따라 달라지는, 전관예우의 잣대가 그러하고, 공무원들이 위세가 자신의 승진을 위한, 졸렬하고 치졸한 충성심은, 국민이라면 세금을 내지 않고 싶은 사람 없을 텐데, 없어서 못 내는 국세 지방세 각종 벌과금 범칙금 못 내고 늦어지면, 과태료 폭탄으로 위협하고 생계 통장 압류하고, 전화기 가재도구에 딱지 붙이여 경매하고, 조상 산소도 압류하고 꼬투리 잡히면, 잡아 죽일 듯이, 벌떼처럼 국민을 괴롭히는, 입법부 선출직들의 입법 남발해 놓고, 세금에는 납세의 의무를, 마치 노비문서처럼 활용하며, 더러운 일은, 하급공무원들이 처리하고, 저들은 돈 쓰기만 하면 되는 꼴이다. 국민을 위해 자발적으로, 법으로 정해진 권리인, 소득 없이 5년이 경과하면, 밀린 세금일지라도, 결손 처리를 하게 되어 있어도, 입법취지 무색하게 교묘히, 단서조항들을 이용하여 위협 협박까지 하면서, 거들먹거리는, 완장 노릇하는 것이 그러하고, 협력을 모르는, 기업인들의 광폭의 욕심이, 집단의 힘에 굴신하고 밀린 피해를, 중소기업들에 기름을 짜서 메우는 행위가 그러하다. 내 후대들은 이 짓을 하여, 아이들 공부를 시키고, 입에 풀칠하는 사람은, 하나라도 있어서는 안 되겠다고 생각한다. 노량진 학원가에 줄 서는, 낯 뜨거운 짓은 하지 마라. 또한 사람들은, 그 무엇이 그렇게도 맺혀서, 쓰레기들 버리지 못하고, 꿈속에서도 줄기차게 잡고 버티는지, 요즘처럼 밝은 세상에, 이렇게 무지한 사람들이 인정되는 것은, 우리 모두가 진애에 찌든 무지의 소산인, 동상상린의 결과 내지, 인과인지도 모르겠다. 하지만 내 후사들에겐 절대로, 이대로 상속되게 둘 수가 없기에, 이렇게 속이 빈 글을 쓰고 있는 게다. 일하는 것을 즐겁게 생각하도록 습관을 길러야 한다. 하고 싶은 일을 해야 한다고, 일 않고, 버티는 젊은이가 많아 실업자율이 높은 데 는, 정부의 무능함도 있지만, 젊은이들의 사고의 협소성이, 상당한 장애로 작용하고 있다고 본다. 노동을 신성시해라. 나태함과 편안함을 혼동하지 마라. 일상은 그냥 하루가 아니다. 굶주려 보아라. 악식을 먹어 보아라. 적절한 단식은 건강을 해치지 않고, 적절한 고른 섭생은, 내부의 각 기관들을, 도리어 강하게 한다. 좋은 맛 나는, 음식을 찾아다니는 것은, 자랑할 일은 아니다. 그것이 성인병을 유발할 확률이 더 높은 것은, 큰 인생의 낭비인 것이다. 한마디로, 여러 사람의, 많은 도둑질에 동참하지 말아야 한다. 내가 이렇게 공익을 위한, 공무원 집단에, 부정적인 시각을 가지고 있는 것은, 그 피해가 크고, 그들이 가야 할 길을, 정반대로 가고 있음이, 오직 사실이기 때문이지, 긍정적인 시각에서 보면, 그들 역시, 여느 사람들과 다르지 않은, 한 사람의 국민일 뿐인데, 남들보다 더 편하고, 더 우월하고, 더 좋은 대접을 받고자 하는 욕심은, 우리 교육의 맹점이 아닐 수 없는데, 하나, 자신의 영달을 위해 남을 희생시키는 것, 많은 사람들에게 피해를 입히는 것을, 알면서도 눈감고 있다는 것은, 그 지성의 죽음이기에, 무식함에 비해 악랄한, 비행이 충분하므로, 비난하는 것이다.

꿀이 달다고, 꿀만 먹고 살겠다고 하는 사람이 있다면, 꼭 그런 사람이 있는 것은 아니지만, 요즘의 젊은이들이 핸드폰에, 게임방에, 재미에 지나치게 집중하여, 시간을 낭비하는 것은, 음식과 비유적으로 다를 바 없다고 본다. 시간이 생명인데, 시간에 대한 개

넘조차, 등한시하고 있는, 사람일수록 오래 살고자 하는데, 그들은 누구 못지않게, 남에게 뒤지지 않을 것이다. 그 부작용은, 신병치례로 조기 사망하거나, 늙어서 손수레로 지함을 수집하는 사람들의, 이유 없는 결과는 없는 법이다. 정상적인 섭생, 정상적인 사고는 더하지도 덜하지도 않는, 중용을 표석으로 삼는 삶이다. 긍정적인 면이, 아주 없는 것은 아닌 줄 안다. 정도의 지식을 습득하고, 바른 생각을 한다면, 무엇이 우선이고, 무엇이 중요한지에 대한 생각이 없다는 점은, 요즘은 어른이나 아이들도 같은데, 부자가 되고자 하면, 반드시 부자가 된다. 부자가 될 일만 하면 되는 것인데, 부자 될 짓은 하지 않고, 방에 드러누워서도 부지되기만 기다린다. 그러다가 원하는 것을 얻지 못하면, 위법도 불사하고, 선거조작하고, 은행에서 낸 대출 부도내고, 온갖 편법을, 내가 한 번 제공하고, 다음엔 네가 나에게 제공하는, 나눠 먹기식으로 돌아간다. 법조계가 그러하고, 군 조직이 그러하고, 예술계의 국전이 그러하고, 정계는 악취가 코를 찌르는 정도에 이르렀다. 하지만 개중에는, 존경할 경륜과 체험으로 다져진, 지혜로운 사람도 있음을 제외하고, 하는 말은 아니다. 그분들은 절로 향기가 나는 분들이다. 거름의 썩은 내를 마다할 뿐만 아니라, 스스로 쓴소리를 경청하는, 입장을 취하고 산다. 사람이 편협되어, 한쪽으로 기울어서, 전라도 경상도 사람들처럼, 경중이나 중심이 없는, 편향 일변도는, 똑바로 서지 못하면, 불행을 불행인지 모르고, 무엇이 바른지도 모른다. 그 어떤 열악한 환경에 처하더라도, 불행을 즐겁게 생각하며 산다면, 그는 가난하거나 어리석은 사람일지라도, 자신을 혐오하거나 한탄하거나, 가진 자들을 증오하거나, 하지 않는, 정신적 기둥을 확실히 세운 사람으로서, 인생을 잘사는 사람으로 평할 수 있다. 사람이 각기 태어날 때, 부여받은 천성, 연성[然性]은 비사회적이라고 해서, 던져 버리려고 해도 버려지지도 않지만, 그럴 필요가 없다. 연성은 건전한 사회의 절대요소인 것이라는 것을 알고, 안고 즐거이 간다면, 정말 훌륭한 삶을 산다고 할 수 있는데, 모르고 그냥 사는 것이라면, 진주를 쌓아 두고도 가난을 떨고 사는 사람처럼, 어리석다, 아니 할 수 없다. 그것을 깨닫고도 검약한 삶을 생활화하고, 험한 일을 마다 않고, 노는 것을 죄악시하는, 근면성이 철저한 사람이면, 모든 사람의 존경을 받을 만한, 인간의 좌표인 연준을 새긴 분이라, 경의를 표하지 않을 수 없는 것이다. 그래서 사람은 함부로 판단할 일이 아니고, 가난하다고 불쌍하게 생각하는 것은, 오만방자, 건방진 발상이다. 생선 장사로 평생을 모은, 일억을 학교에 기부한 분이, 신문에 기사화되어 보았다. 남루한 옷차림의 모습에, 나는 내가 부끄러워지는 것을 숨길 수 없었다.

한 도시를 다스릴 사람은 나라 전체를 보아야 하고, 한 도를 다스리는 사람은 이웃나라까지는 봐야 하고, 나라를 다스리는 사람은 세계를 보아야 객관적이라 할 수 있고, 공직자로서 국민에게 봉사할 생각이라면, 먼저 자신을 알고, 국민들의 대체적인 삶의 생활양식을 경험한 경륜이 있어야 그들과 상통하는 합일의 마음을 간파할 수 있는 것이다. 학문보다 경험이 더 중요한 것은, 자신을 포함한 대다수의 사람들을, 이롭게 할 수 있는 의지가, 마음의 기둥을 삼기 때문이다.

다수결의 함정, 인간 사회의 입장에서 보면, 모래밭에 쌀 한 바가지 섞어 놨다고 쌀로 간주되지 않고, 똥 한 바가지 뿌려 놓으면 똥밭이 되고 만다. 물은 아무리 많아도, 똥물 한 바가지면, 똥물이 되지 식수 되지 않는다, 다수결의 결과가 반드시 옳을 수만은 없고, 소수가 반드시 틀릴 수만도 없다. 아무리 많은 사람도 한 사람에 의해 해를 입을 수도 있고, 한 사람에 의해 모두가 이익을 볼 수도 있다. 생명 보전의 법칙에서만 우선할 뿐이다. 나는 모든 사람들이 통합의 힘으로, 질서 정연하게 인간의 목표에 충실한 사회에 살고 싶다. 아마도 인간사회의 정점은 그러한 사회가 될 것이다. 어려운 것은, 한 발도 문명이후에 앞으로 나가지 못한 이유가, 바로 인간이 욕망의 지옥을 벗어나지 못한, 약육강식의 틀을 깨지 못한 어리석음일 것이다. 또한 깨우침은 썩지 않아서 고약한 냄새도, 실질보다 가식처럼 눈에 화려한 아름다움이 없어서, 사람들을 만연한 멍 때리기에서 유혹해 내지 못하니, 집착, 편집증에 걸린 환자들에겐 시간이 약일 것이다.

사람은 어떤 삶을 살든, 사상의 옷은 입어야 한다. 그 주제는 당연히 연준에 계합해야 한다. 하지만 오늘날, 사회적 약자에 속하는 노동 직업인들은 물론이고, 그들보다 사회적 지도계급에 속하는, 약고 명철하고, 영악스러운 배운 악동들, 지식계층의 부도덕함은, 법 테두리 안에서만 안전하다면 못할 짓이 없다. 국가적인 편을 갈라, 떼를 지은 도적들이나 다름없다. 신성한 국가 이념인, 자유도 알게 모르게, 야금야금 긁어 갉아먹고 있다. 헌법이 보장하는 자유 시장경제를 제멋대로 전횡하면서, 물가를 잡겠다고 세금폭탄으로, 강에 수류탄 던지는 모리배들이, 공공이익을 운운하고, 명분인 양 색칠하여 내세운다. 그 세금 가지고 뭣들 하는지, 모르는 사람 별로 없건만 저들만, 국민들이 모를 거라고 속은 줄 알고 있다. 하긴 자신들의 말로, 자신들이 속는 부류들이니까, 당연한 귀결일 테지만, 그들에게는, 아침의 말과 저녁의 말이 달라도, 부끄러워할 일이 아닌 것이다. 이들에게는 법만 알고 도덕률이라든가, 그 위의 철학적 사고에 의한, 사회의 지향성에 대한, 고찰이나 목표는, 너무 높다는 생각이 든다. 악법이든 선법이든, 전과가 있는 범죄자가, 국민을 대변하고 대의행위를 한다. 밝은 지혜와 경륜을 쌓고, 도덕적 사고의 근원을 간파한, 사람이 해야 할 일인데, 시장잡배에 가까운 범죄자들과, 저 잘난 줄만 아는, 사람들만 끌어들여서, 도장만 받으면, 일시에 출세를 하는데, 거짓말 좀 하면 어떻고, 돈 좀 주면 어때서, 편법 좀 한다고 감방 가나? 판사들이 모두 제 편인데, 그들에게 요구되는 도덕성은, 포기하는 편이, 역효과 낼 일은 없을 테니까, 그만두는 것이 옳을 것이다. 하지만 나는 그들에게 말하는 것이 아니고, 내 자손들에게 말하고 있으니까, 한마디 한다면, 비록 도덕적 덕망을 갖췄다고 하더라도, 국가의 일은 그렇게 단순하고 우둔한 사람들의 판단처럼 쉬운 일이 아니다. 그러나 자신들의 진영의 이익만 노리는 일만 한다면은 쉽다. 어리석은 사람일수록 쉬운 일이, 그 일이고, 현명할수록 어려움이 산처럼 쌓이는 것이, 그 일인데, 연준에 계합하는 깨달은 사람에게는, 일하지 않고 이뤄야 하니, 더욱 어려울 것이라 생각들 하겠지만, 그 사람에게는 쉬운 일일 것이, 직지는, 사람들을 스스로를 돕고, 스스로 협력하고, 자발적으로 질서를 유지하도록 하니, 의존하기를 스스로 거부하고, 제 발로 모두 서기를 하여, 굳이 독려하거나, 채찍을 들 이유가 없어서, 단순하고 직접적이며, 주체적이고, 주권의 독립을 소중히 하는, 꿈을 깬, 능동적인 노동에 의한 대가가 얻어지는 순행이 이뤄지는 것이다.

자연에 순응하는 것은, 인간에 순응하는 것이다. 사람은 잘나고 못난 것이 없는, 평등한 존재인데, 사람들은 제멋대로 틀을 만들어서, 차별을 한다. 자연의 법칙을, 그 기준으로 돌아서야 한다. 아무리 현대 기술문명이 놀라운 발전을 하였어도, 그것은 인간으로부터일 뿐이다. 인위적인 유위는, 무위의 대명제에 감히 견줄 수 있는 것이 아니다. 자연이 인간을 생산했고, 그 생산된 인간이, 문명을 생산한 것인데, 인간의 근원이 빗나간, 편을 가르고, 경쟁을 하고, 먹이와 감투를 두고, 서로 다투는 것은, 동물세계로 족한 것이나, 천부의 상속물은, 죽음으로 지킨다. 그것을 지키는데도, 천지인[天地人]인 삼재[三材]의 깊은 경지, 격물치지에 이르면, 이기지 못할, 질 수 없는, 그것이 전쟁이라 할지라도, 이기지 않을 수 없는, 경지를 이룰 것이다. 그것이 자연의 법칙을 준수하는, 지혜로부터 나오는 것이다.

농부가 준[準]을 알고, 도[度]를 알고, 의[義]를 시행할, 결단력이 있는 사람이, 지혜를 겸하면, 한 나라의 국민들의 건강을 보장하고, 굶주리는 사람을 없앨 것이고, 이러한 사람이 권력자라면, 나라 안에 범죄가 줄어서, 판검사, 경찰들이 할 일이 줄고, 공무원은 절반에 가깝게 다른 직장에 종사하게 될 것이고, 노동자들이 거리를 뛰쳐나오는 일은 사라질 것이다. 경제 규모는, 세계 상위를 점할 것이다. 이 모두는, 국민들이 이루는 것이기에, 권력자의 공이 아니다. 그리고 국민들은, 삶의 진정한 평안과 기쁨의, 노동으로 일하는 당위로, 족함을 얻을 것이다.

사람이 일해서 얻어지는 모든 것은, 천분[天分]이 정한 몫을 제외하고는, 모두 남의 것이다. 엄밀한 의미로는, 생존을 위한 세끼의 천분도, 자기 것은 아니다. 또한 영원히 없어지는 것도 아니다. 단지 자성에 의해 변할 뿐이다. 도대체 얼마나 더 가져야 족함을 알 것인가? 버핏의 800만 달러가, 몇 갑자를 보장하나? 아니면 얼마를 넣을 수 있는, 위통을 가지고 있나? 아니면, 먹지도 싸지도 않을, 신의 능력을 살 수 있는가? 돈으로 할 수 있는 일이란, 그에게는 짐일 뿐인데, 이런 생각을 하는, 내가 멍청한 건가? 사실이 아닌가? 사실이면, 체험을 통하지 않은, 의지의 연약함이, 부족하더라도 믿어 봐라, 무엇이 얻어지는지 보려마, 비록 속은 비지 않았더라도, 빈 사람처럼, 행동으로 시늉만이라도 내면, 얻어지는 것이 많을 것이다.

자연에서는, 새로 태어나는 것도, 죽어 없어지는 것도 없다. 다만 그 형상이 바뀔 뿐이다. 만물은, 변화의 굴레를 돌며 순환한다. 그것이 대원이고, 만물 보전의 법칙이고, 본질이고 실체이다. 생사불이[生死不二]이며, 자아[自我]의 실공[實空]은, 인간의 자유의 원천이고, 지대한 홍복이다.

연준아! 네가 어떻게 네 이름을 얻겠느냐? 네 이름은, 체험을 통해서만이 얻을 수 있는데, 로마시대의, 이스라엘 유대인들의 고통을 어떻게 체험하며, 춘추전국시대의 20개국의 백성들의 고난의 삶을 경험하겠으며, 식량과 가축을 빼앗기고, 가족을 잃으며, 굶주림의 공포와 가족 상실의 슬픔과 고통과, 전쟁의 참혹함을 알 수 있겠느냐, 성현들은, 다 그 시대에 실재하였고, 석가만 하여도, 아카쇼왕 시절의, 전쟁과 늙고 병들어 죽어가는 백성들을 보면서 왕자의 호화로움을 집어던졌으니, 그 고통의 근원을 알고자, 7년의 설산의 고행을 마다 않고, 궁구하였는데, 주고 싶어도 줄 수 없는 것이라, 더욱 가슴에 슬픔이 가득하였으리라 짐작케 한다. 화택의 천진한 아이들처럼, 노는 것에 정신을 빼앗겨, 죽는 이유도 모른 채, 왜 살아야 하는지도 모른 채, 즐거움을 찾아 놀기에 바쁜 것은, 그때, 그 사람들뿐만이 아니다. 구하는, 절실히 간구하는 사람 없는, 현 시대에 태어난, 너희들이 안타까울 뿐이구나. 아무도 관심 없을, 이 말들을, 나는 왜 이렇게 절절이, 세련되지 않은 거친 어투에 투박하고 진부한, 어휘들을 다듬지도 않고 숨 가쁘게, 쓰지 않고는 못 견딘단 말인가. 그 이유는, 네가 어느 날, 불현듯 알게 될 것을 기대해 본다.

인간은 본래, 결합이 생명이다. 협력 의존이 빠지면, 그것은 온전한 삶을 영위할 수가 없는, 대립하고 경쟁하고 주장하고, 자기 천분을 넘어, 남의 것을 탐하는 것은, 개가 진흙탕에서 서로, 물고 흔드는 꼴과 다름없다. 동물과 달리 지적 인간은, 협력 자체가 삶의 바탕이고 기반이다. 그렇지 못하고, 분열한다면, 그것은 나라이든, 한 개인이든, 만병[萬病]을 초대하는 근원일 것이다.

인간은 고난과 환경에 의하여 단련되고, 체험되어, 의지의 발육을 촉진시킨다. 그래서 환경이 위대한 인간을 생산한다고들 한다. 로마의 침공과, 스파르타인의 노예화로 인한, 한니발의 위대한 업적이 그러하고, 테무진 성길사한[몽고의 징기스칸]의 몽고국 건립이, 부족 간의 끊임없는 분쟁으로 인한, 민생의 피폐한 환경이, 징기스칸을 탄생시켰다고 믿어도 될 것 같다. 2차 대전의 노르망디 상륙작전은, 한 인간의 탁월한 욕망이 독일 나라 안에 전념된, 반인류적 악행을 자행한 나치를 물리치는 데, 결정적 요인이 됐다. 전쟁 경험이 일천한, 아이젠하워는 오버로드 작전의 주장[主將]으로서, 실패할 시에 젊은 병사들의 많은 희생을 각오해야 하는, 무거운 짐을 지고, 부족함에 의한 성실함과, 부장들의 성품에 맞게, 임무를 배당하는 인사의 합리적 사고의 판단과, 치밀함이, 맡은 임무에 막중함에 기인한 것임을 부정할 수 없다. 대부분의 위인들은, 고난의 환경에서 만들어져 왔음을 알 수 있다. 그래서 인간에게 고난은, 결코 밑지는 장사는 아니다. 실패는 성공의 어머니란 말이 헛소리가 아니고, 위기가 기회라는 것을, 잊어서는 안 된다고 생각한다. 그래서 인간의 깨우침은 오직 체험으로서만 탄생하고, 성장한다는 것을 알아야 한다. 말과 글로 배우는 지식은, 몸으로 직접 확인 체험하지 않으면, 한 권의 책에 지나지 않는다.

똥 막대기에, 진보라는 간판만 걸면, 정의롭고, 공정하고 청렴해지는가. 진보라는 간판이 걸린 지가, 정부수립 무렵인데, 과연 그 이름대로, 몇 발짝이나 앞으로 나갔는지, 당사자들은 모르고 있어도, 진실을 아는 사람들 많이 있다. 보수는 나라를 얼마나 안전하

게 보전했는가. 적은 핵무기를 앞세워 사흘이 멀다 하고 협박하는
데, 곡간에 곡식 훔치는 서생들처럼, 먹는 것에 정신 나가서, 국민
들로 부터의 외면을 당하는데도, 세금 줄이고, 공무원 줄이고, 행
정 위주의 규제, 모두 풀고, 노동 유연성 동결은, 기업인의 자유 의
지를 침해하는, 악법임을 인정해야 한다. 국가 채무는 줄여야 하
고, 방만한 국영기업은, 전문경영인의 책임 경영으로 바꾸고, 고의
나 과실일지라도, 공직자들의 안일한, 무책임한 행정조치로 국민
의 혈세, 또는 주권 침해 해위에 대하여, 끝까지 책임지는 공무원
처벌법이, 입법돼야 하며, 사대보험은 출연자금 운영의 결과 범주
내에서, 지급하는 제도 개선이 혁신이지, 젊은 사람만 바꾼다고,
혁신이라고 외치면, 달라지는 것이 무엇인가. 꼼수에 지나지 않는
다. 오늘날의, 진보 정객들을 만들어 키워 내는 데는, 보수의 역할
이 지대했다고 안 할 수 있겠는가. 뇌는 잿밥에 꽂아 두고 국민들
에게는, 저들 마음대로 조정 가능한, 사람들만 바꾸면 된다는 식으
로, 사기치고 있으니, 하찮은 사람들에게서도 욕설을 뒤집어쓴다
는 것에, 아랑곳하지 않는 것을 보면, 몰염치에 도취된 자존감 하
나는, 경이로울 정도로 튼튼한 것 같다.

  인간의 가장 크고, 용서받지 못할 죄악은, 타인의 자유를 박탈하
는 행위다. 인간에게서 자유는 천부적인 상속분이다. 인위적인 어
떤 제도적인 경우에도, 6식[六識]을 구속할 수는 없다. 그것은 인간
이, 위대한 자연의 권위에 대하여, 훼손행위인 것이다.

  법이라는 울타리 속에 갇힌 구더기들이, 우화[羽化]할 노력은 않

251

고, 똥을 가지고 공기놀이하듯, 장난질하는 것을, 가장 천한 인간들이라 생각한다.

　오늘부터 우리 모두는, 자유 대한민국의 헌법에 기초하여, 국가의 모든 권력의 원천인 국민으로서, 작금의 헌정질서를 유린하는, 전횡의 백태를 더 이상 인내하기에는, 권력의 주체요, 주인으로서 감내하기에는, 후세들에게 얼굴을 들 수 없는, 치욕임을 자각하고, 이에 대의 민주주의의, 권력위임을 철회하고, 직접의회주의를 제창하면서, 앞으로 오늘날과 같은, 권력남용과, 헌정 훼손, 경제적 국가재정의 남용, 방만한 국정 운영으로 빚어지는, 국가적 손실에 대하여, 그 책임을, 의민[依民] 의행[依行] 의법[依法]으로 물을 것을 다짐 실행해야 한다. 국가 공권력이 개별 국민의 약점을 노리고, 전국 곳곳에서 자행되는 거짓과 폭행 벌과금, 협박 세금폭탄 등의 만행은, 우리들의 주 과제로, 성실함과 철저한 관리로, 억울하게 공권력에 의하여, 당한 개별 피해는, 주인을 해하는 개와 같이, 처벌하도록 국주의식의 명예를 걸고, 최선을 다하여 척결하겠다는 의지가 일어서야 한다.

　국민의 노력으로 애써 모은 재산을, 법으로 빼앗은 세금을 가지고, 서로들 독식하겠다고 이전투구[泥田鬪狗]하는 정당들의 몰골[沒骨]은, 차마 눈을 뜨고 볼 수 없는 참상이다. 우리 손으로 우리가 만들어 놓은, 이 국가를 저 도적떼들에게 맡길 것이 아님을 자각하고, 일어나서 서로를 도와, 세계에서 가장 앞서가는, 유일한, 번영과 평화와 정의가 상존하는, 국가를 만드는 혁신 대열에, 기꺼이 동참하기 바란다. 우리 모두는, 스스로 이웃을 도울 수 있는, 자기 일거리를 스스로, 우리의 국민주권에서 찾아야 한다. 그래서 먼 장정을, 시작하는 자기수양에 힘을 쏟아야 한다. 3R[정의 공정 정위]의 운동으로, 의회 민주주의 장전을 다시 쓰도록 한다. 첨단 전자적 기술의 발달로 보면, 결심 의지에 따라 당장이라도 가능하니, 그리 멀지 않을 것이다. 한 사람으로부터, 새로운 세상은 만들어 가는데, 동참하는 것이, 미래의 희망이 될 곳이다.

우리 모두는, 종교와 사상과 정당의, 선택의 자유의지를 인정하며, 국가의 모든 부패한 폐단의 중심이고 핵심처인, 죽음으로 가는 독을 생산하는 암적 존재인 입법기관의, 편협되고 왜곡되고, 오염되어, 한쪽으로 기울어진, 노동법, 연금법, 세법 등, 불평등한 복지, 총체적 중병에 놓인, 국가를 수술하여, 바로 일으켜야 한다. 중소 소상인들은, 그물의 코처럼 박힌, 온갖 규제로 장애를 넘는, 생업의 곡예를 해야 하는 게 현실이다. 거부하자 단연코, 우리가 우리 소유의 권리를 되찾아야 한다. 그것이 민주주의 올바른 진일보가될 것이다. 의회의 그 병 덩어리인, 심장을 제거하는 데가 있다면, 흔쾌히 동참해서, 그래서 우리 손으로, 이 질곡에서 스스로를 건져내야 한다. 거기에 우리는 국민 주권 회복에, 거름이 되겠다는 의지로, 굳건히 견뎌 내야 하는 것이다.

오늘 이후는 우리가족부터, 국가의 계층 간, 지역 간, 정치적, 사상적, 갈등에 대하여, 그 원인자인 불공정과 파벌적인 집단이익 추구에 의한, 결과물이라고 판단하여, 어떠한 경우일지라도, 자연법칙에 준한 중용의 조정 역의 권고에 일을 하도록 하자. 현 사회의 모든 갈등 요소는, 탐욕에서 비롯된, 집단 이기적 경쟁구도가, 협동과 협력과 협의를, 묵살하는 사회 구조가, 생산한 기형이다. 우리 스스로, 삼협[三協]을 실천하고, 상호 존중하고, 배려하는, 환골탈태를 시작하도록 하자.

09.

적자생존의 원칙에 따른,
알 것은 알아야 하고
그것은 실천으로만 말한다

09. 적자생존의 원칙에 따른,
알 것은 알아야 하고
그것은 실천으로만 말한다

평생을 엎고, 산 주검이, 어찌 나의 삶이 아니라고 할 수 있겠는가.

땅에 떨어진 것은, 모두가 권리에 평등하다. 다른 것은, 이미 사라진, 본래 없는 것을, 찾고 있을 뿐이다.

오천만 분의 일일지라도, 미래를 향한 마음으로, 국민 주권 감시단이라는, 시민운동에 동참하기로 했다. 나를 위한 일이 아니고, 오직 후대들에게, 조금이라도 보태고 싶은 마음에서이다. 비록 원하는 것을 얻을 수 있겠다는, 확신보다는, 나와 같은 뜻을 가진 사람들이 중지를 모으고, 비뚤어지고 이지러진 정책방향과 정치 환경, 탐욕과 오만의 극치에, 이른 기득권 세력들의, 돈과 권력의 아귀가되어, 사회전반을 휩쓸고, 언어마저도 오염되어, 그 뜻이 전도되고, 오랜 타성에 젖은 일반인들은, 목이 쉰 듯 입을 다물고 산다. 우리사회에서 정치집단처럼 철저하게 오염된 집단은 없다. 그 집단의 하수인인 공무원도 물론 포함된다. 오죽하면 대한민국은 공무원천국이라고 부르겠는가 싶다. 옛 정치깡패시절을 떠오르게 할 정도로, 전국을 돌며, 시장잡배들처럼, 이권과 지지확보에, 좌충우돌하는 정치 앞잡이들이, 저지르는 악행은, 눈을 뜨고 볼 수만은 없는 상황이다. 악성 암이 전신에 전이된, 만신창이가 된 총체적 난조인데도, 겉으로 보이는 피부는 멀쩡해 보이기도 하다. 그들이 쳐 놓은, 갖은 규제 장애를 견디며 벌어서 낸, 백성들로부터 거둬들인 세금은 그들의 차지이다. 어쩌다 배가 차면, 남는 시간은, 먹이를 지키기 위하여, 야당과 싸우는 일이 있을 뿐이다. 서로들 망하길 바라는 여와 야, 그걸 위해 나라를 망치고 있으면서도, 국가와 국민을 위해 싸우고 있다고 선전한다. 쥐꼬리만 한 염치도, 일말의 부끄러움도 없다. 최고 학부를 나온 멀쩡한 사람들이, 어쩌다 그 지경에 이르렀는지, 참으로 안타까운 일이 아닐 수가 없다. 영허의 공전이, 자연 도태의 어김없는 법도임을 알면서도, 억지로 이렇게 인위적으로 바르게 잡고자 함이 유위이고, 역행이라는 것을 알고 있다. 이유 불문하고 비록 유위행일지라도, 이루어진다면 하는, 바람은 지울 수가 없구나. 간접적인 방법일지라도, 과도한 세금은, 집행자들의 횡포에 가깝다. 국민으로서 해야 할, 신성한 의무라는, 마치 그렇지 않으면, 비국민으로 낙인을 찍겠다는 자세이다. 그 재원으로 뒷배를 불리고, 자릿세 격인 표 관리를 위해, 복지라고 하는 푸짐한, 미끼들을 던져 주고, 나머지는 노후연금 잔치비용에, 자리 나눠 각자 도둑질하도록 까지 한다. 선거는 부정이 판을 치고, 노래꾼 춤꾼 동원하여 하는 선전에, 동원되는 사람들도 화석화된 유령인간들 같아 보이는 것은, 나만의 참 아닌, 오류일까 싶다. 여러 사람들이 모여서, 무엇을 이룬다는 것은, 그리 쉬운 일이 아니다. 각양한 사람들이 뜻을 같이 한다는 것조차도, 그 효율 면에서, 떨어지기 때문이다. 그래서 제일 높은 곳에는, 한 사람의 자리 만 있는 것이다. 그래 긴 여정일지라도, 그냥 무료한 생을 허비하는 것보다야 낫겠지. 부침과 영락과 이합집산의 변화가 함께 따라 가겠지. 보아라, 바다엔 물고기가 있음이 분명하고, 산에는 나무들이 있다는 것이 분명한 이상, 인지가 미치지 못할 일은 없다는 것을 나는 확신한다. 이루고 못 이루고보다, 무위의 법도가 엄연한, 그보다 더 큰, 높은 뜻은, 가능성에 도전하는, 지혜의 영역에서의, 승화를 확인하고 싶은 마음이 더 크다고 생각해서이다. 내 역할은 불만 지펴 주는 것으로 만족하고, 그 이상은 내가 할 일이 아니라 고 생각하고 있다.

비리를 저지른 공직자들이나, 부도덕한 사람들을 경멸하지 않는 사회는, 오염된 사회라고 말할 수 있을 것이며, 그것은 해야 할 일을, 하지 않은 사람들의 죗값이고, 그들의 몫이기도 하다.

미성년자에게 술 담배 일종 유흥업소 출입금지 법, 목적이 미숙한 청소년들을 건강한 청소년들로 자라게 하겠다는 법 취지인데, 업소에게 벌금을 매기는 법률로, 불법 행위자가 단속 내지 벌금을 내게 해야지, 행위자에게 면죄부를 주고, 제3자에게 죄를 물게 하는, 이 같은 행정편의 위주는 사회는 혼란만 부추기는 일방적인 편법이다.

존경할 사람들을, 존경하지 않는 것은, 머잖아 닥칠 혼란과 환란을 예고하는 것이다. 그 피해는, 해야 할 일을 하지 않은, 사람들에게 내리는 징벌일 것이다. 현시대에는 무엇이 존경할 만한 일인지 조차도 모른다. 사회나 제도로서 훈장이나 명예가 돈으로 사고파는, 봉건 시대가 된 사회이니까 그렇지만, 돈만 많다고 그런 사람 아니고, 높은 자리 권세가 높다고, 그런 것은 더욱 아니다. 돈과 권세가 등등[騰騰]해도, 천한 사람과 귀한 사람, 그것을 알아보는 데는, 자신과 타인을 동등하게 보고 대하며, 남을 배려하고 바른 정당한 값을 치르는, 사람이 바로 존경할 만한 사람이다. 그런 의미에서, 자신이 잘살기 위하여 남을 괴롭히지 않기로는 농부와 어부 그리고 도회지의 미화원들이, 남의 것을 온갖 것 다 동원하여 가리고 속이고 분칠하는, 거죽만 뻔지르한, 인간들보다, 훨씬 존경할 만하다고 생각한다.

사람은, 마음을 다듬어야, 행동을 다듬을 줄 아는, 사람으로 발전한다.

사람의 육신과 정신세계는 동일체이지만, 그 운영과 양식에서, 서로 확연하게 다르다. 따라서 서로 상충의 틀 속에서, 상생을 찾고 타협하는, 숙명적인 존재이나, 자연 상태의 일부로서, 주장과 양보를 거듭하는 과정이, 인생이라고 할 수 있다고 본다. 그래서 쓰러지지 않는 진화의 긴 터널을 거쳐 오늘에 이르렀다. 그래서 건강을 유지하기 위한 지속적인 적응력이, 바로, 이 타협적인 적절함에서 찾을 수 있기 때문일 것이다. 옛 고인들은 이를 일찍부터 간파하여, 중용의 실천을 누누이 강조하였고, 오늘날에, 이 현대 사회의 문명함도, 이에 근거하여 유지되는 것이다. 내 한 몸에서도,

이렇게 상생과 상충의 조화의 미를 강구하도록, 강제된 구조가 번듯하듯, 진보다 보수다 하는, 상대적 적대 논리에 빠져, 상생의 새 살을 틔우는 아픔 없이, 맹목적인 적대감으로, 어느 한편으로 줄을 서는 미련한 사람이 된다면, 산통 없이 애를 낳겠다는, 무리수만 두는 격이다. 자식을 얻는데, 아픔을 없애는 진통제로 생산한 아이들과, 산모와 아이 사이가, 오늘날의 가족 구성원들의 결속형태를 말한다. 집으로 돌아올 줄 모르는, 치매노인의 유기가 그냥 발생하는 것은 아닐 것이다. 자연의 법칙을 벗어나는, 행동의 결과물은 당연히 당사자의 몫이다. 상생불식의 자연을 기초하여 결정된 삶이야말로, 조금 부족할진 몰라도, 좀 불편할진 몰라도, 인간에겐 가장 이상적인 삶을 제공할 것이 틀림없다.

인간의 주체는 마음이다. 그것이 인간의 주인인 것이다. 인간을 운영함에, 생의 지속을 유지하기 위한, 욕구에 대한, 생명 지속, 유지의 결정권은 마음에 있다. 그러므로 이를 다듬는 것은 사람의 최우선 과제이며, 그 결과에 따라 인생의 승패와 인격의 고저가 결정된다고 본다.

사람의 육식은, 생존을 위한 도구에 지나지 않는다. 도구의 건강을 위해, 사는 삶이, 주인이 하수인들에게 죽임을 당하는 꼴이다. 마치 노동자가 고용주를 하수인 취급하는 것과 다르지 않다. 평생을 인간의 주인인 정신이, 육신을 부양하기 위하여 노심초사 인생고를 겪는다. 손으로, 걷고, 발로, 밥 먹으며, 사는 격이다. 단체행동이란 무기를 들고, 고용주를 위협하여 임금을 받아내는 행위야말로, 노동의 신성함과, 인간의 고상함을 송두리째 버리는, 무모하고 무식하고, 오만하고 악랄한, 인간성 말살의 패륜에 가깝다. 능력 있으면 스스로들 오너가 되면 되지, 남의 것을 빼앗아서 제3의 노동자들까지, 고통의 늪에다 처넣는 어리석음은, 본래 고용주와 노동자는 그 값이 다르지 않는데, 사회적 의무를 모르는, 태어난 상태의 생성[生性]이 정제되지 못한 고용주와, 거친 노동자들의 힘을 무기로, 무조건 항복을 요구하는 일방통행이, 타협점을 상실한 현상이라고 보기에는, 작금의 현상은 너무 멀리 와 버린 감이 있듯이, 가치측도의 기준의 혼란과, 삶의 방식과 방향이, 다른 이질의 결합이 낳는, 더 많이 얻자고 하는, 동일한 욕구의 분출이라는 일면이 있다고 생각하지만, 우리는 고용과 노동의 유용성과, 가치평가에 적절한 타협이 선행돼야 한다고 본다. 거꾸로 살지 말고 바로 사는 훈련을 해야 할, 시점이라는 것을 알아야 한다고 본다. 집단적인 힘의 과시 및 위협 협박이, 법으로 정해진 권리라 하더라도, 그것은 법의 상위인 도덕적 파산상태의 인간상이다.

나는 걸음걸이를 연습하고, 화장을 하고, 머리를 다듬고, 옷에다 세련미와 품위를 달려고 하지는 않는다. 아름다운 말조리를 훈련하지 않고, 부드러움을 애써 강조하지도 않는다. 글도 다듬지 않는다. 이런 것들은 모두 남에게서 공들이지 않고, 무노동으로, 거저 얻으려는 사심이 깃들어 있기 때문이다. 나는 마음을 다듬는 것에, 평생을 기울여 왔다고 해도, 틀린 말은 아니다. 최소한 땅에 떨어진 것들은 모두 내 형제다, 라고 말한 정도는 되어야 사람이라고 할 수 있지 않겠느냐. 만물이 제동이라, 승자 독식의 경쟁시대가, 4

차원의 협력시대로 탈바꿈하는 것을 의미하는가 본데, 물질에 지치지도 않는지, 사람들은 넘쳐나는 폐기물 더미 속에서도 끝없이, 편리성과 응용성과 고급성에, 매료되어 쏟아지는 신상품들에, 자기 과시욕을 덧칠해서 아우성이다. 가난해서 굶어 죽어도 명품이고, 먹을 것을 쌓아, 냉장고가 미어터지도록 채운 부자라도, 부족하다고 정부에다가 손가락질하며 남 탓만 일삼고, 쉬어 버린 멀쩡한 쓰레기들은, 강하[江河]에 산을 이루고, 자연을 이렇게 훼손하고도, 양복 깨끗하고, 멀쩡하게 생긴, 지식인 지도급들이, 오염된 양심을 가리려고, 벌리는 자연환경 운동을 들먹이는 사람들 보면, 너나 할 것 없이, 우리 모두는 공범이고, 지금도 세끼 걱정 없는, 건강 하나만으로 넉넉함을 얻을 수 있으면, 땀내 나는 몸보다, 더러워서 악취 풍기는 마음부터, 닦지 않으면 만사가 다 허사이고, 많아서 과소비 낭비라는 것을 모르는, 부자들의 가난한 마음 고통을 덜어서, 무엇이 적절함인가를 알아야 한다고 생각한다.

나는 잃어버린 적 없는, 있는지도 모른, 잃어버린 자신을 찾아서, 태어나기도 전, 수태 전으로 돌아서 가서, 인간의 삶은 전면뿐이건만, 나는 어이 이렇게 어린 시절, 개똥철학동이라고 놀림받던 곳에서도, 더 멀리 뒤로만 가게 되었을까. 많은 사람들이, 일제하[日帝下]에 굶주림과 폭압 수탈 강제 세정에, 동물취급의 멸시 속에서, 죽지 못해 입에 먹을 것을 넣기 위해, 만주로 사할린으로 해외 서구로, 떠나는 사람들로 북적대다가, 해방이 되고, 일제가 쓸어간 상하의 텅 빈 들에서, 자리를 고르게 다듬을 쯤, 해방 5년 후, 김성주의 만행인 6.25가 일어나고, 동족이 총부리로 서로 살상하는, 암울하고 참담한, 비통한 비극으로 하여, 나는 중산층의 아들로 태어났다가, 아버지의 죽음으로, 1950년 7월 어느 날, 하루아침에, 9가족이 산산이 조각이 나서, 조약돌이 모래 되듯, 흩어져, 아버지 생사도 모른 채, 해 종일 들고 나며 눈물인, 어머니와 배고픔, 아버지 한 사람의 빈자리가, 그렇게 크고, 슬픔과 괴로움, 고난의 삶을 맞으면서부터였던 것 같다. 내가 뒤로 돌아선 것이, 엽전의 것은 짚신이 유일한, 제일 산품으로 알았던 어린이는, 서양 것이면, 똥이라도 향내가 날것으로 알았는지, 서양철학과 사상에 몰두하여, 나의 인생을 찾으려는 일념으로, 굶주림보다 더 갈망했던, 나의 심아[尋我]의 길은, 돌고 돌아 결국 빈손으로, 지친 빈손으로 돌아와 보니, 내가 태어난 그곳, 기관총 구멍 숭숭 난, 양철지붕 아래 내가 숨었던, 아버지의 방공호 입구에서, 나를 기다리고 있는 격이었다. 손에 쥔 것을 찾아, 참으로 많이도 돌아다니고, 많이도 추위와 배고픔의 고통을 참아 낸 듯하다. 지금 생각하면, 나의 부모는 자식을 위해, 부모가 할 수 있는 타의에 의한 것일지라도 최선을 다한 듯하여, 눈물이 앞선다. 그것이 부모의 뜻인 듯하여, 가슴 아프고, 저리고 시리다. 또한 나를 안고 있는, 이 대자연이 그러함을 안다. 나는 실상 가진 게 없다. 송곳 박을 땅도 없다는 것과 같이, 빈손이다, 빈 마음이다. 그런데도, 나는 왜 이렇게, 내 인생이 벅차게 감격스럽고, 무서우리만큼 경외[敬畏]스럽다. 내 자신 또한 내 것이 아니니까 더욱 그렇겠지만, 인생은 무임승차한 것처럼, 어쩌다 보니 태어나고, 나서 보니 성과 이름이 있고, 본능으로 살다 보니, 자식이 태어나고 그러다가 어정쩡하게 가는 것은, 자신뿐만 아니라 사람의 가치를 폭락시키는, 존재이유에 대한 만행인 것이다. 인간으로서는, 이 이상, 더 소유할 수도, 할 것도 없는 삶을, 너희들이 쟁취하기를 마음 간절하여, 그냥 나만 갖기에는 너무 아까워서 이렇게 남겨서, 인연이 닿고, 인생에 뭔가 뻥 둘린 구멍이, 가슴에 남으면, 찾을지 모르겠다 싶다.

　　나는 일생을 모두, 단 한순간에, 모든 것을 얻은 것으로, 만족하게 생각하고 있고, 더 이상 그 무엇도 바라는 것이 없다. 내 자신을 위해서는 말이다. 그 순간을 말로 표현하기는 어렵지만, 할 수 있는 데까지 한다면, 이렇다. 우선 내가 무엇인지, 왜 태어났는지, 인간은 어떻게 해서 생겨났는지, 지금 나는 무엇을 해야 하는지를 모른 채, 밥을 먹고, 잠을 자고, 일을 하고, 의문이 꼬리를 물고 일어나는 생을 살면서, 그 답을 찾기 위하여, 어릴 때부터 진리요 생명이라는 성경에서부터, 성리학과 도학에 미쳐, 3000년 전의 근원에까지, 중국을 뒤지고, 현실의 야속한 생활환경을 음미하면서, 시묵객들의 시름과 기개를 함께하며, 춘추 전국시대의, 백가쟁명[百家爭鳴]의 논란과, 전란의 힘의 속성과, 인간의 잔인함과, 어리석음의 극치인, 불로장생에 이르기까지, 다 뒤져 보아도, 내가 얻을 것이 없는 빈손이었다. 그중에서 건진 게 있다면, 자연주의 서구의 루소, 러시아의 톨스토이의 사상과, 실존주의 철인들과 같은, 맥락의 주역에 의한, 자연의 위대한 가르침이다. 지금도 그 생각만 하면, 가슴이 설레는 것은, 내가 누리는 복이지만, 상대성 이론을 정립한, 발견의 대가, 아인슈타인이 당시에, 이와 같은 희열을 느꼈으리라 생각이 들었다. 내가 많은 의문의, 문제 중에, 무게가 실려 있던 과제가, 죽음이었는데, 운명이라는 과제의 매력에, 무려 20

년 이상의 시간을 허비하였다. 세상에 널려 있는 잡서에서부터 주역에 이르기까지, 육음의 2효사를 처음 대하였을 때, 그때의 희열은 말로 표현할 길 없다. 그게 우주였고, 그것이 나였다, 그림이고, 점에 불과한, 이 상[像]이 함유한, 원대함은 가늠조차 어렵다. 부드러움과 지혜를 품고, 편편 대로를 열어, 기다려도 찾는 이, 하나 없는 외롭고 슬슬한 아픔과 함께, 만물의 생성을, 이 한마디 육음의, 그림으로 외쳐 대고 있었다. 저 우주를 향하여, 그것이 하나이고, 주나라를 세운 공로로 제나라를 얻은 태공망이, 주역의 수리로 장기를 두어, 혁명을 성공시켰고, 촉의 무후 제갈공명이, 또한 이를 본받아, 삼국통일 도모하였으니, 오행의 참 뜻을 새겼더라면 그 내용에 매이지 않고, 그런 무모한, 영허의 순환과 절의, 엄연함을 간과하지 않는, 현명한 판단을 하였더라면, 하고 아쉬움을 느낀 적이 있었다. 연대는 이해를 돕기 위해, 순서에서 배제하고 말하는 것이니 참고하고, 이것 외에는 명명덕이라던가, 만물제동, 격물치지의, 의제에 대한 의문이, 주 문제로 남은 채, 스스로에게 묻고 답하기를 수십 년, 어느 날, 그 낡고 헐어 빠진, 할머니의 반야심경 280자에서, 대발견을 하였다. 염화미소를 향해 인도를, 중도에 마하트마 간디의 비폭력까지 만나면서, 나는 그 글의 뜻은 알아도, 그 뜻을 내가 삼키려고 아무리 노력하여도, 소화되어지지 않음을 알았고, 그래서 그 난관 통과하기를 포기해야 하나 하고, 그냥 지식으로 간직하고 말자고, 스스로 타협도 하였다. 하나 나에겐, 삶의 타겟, 즉 목표를, 상실한 난감한 실의에 나날이었고, 의미 없는 삶이었다. 일상의 향락은 나에겐 참으로 하잘것없는, 생의 가치 상실이었고, 산다는 것에 싫증이 나는 것은, 삶이 요구하는 모든 것들이 귀찮고 싶고, 무리하고, 누리는 것에 비해, 너무 많은 것을, 필요로 한다는 것에, 화가 날 정도에 이르렀고, 그렇다고 자살을 할 만큼 무기력하지는 않아서, 그냥 일 회두라는, 명구로 버티다가, 어느 날, 참으로 우연히, 나에게 일생일대의 일이 일어났었다. 운전을 하고 있는데, 눈이 좀 피로했던지 시큰거려서, 한 손으로 동공을 눌렀는데, 그 순간, 어마어마한 광경을 보았는데, 빅뱅이 일어나고 있었다. 그 황홀한 빛의 향연을, 그 우주를 향해, 한입에 삼키는 모습을 본다면, 자기도취가 아님을 증명할 필요가 없었다. 모든 의문을, 그 광명이 뚜렷하게, 회답을 주었으니 말이다. 그래서 내가 말과 글로 할 수 없다고 한, 붓다가 한 말의 뜻을, 참되게 알게 된 것이고, 모든 인간의 내부를 알게 되고, 우주의 모든 것에 의문이 사라졌으며, 미세한 쿼크의 실체를 알고, 생명체의 근원을 아니, 내가 그 일 순간에, 모든 생을 이미 다 살았다고, 그만한 가치가 있음을 부여하는 것이다. 그 후 지금까지, 얼마나 인생이 희열에 가득한지를, 너희들은 모를 것이다. 외계인 한 사람이, 지구라는 별에 왔다고 생각하면 비슷할 거라는, 생각을 가끔 하게 된다. 얼마나 아름답고, 신비하고 황홀한지, 산과 들의 초목과 동물들, 인간들의 사회상, 삶을 이어가는 분주함, 계절에 따라 변화의 적절성, 끊임없는 대기 대류의 순환의 순수성, 살겠다고 서로 아우성치는 것들까지, 모두가 아름다움이라는 것을, 아무리 더러운 쓰레기까지도, 싫지가 않은 것이다. 끝으로 자리를 차고, 앉아서 똥 마린 사람이 똥을 버리지 않으려고, 다리를 꼬고 있는 모습까지도, 아름답다고 할 수 있다는 것이다.

인류는 자율 국가 체제로 가야 한다. 평등은, 법으로 이뤄질 성질의 것이 아니다. 한 인간의 권리는 법으로 정하는 것은, 자연의 근원적인 섭리에 부합하지 않는다. 집단 사회의 구조가, 한 개인의 생명권과 자연권, 그리고 자유 생존권을 위협 박탈하는 것은 미개한 집단주의 경쟁주의에 불과하다. 그러므로 법은, 형법에 집중되어야 한다. 연준제도[然準制度]국가 도덕적 자율적인 활동 규범을, 긍정적인 순행을 선호하고 전제하는 사회가 민주주의 사회의, 진일보라고 생각한다.

대통령이 바뀌면, 국가의 이념도, 교육의 체계도, 제도도, 국방의 신성한 의무와, 국가의 헌신 개념도, 주적의 명시도, 경제체제도, 사법제도도, 안 바뀌는 것 없이, 모두 제 입맛대로 없애거나, 새로 만들어 댄다. 교육은 백년대계라는 라는 말이 무색해진다. 국가 이념은 존립의 근간인데, 공산국가인지 민주 국가인지, 사회주의가 절반의 공산국가인지, 구분이 안 가는 체제로, 슬며시 바뀌놓고 있다. 시장경제 체제면, 개헌을 통하지 않고는, 위반 시, 반국가 반역 행위로, 판결되어야 한다. 왜냐면, 전 국민을 배반한 행위이기 때문이다. 그래서 헌법에 정한 입법은, 모법으로서 엄정하게 관리 감독되어야 하고, 이를 위반하는 사례에 대하여, 준엄히 유지 지속시켜야 한다. 형사적인 처벌을 강화 적용해야 한다. 입법주의 법치주의가, 삼권분리가, 대통령이 사법부 수장을 임명하고, 그 수장이, 또 사법부 판사들의, 인사권을 가지고 개인적이고 불공정한 행사를 마음대로 하고 있으니, 국가반역행위를 해도, 물 타기, 아니면 국가를 위한 고충을 이해한다고, 국민을 위한 일이 아니면, 그런 일을 하지 않았을 것이라고 포장하고, 초점을 흐려서 무죄 방면할 것이다. 집단이기주의에 매몰되어, 국민을 위한다는 헛구호는, 빠지지 않고 하지만, 단 하나도 국가나 국민을 위한 일을 하지 않는다. 도리어 그들은 표를 얻는 일이라면, 물불 가리지 않고 선심행정으로 빚을 내서, 소도 돼지도 잡아서 동냥 주듯 하지만, 그 뒤에 닥칠 빚의 부작용 변제의무는 받은 사람들에게 되돌릴 수 없고, 후손에게 넘겨씌우니, 제돈 안들이고 표사고, 속이고 속여도 국민들이 잘 속아 주니, 재미나기도 하고 신기하기도 할 것이다. 저희들이 김정은의 속임수에 속듯이, 삼대에 걸쳐 김구선생을 비롯해, 김대중을 노무현, 줄지어 그들의 평화, 공존, 한민족, 비핵화, 통일 등의 말들에 잘들 속아서, 핵무기를 만들 의향도 능력도 없다는 말에 믿음으로 속고, 땅속에서 악수하며, 계면쩍게 웃으려나, 속인 놈이나 속은 사람이나, 똑같은 종류들인데, 저만의 영달을 위하여 순박한 국민들만 속은 것이고, 그로 인한 피해는 몽땅 국민 피 땀으로 메워지니까, 500만의 사람을 전쟁을 일으켜 살육한, 그들에게 친하게 지내자고, 물자로 아양을 떨고 있으면서, 초대 대한민국 건국한 이승만은 친일이라? 자유를 찾아 줬다고 적폐로 몰아붙이나, 국가를 되찾아 준 국가가, 중국이냐? 북한이냐? 우리 힘으로, 상해 임시 정부가 한 일이냐? 혼자만 살이 찐, 김정은을 닮고 싶은가, 마음에 안 들면 기관총으로 쏴 죽일려고? 10개 곳의 특각이 갖고 싶은가? 호화요트가 탐이 나는가? 인민들로부터 위대한 태양이시여! 만민의 어버이시여! 무소불위의 수령이 되고 싶은가? 참으로 딱한 물건들이다. 지금 자신들이 뭣을 하고 있는지도 모르는 것은 당연하다. 저 자신도 모르는데, 남은 어찌 알겠는가,

경제는 의식주의 문제이지만, 안보는 생존의 문제이다. 적이 누군지도 모르는 사람이, 한 나라의 대통령이라니, 진정한 의미로 전쟁은, 내가 원한다고, 피해지는 것도 아니다. 침략을 하지 않을 수 없는, 지경에 놓일 수도, 상대의 침략을 막지 않고, 전쟁이 싫다고 쳐다만 보다, 죽임을 당할 순 없지 않은가. 자신을 모르면, 제 능력도 모르는 법이고, 법을 안다고 세상 다 아는 것으로, 착각하는 것, 그것이 인간의 고질화된 병이다. 제 것만 최고인 줄 아는 정도의 지능은, 삼세 아동들의 전유물이다.

최소한 사회인이라면, 헌법과 형사 소송법과, 민사 소송법 정도는, 숙지해야 한다. 형사적인 범죄 구성요건 정도와, 민사적인 다툼의 요지에 대한, 핵심과 판례는, 교양과목으로 필수인데 너희들은 도무지 관심이 없어 보이는데, 나는 그런 너희들이 이해하기 어렵다.

경제학이라는 것이, 거의 시장 흐름에 영향을 줄 정책이라고 할만한, 해결의 핵심이, 눈 감고 유동적인 생물인 코끼리 더듬는 식이지만, 총생산과 흐름에 대한, 거시지표나 미시지표상의 흐름과, 통화정책의 조정, 금리 운영의 변화를 통한, 조정이 목적하는, 금융정책을 쓰는 방법과 강도 방향 등이, 부드럽게 또는 긴축, 강도 높은 제제 따위로 유지함이, 이, 불리의, 적정성을 판단할 수 있을 것이다. 사회인이라면, 성인으로서 투표할 자격을 지녀야 하지 않겠느냐. 그렇지 않으면서 지도자를 선출한다면, 자신은 물론이려니와, 남에게까지 피해를 입힌다는 사실을 알아야 한다. 투표에 앞서, 대다수의 사람들의 경제적 관심에 의한 선택을 하는데, 이러한 기본적인 지식을 상식선에서라도 지니고 있어야, 자격이 된다고 생각하지 않느냐.

정치 지도자란, 가장 훌륭한 사람일수록, 아무 일도 하지 않는 것이다. 조금 부족한 사람은, 흰 옷을 입은 관리자들의, 관리상태의 점검 정도가 할 일이라고 할 것이고, 좀 더 부족한 사람은 국민들의 이해 상충하는 갈등에 대한, 조정정도가 할 일이고, 많이 부족한 사람은, 자신이 무엇을 하겠다고, 공약하는 사람이다. 본시 국가는 관리하는 것이지, 국민에게 무엇을 해 준다고 하는 것은, 어불성설이다. 몸뚱이 하나로 무엇을 얼마나 할 수 있다는 것인지, 모르지만, 권력을 이용하여, 전횡을 일삼는 일이 아니면, 다수의 국민들이 유, 무기적으로 연결된, 그물망을 이루고, 성장을 갈망하는 활성 판을, 어떻게 하겠다고 한다는 것이 이상한 것이고, 다소의 불합리한 면이 있어도, 인위적인 수술을 하겠다고, 다소의 불평등이 있고, 불의가 있어도 그것은, 그들의 빌미꺼리는 될망정, 정의롭지도, 평등하지도 않은 게, 대부분이다. 자연 상태에서 순환의 역동상의, 상위 20% 중위 60% 하위 20%가 정위이다. 그런데 하위의 0.1%의 쓰레기 줍는 삶이 있다고 치면, 그걸 해결하겠다고 한다는 것은, 국민들의 감성을 자극하여 권세를 빼앗으려는, 선거권자들의 감성을 자극하는, 얄팍한 수단에 지나지 않고, 탐욕심 외에는 아무것도 아니고, 실제로 그것을 해결하려고 한다면, 그 부작용이, 더 많은 가난을, 낳게 될 것인데, 그걸 아는 유권자가 몇이나 되겠느냐. 지금은 18세도 투표권이 있는데, 왜 이렇게 되었겠나.

국민이 어리석으면, 사기 치기 쉬운 법이지.

　인간은 합[合]의, 묘미를 알아야 한다. 최소한 그 뜻을 알아야 하고, 그 힘을 헤아려야, 독단적인 일을 하더라도, 성공할 수가 있다고 본다. 합은 잃는 것보다 얻는 게 더 많다는 것을, 우선 알아야 하고, 그 내용은 감사하는 마음과 경외하는 하심에서, 출발하는 성실한 마음이 바탕 되어서 성공한다는 것이다. 합을 위해 잃는 것은, 아니 그냥 잃는 것도 마찬가지인데, 버리는 것과는 구분되어야겠지만, 그것으로 인한 덕은, 하늘도, 가만있지 않고 돌보는 것이다. 인생에 대부분이 운이 작동되는데, 그것의 첫째가, 네 자신의 마음이란 걸 모를 것이다. 그다음이 네 행동이고, 그다음이 네가 알지 못하게, 네게로 다가서는 것은, 자신도 모르는 평소의 한 행동요인이 그것이란다. 정확한 표현은 아니다만, 그것은 자의식으로 가늠되는 것이 아니다. 내가 인간의 인식의 한계를 넘고자, 뇌에 대한 연구 논문만 하더라도, 읽은 책이 십여 권은 될 것이다. 읽은 게 종교적인 인식요해에서나, 과학적, 뇌 과학으로 설명될 사안이, 아님을 알아줬으면 한다. 칸트가 신을, 인식할 수 있는 능력을, 인간은 지니고 있지 않다고 했다. 하나, 나는 그것에 동의하지 않는다. 없는 것은 인식할 수 없을 뿐이다, 라고, 하나 존재하는 것은, 인식할 수 있다고 다만 정제되지 않은, 상태에서는 어려울 뿐이다. 이렇게 말하는 뜻을 알았으면 한다.

　나는 너희 삼형제를 낳고, 성장할 때, 생활고에 힘들게 일하는 것만이, 내가 해야 할 일이라고 생각했지, 너희들에게 부족한 사랑이랄지, 가족으로 밀착된 교감의 공유, 그런 것에 소홀히 했던 것도 인정한다. 그렇다고 남 보듯 한 것처럼, 생각하진 않았으면 하는 것은, 그건 억울하니까, 본래 내가 좀 감성이 부족한 사람이라는 데는, 이의를 제기하지 않겠다. 그때, 나는 대의를 중요시했고, 내 삶의 무게만큼 목표에 대한 갈증이 팽만해서, 주위를 살필 여유가 없었던 것도 사실이다. 그러나 사람이 감성이 지나치면, 동물에 다가선다는 것을, 소홀히 생각할 일 아니다. 사랑스럽기로 하면, 강아지만한 것보다 더한 것은 없지, 그렇다고 측은지심마저 버리라고 하진 않는다. 감성은 정제되어야 하는 것은, 인간에게 뇌를 장착케 한 자연의 뜻을 헤아리는 것이나 다름없다. 그래서 내가 부모로부터 태어난 것처럼, 내가 너희들의 첫마디라는 것에 다름 아니고, 대의적인, 이 세상에 땅에 떨어진 모든 것은, 모두 형제라는 명구에 공감하고, 그 뜻을 따르는 것이, 실천하는 것이, 내 삶의 소명이다. 보라, 자연은 우리들의 고향이고, 그 품에 함께하고 있다는 것에, 감사를 드리자. 내 부모의 부모이고, 나와 너희들의 부모이다, 이 세상 모든 것의 부모이다. 이 참에, 너희들에게 내 사후를 대비해서, 한마디 해 두겠다. 나는 내 자의식이 있을 때까지만 살겠다. 인위적인 생명연장은 단호히 거절하마. 다소의 시간을 연장하기 위하여 수술하거나, 특별한 치료의 혜택은 거절한다. 사후 육신은 너희들의 몫이다. 화장이건 매장이건, 그것은 후자들의 권리이다. 상속물은 이미 충분하다고 생각한다. 너 자신을 비롯하여, 이 세상, 이 우주가 부족할 리가 있겠냐 싶다. 거기다가 하나 더 보태서, 이 글까지는 차고, 넘친다고 생각하여라.

합이 생이라면, 분은 죽음이다. 나누어지고 부서지고 깨지는 것은, 사라지는 것이고, 모여지는 것이 아니다. 영원한 것은 아니지만, 궁극적으로 삶의 의미에서는, 부정적인 결과를 가져온다는 것은 상식이고, 지구가 존재하는 한은, 불변의 법칙이다. 분열은 엄청난 힘을 필요로 하는, 특성을 지니고도 있다. 그 분열의 결과로 무엇이 얻어질지라도, 그것은 곧 사라질 운명을 안고 있으므로, 필연에 속한다 해도, 과언이 아니다. 무기물의 세계도, 유기물의 세계도, 동일하다. 생의 역행이기 때문이다. 그래서 죽으려면 몰라도, 삶을 잇고, 이루고 쌓고 남기려거든, 함부로 결정할 일이 아니다. 간단히 생각할 일이 아님을, 다시 한번 더 강조해 두겠다.

인간의 마음이란 물건은, 사람의 것이 아니다. 본시 자연물이다. 인간에게 장착되면서, 작동되는, 동의 원동력으로, 형이상학 영역과, 하학의 영역을, 두루 관장하는 기능을 가졌다. 이 한 물건이 우주요, 자연의 전부요, 핵심이다. 물의 세계와, 그 너머까지의 근원이라는 데는, 의심의 여지가 없다. 모든 것이 여기에서 비롯되고, 여기에서 마침을 이룬다. 엉뚱한 이야기 같지만, 대비를 위해, 효를 대비하여 보겠다. 효는 인간의 근본이라고 했다. 공자께서, 그 효가 부모에게, 자식으로서의 예와 성을 다하라는, 가르침을 모르는 사람 없을 것이나, 지극한 예와 성이 무엇일까, 하는 것을 생각하는, 사람은 많지 않을 것 같은데, 그 또한, 마음이란 것을, 이해한다면, 더 붙일 말은 없다. 그 마음을 어떻게 가꾸는가가, 네 인생을 결정짓는다는 것을, 알 테니 말이다.

언어로, 아무리 물을 많이 마셔도, 갈증에 도움이 되지 않으며, 운동을 힘들게 한다고, 건강에 도움이 될 리 없다. 밥을 배가 터지 도록 먹어도, 배고픔을 가시게 할 수는 없다. 그런데도, 사람들은 남이 하는 말에, 배불러 하고, 건강하다고 생각하는지, 알 길이 없 다. 글과 말이 다듬어지고 훈련되면, 사람을 현혹케 하는 매체가 된다. 실사구시란 말을 명심하여야 한다. 무엇이 진실이고, 사실인 지는, 말과 글로써 증명하는 일은 없도록 해야 한다. 말은 적을수 록 금이다. 언행이 일치하지 않는다면, 말에 무슨 의미가 맺혀 있 겠느냐.

북한 공산국가에서는, 2500만의 인민들이 노동하여 얻은 소득 을, 다 모아서 한 사람의, 욕심을 채우고 난 다음은, 굶주리든, 고 통을 받든 말든, 배급도 끊고 자력갱생을 표방하면서, 인민의 삶 은 나 몰라라 하고, 자신의 안위에만 몰두하여, 인민들을 향해 헛 된 구호만 외쳐대도록 한다. 그래도 인민들은, 자기 배고픔을 누르 고 원망하지 않고, 허리도 펴지 말고, 열심히 하라고 일만 독촉하 는 지도자를 위해 일하는 것을, 보람되게 생각한다. 또한 그들은, 민족의 태양이요, 계례의 빛인, 영도자라고 칭송하기를, 잠도 자 지 않고 한다. 어버이 수령께서, 이러이러 격려하시었습니다. 거 짓투성이요, 악의 화신인, 독재의 신이 된, 악마의 입 같은, 지도자 를, 그들은 속없이 열심히 숭배한다. 심지어, 우리들은 큰 것 하나 가지고 있으니, 든든하다고 한다. 핵무기를 소유하고 있음을 가리 켜 하는 말이다. 한편 남한의 민주주의는 어떠한가, 자유민주주의 가 헌법에 의하여, 대의 민주주의로, 의회가 국가 권력을, 국민으로부터 위임받아, 민의의 과반의 다수결의 원칙을 준수하는 법치 국가라고 한다. 한데 국회라는 권력의 핵심에는, 집단의 힘을 이용한 각 의원들의 통제 수단이 된 공천권을 가지고, 의원들의 코를 꿰고, 목줄을 채워서, 우두머리들의 노리개가 되어서, 대의의 명분을 잃고 현실적인 실리에 파묻히어, 제 멋대로 법을 주물러서, 세금 높이고, 백여 명목의, 과징금 벌과금 추징금 따위로, 먹을 것을 키워서, 공동 찬치를 일삼으면서도, 그때마다 잊지 않고, 덧붙이는 말은, 국민을 위해서라고 한다. 선출직이든 임명직이든, 공무원은 국민의 봉사자라는, 헌법이 명구가 해어져 바랜 지 오래고, 사문화되어 버린 헌법은, 법 꾸라지들의 장난감이 되어서, 그들의 탐욕의 촉매제가 되어, 국민들의 목을 죄는 올가미로 변한 지, 어제 오늘이 아니다. 북한이나 남한이나, 현대 사회의 병폐는, 우두머리들과 그들을 둘러싸고 있는 보호막인, 울타리들의 전횡이 한입의 파이로, 입막음이 되어지는 것은, 남북이 모두 권력의 원천이, 까맣게 어둡기 때문이고, 어리석음의 극치가 아닐 수 없다. 속에 형광등이 빠진, 빈 간판들이, 외톨이 하이에나처럼 여기저기 기웃거리는 것은, 배고프지 않은 젊음을 욕되게 하는, 인성 상실의 다름 아니다. 깨어나야 한다. 그리고 맑히고 밝혀야 한다. 내 몸을 갉아 먹는 이들은, 뜨거운 물에 삶아야 한다. 공산주의의 이론상의 체제의 계획경제가, 자유 민주주의 시장경제체제보다 못한 것도 좋을 것도 없다. 장단의 길이는 사람에 의한, 특히 운영자들의 영양의 비축된, 축적의 정도에 따라, 남북의 같은 오류를 보듯, 의지의 무서운 정립이 국민 모두에게 척추가 되어야만, 국민이 원천이고, 그 원천의 산물들을, 사수할 능력을 스스로 갖추는 것이, 급선무이다.

백년 미만의 시간을 가지고 태어나서, 천년 걱정을 하며 살기보다는, 하루살이보다 짧은 생일지라도, 한순간의 진정한 희열의 밝음만으로도, 충분한 생이라 할 수 있다. 인간이 단순한 생이, 목표가 아닌 바에는, 건강한 몸 외에는, 더 바랄 것이 없어야 함이 옳다. 그것조차도 자신의 것은 아니니까.

너희들은 대충 알겠지만, 나는 살이 강한 사람이다. 아마도 옛부터, 사냥의 디엔에이가 장착된 것 같다. 나는 지키는 자는 쑤셔서 죽이고, 대드는 자는 멈추게 해서, 죽일 수 있다. 상대의 어떠한 장소와, 때와 상태인지에 따라, 적절한 대책이 항상 떠오른다. 그래서 내가 전쟁의 매니아 되어, 손자병법에서, 2차 대전사의, 전략과 전술적 기술에 심취해서, 지금도 그것을 즐기는 것을 보면, 내 자신을 충분히 안다고 해도, 흉은 아니라고 생각한다. 왜 이런 이야기를 하느냐 하면, 인간은 선과 악의 중앙에 있다는 것을 말하고 싶기 때문이다. 주제가 악이니까 악을 사용할 때는, 생과 사의 임박한 위험이 닥칠 때 말고는, 사용할 일이 아님을 잘 알 것이다. 최소한 칼을 쓸 때는, 90% 이상의 지지를 기반으로 하지 않으면, 쓸 수 없는 것임을 알아야 한다. 생사를 관장하는 대지는 공평하기 그지없음을 되새겨야 한다. 공멸을 막기 위하여 선택하는 부득이한 경우에도, 사람을 해하지 않고도 할 수 있는 방법은 많다. 전쟁 시 군인들처럼 아무렇게나 총질하는 것은, 약하거나 악하거나 한 사람들의, 무지함의 극치일 뿐이다. 손쉽게 수백만을 죽여서, 수천만을 구한다고 치더라도, 그 방법은 하책에 불과하다. 하물며 전쟁이겠느냐. 적의 생명을 훼손하는 일은, 군인의 본분일지라도, 방아쇠를 당기는 손가락만으로는, 어림없는 일이다. 명분으로 덧칠할 일이 아닌 것이다. 남의 시간을 탈취하는 행동이 정당화될 수 있는 것이 있다면, 그것은 오직 하나뿐인, 만인의 적이 된 악의 축적에 있을 것이다.

　집단의 속성이, 지휘자들의 인격에 따라, 초심을 이탈해 본연의 뜻을 벗어나고, 그것을 이용하여, 자신의 사복을 채우고자 하는, 부류들이 있기에, 수십 년을 공부해서 얻은, 간판으로 정당화하고 바른 길을 가지 못하고, 변호사가 파렴치한 범법자를 두둔하고, 부장 판사의 전력을 지닌, 사람이 정치권에 입문하고, 민주 투사가 국민 주권 박탈에 앞장서고, 그러고서도 뻔뻔한 것은, 권력자가 자신의 범법행위는, 정당하고 옳다고 벅벅 우기는 것이, 용인되기 때문이다. 모두가 탐욕에 미쳐 날뛰는, 쥐약 먹은 개 모양, 그냥 우당탕거리기만 할 뿐인데, 그것은 오직 권력과 물질에 염색된, 정신적 장애 때문이라 본다. 집단의 특성은 개인의 의한 것이지만, 그 흡인력에는, 개인의 존재가 인정되지 않는, 기형으로 변질되었을 때가, 블랙홀이 되는 것이다. 나치의 청년 근위대의 젊은이들이, 유태인 600만의 학살의 시발점이 아니라고, 히틀러에게 권력을 안겨준 동력이 아니라고 말할 수 있겠는가. 중국의 청년 운동이, 모두 정치적으로 악용된 사례는 많다. 그만큼 젊다는 것은 장점이기도 하지만, 충동에 약한 일천한 경험들로, 그것을 이용하여 자신의 욕구를 채우고자 하는 무리들의 이용물이 되는, 그자들이 호시탐탐 노리고 있는, 부류들이 너무 많은 것이다. 지금은 탈을 바꿔서, 복지로 공돈을 주면서, 권력을 탈취하려고, 너도 나도 아우성이다.

집단의 특성상 초심이 유지되기도 어렵지만, 집단의 횡포에도, 자주 일반민들이 잘 속아 넘어가는 것은, 개인의 권리 보장이 미약하기 때문이다. 국민의 주권은, 일회용, 도장 한 번으로 끝내는, 이런 어처구니없는 법은, 악의 원흉이랄 수 있겠다. 현대처럼 아이티 시대의 오점이 아닐 수 없고, 지속성이 결여된, 일회용 주권자로 전락시킨 악법이다. 군대에 가 보았겠지만, 군대 생활이, 애국심과 충성심 자율성이 길러지는 곳이 아니라, 집단의 왜곡되어 변질되면, 개인의 권리가, 국민의 의무로 포장된, 상관들의 노예화가 되다시피 해서, 애국심을 다 훼손시켜서, 애국심만 잃고 마는 것과 같다. 일반 개인들에게는, 집단적인, 정부기관이든, 일반집단이든, 모두가 개인의 것을, 도적질하기 위한 수단으로 사용되는 것을 알기 바란다. 노동집단이라고, 노동자 개인에게, 이익만을 줄 것 같지만, 그것이 어느 누군가의 것일, 노략질 당한 것은 아닐지, 중소기업에 종사하는 저임금 근로자, 비정규직 근로자들, 일자리가 없어서 놀고 있는, 사람들의 몫은 아닐지 생각해 보아야지, 개인과 전체가 조화를 이루는 것을, 전통화했을 때, 그럴 날이 오기를, 나도 기원해 보마, 비록 내가 만나 볼 수나 있을지는 몰라도.

모법인 헌법을 위반한 자는, 그 누구이든 형사 처벌해야 한다.

공무집행자의 자격은, 보증제도로 보완해야 한다. 보증제도는 명예와 실물로 배상되도록 해야 할 것이다.

자유민주주의는 법으로서는, 성장하지 않는다. 오직 자율로서만이, 효율을 극대화할 수 있다.

자유는 도덕률의 척도로, 가늠되는 자연물이다.

국방과, 교육과, 생산과 시장경제의 정책은, 20년 시한의, 불변의 고정정책으로, 유지되어야 한다.

개인의 권리와, 국가의 권리는, 강약의 차이와, 공공이익의 차이는, 다수결의 원칙에 의한다.

일생일대의 동물의 실수는, 밥을 주는 주인을 문 것이다. 사회성을 따진다면 그렇지만, 실제는, 주인은, 밥을 주는 주인이 따로 있는 것이 아니라, 자기 자신이 주인이라는 면에서, 자신을 물어뜯어서, 산산조각을 낸 자신은 망신의 구렁에 떨어지고, 그가 속한 집단은, 덤으로 죄 없이 똥물 뒤집어쓰고 국민 관심에서 멀어지니, 그 단견의 절대의 정의가, 그의 개인의 옳은 주장이, 과연 국민들을 위한 것이었을까. 그러나 그 실체를 알고 보면, 이 한 예로서, 동물이 사람으로 승화될 수 있다는, 가능성에 희망이 된다는 것을 알게 될 것이라는 점이다.

배우고 경험해서, 아는 것이 조금 있다고, 나서지 마라. 여기 저기 기웃거리는 짓도 하지 마라. 어느 사람이라고 삶을 온통 잠으로만 채운 사람은 없다. 설사 그런 사람이 있다고 치면, 잠에 관한 한 너희보다 더 알 것이다. 방향과 장소와 환경이 다르다고 무시할 일이 아니듯, 그렇다고, 그것에 무조건적인 호감도 바람직한 것은 아니다. 미국에 가면, 어린아이도 영어를 하게 마련이고, 아프리카에 가면, 우리보다 키가 크다. 키 크고 잘생긴 것 좋아하는 것과, 외국어를 잘하는 똑똑한 사람을 더 선호하는 것이, 그것을 무시하고 미워하는 사람들에 비해, 모자라거나 넘치지 않는다. 정상적인 사고에 비롯한, 이성의 마비가 아니라면, 평등한 것이고 당연하고 고른 것이다. 이것이 자연의 엄격한 분배이고, 평등한 배려이다. 남보다 낫다고 생각하거나, 더 얻겠다고 하는 생각을 버리고, 함께하겠다는 생각을 해야 한다. 어떤 일에 관해, 너보다 더 나은 사람이 있다면, 그 자리를 양보하고 함께 이룬다면, 네 수고를 조금이라도 덜 뿐만 아니라, 모두에게 그 이익이 돌아갈 것이니 기쁘지 않겠는가. 인생에 있어 이런 자세를 가져야 한다. 중요한 것은, 얼마나 더 아름다운, 즐거움을 누리고 살다 가는가이지, 얼마나 더 소유하다, 가는가는 아니다.

세금을 국민의 신성한 의무라고들 한다. 그건 틀린 말이다. 국세다 지방세다 거둬들인, 세금을 사용하는 자들만이, 새겨야 할 덕목인 것이다.

공무원 천국이 된 나라의 젊은이들이, 도적이 되고자, 열공하고 있는 모습에서, 나라의 미래를 확실하고 선명하게 드러내 주는 물증과 같은 것이다.

요즘 정치인들은, 칼로는 자신들의 범법행위에 대하여, 수사하는 검찰을 적으로 하여, 서슴없이 베고, 복지라는 엿물로는 그물을 만들어, 금력과 권력을 쓸어 담는, 강도질을 하는, 삼류 무협지의 한 장면들을 공공연히 연출한다.

버리지 못하고, 이기죽거리는, 똥과 오줌이, 살 안 되지, 더러운 것을 모르니, 더욱 안타까운 일이고, 사람 같지도 않으면서, 확실한 동물도 아니고, 동물이라면, 생을 돕는, 먹거리로라도 쓰겠지만, 정말 쓸 곳이 없으니, 많이들 드시오, 높은 양반들.

자방자치제의, 가장 중요한 의의는, 해당 지방에 맞는 정책으로, 행정의 효과를 높임에 있다. 그런데 과연 그러한가, 거리 면적의 효율성, 이질적이고 친숙치 않고 절실하지 않은, 임명 공무원들의 비협조적이고 비효율을 타파하자고, 풀뿌리 민주주의 내걸고 만든, 그 취지가 얼마나 주민들에게 보탬이 되는지, 먼 국회 이사당보다 먼, 깜깜이 도, 시, 구의회, 저들끼리 주고받고, 너 좋고 나좋고이고, 그것이 중앙당의 부조리와 권력 방어의, 외부 울타리 역을 하니까, 조직적으로 잡탕을 치고 있는, 시장 모리배 집단에 다름 아니다. 작은 정부 내실 있는 정책, 그런 것들은 다 내다 버린 지 오래 된 듯하다. 인력 소비이고, 재원 낭비이고, 부정의 온상인, 이 제도는 사라져야 할, 행정의 사치품에 속한다고 생각한다.

상도동 큰아버지, 너희들이 알고 있을 테지만, 너희들은 그냥 백만장자로, 큰 부자였다고 생각하겠지. 나는 그분을 너무도 존경하여 왔다. 일제로부터 1945년에 해방이 되고, 일본 오사카에서 고

무공장을 운영하던 백부께서는, 한국의 경제사정이 어려워서, 끼니를 굶는 사람들이 너무 많아서, 그것을 떨쳐 버리지 못하고, 기계 500톤을 배에 싣고, 한국으로 돌아오셨다. 영등포에 조일공업주식회사를 설립하고, 1000명의 종업원을 고용하여, 공장을 운영하였다. 공장이란, 가까운 곳으로 옮기는 것도, 엄청난 비용과 시간과 노력이 필요한 것인데, 그런 결심을 한, 대인다운 큰, 그 뜻은, 감히 내가 상상할 뿐이다. 62년도에 내가 묵호에서, 서울로 와서 뵌, 백부께서는, 종업원들에게 훈시할 때마다, 빠뜨리지 않은 말씀이, 내가 일본에서 그냥 살았으면, 이렇게 고생하지 않을 것이다, 기존의 거래처가 확보되어 있고, 수요가 충분하여 생산을 중단할 이유가 없다고 하시면서, 봉급을 제때에 지불하지 못하는, 종업원들에게 현실적인 어려움을 호소하시며, 그들에게 이해를 구하던, 모습이 지금도 선하다. 국민이라면, 다 아는 정치인들을 거론하며, 그들은 입을 가지고 와서, 대접을 받고, 자신은 기계를 가지고, 돌아와서, 이 고생을 해도, 천덕꾸러기라고 했다. 고무신조차 사서, 신을 형편이 안 되는, 일반인들의 생활상은, 참으로 참혹한 시절이었다. 그 시대에, 일 세대의 기업인들의 공통점은 거의가 같았다. 어떻게 해서든, 굶주림을 해결해 주고 싶었던 것이다. 나는 그래서, 일 세대의 기업인들을 특히 존경한다. 돈이란 무엇이냐, 이 이상의 가치가 있을 수 있다고 생각하는 가이다. 이것은 굶주림의 쓰라림을 체험하지 않고는, 깨달을 수 없는, 행동에 옮길 수 없는, 실천할 수 없는, 의지의 영역이기도 하다. 실천의지는 배울 수 있는 것이 아니란 것을, 다시 한번 강조해 두고 싶고, 돈에 대한 지상 최대의 가치 기준이, 이것이라고 말하고 싶었다. 너희들도 이러한 숭고한, 이타행을 실천한 분이, 가문에 계셨다는 것을, 자랑스럽게 생각하고, 잊지 말아야 한다. 존경이란, 지위나 금력으로 얻어지는 것은 아니다.

포은 할아버지의 붉은 단심은, 우리 가계의 횃불처럼, 우리들의 길을 밝혀 준다는 것에, 부정하는 사람은 없을 것이다. 나에게 29대 선조가 되시는, 이분의 명예를 나는 지킬 것을, 그 선명한 선혈처럼, 지금도 신선한 그 충정을, 영화로운 삶과, 가족들까지 담보된, 불의와의 타협을 거부하고, 목숨을 헌신짝처럼 버린, 정의를, 내 삶과 함께할 것을, 내 전부를, 담보 보증하면서 살려고 노력해 왔다. 헌데 너희들에겐 너무 진부하고 봉건시대적인 것으로 비치겠지만, 인간은 아무리 시대가 바뀌어도 밥을 먹어야 사는 것은 변하지 않음과 같다.

6·25 당시, 인민군들이 남한에 쳐들어와서 한 말이, 자신들은 남조선 동포들을, 미제 압제에서 해방시키기 위하여, 내려왔다고 했었다. 자신들이 해방군이라고, 그때 1950년경에는 미군이, 친북 공산주의 노동당, 일명 남로당이 주축이 된, 신탁통치 반대 군중궐기와, 전쟁준비를 마친, 김일성과 짜고, 남로당 당수 박헌영이, 북한에는 외국군이 없다는, 명분을 앞세워, 미군 철수를 주장해서, 실제 전쟁발생 2년 전에, 미군이 철수한 이후였는데, 남로당 박헌영이 주도한 공로라고 해야 할 것이다. 미국 대통령 트루먼과 국무장관이던 애치슨은, 한국에 대하여 이념적 방위범주에서, 가이드라인에서 제외여부를 결정하지 못했었던 것 같았다. 그러는 중에

전쟁을 도발한, 공산화의 탐욕이 피아간에 500만이라는 생명을 앗아갔다. 너 나 할 것 없이, 공평하게 잘 살아 보자는 구호에, 국민 대다수, 특히 설익은 지식인들이 앞장서서, 친북 선전을 했었다. 그래서 70%의 국민들이 호응하였다고 한다. 지금 북한이 그러한가. 어리석음의 극치가, 엊그제 같은데, 아직도 친북하지 못해 아우성이라니, 이영희라는 대학 교수가, 친북 교육의 선봉이라고 들었다. 공산주의 성향을, 교육을 빌미로 어린 백지처럼 빈 우리 젊은이들을, 교묘하게 진실을 가리려고, 포장하고 덧칠하고, 미국이 우리에게서, 가져갈 것이 많아서 참전하고 원조를 한 것이라고 뒤집어씌우고, 그 의식의 전염성은, 교육을 통해서 전국에 퍼져서, 인민군은 내려올 때 꽃 한 송이도 꺾지 않았다고 선전하고, 고등학생 제자들을 데리고, 지리산 빨치산 전지 답사를 한다고, 하는 현실이, 이성의 마비상태가 아니고 뭣이겠는가. 하긴 현직 대통령이란 사람이, 아직도 그들에게 속지 못해, 안달을 하고 있는 작태를 보면, 정신적 결함여부가 의심스러운 것이다. 사상을 미워하거나 비토하고 싶은 생각은 하지 마라. 지금의 공산 국가인 중국을 보아라. 계획경제에서 시장경제로 돌아섬으로 해서, 세계 2위의 경제 대국을 이뤘다. 북한은 어떠하냐. 독재적 지도자는 지나치게 신격화로 인한, 절대자로 말을 바꿀 수가 없는, 딜레마에 빠져 있다. 하고 싶어도, 오도 가도 못하는, 죽는 길밖에 없는데, 할 수 있는 일이 없는데, 거기다 대고, 철부지처럼, 서로 돕자고, 통일하자고, 떼를 쓰고 있는 사람이 더욱 안쓰럽다. 이 같은 진부한 이야기를 하는 이유는, 남에게 속는 것은 미천한 사람이란 것을 강조해 두고자 함이다. 반드시 확인되어야 할 일은 남들의 말이다. 그래서 자유국가의 언론의 자유가 도덕성을 전제로 굳건하지 않으면, 권력의 감시 역할이 아니라, 권력에 동조하고 대가로, 국민을 팔아서 생존을 도모하는, 취약하기 이를 데 없는, 조직임을 새겨야 할 것이다.

광주사태에 대한 소고

광주사태는 전두환 전 대통령의 반역행위, 국가 권력 찬탈로부터 시작된, 젊은이들의 과격한 민주투쟁이, 폭력적이고, 파괴적인, 파출소에 불을 지르고, 총기를 휴대하고, 자동차들을 탈취하여, 도시를 마비시킨 지나친 폭동 행위를 막고자, 공수 특전단을 투입함으로 해서, 소 전쟁을 방불케 하는 민간인 학살에 이른 듯하다. 극열한 사격 대응한, 160여 명을 사살한 발표를 보고, 안도한 내가 생각건대, 부마사태에서도 억울한 희생자가 박종철이라는 대학생의 살해 사건이 발생했었다. 공권력을 악용한 살인이다. 이로 인하여, 결국 박정희 대통령도 살해되었었다. 억울한 국가 권력으로 인한 국민, 민간인 학살은, 진실하게 명확히 규명되어야 한다. 공수부대 지휘부 및 부대 지휘계통을 전부 조사해서, 어떻게 민간인 살해행위가 일어났는지, 확인되지 않는다면, 실제 민간인을 사살한 직접인, 당시의 군인일 테지만, 그 행위의 정당성이나 부당성을 분석하여, 처벌되어야 하는 것은, 나라가 존재하는 한, 국가 존재의 그 이유가 될 것이다. 대통령이 난동을 일으키는, 무정부 사태를 보고, 또한, 총기류까지 소지하고 있는, 그들에게 진압하라는 명령은, 당연하다고 본다. 그러나 누구누구를 죽이라고, 지목하여, 사살하라고 할 수도 하지도 않았을 것이다. 그다음이 공수부대 지휘관들의 명령 내용이다. 그리고 총기를 발사한 병사 개인의 범죄

행위에 대한, 형사적 책임이다. 공식적인 서면 명령일지라도, 해야 할 것과 못할 일을 구분하지 못한다면, 당연히 처벌받아야 한다고 생각한다. 이렇게 사건에 대한, 분석과 그 대책은 없고, 많은 대책위원회가 설립되어 왔지만 시원한 해결, 매듭이 없이 여기저기에서 민주투사들만 숫자가 늘어나고 있다. 억울하게 목숨을 잃은 사람이든, 사태 진압요원으로 민간인을 살해한, 그들도 국민이다. 명명백백하게 이게 밝혀지지 않는다면, 이러한 만행이 앞으로도 계속될 것이기 때문에, 반드시 밝혀 매듭이 확실하게 지어져야 하는, 이유가 재발방지에 있다고 본다. 근본 원인 상황분석 피해 내용 등을 조사 분석에 따른 처벌을 사법처리해야 할 행정집단의 수장이, 두고두고 정적의 실정으로 포장을 해서, 그 득을 얻고자 하는 정치적 술수로, 나라를 동서로 나누고 있다. 그리고는 자신은 국가의 통합을 이루겠다고 당명도 통합당이라고 한다.

말 한마디가 얼마나 무서운가를 알아야 한다. 개미가 제방을 무너뜨리는 원흉이 된다는 사실은 고사에도 있는 말이다. 한 방울씩 떨어지는, 빗방울이 돌을 뚫는다는 것과 같고, 나비 효과라는 말도, 그것을 말한다고 생각한다. 정의를 불의라고, 의심스럽다고, 불법을 그런 식으로 얼버무리면, 5,000분의 일의, 상처를 낸 꼴이 된다. 대통령이, 두 동강이 난, 천안함을 두고 한 말이다. 김일성을 1950년대엔 남한보다 더 잘살게 했다고, 하는 말을 하는 사람은, 내 아버지를 전쟁으로, 죽게 한, 살해원수의 3000만 분의 일인 것이다. 개인 간이나, 국가의 대한 말 한마디가, 이처럼 무서운 결과를 초래한다는 것을, 의복처럼 항상 착용하고 살아야 한다.

위와 같은 세평을 하는 것은, 세상에 떠도는 남의 말에 휘둘리지 말고, 핵심을 읽어야하겠다는 바람에서, 예로써 들었다. 실제 상황이라고 연출하는 티브이의 사건에 대한 재연도, 시청률을 높여, 광고 수입을 올리려고 사실을 왜곡하여, 연출해서 말썽을 일으킨 것이 한두 번이냐. 광우병 소동 같은 것은, 참으로 정상적인 사람으로서는, 낯 뜨거운 짓이 아닐 수 없는 조작질이었다. 그런데도 그들은 멀쩡한 세상이다. 그러나 그 이름은 이미 오염되어, 짧지 않은 고통을 감내하게 될 것이다.

자유인

10.

나와 사회의 관계를 바르게 인식하라

10. 나와 사회의 관계를 바르게 인식하라

사람이 밥을 먹어야 사니까, 일을 해야 하는 것은 당연하고, 어찌 보면 그것은, 자연을 상대하여 절대 권리이기도 하다. 하나 인간 사회에서는 집단화로 인하여, 직업이 인위적으로 경쟁적 구조가 되어, 각 개인의 능력 면에서, 경쟁력을 키워야 함은 어쩔 수 없다고 하더라도, 남을 괴롭히는 일로, 밥을 먹어야 한다면, 사람으로서의 존엄성을 상실하게 되지 않겠느냐. 이 나라에서는 최소한 공무원이라는, 직업만은 사양하는 것이 옳다고 본다. 아니면 최소한 국민의 노예가 되겠다는, 봉사정신으로 무장해야 할 것이다.

부도덕한 집단이 된 공무원 사회가, 가장 애국심을 강조하는 이유는, 자신들의 치부를 가리는, 이불로 쓰는 말에 지나지 않기 때문이다. 세금이라는 돼지 바비큐를 사이에 두고, 서로 망하라고, 발목잡기, 덤터기 씌우기, 힘 긁어 부스럼 만들어 침소봉대하기, 제 잘못 발뺌하기에, 엎어 씌우기, 잡아떼기, 싸우다가 보면, 나라 쳐다볼 틈만큼도 없이, 국민들이 눈감은 줄 아는지, 안중에도 없다. 그런데도 선거철만 되면, 애국자들이 우후죽순처럼 쏟아져 나오고, 저마다 배꼽 절을 하면서, 뭐라고 하던가, 100가지의 공약을 들고, 국가를 위해, 분골쇄신하겠다고 하지 않데? 국민들의 눈에 믿음을 만들기 위해, 리허설을 각기 열심히들 연구하고, 자신들의 의도대로 비치기를 연출하는, 연기력이 연예인들의 뺨을 칠 정도이다.

　사람들이 법만 어기지 않으면, 무슨 일이든 다 한다. 돈이 된다면, 말은 거짓으로 오염되고, 언어의 의미는 전도되어, 안 했다면 한 것이고, 했다면 안 한 것으로 해석되고, 잘못은 상대가 하는 것이고, 저들 죄는, 법이 악법이라고 하고, 이러한 모두가, 사회를 이끄는 지도자들의 오탁에서 비롯된 것이지만, 대다수의 국민들마저, 저속한 이런 의식에 노출되어, 거짓을 진실로 둔갑시켜, 빨갱이가 색깔론으로 역습되더니, 급기야 오늘날에는, 민주투사가 되어 버렸다. 품격을 도덕률로 높이는 세상은 아닐지라도, 일반적인 도의적인 자율이 지켜지지는 못할망정, 법은 준수하고 질서를 유지함이, 모두를 위한 가치임을 자각해야지, 돈이 된다면, 형법상의 구성요건에 조금만 틈이 있으면, 범법행위를 서슴없이 실천한다. 특히 배운 자들이 앞장서서 본보기를 보이고, 뒤따르는 사람들이 질세라 달린다. 증거위주의 형사재판이, 그들의 말처럼 억울한 사람 하나를 위해서라고 하지만, 심증만으로도 충분한 정황증거의 뒷받침이 된다면, 억울한 한 사람 때문에, 사회가 사기꾼 양성소가 되는 것을 방지하여, 대다수의 국민들의 민생을 살려야 함이, 법치국가의 법의 존립 취지에 합당하다고 생각한다. 그러므로 너희들은 돈의 가치, 이상을 매기지 않도록 해야 할 것이다.

　정치인들이, 사람이 우선이라고 하는 말은, 당연한 말인데, 물질에 비해 사람이 우선이라는 데, 이의를 제기할 사람은 없다. 그런데 그 말의 저의는 다르다. 공산주의 이론에 부합하는, 민주주의의 배격의 의미를 담고 있다는 점은 분명하다. 노동자들이 우선이라는, 그것도 특수 노동자들을 지목한 말인 듯싶다. 그들에게는 사업주, 즉 경영인들 수보다 노동자들의 수가 많기 때문이다. 극렬 노동자들이, 그들의 목표이기 때문에, 그들의 지지기반이기 때문이다. 경영인이 없는 노동자들, 상상만 해도 아찔한 현기증이 날 일이다. 빨갱이란 공산주의 이론에 부합하는 주장, 또는 그 행위를 하는 사람들에게, 합당한 표현이다. 동족을 전쟁으로 살상하고, 참혹한 시련과 고통을 안긴 자들에 대한 정당한, 비하 언어임을 인정한다. 가면은 벗어라. 최소한 그것이 주권자인 국민에 대한 극소한의 예의이다. 당당히 공산주의자라고 말해라. 공산주의가 어때서, 사상의 자유와 언론의 자유가 있으니, 죄 될 일은 아니다. 하지만 대통령 되기는 어려울지도 모른다. 진보라는 옷을 벗으면, 속살이 빨갛다는 것을 보여라. 자유 민주주의만이, 주권이 국민에게 있으니, 국민들이 그것을 포기하고, 공산주의 국가로 가자고 할지도 모르는 일이다. 그게 그렇게 좋은지 해 보지 않았으니 모르겠지만, 조금만 생각해 보면, 일은 많고 대책은 어렵고, 한시도 마음 눕힐 자리가 아닌데, 하고 나면, 모두가 자기 밥을 먹은 이들 외는, 잘못한 것만 탓하는, 남는 게 없는 장사임에 틀림없건마는, 능력도 경험도 없으면서 배를 몰겠다고, 그리 아우성인가, 그 이름이 청사에 빛날 거라고 기대하는가. 이름이라 해 봐야 먹물이고 죽으면, 청산일 배, 토라는 말을 못 배웠나, 못 들었나? 딱하기 짝이 없다. 소동파가 그러더라, 인생도처 지하사 응사비홍 답설이 설상우연 유지조 번화과안 춘풍헐 홍비나복 계동서라, 화려한 번성도 봄바람 쉼과 같고, 남긴 자취는 눈 위에 발자국처럼 사라질 것이다. 머리가 모자라도 한참 부족한 줄을 알아야지, 세상의 사람들이 훌륭하다고 찍는 것 아닌 줄 모르니, 그 점이 더욱 자신을 속이고 사는 것이거나, 모르고 살거나인데, 헛꺼비 인생을 사는 것, 치고는 상당한 수준급이라 아니할 수가 없다.

엄밀히 말해서, 대한민국 국민들은, 국회의원 잘 돼서 기소하면 죄인이고, 기소하지 않으면 미결수이다. 그 원근은 사회 지도층들이나, 이를 방조한 우리 모두가 범법자들이다.

현실의 정치인들은 대다수가, 협잡꾼이거나, 그 동조자들이다. 그것도 제 앞가림도, 어려운 영아 연령수준의, 제 똥오줌 못 가리고, 싸고는 아무것이나 가지고 덮기에 급급한 장관이라니, 대한민국의 법무장관이 그런 꼴이다. 세계적인 나라망신인데, 낯짝 두껍기로는 경제수준에 따른, 국위급이니 다행스럽다고 해야 하나?

인생은 자기로부터 시작된다. 그리고 세상은 자신으로 끝난다. 인생은 자신 하나만으로 충분하다. 더 바랄 것이 없는 것도, 부족한 것도 없건만, 사람들은 늘 부족하다고 아우성이다. 채운다고 채워지지도 않는 것을 가지고, 부질없이, 분주하게 땀 흘려 고생하며, 늘 불평에 하소연에, 자신을 괴롭히는, 사이코에 가깝게 변질되어 사람 같지도 않다. 너희들은 사람답게 자연의 모습 그대로, 있는 그대로, 밋밋할지 몰라도, 평상심 유지, 그게 사람이란다. 비록 몸은 나에 의하지 않았지만, 남은 주어진 시간들은 너희들의 것이다. 평범한 자연의 모습에는, 인위적인 산물이, 아무리 편리하고 기이해도, 경탄을 안겨 주는 자연 본연의 모습에는, 까마득히 먼, 도저히 미치지 못하는 거리이다.

주관과 객관의 차이는, 5000만이 하나와 같고, 하나는 5000만과 같다. 숫자는 인구를 가리키는 것이다. 한 사람의 생명은, 5000만 명의 생명과 같다는 것은, 한 사람의 생명은 우주이고, 모든 것과 같기 때문이고, 또한 이것은 주관적인 것이고, 객관적인 시각으로 봤을 때는, 한 사람은 5000만 분의 일과 같다. 이것이 주관과의 차이인데, 모든 것은 나눠져도, 인간의 생명은 나눠질 수가 없으니, 객관과 주관의 차이가 그것에는 없는 것이나 같은 것이다. 모두는 하나와 같고, 하나는 모두와 같다, 그러므로 많은 것에, 매혹되지 말고, 적은 것에, 소홀히 말아야 한다.

인간의 인지 발달과 문명 번영은, 인간의 관심과 편리성을 돕고, 신비함을 느끼게 할 수는 있어도, 절대 만족시킬 수는 없다. 물질과 시공간은, 유기체의 재료는 될지언정, 결정체가 될 수 없기 때문이다. 그것은 순환의 고리 속에 갇혀 있기 때문이다.

진정한 용기는, 남에게서 배울 수 있는 것이 아니다. 죽음과 악수를 할 만큼 마주하지 않으면, 얻을 수 없는 체험의 산물이어야 한다. 균형을 잃은 용기는, 부작용 또한 적지 않기 때문에, 나가고 멈추는 것과, 과부족의 자유자재가, 필요한 위험물이기에, 그 사용, 또한 사람에 따라, 다른 격차를 낼 것이기에, 신중한 결단이 필요한 것이다.

변화를 읽어라. 사람들의 의식과 마음을 읽어라. 자연의 절을 기후처럼, 늘 몸으로 느끼도록 하여라. 사계와 절기를 몸에 익히면, 치자가 아니라도, 판의 절반은 알게 된다. 천지인 삼재가 변하고, 움직이는 방향을 관[觀]하여, 자신을 끼워 넣는다면, 그다음은, 하늘이 주는 것에 만족하여라. 그것 이상을 바라는 것은, 사람으로서는 할 일이 아니다. 그래서 운[運]의, 가장 큰 그릇은 사람의 마음이란다. 그리고 넓은 세상을 읽으려거든, 중천시대 연대기의, 하원갑자의 특성을 보면, 콕 찍을 필요가 없음을 알게 되고, 황극의 무한한 변화 속과, 현실 세계를 대비해 보면, 입증될 것이니, 매사가 이유 없는 일이 없음을 알 것이다. 정해진 운이라고들, 사람들은 말하는데, 나는 반대한다. 알고, 가깝고, 먼, 많고 적고의 차이가 있고, 적기와 늦고 빠름에 따르는, 득실의 고하 다소가 있고, 제일 큰, 마음의 수양에 따르는, 그릇의 크기에 따라, 그 차이가 크니, 새겨두기 바란다. 진인사 대천명이라 한다. 할 수 있는 모든 것에 최선을 다하고, 그다음은, 주는 대로 적자일지라도 감사히 받아라. 최소한 그런 마음가짐만 가져도, 현명하다 할 수 있다.

이 절 저 절, 가는 곳마다, 비바람 속을, 굳세게 지키는, 투박한 석등은, 소리 없이 외치는데, 이 골목 저 골목, 소음에 휩쓸려 멈춘 거리에는, 세속에 화려한 꽃등들은, 빛조차 없더라.

요즘의 사람들은 내가 이상한 상태인지, 그들이 비정상인지, 이해하려고 아무리 노력을 해도, 나 자신을 납득시킬 수 있는 자료가 없다. 사법부에 의한 판결로 유죄가 인정되서 구금된, 전직 대통령을, 무죄라고 주장하는 집단화된, 이들의 의식이 신기롭기까지 한 이유는, 합리성이나 객관성에 비춰, 전혀 당연하지 않을 뿐만 아니라, 판단력의 고장을 일으켰는지, 자기들의 주장에 대하여, 논리적 근거를 제시하지 않는다. 반면에 자신들의 견해에 반대하는, 의견에 대하여 무조건적인, 적대시가 그들의 대응방식이다. 이는 진보 진영의 조국수호라고 하는 집단도, 동일하다. 집단적인 뇌신경 마비나 정신병이거나, 뇌의 변연계에 신경세포에 중대한 결함이 아니고서야 이러한 행위를 할 이유가, 설명되지 않기 때문이다. 어쩌다 우리는 이런 지경에까지, 이르게 되었는지, 참으로 암담한, 미래의 예고가 아닐 수 없다. 정치인들이 즐겨 쓰는 수법이다. 자기 외에는 다 틀리고, 자기 생각만 옳다고 믿으니까, 이렇게 사리 분별이 마비되고, 합리성이 배척되고, 보편의 가치가 매도되어, 땅에 묻히는 사회가 무엇을 생산할지, 가 보지 않아도 선명하게 보이는 것은, 어두움의 특성처럼, 작은 빛에서도 확연한 모습을 노출하기 때문이다.

법이 사문화되어 있는 공산국가와, 소위 법치국가라고 하는 민주국가와의, 사회질서의 차이가 무엇인가 생각해 본다. 답은 각자의 몫이다.

종교의 자유는, 개인의 신념에 따른, 자결권에 속한다고 보아도 무방할 것이나, 신성불가침의 성역을 만들어, 종교 지도자들의 사기행각을, 조장 내지 묵인하는 행태는 막아야 할 일이다. 종교가 무엇인가, 종지와 종법 따위를 거론할 일은 아니다. 인간의 도덕성을 함양하여, 개인의 정신적 안정된 위안과, 사회의 질서유지에 보탬이 될, 이타의 종지를 모태로 하고 있음은, 모두가 아는 것이다. 이를 벗어나는 종교집단은 거의 없으나, 간혹 종교적 신념에 따른, 군 의무를 거부하는, 살인을 거부하겠다는 종파가 있다. 그렇다면, 그 신념이 존중되어야 한다면, 그것은 사회적인 혜택도 철회해야 마땅하다고 본다. 직장 도로 상수도 전기 이런 모두가, 현대사회의 공동 생활을 위한 공공의 산물이다. 비사회적인 인간이 현대시대에서 양심상 혜택만 누리고, 의무를 거부하겠다고 하면, 생존하기 어려울 것이다. 역사적으로 종교가 인류에게 끼친 영향은 지대하다. 하지만 그것은 본질에 대한 잘못된, 가상의 표적에 지나지 않는다. 우리는 이제 그 실체를 인식하는, 시대에 살고 있다. 하느님을 믿으면, 기도를 통해, 원하는 것을 얻을 수 있다고, 생각하는 사람이 있다면, 신앙인의 전사자 무덤이 있을 수 없다. 적이든 아군이든, 자신은 살아남게 해 주시고, 적은 죽기를 기도하였을 테니까, 자기 자식들은 모두 합격하고, 남은 모두 떨어지라고 하는, 입시철의 기도 행렬이 그것에 다름 아니다. 자기는 부자도 되게 하여 주고, 남들은 모두 가난해지라고 하는 것이, 기복신앙의 실체이다. 하느님이 존재하는가, 하늘 어디에도 존재할 리가 없다. 인간이 만들어 놓은 가설이기 때문에, 허공화에 지나지 않는다. 만약 신이 존재한다면, 지구상에 전쟁이 발발하지 않아야 하고, 가난하여 굶주리는 사람들이 있을 수 없고, 억울하고 악독한 독재자나 살인자가 존재할 수도 없을 것이다. 죄 없는 600만의 잔인하고, 참혹한, 학살 현장에는, 하느님이 바빠서 못 가 봤다고, 또는 모르고 있었을 리가 없는 것은, 하느님은 전지전능하시니까 말이다. 아들 딸 원하는 대로 점지해 주고, 건강하게 오래 살도록 해 주고, 하는 일마다 원만하게 되어, 성공하도록 해 주고, 자식들 모두 효자 되게 해 준다면, 생존을 위한 교육부는 필요 없고, 오래 살 테니 국방부도 필요 없다. 신앙인들은 모두 기도처에서, 기도만 하면 되지, 일할 필요도 없다. 이 세상이 그러하다면, 그것을 실체로서, 인정할 수 있을 거니까, 신의 존재에 대하여, 왈가왈부할 필요가 없을 것이다. 종교적 가설은, 팡세의 말과, 칸트의 주장과 같이, 믿으므로 편하고 위로가 되니까, 믿는다고 한 것과, 인간의 인식의 영역을 벗어나 있는 것이, 신의 존재라고 한 것들이, 신에 대한 인간의 판단이다. 그러나 이 두 사람의 말에 나는 동의하지 않는다. 아마 석가도 동의하지 않을 것이다. 신이란 동양에서는, 늘어나는 모든 것을 신이라고 한다. 볼 시 변에 늘어날 신 자가 신이라는 한자이다. 중동의, 특히 이스라엘 민족의 구전된, 민족적 탄생 신화에서부터, 시작된 것이라는 것은, 성경의 구약이 그것을 말하고 있음은, 우리가 익히 알고 있는 일이다. 그러므로 우리는, 신이 인간을 창제했다는, 가설에서 벗어나야 하고, 예수가 하느님의 독생자라는 말이 거짓이라는 것은, 성경을 통해서도, 하느님 자식이 아닌 인간은, 이 세상에 단 한 명도 없음을, 누누이 강조되어 있다는 것을, 알아야 할 것이다. 법주사 스님들이, 노름을 하다가 입건이 됐다는 신문 보도를 보고, 그간의 불교계의 많은 난동을 보면서, 신도들의 시주 돈에 목매다는, 주지들의 발령권에 반발 도전이, 어제 오늘의 일이 아님은, 많은 사람들이 알고 있는 사실이다. 천주교든 개신교든 불교계든 신흥종교든, 모두가 땀 흘리지 않고, 입으로 편히 살기 위한 돈벌이, 사기행각에 지나지 않으니, 선택에 신중해야 할 것이다. 이 세상에는 함정이 여기 저기 도사리고 있다. 너희들의 주머니를 노리고 말이다. 알게 모르게 당한, 사람들이 한둘이겠느냐, 그래서 우선 너희들은 새로운 눈을, 갖기를 원한다. 현재의 이 자연과, 사람들이 새롭게 보이는, 모든 욕망과 우월감과 이상에서 벗어난, 한 눈꺼풀이 벗겨진 마음의 순수한 눈을 갖기를, 그것을 체험하는, 자만이 신의 영역을 인식할 수 있다는 것을, 밝혀 두겠다. 그러므로, 종교집단의 헌금은, 실제 불로소득이다. 세금부과는 물론이려니와, 헌금이 사유화되는 것에, 철저한 법적 조처로, 선의의 피해자가 없도록, 엄중한 제재가 필요한 것이다.

수화[水火]와 만물의 강약이, 인간에게 미치는 영향은 지대하므로, 밝혀 두고자 한다. 사람이 36도의 체온을 유지하는 유기체인데, 생물학적인 측면에서, 이 온도의 한계가 10도 전후를 벗어날 수가 없다. 5도 미만에서도, 이상 징후가 나타나기 때문에, 정상적인 상태를 유지하기 어렵다. 물을 배설하거나, 물을 보충하는 행위가, 체온 조절의 기능을 하는 것을, 우리는 다 알고 있다. 또한 정신적 상태에서, 보아도 동일하다는 것을 인지해야 한다. 인체에서의 물과 불의 관계는 조화로운 상태일 때, 그것이 곧 생명인데, 사람들은 조화로움, 즉 균형에 대하여 너무 무관심하거나, 도외시하는 경향이 있다. 자연 상태에서도 모든 물질은, 그 기준점은 다를지라도, 그 현상은 동일하다. 궁극적으로는 에너지 불변의 법칙에 준하지만, 물질의 변화는, 정신적 변화와 함께, 이루어진다는 것을 말하고 싶은 것이다. 정신적으로 지나치게 노하거나 근심하지 말아야 한다. 육신과 정신은 함께하는 것이다. 모든 문제는, 자연계와 인간계에는 해결의 열쇠가 존재한다는 사실과, 인간의 과도한 충격은, 문제 해결에 전혀 도움이 되지 않는다는 것이다. 이러한 조절을, 인간이 일상으로 유지할 때가, 가장 편안한 상태인 것이다. 그것이 행복이고, 그것이 평상심으로 화한다. 대 인간 관계와, 대 자연관계가, 이렇게 되도록 노력해야 한다. 그것이 운을 내 것으로 만드는, 첫걸음이고, 잡는 길이고, 스스로 운을 내게로 부르는 방법이다.

강약에 대한, 인간의 성품은 천성에 가깝다. 강한 자는, 대외적인 반응이 빠르고, 반사하는 특성을 지닌다. 상대가 강한 여건에 있다고 느끼면, 저돌적인 반감을 표출하는 특성과, 부드럽고 나보다 약한 자에 대한, 특별한 측은지심을 소유하고 있다. 상대가 강한 자일 때, 공격 무기는 부드러움으로 공격하는 것이, 유효할 것이다. 또한 내 스스로가 강한 심성을 지녔다면, 천성일 지라도 약한 자를, 무조건으로 돕기보다, 강한 자와 협조적인 태도가, 운을 오게 하는 지름길이고, 강함을 내세우고 싶다면, 스스로 험지를 마다하지 않는, 선제적 노고를 감수해야 한다. 강하고 약한 것이 천성일진대, 어찌 운의 다소를 논하겠냐만, 운의 터반인, 마음의 자리는, 더 낫고 못함이 정해서 있는 것이나 다름없다. 그러나 인간의 마음이, 스스로 조절 가능한 상태라면, 좀 더 극대화시킬 수 있다고 생각하고, 또한 반면에, 물질과 명예의, 직위가 마음에서 결정할 수 있다는 것은, 수양을 통해서 이루어질 수 있다는 점에서, 희망적이라 할 수 있다. 약한 자의 경우는, 강한 자들의 지나친 자신에 비해, 자신감이 떨어지고, 외적인 반응이 느리고, 수용하는 형태를 취하는 것이, 일반적인 현상이다. 어떤 사안에 대하여, 결정이 쉽지 않고, 인정에 끌려다니는 현상이 잦다. 강자들의 쉽고 빠르고, 잔인한 것에 비해, 느리고 어려우며, 치사한 방법도 마다않는 약자들이, 내심 위험하고 독한 경우도 있다. 이 같은 강약을 깨고 부수는 방법과 결합시키고 뭉치게 하는 방법을 안다면, 인생의 절반을 산 것과 같은, 효과를 낼 수 있다고 본다. 이러한 것을 아는 사람은, 부질없는 물질과 헛된 명예에 정곡을 빠뜨리지 않을 것이 분명하니, 부언할 것은 없는데, 인위적인 것일지라도, 인명구제에 쓴다면, 대자연도 머리 위에, 하늘도 사람들도, 허락하지 않을 리가 없을 것이다. 사물과 인간이 다를 바가 없는 것이다, 상대적인 적절한 대응이, 격물치지이고, 사용[捨用]의 격조가, 인간의 가치를 가늠하는 척도가 될 것이다.

위 글을 읽고, 부단히 노력하여 의문이 사라지고, 밝아진 가벼운 몸이 되거든, 깨달은 바가 있다면, 다음과 같은 세 가지의 질문에, 정답을 할 수 있을 것이다, 그런 후손이 있다면, 내 모든 것을 걸겠다.

네가 무엇이냐?
무엇 때문에 태어났나?
왜 사냐?

위와 같은 질문에 정답을, 제시할 수 있다면, 내가 살아 있는 동안에는, 성을 다하여, 시상할 것을, 공고해 두겠다.

현 시대는, 자유세계가, 상식이 침몰되고, 언어가 전도되고, 사람들이 의식의 길을 잃고, 율사들이 오염되어, 정의 공정 평등 실현의 법이, 과체중에 만신창의, 암 덩어리가 되고, 노동자들이 누에고치처럼, 먹는 일만 하고, 힘센 귀족 노동자에게 빼앗긴 것은, 힘없는 비정규직노동자와, 협력업체 중소기업에게 씌우고 있는, 이익에 목숨 건 치졸한 경영자들이, 그들이 받을 존경은, 그들 스스로 익사시키고 말았다. 국민의 권리를 위임받은, 정치인들의 부도덕과 제 마음대로 하는 전횡은, 하늘도 놀라워하는 민의의 사망신고다. 허공화 같은 공약은 사기행각이고, 주권겁탈에 헌법 살해 행위이다. 무지하고 몰지각한 일부국민들의 복지와 맞바꾸는, 투표행위는, 나라를 돈 몇 푼에 팔아먹는, 매국행위와 다를 게 없다. 아무리 세계가 물질만능의 제일주의라 할지라도, 선생이 된 자들이, 스스로 노동자라고 외치는, 명예세일이라니 문명이 부끄러운 것은, 애초에 선생님 자격 미달이었으니, 학부형들의 욕지거리, 삿대질을 초대한 걸지도 모르겠다. 대통령질을 하기만 하면, 감방에 가야 하고, 강아지 이름 부르듯, 세상이 모두 그러한데도 그걸 하지 못해, 온갖 옳지않고 치졸한 꼼수들을 동원하는 짓을 보면, 안쓰럽기까지 하다. 너희들은 냉정한 이성으로, 이 같은 세상사를 읽을 줄 알아야, 남들에게 속는 일이 없을 것이다. 자신의 잘못으로, 막대한 민폐가 발생한다는 것을 알아야 한다. 그들에게 속는 것은, 결국, 나라를 망하게 하는 데, 기여하게 되는 것이다.

이제 종언으로, 여기에 기록된 이야기는, 오직 누구를 비방하거나, 내 아는 것, 자랑을 하고 싶어서가 아니라, 너희들이 인생을 좀 더, 인간다운 삶은 영위하기를 바라는, 마음 그것 하나다. 그것은 나 자신으로부터, 우주에 이르기까지, 숙제의 의문을 가지고, 그냥 무덤에 갈 생각은 말아야 한다. 그것은 호모 사피엔스가 아니다. 인생은 촌음을 아끼고, 일순간도 헛되이 할 일은 아니다. 지식의 폭을 넓히고 높이며, 의문의 해결의지를 굳게 하여, 피를 말리는 궁구의 늪에 푹 빠져, 해결에 생사를 걸 때, 얻을 수 있는 금강석을, 진정한 생의 보석이 그것이고, 그것이 전 재산으로, 진정한 평범한 대지[大智]를 얻은 게 될 터이니, 넘쳐나는 지혜가 압축되어, 제 자신은 물론이려니와 남에게 피해를 주지 않을 것이며, 자신감과 행복의 진정한 이미를, 인생의 뜻을 아는 사람이니, 넘치지도 모자라지도 않을 것이고, 지닌 용기가 관용을 알고, 그 진퇴의 적절함을 알아서, 모든 것에 적절을 알게 될 것이니, 과불급 조절과, 그것들의 조화로움이, 사람의 인격을 향상시킬 것이다. 내가 그것을 너희들 손에 쥐어 주면, 얼마나 좋겠냐만, 생명에 있어 개체이라, 누구도 대신할 수 없으니, 이 평범하고 밋밋하고, 변화 없는 대자연처럼, 평상심의 유지가 귀한 보배라는 것을 알고, 그와 함께 하는 생이 되기를 기원하며, 내가 가진 보배를, 너희들이 가져가기를 진정으로 바란다. 지상에서 숨쉬며.

내 눈에 비치는 것들을, 있는 그대로, 말로 하자면, 사람이 만약 사는 것을, 생의 목표로 한다면, 의식주의 해결을 위한 문제만 해결하면 되니까, 농사를 짓든, 노동을 하든, 무엇이든 육신을 움직이기만 하면 될 것이나, 좀 더 남보다 우월하게 산다는 소리를 듣고 싶어서, 또는 돈으로 해결되는, 술, 여자, 욕구 충동의 호화스런 생활, 직위 따위를 얻고 싶은 욕망 때문에, 생계형 범죄행위도 많지만, 주로 기득권을 악용한, 지식인 그룹들의 세금 빼먹는 기술 갖는, 집단적인 도둑질이나, 허위공약, 거짓말로 도배하고, 국민권리 탈취하여 이익을 사취하는, 선출직 공무원들의 사기행각은, 어제 오늘의 일이 아니다. 그도 못 하는 서민층 지식인들은, 한 가지만 잘해도, 잘살 수 있다고, 자식들을 위로하는, 부모들이 일반적이다. 사회 지도층들의 이러한 의식들은, 결국 일반 국민들의, 도덕적 해이를 부채질하여, 오늘날에는, 너 나 할 것 없이, 거짓말이 진실로 통하는, 틀린 것이 맞는 것으로, 이해되는 언어의 오염, 뜻이 전도되어, 결국에는 외래어가 아니면, 정확한 뜻이 전달되지 않는다. 금 만능 시대라 하는, 돈만 있으면 벼슬도 사고, 큰 회사도 설립하고, 큰 차에, 대궐 같은 집에, 으리으리한 가구들 들여다 번쩍거리게 할 수 있다고, 그것을 꿈꾸며, 사는 것이 요즘 젊음인 것 같다. 그러나 그렇게 하고 산다고 우러러 보는 사람은 없고, 시기하고 질투심만 유발하고 있다는 것을, 그 자신들만 모르고, 자신이 대단한 사람이라고, 자기도취에 빠져 산다. 인간의 가치는, 정말, 그 정도에 머물러도 좋을까. 실제적, 본연의 가치는 어떤 것일까, 하는, 의문이 없는 사람들이다. 자신이 무엇인지도 모르는 물건들이, 어떻게 사느냐에까지, 이르기가 어려운 난제일 것이다. 어쩌다 남을 위해 헌신하는, 의로운 사람들의 선행이 알려지거나, 거금의 기부를 한 사람이 알려지면, 모두들 기뻐한다. 어떻게 사람이 사는 것이, 가장, 인간으로서 최고의 가치를 구가하는 것일까. 기부를 많이 한 사람과, 자신을 돌보지 않고 희생을 하면서, 의로운 일을 한 사람들. 반면에 역사의 안쪽에서 보면, 수백만을 학살한 독재자들, 수천만을 희생시킨, 인류보편의 가치의 자유를 위해, 전쟁 중에 희생된 생명들, 그리고 자연의 섭리에 의한, 연 평균 칠천만의 도태, 나고 죽는 것이 이러한데, 선과 악의 정의가, 시공간과, 인간의 사고에 따라 달라지는 것을, 과연 진리라 할 수 있겠으며, 진리에 부합한다고, 할 수 있겠는가 하는 것이다. 공자는 인[仁]을 동[同]이라 갈파했다. 남을 돕는다는 것보다, 남과 더불어 함께한다는 의미일 것이며, 노자는 또한 만물제동이라, 모든 만물은 하나다, 순환의 원을 그리는, 강물처럼 쉼 없이 흐르는 변화의, 굴레 속에 갇힌 것이라고, 예수는 믿음 소망 사랑 중에, 사랑이 으뜸이라 하였다. 사랑이 곧 인이며 제동이다. 신이 존재하지도 않지만, 존재한다고 믿는 사람들의, 의식 속에만 존재할 뿐, 객관적이지 않다. 역사적인 객관적 실례로 보더라도, 신이 누구의 편이라고 할 만한 증거는 전혀 없다. 신비주의적인 신화에 지나지 않을 뿐이고, 기복신앙이, 성현들의 가르침을 실행하기보다, 세를 불려 사익을 취하고자 하는 성직자들의 사기성이, 나약한 인간 본성에 의존하는, 신자들의 신앙 합리화와 맞아 떨어지니 더욱 번성하고 있을 뿐이다. 신이 있어야 할 곳에, 전지전능한 신은 잠을 자고 있어서, 아직도 이 문명한 세계도처에서, 적대적 대립과 증오에 찬 감정으로, 서로 살육하는 죄악이 끝나지 않고 있는 것이다. 인간의 죄악은 욕망으로부터 시작되어, 각 개인의 사고에 의한 조절이라는, 수양의 과정을 거쳐, 그 정도에 따라, 인간 생의 내용을, 그 가치를 창출하는 것이 정상적이다. 인간의 가치는, 자연법칙에 준한 기준이, 절대 가치기준이어야 함이 분명하고, 그것은 불변이다. 그 기준과 일치하는 생은, 5차원의 생이라 할 수 있겠다. 평범하고, 일상적이고, 변화하지 않는 것처럼 보이는, 머무른, 평상의 밋밋함이, 있는 그대로, 특색 하나 없으나, 사람을 비롯한 만물을 아우르고 있는 것이 그것이다. 자연이, 감동이고 신비스럽고 위대한, 이 자연과 일치하는 삶은, 희열로 가득한, 자연마저도 구속하지 못하는, 인간 최고의 대자유의 영역이고, 그 정점이다. 인간! 그것은 자연의 꽃이고 열매며, 그 정점을 떠받치는 몸통이고 실체이며, 그 혜택을 누리는 소유권은, 당연히 인간에게만이 존재한다. 그 정점에서만이, 인과 사랑 제동이 존재하며, 선과 악이 존재할, 그 이유가 하등에 없고, 법률이 존재할 이유도 없다. 진정하게 서로 사랑하고 양보하며, 낮은 곳으로 흘러 채워 주고, 남으면 넘쳐 낮은 곳으로 흐르는 물성과 같은, 사회가 될 터인데, 대통령이 왜 필요하겠느냐. 검약한 생활은 남는 것이 많고, 낭비하는 생활은 부족함이 가득한데, 차원이 높은, 사람들에겐 일일 양식이면 족하되, 게으른 것을 배척하고, 부지런하고 성실하게 사는 사람이 아닐 수 없을 것이다. 아니면 그보다 더 귀한, 행복을 잃을 테니까. 육신의 조그만 자유도 상실하느니, 죽음을 달라고 무기를 들고 항쟁한 역사는, 지구 곳곳에 있다. 하물며 자연계와 인간의 형이상학의 영역인, 마음과 정신의 구속에서, 초월하는 대자유를 버리는 일은 없을 것이다. 점령해 보지 않은 사람은 알 수 없으니, 너희들은 어떻게 하더라도, 이 고지는 정복해야 할, 자연에 대한 의무가 인간이기에, 그렇고, 그것이 사람의 가치의 창출이고, 최소한 동물이 아니라는, 인간이라는 소명을 다하는 것이고, 태어난 자들의 삶의 목표이고, 목적이 되어야 한다고 생각한다. 이것을 초월하지 못하면, 인간이라 말하기 부끄러운 일이고, 인간의 참 맛을 안다고 할 수가 없다. 아무리 잘나고 백 년을 채운 사람이라도, 이를 누리지 못하고 죽는다면, 동물이나 짐배 없는 3차원의 생물일 뿐이다. 내가 너희들의 어려운 형편을 알면서도 분배하지 않는 것은, 실사구시의 가르침을 체험했기 때문이며, 가난과 어려움이 인간을 제련하는, 복이란 것을 알기 때문이며, 하기야 제가 즐겨야 물도 마시지, 인연이 없다면 어쩔 수 없겠으나, 선행도 가장 가까운 데서부터라는, 의무로 할 수밖에 없으니, 이 또한 독선이라 할지 모르지만, 이는 진리에 부합하는 순행의 길이다. 멈추지 못하는, 변화의 자연의 굴레는, 생사 순환의 원도[圓道]이다. 이 길이 지름길이고, 생에서 사로 가는 내용의, 올곧은 정도이다. 의문을 가져라. 그리고 그 의문들을, 해결하도록 끝까지 추적하여, 쟁취하여야 할 일이다. 넣어도, 아무리 구겨 넣어도, 채워지지 않는 밥통에서, 10분을 넘길 수 없는 대기에서, 육신의 병마에서, 죽음에서 두려움에서, 생명의 원천인 물마저도, 나를 과불급으로 구속하고 있다. 뿐이랴, 인공적인 가공할 폭탄과, 인간의 권리를, 총칼 세금으로, 쥐고 흔들어 대는, 힘센 무리들까지, 항상 약한 사람들을 노려보고 있다. 공산주의와 민주주의는 어처구니없는 발상인데, 유심론과 유물론이 어떻게 분리될 수 있는지, 그런 말에 속는 사람들이 있었다는 것이, 여간 신기한 일이 아닐 수 없다. 머리가 없어야 유물론에 합당하고, 육신이 없어야 유심론에 합당한데, 어차피 인간은 의합체[依合體]이다. 분리되어 개체로서 존재할 수가 없으니, 정상적인 상태가, 민주와 공산이 한 덩어리인, 공민주의라야 맞다. 물질은 물질에 맞는 정책을 펴고, 유심론적인 정신적 만족을 위한 정책은, 정신건강을 위한 만족도를 위한 정책을 수립하여 실행하면 될 일인데, 빨갱이 파랭이, 네가 옳다, 내가 옳다고 싸우며, 개체독립을 고집하니, 서로 죽자는 것이지, 살자는 것이 아닌 것 같으니, 승자독식의 폐단과 같이, 모 아니면 도라, 조절이라는 과정이 없는 정치는, 치국의 기본을 상실한 몽매한 무리들의 전횡만 남길 뿐이다. 머릿속에 아무리 많은 지식을 쌓아도, 몇 권의 책에 미치지 못하고, 한 번의 체험은, 지식을 뛰어 넘어, 지혜로 승화된다. 미래세계에 인간이 끝없이 진화해도, 이 우주를 벗어날 수 있어도, 생명체로서는 이러한 인간의 본질에서는, 벗어날 수 없을 것이다.

서투른 사람에게 일 시켜 놓고, 서투르다고 나무라면, 속이지는 않았을지라도, 일 시킨 사람의 책임이 더 큰데, 나라일이든 가정일이든 대소사가 적절하지 못하면, 다 이와 같아서, 일에 따라, 적임자가 따로 있고, 때와 장소 사람의 성품과 능력 따위가 맞아야지, 어느 한 가지의 일을 잘하지 못한다고, 그 일꾼이, 무슨 일이든, 다 잘 못하는, 사람으로 치부되어도, 바른 것은 아니다. 이런 간단한 생각과 실행이 잘 이뤄지지 않는 것은, 무엇 때문인지 생각해 볼 줄 아는 것이, 학교에서 배우는 암기 위주의 지식 주입으로는, 어렵다는 것을 알 필요가 있다는 것이다.

인간의 위대함은, 인간 그 자체 이상에는 아무것도 없다. 자연의 위대함은, 보편 속에 감춰진 무궁무진한 변화의 동력으로, 지속성을 유지하여, 형과 상의 생명체를 순환케 한다는 것이다. 그러므로 인간은 이 법도에 맞춰, 각 개체를 인정하고, 일체되어 협력하고, 생존을 위한 존속에 필요조건 외의, 모든 욕망은 버려야 한다. 242의 선중후[先中後]의 자연 법칙을, 보전 법칙으로 인정하고, 준수하며 감수하는 것이, 모두가 누릴 수 있는 생존의 기준이다. 자연 상태의 보존의 법칙은, 질량과 운동이 변화를 동반하듯, 머리 몸 다리, 상위 중위 하위, 천지인, 경제적이든 정치적이든 물리적이든 사상적이든, 이 균형은 변함이 없고, 이것이 운명의 필요요건이고, 예리하고 용제화된 액체처럼, 작용한다는 것을 알 필요가 있다.

나의 생의 도전은, 의문에서 시작된, 명아지[明我智]를 점령하는 것이었고, 그것이 생의 목표였는데, 점령지에 와서 보니, 이제야 우주가 남의 것이 아니란 것을 알겠다. 나와 별 그 이상의 감동 외에, 다른 보다 나은 삶은 없다.

모두는 하나이고, 하나는 모두이다. 만물은 한몸이고, 그 한몸은 일체이다. 만법은 귀일하고, 그 하나는 모두를 안고 있고, 그 중심은 유심조이다.

내가 여기에 얼마나 더 머물러 있을지는, 정해진 날을 알 수는 없으나, 멀지 않은 시간이 남아 있을 뿐이라는 것은, 분명하게 알고 있다. 1943년 세계 2차 대전이 대서양과 태평양의 양 대륙 사이에서, 약 7천만의 인간 도살이, 지옥의 광란처럼 벌어지는 와중에 태어나, 굴 속에서 태어나 굴 주위를 탐색하는 야생동물의 새끼들처럼, 생존을 위한 삶의 굴레를 벗어나지 못하고, 하루하루를 다행스럽게, 위안으로 삼고 살아온, 지난날들이, 하루아침의 햇살처럼 짧게 느껴진다. 이제 내 생을 마무리하는 심정에서, 삶의 내 방식에 대한 생각을 해 본다. 나는 평생을 투쟁하거나, 도전하기보다는, 주어지는 대로 최선을 다하는, 그런 소극적인 삶을 살았다고 생각된다. 문제가 발생하면, 그것에 대하여 궁구하고, 해결을 하기 위한 정성을, 쏟은 바는 있어도, 파괴하고 허물고 없애는 것에, 나는 인색한 사람이었다. 비록 대인이든 대물이든, 그 대상이 적일지라도, 그렇게 상생의 순식을 따르며 살았다. 전쟁이 끝나고, 이제 세계는 하나의 경제권으로 진화하면서, 한 가족이 되다시피, 서로 밀접한 관계로 묶여 있다. 중국 우환의 바이러스가 세계로 퍼져가서, 수백만의 사망자를 내고 있는 현실이, 그것을 말해 준다. 우리가 서로 파괴하는 삶보다, 협력하고 도우는 생을 살더라도, 비록 그것으로 인해, 죽음을 맞을지라도, 쟁투 파괴 죽음보다, 상생 협조 단결의 미를 지향한다면, 오늘날 세계처럼, 경쟁하느라, 많은 삶의 내용을 불필요하게, 허비하지 않아도 될 것이고, 불안하고 초조한 생의 시간들을 보내지 않아도, 될 일일 것이다. 역행은 충돌과 파괴의 길이고, 순행은 상생과 화합의 길인데, 힘 자랑이 파괴력 자랑이고, 세력자랑은 겁탈자랑이고, 우월자랑은 독단자랑인데, 왜 사람들은 쉽고 가볍고 즐거운 것을 버리고, 어렵고 힘들고 아픈 것을 좋아하는지 알 길이 없다. 그것을 자각해야 한다. 그 길만이 사람의 길이다. 반대로 환경이, 역행의 판세이면, 순행에 바로 접목하는 것은, 시간의 길이에 따라, 아픔과 고통을 동반해야 하는 경우가 있고, 시간은 느슨히 하면, 순역이 스스로, 혼합 환원되는 것을, 지켜보기만 하면 되는, 방향감작만 있으면 족하다.

우리는 결사 거부한다.

왕조시대도 아닌 이 시대에, 신인 양, 국민들에게 현금으로, 남의 것을 가지고, 제 것인 양, 시혜를 베풀겠다는, 위정자들의 오만하고, 사기성이 농후한, 작금의 사태에 대하여, 우리 젊은이들은 분노한다. 제 것도 아닌 남의 것으로, 거지에게 동냥 주듯, 하겠다고 하는 치졸한 발상이 가소롭기까지 한 것은, 젊은 무한한 미래를 보장받은, 우리들에게 구걸하는 거지 취급을, 서슴없이 한다는 것이 분노케 한다. 그 부채는 결국 우리의 미래 부채인데도, 있는 생색을 다 내고, 대단한 저들의 희생이라도 감내하는 척하는, 그 뻔뻔함에는 인면수심의 화신을 보는 것처럼 경악케 한다. 우리의 자존심과 근면성실의, 생존덕목의 미덕을 송두리째, 쓰레기 취급하는 악당들의 행위에는, 역사가 반드시 지은 만큼을 돌려받게 될 것이라는 것을, 젊음의 명예를 걸고 장담하고 싶다. 우리는 거지가 아니고, 정치꾼들, 당신들이 키우는 양들도 아니다. 우리는 우리의 힘으로, 우리의 세계를 만들어 갈, 힘과 시간과 지혜를 가졌다. 결코 비렁뱅이가 아니다. 단연코 당신들의 값싼 동정을 거부한다. 그것은 당당히 대출받고, 갚을 빚으로 우리들의 책임일 뿐이다. 유럽국가들의 복지비용 분담을 거부한, 북유럽의 건전하고 검약한 생활의 몇 국가들의 국민들의 의식은, 우리들과 세계인의 표본이라할 수 있다고 생각한다. 사고의 유연성이 마비되어 화석화된, 기성인들의 치졸함은, 우리가 산산 조각을 내어, 손을 더럽히는 일이있어도, 파괴되어야 할 악이라고 규정되어야 할 일이다. 선거용 돈 살포가 코로나 바이러스에 의한 긴급 구호 자금이라고 포장하고, 공짜 돈을 주는 것처럼, 기부자 행세를 하는 것은 국민을 상대로 하는 사기행각이고, 자신들도 스스로를 속이는, 망상 속에 빠진 것을 모르고, 기부하는 것이고 구제하는 것이라고 굳게 믿고 있으니, 국민 모두가 다 아는 사실, 돈으로 표 사는 행위라는 것을, 자신들만 모르고 있다. 우리가 그렇게도 멍청하게 보이는지, 어리석고 우매하고 무식한 동물수준으로 비치는지, 그들의 하수인이나 노예처럼 보이는지, 울화가 치민다. 내 능력과 내 힘으로 내 삶을 개척해 나갈 힘을 지닌, 신성한 천부적 개체의 젊음을 지닌 생명체로, 인격과 자부심을 지닌 당당한 소우주의 주인이라는 것을, 그들에게 상기시키고 싶다. 그러므로 유권자들로서, 우리들은 위정자들의 임명권자의 권리를 행사하고자 한다. 내 청년시절이 지금이라면, 이렇게 위와 같이 생각할 것이다. "이제 마 좀, 그만 합시데이."

[중소기업 노조지부장하모 딱 적격인데, 뭐한다꼬 그 개고생을 하고 있능기요? 우리보고 놀고 먹으라꼬, 잔머리 그마 거둬치우고, 지부장 해보소, 얼매나 편한데 그카는기요, 울산 송시장 삼십년 지기하고, 낚시나 즐기닝게 훨씬 낫지예, 앙 그렇기요?]

다시 한번 강조하지만, 이 세상에서 내 것이란, 단 하나라도, 모래알만 한 것조차도 내 것이라 할 만한 것은 없다. 내 몸을 비롯해, 정신의 근원인 마음까지도, 내 것은 아니다. 모든 일체는 원천적으로 있는 그대로이지, 그 무엇의 소유가 될 수도, 되어지지도 않는 것이, 그 본성이다. 형상은 바뀌고, 본연의 모습이 나타나고 사라지는, 변화 속에 있는, 그 일부일지라도, 그 본연은 그대로이다. 에너지 불변의 법칙처럼, 이 또한 그러하다. 그렇게 비워져 진공의 상태가 되면, 이 세상 모두가 제 것과 같아서, 비로소 인간의 진가를 느끼게 되는, 최고의 경지에 이르게 될 것이나, 실제로 그러한 꼭대기는 가 보지 않고서는, 그것을 안다고, 느낀다고 할 수는 없다. 그것을 인식하기까지는, 마음의 눈이 잠에서 깨어나야 하기 때문이다. 그래서 많은 재산이나, 높은 무소불위의 권력의 자리, 드높은 인격의 추앙이 다 남의 것이고, 잘나고 어리석고 위대하고 평범한, 이 모든 것이 제 것이 아니다. 그러할진대, 무엇을 바랄 것이 있겠느냐만, 가서 그 자리에 서 보면, 또 다른 세상이 펼쳐지는 것을 알게 될 것이다. 그 세상에는, 제 것 아닌 것은, 단 하나도 없고, 경탄하고 사랑하지 않을 것은 물론이고, 소중하지 않은 것, 버릴 것은 그 무엇도 없는 것이, 그 세상이다. 그래야 비로소 만족한 생이라, 할 수 있을 것이다. 인간이 오를 수 있는 한계는, 에베레스트 최고봉이 아니라, 자신의 마음의 산, 험악한 최고봉을 정복하는 것이다. 그 꼭대기에서만이, 우주가 마음에 담기고, 만물이 모두 하나 되어, 가슴에 안기는 것을, 느끼고, 그 모습이, 본연의 실체임을 인식하게 될 것이다.

자신을 찾기 위한 노력을 시도할 때, 가장 어려운 장애가 인간의 동물성이다. 천부적인 본능과 오감을 통한, 애증과 희노[喜怒]의 방해는, 전쟁을 불사하지 않으면, 온전한 자신의 본모습을 찾기가 어렵고, 고통만 안긴다. 이마저도 실제로 해 보지 않은 사람은, 알 수가 없다. 굶주려 보지 않고, 내일의 희망이 없는 막막한 현실을 경험하지 않은 세대가, 박정희 대통령이 독재자니, 또는 반대로 빈곤에서 국민을 구한 사람이니 하는 평은 그냥 이야기이고, 그냥 말일 뿐이다. 인간은 태어나면서부터 많은 장애를 안고, 그것에 구속되어 평생을 살다 가게 되어 있다. 첫째가 음식을 구하는 노동이다. 의식주가 우선 해결되어야 존속할 수가 있으니, 이는 거부할 수 없는 숙명이다. 두 번째가 성적 욕구이다. 세 번째가 생명에 대한 애착이다. 이러한 장애가 인간의 마음속을 점령하고 있어서, 이를 몰아낼 재간이 없다. 이러한 본능적 욕구들은 사람을 노예로 만들어, 제 마음대로 인간을 혹사시킨다. 사람의 정신적 능력 중에 의지와 같은, 불가침의 영역은 없다. 이 의지라는 무기야말로, 자신을 포박한 올가미를 벗길 수 있다는 것이, 정말 불행 중에 다행이 아닐수가 없다. 일반적으로 사람은, 이러한 생존활동의 노예가 되어서, 자유를 얻고자 하지 않을뿐더러, 도리어 노예근성에 푹 젖어서, 그 주어진 여건 내에서, 행복을 찾고자 쓰레기만 뒤지고 있는 꼴이다. 그렇게 정신마저도, 사람 된 가치를 잊고, 평생을 살다 간다. 태어나 보니 이름이 있고, 성씨가 있고, 부모가 형제가 친척이 있고, 친구가 있고, 한 나라에 속해서, 국민이 되고, 그러는 사이에, 자신도 모르게, 자기라는 실체 아닌, 가짜가 자신을 대신하여, 실체인 양 자기중심의 결정권을 내주고, 자신마저도 어떤 존재인지 알려고도 하지 않을 뿐만 아니라, 가짜가 진짜인 것으로 알고, 백 년도 채우지 못하는 생이 천년의 걱정을 하면서, 죽어라 남에게 뒤질세라, 모으는 것과 잘난 것에, 찌들어 산다. 육신은 자연과 더불어 일순도 떨어지지 않고, 호흡하고 음식을 먹고 소화시키고 물을 마시며, 소통하고 공유하며, 일체가 되어 있는데, 정작 정신은, 말과 글 영화 등의, 지식으로만 일체가 되는, 어처구니없는 현상이, 오늘날의 인간생활이다. 눈에 보이는 것이 진실이 아님은, 한편의 영화와 같이 잠시 흥미꺼리일 뿐이다. 전쟁터에서 옆을 지키던 전우가 가슴에 총탄을 맞고 쓰러져 피를 토하는 모습을 보는 것과, 영화 속에 이 같은 한 장면을 보는 것은 시각적으로는 같지만, 인간의 정신구조로는 현실에서 체험하는 것과는, 너무도 먼 거리감이 있는 것이다. 그래서 실사구시란 말이 존재하는 것이다. 실제로 체험하지 않으면, 공감한다는 것은 허상이다. 자연과 정신적인 일체가 되지 않으면, 어떤 결정을 하더라도, 그것은 자기중심의 틀을 벗어나지 못한, 편협성을 야기할 것이고, 객관적이고 자연 법칙에 준한 공정성과 합리성 결여로 인하여, 시각에 따라 달라지는, 주관적 판단이 그러하듯, 또 다른 문제들을 남기고, 그래서 분쟁이 일어나고, 반대편이 생기고, 언쟁에 소송에, 분주해지는 것이다. 그래서 서로가 바쁘게 정신없이, 살다가 가는 것이다. 그러지 않으려면 궁구해야한다. 먼저 자신의 바른 모습을 찾고, 자연에 순응하는 삶을 살려면, 그렇게 하지 않고는, 얻을 수 있는 것이 아님을 자각해야 한다. 자연의 섭리에, 그 법칙에 순응해야만, 자유를 얻을 수 있다. 일체가 되어야 진정한 인간의 가치를 누릴 수 있고, 그것이 인간을 가장 풍요롭게 할 것이다.

국가는, 국민 개인과의 통일된, 동일한 신경조직과, 자연에 대한 보전, 인간을 포함하여, 그것을 방해하거나 막거나 제외하는, 그 어떤 방법으로든, 법으로도, 국민의 자유의사를 규제할 수 없도록 해야 한다. 과도한 이중삼중의 세금, 비대한 국가기관의 팽대는, 국민 개인의 재산권 착취에 이르러 있는 현실이, 국민을 법으로 노예로 만드는, 제도임을 걱정하지 않을 수 없다. 공공의 이익이 개인의 권리를 침해하는, 어떤 경우에도 법으로 제정되어서는,

제도화하는 행위는, 금지돼야 한다. 비록 그것으로 인해, 다른 피해가 크게 날지라도, 예를 들어, 하다못해 요즘 창궐하는, 코로나 바이러스에 대한 대책으로, 마스크를 쓰게 하는 것도 법으로 정할 일은 아니다. 권고할지언정, 그 피해에 대한 책임은 물을 수는 있어도, 행정법으로 규제하는 것은, 불특정 다수의 권리를 박탈하는 악법이다. 각종 벌과금과 납부 지연에 따른 추가금, 과태료 따위의 남발은 행정 편의주의일 뿐만 아니라, 개인의, 국민 주권을 박탈하는 행위이다. 공공의 이익이란 미명 아래, 정치인들의 야욕의 먹이거리가 된 세금과, 방대한 공무원 사회의 그릇된, 우월감만 충족시켜, 자신들의 울타리만 튼튼히 굳히는, 위정자들의 만행이라 아니할 수가 없다. 세무행정의 맹점은, 국민 각 개인의 소득의 산출, 근거에서 엉터리이다. 저희들이 정해 놓은 지출만을 인정하고, 실제 지출은 인정하지 않는 산식이다. 재산세도 마찬가지로 은행의 채무나 전세 등은, 실제 재산이 아닌데도, 편의 위주의 시가 기준을 적용하고 있다. 등록세에 지방세를 덧씌우는 것도 그러하다. 실제 재산이라고 할 수 없는 것에도, 세금을 부과하는, 도둑들이나 다름없다. 어느 나라가 어떻게 하든, 공정과 불공정의 기준은, 정의롭고 누가 봐도 바른, 보편성에 따르는 것이 마땅한데, 선진국들이나 다른 나라들의 예로서 정당화시키거나, 맹목적으로 따르는 것은, 선진국 국민들의 국민소득 수준이나, 세금징수 방법, 항목에 따름, 나라마다의 특성에 맞춰져 있을 텐데, 어느 한 부분만 발췌해서, 우리보다 훨씬 더 많이 내는 것이, 선진국이다, 라고 하는 것은, 저개발 국민들에게나, 미개한 국가의 국민들에게나 통할 일이고, 독재 국가에서나 있을 법한 것들이다. 선진국보다 더 나은 제도를 시행하면, 서쪽에서 해라도 뜨는 일이라도 일어날 것처럼, 유학파들의 권력에 대한 아부가, 나라를 망치고, 배운 악당들이 활개를 치는, 세상이, 오늘 날의 이 나라 실상이고 판이다. 권력을 대의로, 대행하는 위정자들과, 그 집행자들이, 국민을 볼모로 노략질을 하여, 저들의 권력유지를 위한, 표를 사는 데 사용하고, 공무원 집단의 울타리 속에서 잔치를 벌이고 있는 것이다. 막대한 불로소득인 주식으로 소득을 올려도, 주식 거래세만 내면 그만인데, 국가발전을 위하여 자금의 건전성을 도모한다고 하더라도, 인위적인, 건축업으로 지은 가옥이 팔리지 않아, 보유해도, 투기자로 몰고 가는 제도로는, 그것도 공정하지도 않은, 다른 나라에서도 그러하니까, 외자 유치를 위하여 등, 이유는 많다, 방법은 많다. 그들이 모르는 것도 아니다. 다만 옳은 일일 지라도, 저들에게 이익이 없을 뿐이다. 부동산에 관련한 투자를, 부도덕의 상징처럼 매도하면서, 저들이 먼저 부동산에 투자하는 이유는, 말할 필요도 없다. 자신들이 하는 것은, 더러운 것을, 온갖 포장을 하여 깨끗하게 만들고, 스스로도 그렇게 믿는, 독선과 망상에 가득한 아만이 공공연히 자행되고 있는 것이다. 이러한 공무원집단은, 스스로의 결속과 이기적 이익추구에 전념하고, 국민을 위한 일은, 강 건너 불구경이다. 경찰이 하는 일이 뭔지 알 수가 없다. 교통정리는 신호등이 다 하고, 도둑은 못 잡아요, 하면 그만이고, 싸움하는 현장에 부르면, 치고 박고 싸워서, 피탈 날 때까지, 팔장 끼고 있다가, 끝나면, 쌍방 폭행죄로 벌금을 때려서, 수입이나 올리려는, 그들이 경찰이고 검찰이고 판사들이다. 국민들이 서로 해결해야 하는 것이라면, 공무원은 왜 필요한지, 입법의원이나 행정 집행자들은 대답해야 할 일이다. 변명 말고 포장치레 말고, 그들로부터, 양심으로 마음으로 대답 한번 들어 보고 싶다. 그런 공무원 되고자, 번쩍거리는 높은 도둑소굴청에, 들어가고자, 공무원 시험을 위한 학원가에는, 우리들의 젊은이들이 줄이 길게 이어진다. 우리 사회 최고의 직장이, 국민들에게서 도둑질 내지 겁탈하는 게, 직장으로서는 최고라고 생각하는 영리한 젊은이들, 참으로 보아 주기도 딱하고, 한편으로는 측은하고 안쓰러워 보아 주기도 힘들다. 이들은 모두가 대학 이상의 학력 소유자들이다. 이들을 배출한 교수들이 똥값이고, 대학을 비롯한 교육의 전반이, 엉망진창이라는 것은, 국민들은 다 안다. 범법자가 법학교수이고, 오탁의 표본이, 명으로 다스리는 법무부장관이고, 노동약자 변호사가, 지휘하는 법으로 만든 채찍이, 양을 어디로 몰고 갈 것 같으냐. 양이 죽으면 양몰이는 왜 필요하며, 회사가 망하면, 일하는 사람은 왜 필요한데, 너희들은 애들에게, 입법주의의 수녀부가, 민주주의 깃발을 들고, 미국은 물러가라고, 외치던 몰지각한 철부지들이, 장성해서, 국회를 장악하고, 북쪽 독재자에게 머리 조아리고, 국민 안녕을 구걸하는데, 그게 그들이 책가방을 집어던지고, 거리를 누비며 외치던 민주주의이냐? 세계 최강대국들도, 안보는 협력으로 분담하고자 하는 정책을 고수하는 현실인데, 2차 대전 무렵의, 대 히틀러와의 평화조약, 종이 한 장으로 평화가 왔다던, 유명한 영국 총리의 종이 한 장 들고, 비행기 트랩 앞에 서서, 미소 짓는 그림은, 지금까지도 방영되는 표본이다. "그래 통일 합시다래 우리끼리" 김일성의 이 한마디에 속아서, 남한 단독 정부 수립을 반대한, 김구 선생의 반대는, 결국 시간 지연에 따른, 미군 철수 후, 준비 못한 전쟁의 대가로 흘린 피로서 대가를 치렀다. 전

봉준의 동학란의 정당성도, 매관매직의 부패한 국가경영의 주모자 척결로, 구국의 명분이, 결국 환란에 처한 국가의 구제가 아니라, 일본제국의 한국 잠식의 단초가 된, 청일 전쟁을 일으켜서 망국을 더 앞당긴 결과이다. 그래, 너희들이 선택한 현실을, 바르고 바르지 못한 것을, 구분하지 못하는, 머리 잘려진 동물이, 잘 살아갈 거라고 믿는, 어리석은 이런 선택의 지혜를 넘겨 줄 거냐? 무엇을 넘겨 줄 것이냐, 생각해 보거라, 이것이 내가 너희들에게 당부하고자 하는, 유언이고 상속분이다.

자유인

지금 어디로 향하고 있는가?

11. 지금 어디로 향하고 있는가?

　교육으로 인간의 가치를 높일 수는 없어도, 기술은 향상시킬 수 있다. 동물이 아무리 영리하고 똑똑해도, 인간의 가치를 지닐 수는 없다. 그러므로 너희들은 하잘것없는, 환영포말 같은 지푸라기보다 못한, 부자네, 높으네, 명문이네, 따위에 품위를 떨어뜨리지 말고, 누가 알건 모르건, 삶의 가치를 버리지 말아라. 너희들이 알고 누리면 족한 것이다.

　인간이 물리적 측면에서, 인간을 정복하기는 쉬워도, 형이상학적 영역처럼 영원히 정복되지 않을 영역은, 자연의 법칙이다. 바이러스 종은 계속하여 인간을 괴롭히는, 질병유발을 향해 발전 변화해서 정복될 수 없을 것이고, 많은 인명과 고통의 피해를 씌울 것이나, 대응의 정도에 따라, 발생 근원에 대한 대비 태세, 사전예방 차원의 인간의 절제된 경제적 활동, 발발이후의 효과적인 대응 방책 등, 그 피해를 줄여 나갈 수 있을 것이다. 그러나 정복되는 것은 그중의 일부일 뿐이다. 영구적인 예방은 없다. 항상 겸손한 자세의, 근검절약의 청결함과 검소함이, 평소에 생활화되면, 길고 깊게는, 이러한 박테리아들의 창궐을, 사전에 막을 수 있는 지혜가 될 것이고, 철저한 대비의 비용은, 피해대비 과잉 출혈이 되기 십상이라 함부로 결정할 일은 아닐 것이다. 무엇이든, 신중하고 합리적인 방안에, 인지와 성실 다한, 최선을 하고는 자연의 섭리에 따라 죽으라면 죽고, 살라면 사는 것이, 대천명이다.

국민의 자격, 민주주의 국가의 국민의 자격은, 태어나면서 주어지는 것이나, 그것은 현제의 세계처럼, 기득권에 의해 원칙이 서지 못하고 비틀거리는, 법의 집행 행위의 전횡의 혼란과, 국민의 의사에 반하는, 피선거권자의 자질 검증이나, 권리의 보장이 선거 결과로 종결되는, 일회용도의 권리가, 지속적이고, 검증 가능한 제도가 도입되어서, 책임과 고의적 과실에 대한 변상, 지위에 대한, 소추까지 할 수 있어야 하고, 기능적으로는 국민권리행사 방법에 직접 의견 제시 고수를 위한, 입법 전 단계의 다수결의 원칙에 걸러져야 하므로, 그 실행 방법을 창안하고, 설치 실행하는 것이, 선진적인 국가가 되는 길이라고 생각한다. 미성숙한 유권자의 권리 행사가, 성숙한 유권자와 동일할 수는 없고, 기혼자와 미혼자, 유자녀자와 무자녀자의 차이는 적지 않은 차이가 있고, 할아버지와 손자의, 경험 상식 지식 지혜 있어, 교육의 차이가 지대한 격차가 존재한다. 권리의 가치지분이 같을 수는 없다. 긍정적인 면으로 보면, 백분율로도 가능한 방법이 될 것이다. 너희들 세상이 되면, 이를 이루어서 건강하고 건장하여 소음이 없고, 공공부분이 엄정하고 공평하고, 권력을 위임받은 자들의, 전횡과 부패가 사라지면, 모두가 모두를 위하여, 서로 돕고 협력하는 사회로, 발전할 수밖에 없을 것이다. 이런 지금과 같은 선거제도로는, 선출직 선거에 의한, 공동자산을 제 마음대로 독식하는 위정자들의 부도덕한 시회가 만들어지는, 악순환의 고리를 끊을 수가 없다. 그러므로 최소한 투표권은 건전하고 사리판단이 성숙된 후에, 주어져야 함이 마땅하다. 뿐만 아니라, 국가에 대한 의무와 도덕적 가치를 존중하는 정도의 기본이, 갖춰진 후에 자격이 부여되어야 하고, 피선거권도 개인 수양과 양식이 함양된 여부에 따른, 엄선된 후에, 자격 취득을 해야 함이 마땅하다. 현재와 같은 우리사회는, 언젠가 자연도태가 될 수밖에 없겠지만, 그렇게 되기까지, 너무 많은 정신적 피해를, 국민들에게 안기고 있는 것이 현실이다. 여기에 너희들도 동참하고 있는 것이다.

책임지지 않는 실패는, 성공으로 진화하지 않는다. 무책임이라면, 공공부분의 피해가 심각하다. 법관의 무책임의 방편이 삼심제이고, 변호사 의사 변리사 회계사, 공직자들, 열거할 수도 없는, 사회전반이 무책임의 도가니이다. 남들의 재산상의 손해나, 신체상의 피해에 대한, 책임지지 않는 것이, 당연하다는 타성이 만연되어 있다. 바로잡아야 한다. 이것이 협력 정신의 시발이고, 양심회복의 기초가 될 것이고, 건강한 인간정신의 자세를 유지시킬 수 있는, 방법이 될 것이다. 국영기업, 자본시장, 금융 산업 등은, 그 비리와 횡포가 도배가 된 사화가, 지금 우리 사회이다. 하원갑자의 말자 세상이, 현자의 씨를 말리는, 현재와 같은 세상으로 바뀔 줄은, 귀신들도 몰랐을 것이다. 앞으로 23년이 지나면, 세상이 달라진다. 쓰레기들이 정리되고, 그들이 덮은 오물들이, 세상에 적나라하게 비치고, 그들의 뱃속에 찬 더러움이 쏟아지면, 사람들에게 맑아진 하늘이 새롭게 보일 것이다. 이런 사회를 이루기 위해서라면, 대장부로 태어나 목숨을 걸어도, 후회 없을 것이다.

 교육은 인간 삶의 가치를 높이는 방향으로 가야 한다. 경제적 만족이 성공이고, 권력의 자리를 얻으면 출세라고 생각하고, 그것이 생의 목표로 설정된 교육이라면, 인간사회는 암투와 시기와 대립의 분파형으로, 찬반의 혼란에, 결국은 극단의 최후를 맞을 수 있다. 개인이든 국가이든, 인간은 협력으로 단결되고, 서로를 인정하고, 평등한 개체들로서 존중이, 허접한 삶보다 훨씬 값진 것이라는 가치관에서, 교육은 시작되고 그 끝이 되어야 한다.

 물질의 주인이 정신이라는 것을, 자각하는 것, 실천할 수 있게 수양되는 것은, 말처럼 쉽지가 않다. 수학공식처럼 외우면 되는 것도 아니다. 많은 시행착오와 더 많은 정신적 단련과 사고의 결과물이 아니면, 실효성이 없다. 그래서 행복은, 가득한 재물이 쌓인 집일수록, 행복이 들어갈 자리마저 없는 것이고, 사람의 마음속에도, 물질이 가득할수록, 더 그것을 얻기가 어려운 것이다. 그렇게 쉬운 것이라면, 글과 말이면, 교육의 과정으로 충분할 일이나, 몸과 마음이 함께 전력을 다하여 경험하지 않으면, 얻기가 어려운 귀한 절대의 명제이다.

 어제가 21대 총선이었다. 좌편향의 문재인 대통령이 승리했다. 180석에 이르는 의석을 확보했다. 사람이 우선이라는 대중 중심의 정책성향에다, 소득주도 성장이라는 노동자들, 위주의 복지정책으로, 중산층과 기업들의 소득을, 세금이라는 신성한 의무라는,

딱지를 붙여, 부각시키면서, 재산을 뺏어서 가난한 사람들에게 나눠 주겠다는, 단순하고 아둔한 정책이 대중들의 입맛을 자극한 모양이다. 코로나 바이러스에 대한 재난의 극복은, 성실하고 충성스런 의료인들의 열매이지, 위정자들의 수고는 아닌데도, 그 성과가 로챈 말에 속고, 눈에 보이는 것만 아는, 또 우선 쓰고 보자는, 요즘의 젊은이들의 사고방식에 영합하고, 그걸 자극하면서 미래가 없는, 자신들의 후세들에게 빚을 안긴다는, 계산 없는 당장의 눈앞의 욕망에 눈이 먼, 사람들이 선택한 장님 운전수인 셈이다. 이 차가 어디로 갈지는 안 가 봐도, 짐작이 간다. 과도한 세금, 징벌적인 과징금, 노동자 천국의 상실된 국제 경쟁력, 누가 기업을 할 것이며, 기업 활동이 둔화되면, 노동자는 어디서 생활비를 벌겠는가. 좌편향의 남미가 그렇고, 복지의 남발이 그리스를, 오늘날의 빚더미의, 부도국가로 만들고 있는데, 북미국가나 스위스와 같은 건전한 국민들이 아니고서는, 국민의 눈을 속여, 야욕을 채우는 위정자들의 만행은, 막을 길이 없다. 눈을 뜨지 못한 채로, 어미의 젖을 찾기만 하는, 강아지들을 보는 듯하다. 1945년에서 6·25가 발발하기 전에, 너 나 할 것 없이, 잘살고 못사는 것 없는 세상에서, 함께 살자던, 남로당 공산주의 앞잡이들의 선전에 속아, 국민 70%가 공산당이 좋다고 했다고 한다. 형제들이 남로당과 국방군으로 갈라지고, 부모는 지주에, 자식들은 빨갱이가 되어, 한 가정에서도 의견이 갈려 찢어지고, 서로 옳다고들 하니, 결국은 그 대가로 전쟁을 불러들인 꼴이고, 재산을 잃고 생명을 잃고, 북한으로 간 남로당 당수는 숙청으로, 목숨을 부지하지 못했으니, 이 무모하고 어리석은 행동들이 엊그제 같은데, 아직도 같은 잘못을 반복하겠다니, 살아 있음이 부끄럽다. 한 개인을 살해하는 것은 이해가 되어도, 이렇게 지독한 어리석음은 용서할 수도, 이해할 수도 없다.

　성심을 다하여 열심히 일하고, 얻어지는 소득은, 검약한 생활로 절약하고 저축하여, 미래에 닥칠 재난에 대비하고, 그 이상의 자금이 형성되면, 여러 사람이 함께 살 수 있는 일에, 투자하여 공공의 이익에 기여하는, 그런 삶이, 일반적인 우리시대의 사람들의 삶인데, 요즘의 젊은 사람들은, 한 달, 일 년, 십 년의 미래가 없다. 자연 재난이나 인위적인 사고에 대한 대비를 모른다. 월세를 살아도 고급차를 사고, 관리도 하지 않는, 고급 가구들이 조금 때를 탔다고 생각되면, 멀쩡한 제품들을 버린다. 그것도 돈을 들여서, 게으른 사람들은 몸으로 하는 일은, 하지 않으려 한다. 그것이 천한 사람들의 전유물이라도 되는 것처럼. 그리고 운동기구들을 집안에 사 들여서 운동을 하거나, 아니면 운동시설을 갖춘 곳에 가서, 돈을 들여, 건강을 위한 별도의 운동을 한다. 그리고 그것을 즐기고, 보람차게 생각하는 것 같다. 선진국들의 사람들이 시간이 바빠서, 운동을 할 여유가 없어서, 그렇게 한다고 하니까, 잘사는 사람들의 흉내를 내고 싶어서인지, 시간이 많은 사람도, 그렇게 하는 것이, 품위라도 되는 양, 그것 유지에 도움이 되는 모양이다. 전체 국민들에게 코로나 바이러스로 인한, 경제적 피해에 대한 보상 차원의, 일종의 복지 차원이라고 하지만, 그것이 선거용인지 모르는, 사람이 없었는데도, 굴절된 법의 행사와, 편파적인 자기 사람들, 밥통 챙기기를 공공연히 자행하는데도, 70%의 국민들이 지지해서, 그들의 미래를 보장해 준 격이 되었다. 이제 이러한 비행이, 미래에 무엇으로 나타날지는 명확치 않지만, 예측 가능한 것들만도 부지 기수이다. 극단적이지만 국가 부도나, 경제파탄, 국민들의 나태한, 노동기피 선호의식이 낳을, 비생산적 손실이 보인다. 원폭을 지닌 적의 엄포에도, 친구 하자고 하는 정권, 젊은 병사들을 살해한, 북한 정권에 대한 비난은커녕, 북한을 비난하는 사람들에게, 그럼 전쟁을 하잔 말이냐고, 되묻는 역발상, 변증론적 대답을 한 대통령이라니, 참으로 우리들의 젊은이들과, 후세에 태어날 세대들의, 무참한 비극을 부르는 것은 아닐지, 걱정하지 않을 수 없는데, 인간의 삶의 목표가 이상한 방향으로 흘러감을 느끼면서, 이 또한, 그들의 몫이 아니겠나 싶다. 근심하고 걱정하고, 울분으로 몸서리쳐야 얻어질 것 없으니, 이제 우리도 쉴 때가 다 됐는데, 근심 보따리 내려놓을 때가 오기 전에, 먼저 버리고 살자, 그래도 누가 뭐랄 사람 없을, 나이 팔십이 다 되었잖느냐.

국민 주권 감시단은 국가 공무원들의 행정업무 집행에 대하여, 헌법을 기준하여, 오용과 남용, 국민 주권 침해와 횡포, 과함과 부족한 태만에 대하여, 그 부도덕성에 대하여, 입법 과정에서부터 감시, 시정요구, 지적, 개선 처벌 등, 선거함에서, 국민 주권이, 사망 확인되는, 병폐를 개선하고, 살아 있음을 증명하는 데 있기를 바란다.

4월 총선에서 좌파 직권 여당이, 169석으로 300의석의 과반을 넘어선 득표를 했다고 하는데, 박성현 통계학과 교수의 4대 의혹이 발표되었다. 0.39의 동일한 비율과 63-36의 의혹이 통계학적으로 37석에 가까운 비율로, 맞춰지기는 불가능한 일이다. 라고 말했다. 박영아 교수와 나정주 교수도 같은, 신뢰구간 의혹에 대하여, 분명한 부자연의 극치라고 단언했다. 그래도, 일반 국민들은 꿀 먹은 벙어리이다. 자신의 주권이 땡 처리 되어도, 강 건너 불구경인데, 내 권리가, 다수의 의해, 무참히 살해된 느낌이다. 아무렇게나 마음 가는 대로 버리듯, 하는 깜깜이 투표, 제 주머니서 나간 돈인데, 공짠 줄 알고 받는, 그 몇 푼에 팔아 버린, 그 속에 내 한 표라니, 너희들이 아무 생각 없이, 투표 통에 버린, 그 한 표의 투표야말로, 돼지우리에 던져진 진주 꼴이다.

공평한 경제를 이루겠다는데, 피케트가 들어도 웃을 일이고, 공산주의 계획 경제를 주장하는 자가 좌파일 뿐이라고 하지만, 자유 경제 체제의, 보이지 않는 자율의 손을, 위를 자르고 옆을 잘라서, 틀 속에 정형화 하고자 하는 정원사처럼, 보기 좋을지는 몰라도, 먹기는 좋을지는 몰라도, 결코 부유한 넉넉함은, 물 건너간 배와 같고, 가난의 공평은 성과가 아닌 줄 모르나 본데, 잡초에는 거름 비료 주고, 감자 고구마 밭은, 온갖 규제로 들쑤시고, 기업도 소득도 직업도 사라지는 적건배들[붉은 띠 두른 무리들] 모두가 가난하자고 선봉을 선 꼴이다. 그것이 그들의 공평 경제라면 맞는 말인데, 마치 모두가 부유한 사회가 될 것이라고, 국민들을 속이고, 자리보전을 위한 온갖 사행위를 하는데, 누가 책임질 것인가. 북한이 무력으로 6·25 때처럼, 삶의 터전을 초토화시키고, 국민을 살상하면, 내가 있는 한, 전쟁은 없다고, 한 사람이 무엇으로, 그 책임을 질 것인가. 자신의 목숨을 내놓아도 한갓, 산더미 같은 시신 중에 하나

일 뿐이 될 것이다. 8천억이나 들여서 수리한 원전을 폐기하고, 전기요금을 올리면 누가 책임지나. 남의 것인지 제 것인지 경계가 모호하다. 사라지게 하는 공동경제 틀로, 한 발짝씩 다가가고 있는 것인데, 놀고 얻어먹기 좋아하는, 게으르고 설익은 사람들이, 전기 끊긴 겨우살이, 전체 국민 대비 얼마 안 되는, 독거노인 핑계 대고, 절룩거리며 넝마 줍는 노인 얼마나 된다고 그것 핑계 대고, 어쩌다 희소한 볼거리에 눈독을 들이고, 이슈화하여 설익은 젊은이들을 감성을 때려서, 그 울림이 나도록 잔꾀를 부리는 정당이, 버젓이 존재한다는 것이, 국민 자격 박탈의 불명예가 아니고 무엇이겠나. 국민들의 의욕을 싹 쓸어 버린 후에, 청와대가 제 손으로 벌어서, 5천만을 먹여 살릴지 누가 알겠냐만, 2천 5백만 노예를 거느린 사람이 부러워, 닮고 싶어서 망상에 사로잡혀 사는, 무소불위의 무책임의 화신 같으니, 그것도 국민들이 제 손으로 만들어 냈으니, 멀쩡한 제정신을 가진 사람만, 몸 둘 곳 없이, 시름에 잠길 뿐이다.

자유인이란? 인간을 구속하는 모든 것에서, 초월하는, 방출시키는 해방을 말한다. 생체의 생명을 보존하기 위하여, 또는 육식의 수용기에 의한, 의식세계의, 호, 불호의 감정들에서, 구속하고자 하는 모든 것들의, 영역을 타파하는 것을, 자유라 한다. 버려야 할 것은 버리지 못해 매이고, 얻을 것은, 얻지 못해 매인다. 사람은 이 자연계에 태어날 때, 아무것도 모르고 태어나서 자라면서, 하나하나 인식의 영역을 넓히는, 그 과정에서 얻어진, 자신이란 자아가, 인식되고 키워 굳어진다. 그러나 그것은, 자신의 표피에 지나지 않는다. 총부리 앞에서 쉽게, 한순간에 노예가 되는 것처럼, 자연계의 물과 불처럼, 산소인 공기처럼, 과불급에 따라 한순간, 3분을 지탱하지 못하는 것이, 인간의 목숨이다. 인간이란 대단하고, 경이롭고 경탄을 금할 수 없는, 존재임에 분명하지만, 그 표피만은 보잘것없는 존재이다. 먼저 인간은 인간의 본질, 실체를 체득해야만 하는 이유는, 삶의 목표에 충실하고자 하기 때문이다. 사람으로 태어나, 왜 사는지도 모른다면, 지금처럼 마음 가는 대로 따라 살면, 지능이 떨어지는, 짐승과 비교가 되는, 수준일 뿐이다. 동물사회의 우두머리는, 물리적 힘을 바탕으로, 서열이 엄격하게 이뤄져, 질서가 유지되는 것을, 우리는 알고 있다. 인간은 좀 지능적으로, 개인에서 집단화하고, 그것을 세력화하여, 집권하고 질서를 유지한다. 마음 따라 살다 보면, 분주하기만 하고, 숨 차는, 쉴 틈 없는, 삶의 한정된 시공간을 채우는, 그 끝에 이르게 된다. 그 마음을 낸 자리, 그 실체는 알지도 못한 채, 허깨비 삶을 살다 가는 것이다. 우선 누가 무엇이, 어떻게 이 세상에 태어났는지, 그것부터 시작해서 찾아야 실체를, 초월아를 만날 수 있는 것이다. 그래야 자유인이 될 수 있는 것이고, 그 자유세계는, 또 다른 세계처럼 선명해지는 것이고, 그것은 있는 그대로인데, 그 실체를 몰랐기 때문에, 다른 세계 같지만, 있는 그대로이다. 그러나 자유인의 삶은, 넘치는 것도 부족함도 있을 리가 없는, 그런 삶이, 물리세계나 문리세계를 벗어나고, 형이상학과 하학의 영역을 발아래 두고, 무쇠 몸에, 무명옷을 걸치고 살게 된다. 비로소 머리 위를 향해, 고갤 숙이는 화석에서, 원소의 물성에 따라, 본래의 모습으로, 해체 분해되어 가는 것을, 관조하는 물건이 되는 것이다. 쉽게 말해서 생사의 두려움과 고통에서 떠나고, 하고 싶은 욕망과 죽도록 싫은 것들의 영역에서 벗어나고, 육식의 모든 느낌을 수용하면서도, 매이지 않아서, 희로애락이 없으나, 어떤 무엇이든, 모든 것에, 함께하는 그런 자세가 되는 것을 말한다.

자기하늘 자기지축을 배려받은, 천부적인 존재가 자축을 잃고 산다. 요즘 스스로 지은 형무소에 스스로 갇혀, 자유를 포기하고 살면서, 뿌리도 줄기도 없는, 이상과 이념에 화석이 되어, 매끄럽고 유창한 거짓말에, 스스로 자신이, 속는 데 화석이 되어 버린 군상들이, 집단을 이뤄 세력의 힘을 빌려 집권을 하고, 제 마음 가는 대로 뒷걸음질만 하면서도, 북한 민주주의 찬양을 서슴없이 하는데, 그것에 동의하는, 무뇌 중생 환자들이 꿈꾸는 것은, 김일성을 숭배하고, 그를 닮고 싶은 속내를 숨기지 않는데, 국민들도 같은 꿈을 꾸고 있는, 무뇌환자들의 화석이 되어, 그 줄에 동참하고 있으니, 인민의 태양이고 어버이이신 위대한 수령이 되어, 2천 5백만의 인민을 노예처럼, 총으로 위협해서 떠받들어지는 몸이 되고 싶다는 꿈을 꾸며, 사는 인간들의 행태는, 정말 볼거리 중에, 기이하기로 으뜸이라 아니할 수가 없다.

상대가 강하면, 그 강함을 이용해야 한다. 그러면 힘들이지 않고 제압할 수 있는 절대의 무기일 수가 있다. 강하면 강할수록, 조각내기 쉬운 것은, 강함은 쉬 부러지고, 일격에 전멸될 수 있기 때문이며, 약함은 직접적인 처방이, 그 약이 될 수가 있는 것은, 내적 붕괴가 쉬운 법이다. 전쟁을 일으킨 북한의 경우, 많은 약점 중에서도, 절대요소만 하더라도, 열 가지가 넘는다. 그중에서 군사적 해결은, 최하책인 건 맞다. 역대 국가수반이 통일이라는 말은 입에 달았어도, 뚜렷한 실질적이고, 가시적인 정책 자체가 없었다. 그들의 무능력은 현실이 입증하는 것이니까, 더 보탤 일은 없지만, 원색적인 공갈 협박에, 찍 소리조차도 못 내는 "전쟁하잔 말이냐"의 주인은, 적의 약점을 흔들어, 인민들을 일깨우는, 대북 전단지에, 족쇄를 채울 법안을 만들어야 한다고, 그들의 하수인 노릇을 자처하고 나섰다. 동유럽의, 공산주의의 몰락과 색채가 비슷한 사회주의, 남미 여러 나라의 빈곤은, 세상이 다 알고 있는 사실인데, 같은 붉은 색 계열의 사회주의가, 만능의 재주를 가진 신인 양, 숭배하는데, 밝은 대낮에, 뻔한 거짓말에 속고 있는 국민들은, 또한 도대체 어떤 생명체란 말인가. 고무신 막걸리 한 잔보다야 많은 액수이지만, 많지 않은 돈, 몇십만에, 자신의 미래와, 자식 손자 대까지 담보하여, 쓰기 위해 주권을 포기한 건, 자유민주국가의 국민의 자질의 문제이지, 죽은 고기를 먼저 먹겠다고, 주인도 물고, 원주인 국민은 안중에도 없고, 위임받은 공권력의 칼을 들고, 국민들의 주머니를 향하는, 정치권의 야욕을, 언제나 국민을 위한 봉사라고 포장하는 것을 인정할 건가, 중산층의 주머니 털어서, 하층민을 구한다고, 구해지는 것도 아니고, 그들의 구호만이고, 다 함께 가난의 굴레로 직행하자고는, 말을 못하는 것이, 한 가닥의 양심이라 여겨, 참으로 다행한 일이라 여겨야 할 일인지, 어리석은 국민 되지 마라, 여러 사람 괴롭히고, 나라 망치는 것에 일조하는 짓이다. 이원영이 칼 들고, 왕을 시해해서, 역적이 아니다. 일본의 그릇된 야욕을, 승인한 것이 역적질인 것이다. 이유도 그럴싸할 것이다. 어찌할 수 없는, 손 쓸 수 없는 지경의, 중환을 앓고 있는 나라, 유구무언이 정답인 듯하다.

　북한의 황장엽 비서의 주체사상의 주체는, 한정적인 편협한 주체인 듯하다. 주체는 시공간 그 어디에도 존재하지 않는다. 그의 주체사상이 말하고자 하는 뜻은 알겠으나, 그 뜻이, 주체의 근원에서 멀다는 것이, 내 생각이다. 주체는 개인과 집단의 복합어인 듯하지만, 개인이 명확하지 않으면, 그 집단 또한 명확하지 않기 때문이다. 인간의 한 개인의 주체는, 그 주인은, 민족이 아니라, 자연의 법칙에서만 존재하기 때문에, 연준에 의한 정의가 정답이다.

　사람의 의식은 외길이다. 동시에, 두 가지의 사물을 인식할 능력이 없는 구조이다. 그러므로 세 가지의 일을 인식하는, 복합영상 또는 생각된 것이면, 시차가 없다고 치면, 인식 불가능이지만, 시차에 따라 인식이 가능한 것이다. 그러므로 시공간이, 한 인생의 내용이 되는, 셈이다. 그러니까, 모든 것의, 시종은 여기에 매인다. 인생 또한, 한정된 유한한, 시간이 정해진, 육신을 지니고 있으므로, 촌음을 아끼지 않을 수 없으며, 아낀 그 시간을 가장 값지게, 사용할 타겟을 확고히 하고, 그 길로 정진하는 열정이 그 값이다. 행복이란 유희가 아니고, 고저도, 강약도, 번빈도 아닌, 평상심을 중심으로, 우러나는 희열의, 의복을 입은 삶이다.

　자연의, 우주의 운행법칙이 인간의 법칙이고, 그에 순응하면 순행이라 하고, 이를 반대하고 역행하면 반역이다. 그 법칙에 의하면, 생물의 유지 보전을 위한 생과 사, 한시적 시한이 모두 그에 매였다. 인간의 본질, 실체는 이 한계를 벗어나 존재한다. 그러므로 이를 체득한 사람을 대자유인이라 한다. 그래서 자유인만이, 자연물이, 아니라, 그 정수라고, 말할 수 있을 것이며, 그 자신만이 그것을 인식할 수 있다고 생각한다.

두 발의 진화물이 네 발 가진, 두 손 없는 짐승처럼, 아무 일도 하지 못하면서 뒷발질만 해 댄다. 배운 머리는, 고급이라서 말들은, 잘 포장되고 매끄럽고 순박해서, 착각을 불러일으키도록 화장되어서, 본모습을 알 길이 없도록 하는, 주인을 물거나, 노력을 갈취하거나, 주인의 힘을 사칭하여 내세워, 각개 격파를 일삼는, 여야 의원이란 모리배와, 그들을 둘러싼 여러 겹의 방패막이인, 공무원집단의, 무소불위의 협박 공갈은, 법으로 미화되어, 국민들을 입과 손발을 묶는다.

나무가 위를 향하는 것과, 동물들이 먹이를 찾아 코와 눈에 집중하여, 들판을 여기저기 기웃대는 것은, 천부성에 충실한 것이다. 가난의 책임이, 천부성의 결함에 있을 수도 있다. 하지만, 인간을 포함한 여타 생물들도, 삶의 충실도와 적응성에 문제가 많다. 비록 가난할지라도, 얻는 것의, 노동의 강도의 차이는 있을지라도, 그에 의해야 한다는, 대원칙에 어긋나서는, 모두가 가난한, 평활도를 얻을진 몰라도, 결코 건강한 사회가 이루어지기는 어렵다. 또한 씨앗의 수가 많은 것 또한, 자갈밭, 바다, 바위, 등의, 도태의 기능이 포함된, 수의 배려가 자연의 배려이다. 남성의 정자수가, 필요 이상으로 많은 것은, 우생법칙 이전에, 생존의 자연스러움은, 특정

될 수 없다는 전제가 배려인 것처럼, 이미 태어난 상태도, 그 배려의 연장선상에 있음을 전제하고, 인위적인 인간다운, 무노동의 최저복지가 전개되어야 함은, 건강한 사회, 건강한 인간의 자활 의지를, 침해하지 않기 위해서이다.

노동이 고통이지, 결코 신성하지 않다고 하면, 틀렸다고 말하지는 못해도, 노동하지 않고 먹는 것을, 부끄럽게 생각하지 않는다면? 음식이 남의 손으로, 고통으로 만들어진, 땀의 결과물인데, 최소한의 양심의 문제이고, 인간다움의 문제이다. 노동의 신성함은, 사지 불만족에 이르지 않으면, 알 길이 없지만, 아무것도 하지 않고 갇혀 있으면, 조금은 알게 되고, 놀이에 중독되면, 최상의 인생 낭비인 것은, 시간은 기다리지 않으며, 다시 오지도 않는다는 것이다.

나라를 경영하는 위정자들이 현명하지 못하면, 그 모든 결과물은, 국민의 몫으로 남겨진다. 그러므로 고의적인 행위에 의한 피해나, 잘못된 판단의, 신중성 제고 결여에 대한, 책임을 지워야 한다. 비상식적인 오판의 경우, 위정자들에게, 시효 없는 배상의 책임을 물어야 하는, 법제가 만들어져야 한다.

친일청산, 친당청산, 화몽청산, 속미청산, 친북청산도, 해야 하는, 시대가 올지도 모르겠다. 파묘한다고 죽은 자가, 또한 그 후손들이, 직계부모도 병들면 갖다 버리는 세상이, 지금의 현실인데, 눈 하나 껌뻑거리지 않을 터, 그 형상의 원소들은, 다 제 성질을 따라, 자연으로 되돌아가 버린, 지금 물을 향해, 초목을 향해, 흙에 묻힌 이온들을 향해, 원한을 풀겠다고, 아우성인데, 왜 그런 터무니 없는 짓을 하는지, 그 저의가 무엇인지는, 뇌가 정상인 사람들은 다 안다.

다양성이 중요한 것은, 창의성에 있다. 부정의 다양성은, 긍정의 사회에 독이 될 뿐이고, 결국은 나뭇잎들의 반란으로, 주된 나무기둥과 뿌리가 고사하고, 제 주인이 죽어도, 저는 살 것이라 생각하는, 기생충, 회충들의 바람이, 어떤 결과에 이른다는 것을, 모르는 사람은 없다. 뿌리 없는, 목표 없는 다양성은, 물에 뜬 거품과 같이, 공허한 부산물이다.

무엇을 얻으려거든, 얻을 짓을 하고, 위[位]를 얻고자 하거든, 위를 얻을 짓을 해야 한다. 닭을 잡으려거든, 뒤를 좇지 마라, 모이를 들고 유인하는 것이 효과적이다. 위를 얻고자 하면 우선 세를 얻어야 하는데, 자신의 옳은 주장만 하면, 많은 사람은 다 쫓고, 몇 사람의 동의를 얻기가 바쁠 것이다. 대다수의 사람들은 옳은 일만 하고서는, 살기가 힘든 세상이니까, 흩어지는 것이 당연하다. 그래도 줄기차게, 죽은 닭에게 네가 죽어야 하는, 당위성을 주장한다면, 죽은 닭도 도망갈 것이다. 부재기위하얀 불모기정이라, 그 자리에 앉지 않고서는, 그 자리에 맞는 일을 논할 수 없다고 가르쳤다. 옳음은, 바름은, 지휘자의 위를 득했을 때, 비로소 언과 행으로, 행사되는 것이기 때문에, 위를 얻고자 하면, 진퇴 전후 완급 경중의 조화부터 터득해야 한다. 전후가 바뀌면, 위와 같은 현상이 일어나고, 대통령의 후보자가, 부러지는 말을 한다면, 명확한 표현으로,

자신의 공약을 말한다면, 그 뒷감당이 두려워, 말 못 하는 사람이, 대부분인데, 그렇게 하는 사람이 있다면, 분명 당선되기 어려울 것이다. 아마 그런 말이 있다고 하면, 하루가 가기 전에, 상대가 카피할 것이다. 그래서, 이것인지 저것인지, 알 듯 모를 듯한, 언어를 구사하는, 후보들이 대다수인데, 이런 작태는, 소인들의 속임수에 지나지 않고, 그 속내는 빠져 있어도, 국민들의 직관력에 의해, 파악되고도 남는다. 한마디로 자신 없는, 희망이라는 것에 지나지 않기 때문이고, 자신을 그 자리에 앉혀 주는, 주위사람들의 노력의 대가를, 지불해야 하는 처지이고 보면, 실상 자격 있는 사람이 있어도, 쓰고 싶어도 못 쓰는, 현실 정치판이, 어떻게 하면, 이 악순환을, 단칼에, 베어 낼 수 있을까? 너희들도 고민해 봐야 할 일 아닌가? 정당 경선에서부터 누구를 지지하여, 지명되고, 자신이 추천한 사람의 승선을 위해, 노력했으면, 그 혜택은 국민에게 양보하는 자세가 옳지, 자신에게 한자리 주지 않았다고, 울고불고, 배신자니, 인간 말종이니, 뒤에서 욕해 대는, 안쓰러운 정치 프락치 되지 말고, 최소한의 인간체면이라도 지키는, 사람들의 정치판을 보고 싶은 것이다. 너희들은 그런 더러운 판에, 뭐 얻을 거 없나, 기웃거리는, 하이에나 몰골은 되지 말아라. 행여 소신이 서고, 자신을 감당하는 자격에 이르고, 대장부의 명을 따라, 정가에 입문하거든, 소신 발언이, 남이 흉내 낼 수 없는, 몸으로 흉내를 내서 실천 행동으로만 된다면, 굳이 상대가 당선되더라도, 후회할 일은 아닐 것이다, 네 수고를 덜어 주니, 그 얼마나 고마울 것인가!

북유럽 4국의 지도자는, 코로나 사태에 구제 재정으로, 인심을 살 것이 아니라, 그 청구서를 미래세대에 내밀 순 없다고 하는데, 국가재원이 국민세금인데, 제 표 사는 데, 사용하는데도, 국민들이 공돈으로, 또는 정치인들의 사재쯤으로 알고 있는지, 쌍수를 들고 그들을 지지하여 국회로 보낸다. 그리고 재정이 불안하다고, 군사비 삭감하고, 그들 자신들의 세비는 늘리고, 국민주권은 일회용 종이컵처럼 쓰레기 취급을 하여, 대국민에 고자세는 물론이고, 저들이 생산하는 법들은, 전부가 국민을 괴롭히고, 그 법을 주무르는 것이 자신들이라고, 괴롭지 않으려면, 제 말 잘 들으랍신다. 참으로 뻔뻔하고 무식하고 선량하지 않은, 부도덕한 무리들이다. 이런 것이 공공연히 통하는 대한민국, 너희들의 젊음의 용기와 의협심은, 어디에다 장사 지냈나, 물질의 오염이 그랬나, 현대의 풍요가 만복[滿腹]이 그랬나. 이기적인 부족함 없는, 일상의 평탄이, 게으름이, 뭐가 그렇게 너희들을, 제 자리에서 꿈틀거리기만 하는 벌레들로 만들었나. 이게 다, 우리들의 업보다, 해와 달만 보고, 살다보니, 어느덧, 머리는 하얗게 서리가 되어 앉았는데, 너희들, 살만 오른, 뇌수 빠져나간, 고기 덩어리만, 남기게 되었으니 말이다. 노량진 학원가에서 샌드위치로 끼 때우는, 쭈그러진 모습보다, 지게진, 농부의 의젓함이 못나게 보이냐? 실천하지 않는 지식이, 몽둥이로 때려 죽이는, 공산치하 부르는 꼴이, 반복될까 두렵다. 전차는 앞뒤가 없어도, 어긋나는 법이 없지만, 인간은 앞뒤가 없으면, 바로 가는 길이, 하나일 뿐이다.

　한 개인의 삶은, 모든 전체의 삶의, 보탬이 되는, 상생의 길이어야 한다.

한 인간으로서, 온전한 자신의 자유를 체득한 지혜라면, 그 무엇이든 뚫을 수 있는, 사람이라고 믿어도 된다.

단결은 생산의 모태이다. 그리고 분열은 파멸의 폭탄이다. 단결은 양보로부터 시작되고, 분열은 자기주장으로부터 시작된다.

재무부, 금융 감독원, 은행 말단 직원 모두가, 대다수의 이용자들의 피를 빼는, 위장한 개인 신용평가기관도, 빨대의 한통속인데, 밑에서는 위를 핑계 대고, 위에서는 법을 핑계로 도덕성을 외면한다. 악질적인 것은, 파산자들의 얼마 남지 않은 피까지 빤다는 것이다. 거머리 생을 살면서도, 고갤 똑바로 들고 눈알을 굴리는 기생충, 철면피가 따로 있지 않음을 알아야 한다. 은행원이라는 직업이, 이러한 빨대 집단의 동조자 내지 외벽 역을 담당하는 것이라는 것을 알고 있어야 한다. 자본을 부정적으로 보는 시각이 아니라, 자본이 인간 위에 존재한다는 것에 참을 수가 없는 분노를 느낀다.

공직자들 대다수는, 고용주가 자기 상사인 줄로 아는, 상사에게 고용된, 사용 조직이나 다름없다. 그것도 명령계통이 확실한 집단이다. 현직에 있는 고급 공직자는, 살아 있는 권력이라 감히 부정한 일을 시켜도 거부할 수 없다. 군부 쿠데타도, 이러한 사조직화된, 군 일반 행동대인, 병사들의 무지로부터 비롯된 것이다. 100만 공직자들은, 고용주가 누구인지, 그리고, 그들의 희망하는 것이 뭔지를 알아야 한다. 국가의 주인은 대통령이 아니라, 국민이라는 보편적인 확실한 가치를 잊으면, 공직자로써의 자격과 인간의 존엄

성까지 뚜렷하게 상실하는, 밥 때문에 충성하는, 강아지에 지나지 않는다.

무늬만 공산주의인 국가는, 독재자 생산의 자궁이다. 온전한 공산주의 국가는, 그 성공이, 전 국민을 수도승을 만드는 공장이라 할 것이다.

인간에게서 자유는, 삶의 근원이다. 또한 그 자유는, 자율적인 높은 지혜와 수양을 전제로, 높아지며 넓혀지는 것이다. 기본적인 도덕률은, 개인과 사회형성의 매체 역할을 하고, 서로 간의 유익한 결과를 낳게 되기 때문에, 필수 사항이 아닐 수 없다. 자유세계에서는 상호 보존적이며, 보완적이고, 서로 양보하며, 결과를 예단하는, 나만의 이익이나, 나만의 소유, 나만의 지위는, 그 한 생각만으로도, 이미 자격상실자가 된다. 자유는 그냥 주어지는 보석이 아니다. 그냥 주어진 천부적인, 은혜쯤으로 여기고, 남용하고 낭비하고 소홀히 하면, 그 결과는 구속에 이른다는 것을 명심해야 한다. 그래서 자유를 누리는 자격을 지니고 있는 국민이 되어야 한다.

구속을 절실히 체험하지 않고는, 자유를 함부로 들먹이지 말아야 한다. 천부는 한정된 자유를 주었지만, 사지가 그러하고, 호흡이 그러하고 배고픔이 그러하고, 오감의 수용기가 그러하다. 호흡은 5분 이상 못 하면, 죽임을 당한다. 5분짜리 삶이고 목숨이다. 자신뿐만 아니라 시공간의 모든 것이 자신을 구속하는 것들이다. 다만 삶의 영위는, 자연과 인간의 적응과 예속의 균형이, 자유를 유지시키고, 삶을 지속케 하는 원천인 것이다.

한 잔의 커피를 보고, 아메리카노니 라떼니, 고양이 소화기관을 거쳐서 나온 향이 어떻고 하는, 높은 산에 올라, 도시의 아파트 건물의, 다닥다닥한 고층들이 성냥갑처럼 보이는 것을, 그것을 풍경으로만 보는 시각을 지닌 인간이라면, 삶의 절실함이나, 그 성냥갑 틈에서 벌어지는 진한 삶의, 인간의 속성을 감지하지 못하는, 무식에 못지않은 이기적 감성만 작동하는, 피테쿠스 사피언스의 미개인에 지나지 않는다. 그래서 이런 자들이 득실거리는, 고위 공직사회의 처방이 현상적이고, 근원적인 해결 방법이 아닌, 피상적이고, 표면적이고, 임시적인, 규제법안들이다. 피라미도 놓치지 않겠다고, 그물코를 줄여서, 쌍 끌이 해 봐야 자원 고갈을 야기하고, 급기야 서민들의 생활만 훼손하는, 결과를 가져오고, 큰 고기들은 다 빠져나와 배 두드리며 거드름을 더욱 키울 뿐이다. 부동산 대책이랍시고, 짧은 머리 가지고, 규제를 남발하여 전국을 얼리고, 집 없는 서민층을 위한다고 떠들어 대는, 고위층들 그들 자신들을 죽이는 짓만 한다는 것을 모르는 기생 삶, 가방 끈 긴 요즘 철부지들의 감성적이고, 직접적이고 단편적인 성향이, 똑같은 판박이 실패정책을 반복하는, 끔찍한 현실이 바로 우리들의 미래인 것이다. 쉽고단순한 바른 대책이 표가 되지 않아서가 아니라, 그들 모가지의 힘자랑 때문에, 눈이 멀어서 그것을 보지도 알지도, 그러려고도 하지않는 정신 나간, 지킬 자리 외에 아무것도 모르는 것이다.

노동자가 노동의 신성함을 깨닫지 못하면, 몸을 파는 창녀와 조금도 다를 바가 없다. 창녀가 자신의 천부적인, 몸으로 자유의지로 몸을 제공하고, 대가를 받음에 떳떳한 자부심을 지닐 가치관을 확립했다면, 그녀는 이미 창녀가 아니다. 법의 테두리를 벗어난, 절대명제인 자연의 법칙에 준하기 때문에, 개인의 절대권인, 한 생명의 자결권을 포함하는, 자율권이기 때문이다. 노동자들이 스스로를 천시하고, 마치 예속된 사람으로 스스로 전락한다면, 자기 천부적인, 절대권리 포기에 다를 바가 없고, 노예처럼 되기를 동의 내지 자인하는 무지에서 벗어나서, 어렵지만, 인간이 육신으로 해야 할 당연한 노동을 함에, 도덕적 높은 가치를 깨우쳐야 하는 것이다. 남의 노동으로 얻어지는 열매를 나누는데, 더 많이 가져가는 펜 노동자들의, 부도덕성에 대한, 비토 내지 제지는 당연하겠지만, 자본과 노동의 협력을 분열시키는 행위는, 스스로를 천하게 만드는 자해행위이다. 정신노동이 육체노동에 비해 비싸야 할 이유는 없다. 노동은 정신노동이든, 육체노동이든, 의식주 이상의 대가는, 이미 부도덕한 수입이며, 그것은 가치라고 할 수 없다. 설사 저절로 얻어진다 해도, 그것은 자기지분이 아니다. 적어도 인간에겐.

인류 역사상 가장 어리석은 행위는, 인간을 신으로 만든 것과, 없는 신을 만들어 낸 일이다. 이 지상에 많은 인류가 왔다 갔다. 그 중에, 어느 누구도 신을 본 사람은 없다. 인간이 인식할 능력이 없는 것이 아니라, 존재하지 않는다는 것의, 다른 표현에 지나지 않는다. 성경이나, 코란이나, 세계 곳곳에 신들이 숭배되고 있지만, 일방적이고, 자의적이고, 맹목적이며, 객관성이 완전히 배제된, 절대적인 종교적인 신화에 마취된 정신상태가, 종교인들의 무뇌증이다. 공산국가에서, 민주국가의 종교를, 사람의 정신을 혼란 착각 시키는, 마약과 같다고 정의한다. 최소한 정상적인 정신활동 상태를 유지하도록, 무지에서 출발한 자유의지가, 종교적 자유를 표방하고, 많은 사람들의 재산 착취수단으로, 심지어 살인의 정당성으로, 신의 가죽을 쓴, 독재자들은 권력남용의 수단으로, 변질된 현대의 종교집단과 행태는, 그 종지와 달리, 보편성을 잃은 지 이미 오래이다. 마땅히 도덕적 기준을 세워야 한다. 잘되면 신의 은총이고, 못되거나 죽으면, 신이 필요해서 데려갔다는 등은, 땅속의 지렁이가 들어도 배꼽 빠질 일이다, 최소한 보편타당성에 어긋나는, 종교에 대한 제지는 건전한 국민을 위한 국가의 책무이다.

신이 존재하는 곳은, 의지 나약한 외톨이의 망상 속, 그곳뿐이다.

많이 가진 것이 죄가 아니고, 가진 것을, 제 것이라고 생각하는 것이, 죄인 것이다.

남들보다, 다른 나라보다, 다른 민족보다, 보다 나은 힘을 키우기 위해서라면, 그들보다 우위를 점한다 한들, 그것이 어떤 단체든, 집단이든, 국가이든, 꽃은 아름다울지 몰라도, 그 열매는 쓰다. 반드시 약한 그들은, 동맹을 이루어 강함에 도전하여, 무너뜨리려고 할 테니까. 지금의, 이스라엘이 미국의 정치권에 입김을 행사하여, 자신의 주장을 관철하고 있지만, 아랍연맹이 언제나 약하란 법이 없으며, 미국이 언제나 강하란 법도 없으며, 또한 언제나 자기편만 들어준다는 보장은 없다. 인간은 협력하는 것에서, 양보하는 것에서, 그리고 같은 소리를 내는 하모니 조화에서, 영구한 평화를 기대하기가, 무엇보다 쉬운 것이고, 값도 싼 것이다. 힘을 키우기보다, 힘의 원천인 자원을 튼튼히 하는 것이 현명한 것이다.

중국이 미국을 상대로, 군비 경쟁을 하는데, 그 국가정책부터가 골목깡패들 수준이다. 강한 자를 이기려고 한다면, 현재와 같은 방법은, 졸렬하기 그지없는 최하책이다. 미국을 이길 필요성도, 강한 힘을 쓸 데도 없으면서, 백성들의 피땀으로 군비에 매몰된 것이, 안타까운 일이다. 땅이 부족한 것도 아니고, 대만을 취한다고 달라질 것이 무엇이며, 미국을 이겨서 얻어지는 것이 무엇인가. 미국의 손발을 묶어 두고 이기더라도, 얻는 것은, 그 알량한 자존심뿐이다. 급 있는 머리 좋은 깡패는, 감방에도 가지 않는다. 예수 그리스도를 봐라, 그는 2천 년 전의, 20대의 젊은 목수에 지나지 않는다. 그러나 그는 세계의 50%을 차지한, 죽은 사람이다. 무엇으로 삶의 끝을 장식할지조차 모르는 사람들이, 자리만 차지하고, 배를 산으로 몰고 가고 있는 것이고, 백성들은 덩달아 덤으로, 고통 속에 함께 휩쓸려 가는 것이다.

나는 무신론자로만 판단하지는 마라. 나는 무신론의 시약으로, 유신론의 본모습을 체득할 뿐이다. 그것은, 사람들이 맹목적으로 맹신하는, 허구의 신이 아니라, 감사하고 경배하고 감탄하는, 신에게 항상 헌신하며 살고자 한다. 그 신은 자신의 내면을 향한, 밝은 지혜와 의지로만 터득할 수 있는, 극히 개인적인, 궁구와 실체의 경험이, 총동원된 정신의 영역이다, 자신이라는 원[圓]은 그 주인이

비었다.

　노동에는, 정신노동이든, 육체노동이든, 능력에 따라 생산성이, 다를 수 있으나, 생산성과, 사회 환경과, 개인생활 유지 지속 여건에, 기초된 임금이 책정되고, 높고 낮음의 폭을 줄인, 공통된 체계를 유지해야 하며, 잉여 이익에 대한, 주식화사의 선진 개념으로, 소득 창출자의 소유의, 영구한 공유제로, 모든 사람들의 일자리 추구에, 동참하는 사회체제를 만들어 가야 한다. 대기업과 중소기업 간의, 임금격차는 좁혀져야 한다. 그리고 노동자에겐, 누구나 의식주가 보장되어야 한다.

　민주국가는, 이렇게 개선 발전하여야 한다. 동일한 육체노동에, 동일한 임금, 정신노동의 강도와 성과에 따라, 차등 지급되더라도, 상한선이 잔여 수명의 유지 관리비, 이상을 넘어설 수 없는 것은, 필요하지도 않기 때문이다. 노동은 의무이자, 권리이여야 한다. 국가는 인간의 기본권인, 생존의 권리를 인정하여, 그 일환으로, 누구나 공정한 수요와 공급에 따른 수급의 공정성 및 개인의 제반 특성을 고려한, 노동을 할 수 있도록, 일자리를 제공할 책임을 져야 한다. 그러자면, 국민 개개인의, 노무인사관리를 철저히 해야 한다. 개인 사업자가, 시작할 의향이 있을 때는, 국가가 개인의 사업에 대한, 적부여건, 사회적 환경의 현황, 미래성에 대한 소견까지 제공하고, 최대한 개인의 사업을 도와야 한다. 그렇게 해서, 낭비되는 재원을 막아야 한다. 개인이든 국가이든.

초가세대나, 함석세대나, 빌딩세대나, 삶의 방법은 달라져도, 사람의 삶의 길, 그 길은, 태양이 사라져도 변하지 않는다.

언론의 자유, 이주의 자유, 사상의 자유, 종교의 자유, 이것이 자유 민주국가의 헌법으로 정한 약속이다. 현대의 물질문명은 괄목할 발전을 하여, 하늘을 날고, 우마차 길이, 대로가 되고, 자동차는 고속으로 질주하는 시대이고, 병기는 창과 칼에서, 원자 수소 폭탄으로, 인류를 멸살시킬 수 있는 정도로 발전했다. 혁신 민주주의, 4차원 민주주의, 발전된 민주주의, 진일보의 민주주의는, 언론의 자유가, 개인의 권리를 침해하여서, 부수를 늘리려고 한다면, 사회에 나쁜 영향을 주는, 범죄 조장에 기여하는 행위나, 국가에 해가 되는 기사는, 엄격한 도의적 책임과, 물질적 배상을 받도록 법제화되어야 하고, 사상의 자유가 엄격한 검증 없이, 발표 또는 공표되어, 사회를 구성하는 많은 사람들을 혼란케 하여, 그 피해를 입히게 하는 것은, 철저히 규제되어야 한다. 이것은, 자유를 침해하는 것이 아니라, 오염시키는 것을 막아, 그 신성함을 유지하기 위함이라고 생각된다. 종교의 자유가, 개인의 자유를 훼손하여, 종교의 이름으로 구속하고 박탈되는 어처구니없는, 사이비 종교가 만연한 현실이 개선되지 않으면, 순수한 사람들이, 마음 놓고 나다닐 수 없는, 어두운 골목보다, 더 심각한 범죄행위임을 인식해서, 법적 책임을 물어야 하도록 되어야 한다고 생각한다. 사실과 다른 광고나, 일반 국민들의, 거짓으로 인한 말과 행동으로, 타인에게 피해를 입히면, 당연히 처벌되어야 한다. 정치인들의 공약에서부터 과대광고, 증권가의 찌라시, 개인 간의 거짓말로 인한, 부동산의 거래 등, 거짓이 자유를 오염시켜서, 지금의 자유 민주주의는, 인권을 비롯하여 정치 경제 교육 법률 국방 행정 모두가, 거짓으로 흠뻑 젖어서, 진흙 판이라서, 국민들이 그 민낯을 알 길이 없을 정도이다, 깡통 별들이 득실거리는 국방부, 거짓말로 시작한 정부의 행정부는, 거짓을 빼면, 일을 할 수가 없다. 원전 파기가 그렇고, 북핵 파기, 평화가 그렇고, 소득주도 성장이 그렇고, 경제성과가 그렇다. 아무리 막강한 화력이라도 병사가 활용하지 못하면, 무슨 소용인가. 펜으로 별 떨어뜨리고, 인권위원회가 사병 훈련시키면 장교 목매다는, 인권 빙자하여 적을 이롭게 하는 역할이, 정부기관인가? 하기는, 서울 불바다 운운하는 집단은, 같은 민족이니 적이랄 수 없기에, 국가가 나서서, 무늬만 민간주도인 척하는, 군 인권단체가 올바른 장교들을 괴롭히고 자르고 하니, 주적이 없는 나라에서, 군대가 왜 필요한지 그것마저 의심스럽다. 참교육이라고 학부형들에게 돈받지 않겠다고 하더니, 학교 교육을 엉망으로 만들어서, 높은 학원비 물게 하고, 저들은 교육에 관심 없고, 노동자로 자처하며, 집단행동으로 세금 착취에 앞장서는, 작태는 눈뜨고는 못 볼 참상이다. 머리 좋고, 일류대학들 나와서, 재무부에 근무하는 공직자들, 세금이란 먹거리에, 금융계와 같은, 거머리같이 질긴, 이익추구에 입을 떼지 못하는, 교묘히 국민을 속이는, 매끄럽게 포장된, 금리에, 과태료에, 벌금에, 국민들, 등 두드리며, 간 빼 먹는, 몹쓸 짓을 하는데도 국민들은 속아서 무심하다. 그들은 파산자들의 등골도, 내놓으라고 하는 파렴치한, 수전노들이다. 법조계의 비리는, 유전 무죄에서부터 전관예우까지, 저들 마음대로 주무르는 게 법이다. 예부터, 이현령비현령이란, 말이 있지만, 밝은 눈에는 그 검은 속들이,

너무 지저분하게 보여, 토할 것 같은데, 거기에다 거들먹거리기까지 하니, 나오던 것이 도로 들어갈 정도로, 볼만한 현실이다, 민주 투사들이 집권한 지금의 대한민국의 민주주의는 퇴보를 거듭한, 그들은, 민주주의 인민 공화국의, 바로 그 민주주의를 위한, 장정을 한 셈이다. 한 국가의 수장이, 칼을 목에다 갖다 대는데도, 적이 아니라 하고, 전쟁은 없다고 하고, 거기에 방긋 웃기까지 하면서, 북은 핵을 포기한다고 하니, 순진하긴 하다는 생각뿐이다. 역대 좌파 대통령들이, 북한은 핵을 개발할 수도, 그 능력도 없다고, 달러 퍼 주더니, 핵 완성에 무력 키우는 데 보태었고, 또 다른 한 대통령은, 누가 봐도 북한 소행인, 천안함 피격에 대하여, 더 조사해 봐야한다고 하더니, 선거에 불리할 것 같으니까, 마지못해 폭침이 맞다고 하였는데, 이런 정도의 사물에 어두운 사람이 길을 안내하다니, 하기는 자기 자신도 모르니, 적을 알 리 없다, 덮어 놓고, 입으로 평화를 외치는 것은, 국민을 기만하는 행위이다. 눈먼 정치인들이 길을, 안내하고, 출입구도 모르면서, 동굴을 안내하겠다고 하니, 바다가 불이라고 해도, 놀랄 일은 아니다. 자유이든, 사상이든, 그 무엇이든, 우리는 우리의 삶에 보탬이 되지 못한다면, 단호하게 배격해야 한다. 인간의 길은 반드시 순식이여야 하고, 역은 삶을 위한 용도로만 활용할 뿐이다. 인간은 자연의 법칙을, 5분 이상을 벗어나서, 존재할 수가 없다. 인간이 자연과 일체라는 것은 천리이다. 그러므로 너희들은, 가득한 계책을 흉중에 지니고 있더라도, 알곡과 섞인 돌을 골라낼 줄 모르는, 세상에서는 순수한 노동이 으뜸이다. 네가 가진 것이 비록 많아도, 그마저 네 것은 아니란 것이고, 그것을 이루려 할 때에, 파생하는 고통을, 즐거이 감내할, 무지의 습이 아니다. 그러므로 원성만 높을 것이다.

인체를 구성하는, 근원인 DNA와 RNA가, AGCT라는, 네 종류의 단백질로, 64 화에 의한 구성이, 실체라고 한다. 태극, 양의, 사상, 상하의 2상으로, 64괘로 이뤄진, 주역의 변화무상을 음미함이, 2500년의 간격을 좁힐 수 있을 것이다. 인간이 자연물임을 자각하고, 실천하는 것은, 어려움과 고통에서 벗어날 수 있는, 방법의 하나이고, 개인의 삶을 풍요롭게 하기 위함이다. 이것이 우주의 과거 현재 미래이고, 모든 인간 삶의 근원이고, 생과 사의 원천을 가르치고 있다. 그러므로 이 대원의 법칙을 벗어날 길은 없다. 그리고 그럴 필요도 없다. 초월할 이유가 없는 경지인 것이다.

사람이 천부적인 상속분인, 그 가진 것 중에, 가장 소중한 것은, 경험에 의한 지혜와 실천 의지이다. 한 구멍을 뚫으면 모든 것이 다 보이고, 모든 것을 다 얻는다. 먹고 싸고 잠자는 것으로, 100년을 채울 생각이면, 사육되는 짐승보다 낫다고, 할 만한 가치가 없다.

조지 프로이드란 흑인이, 백인 경찰에 의해, 목 누르기로 사망했다. 목 조이는 것은, 백인 경찰만이 아니다. 세금 납부 기한 넘겼다고, 기업의 은행거래 통장 압류하여, 기업 활동을 중지시키는 세무 공무원, 지자체 세금 담당 공무원들, 이들은 어떤 뇌 구조를 가졌는지, 참 궁금하다, 인간이기를 거부하는 것과, 뭐가 다른지 자신들은 모르나 보다.

개인의 자유는 목숨과 다르지 않다, 그것을 잃는 것은, 곧 죽음과 같다. 그러므로, 누구에게나 빼앗길 성질의 것이 아니며, 그러한 높은 자유는, 그냥 얻어지는 것도 아니다. 오직 자신만이 쟁취할 수 있는, 또 하나의 생명과 같은 것이다.

자유민주주의가 법치에 의해, 이처럼 타락하여, 혁신과 개발로 발전하지 못하고, 혼탁을 더하면, 주권자인 국민으로부터 외면당하고, 김정은이 아니라도 사라질 것이고, 또 새로운 권력 장악 수단으로, 새로운 이상을 제시하고, 그 역시 집권세력으로 주권을 찬탈할 것이다.

한국이 세계여야 하고, 세계가 한국이어야 한다. 인종 가치관이 엄격히 중용에 서 있고, 자유 경제 체제이면서, 그 이익의 결과물은, 계속적인 투자에만 한정되어, 공유되는 법제에서 개인적인 배당액은, 인간의 생존의 요건에 준하게 함으로써, 생산의 잉여금으로 낸, 유보된 매수인들의 권리를 인정하는 것이다. 우리는 그러한 경제 활동가를 존경하고, 그들의 지도 아래 즐거운 노동을 하며, 삶을 꾸미므로, 후대를 안전하게 이어갈 것이다. 그것이 삶을 위한 노동이지, 노동을 위한 삶이란, 현실을 혁파하는 것이다. 기득권을 차지한, 귀족노동집단에 목매다는 격차는, 사라져야 할 폐단이다. 또한 같은 노동을 하면서, 비정규직이란 싼 임금으로, 착취되는, 현실의 제도, 법제는 모두가 위선이고 허위이고 가식이다. 공무원은 오직 국민을 위한, 모든 편의와 필요한 모든 것을 제공하는 노동자여야 한다. 교육의 목표가 좋은 직장과 사회적 지위를 보장하는 어이없는 현실, 자유 민주주의 진일보는 연준 사회가 될 것이고, 연호사회가 될 것이며, 보연사회가 될 것이다. 그것이 가장 공평한 자연의 섭리이자 법칙이다. 누구나 100년이 주어지는 것과 같은, 엄격하고 공정하고 공평한 이치이다. 법만 피할 수 있다면 무슨 짓이든 하는, 오늘날의 사고방식은, 법치국가의 치명적인 허점이다. 도덕국가가 아니라 자연의 섭리를 따르는, 그 규칙을 벗어나지 않는 사회가, 인간을 가장 사람다운, 생을 영위하게 할 것이다. 자리의 높고 낮음이 존재하는 것보다, 귀추가 존재하도록 하는, 사회가 되어야 하고, 인격과 이치에 합당한 지혜를 따르고, 끝없이 궁구함을 쫓는 사회, 미래를 예단하고, 준비하는 사회인이 되려고 하는, 사고의 전환이 필요한 현실이다. 이러한 사회제도가 아니면, 너희들은 노동의 신성함에 만족하고, 나서지 말아라. 특히 공직사회나 사회단체 등은, 남을 괴롭혀, 자신의 영화를 꿈꾸는, 집단 이익추구 집단일 뿐일 것이다.

부언

그간의 잡다한 글은, 현실에 대한, 다각적인 나 개인의 견해일 뿐이다. 어떻게 하든 우선 너희들은 천부적인, 보이지 않는 자신을 찾는 데, 최선을 다해야 한다. 그래야만, 못 본 것들이 다 보이고, 모르는 것도 다 알게 되고, 지위나 재력에 휘말리지 않을 것이고, 그때서야 행복이 무엇인지도 알게 될 것이다. 너희들이 안다는 것은, 자신이 포장된 것, 겉의 포장, 모습뿐이다. 생은 자신의 내면을 정복하지 않고서는, 자신 스스로도 믿을 수 없는, 인격일 것이다. 그러한 길을 안내하기 위하여 이 글을 썼다. 먼저 태어난, 선생의 의무로서, 천혜의 은혜에 보답의, 자그마한 노력의, 한 올의 실일망정, 너희들 손에 쥐여 주고 싶은 마음을, 참을 수 없어서, 하나 이것은, 개인의 목숨처럼 개체이어서, 그렇게 할 수 없음이, 가슴 아픈 일이다. 스스로 찾지 않으면, 다른 누가 대신할 수가 없으니, 행여 누구라도 이 길을 찾는 사람이 있어, 이 글이 보탬이 될지 누가 알겠냐만, 귀중하기로 치면, 재벌처럼, 세끼밖에 더 먹을 수 없는 사람이, 끝없이 재물을 추구하는, 그 물질보다야, 보배가 이 이상의, 그 무엇이 있겠느냐, 재물이니, 권력이니, 자아니, 생명이니, 하는 것들과, 정의, 공정, 공평, 평화, 이 세상에 널린 모든 것들은,

353

너희들의 지혜와 의지로, 그때를 씻어내어, 본모습을 취해야지, 허공의 꽃처럼 지나가는 구름 보듯, 의식적으로 살다 보면, 바람 부는 대로 시달리는, 바쁜 쉴 틈 없는 피곤한 생을, 거짓 행복이란 이불로, 생을 채울 것이다. 단 한 번이라도 진정한 행복의 참맛을 보기를 기원하여, 이 글을 남긴다. 또한 이 글들은, 나의 것이 아니라, 전쟁이란 환경과 고난 속의 굶주림이, 그리고 생을 다하여 끝까지 추적한, 나 자신의 의지까지도, 대자연의 소유물임을 밝혀 둔다. 한마디로 내 자랑거리가 아니다. 비록 이 말들의 뜻을, 모두가 쓰레기처럼 멀리 버릴지라도.

2020년 9월 26일에
정 도 연

자유인으로서
후손에게 남기는 지혜와 철학!

권선복
(도서출판 행복에너지 대표이사)

본서는 저자가 쌓아온 지식과 경험을 자유인으로서 기록으로 남긴 일지와도 같은 책입니다.

투박하고 거친 언어로 쓰여 있지만 그 안에 담긴 진심만은 절절히 빛납니다.

사람으로서 자신을 어떻게 인식할 것인지, 세상은 어떤 마음을 가지고 살아야 하는지와 더불어 사회의 병통과 폐단에 대한 일갈은 서슬 퍼런 칼날처럼 책 전체를 관통하고 있습니다.

모순덩어리인 세상, 부패와 비리가 횡행하고 눈앞의 욕심만을 좇아 움직이는 가련한 세태가 판을 치는 오늘날 과연 우리는 어떻게 눈앞의 안개를 걷어내고 올바르게 발걸음을 내딛을 수 있을까요? 마음과 정신, 육신이 성숙하게 자라나지 않는다면 인간으로서 태어난 도리를 다하지 못하는 것이라고 작가는 토로하고 있습니다.

한 자라도 더 지혜를 전해주고 싶은 작가의 마음을 따라 글을 읽다 보면 어떠한 존재로서 이 삶을 살아가야 하는지 깊이 숙고해 보지 않을 수 없게 됩니다.

사회는 혼란스럽고 수많은 이익을 추구하려는 이들은 들끓으며 폭력과 거짓 역시 난무합니다. 우리는 본래 완전하게 태어났으나 어느덧 명리에 눈 가리워 앞을 보지 못하는 짐승처럼 삶을 헤매다 초라하게 죽어갑니다.

인간으로서 이는 정말 수치가 아닐 수 없습니다!

우리는 보다 인간답게, 자연인답게 살아가야 할 필요가 있습니다. 그것이 하늘로부터 목숨을 받은 데 대한 합당한 태도일 것입니다.

진지하게 존재를 탐구하고 나를 둘러싼 세상을 똑바로 바라보지 않는 한 우리는 너무나 나약한, 미물에 불과할지도 모릅니다.

'군중에 휩쓸리지 말아라. 언제 어디에 있든, 자기하늘 자기지축을 잃으면, 자신을 내다 버린 꼴이다. 평상심이 곧 그것이다.' 작가는 이렇게 말하며 단단히 인간으로서의 자격을 갖출 것을 당부합니다.

좋으나 싫으나 우리는 이 세상에 맨몸뚱이로 던져져 태어났습니다. 그런 우리에게 도움이 될 지팡이와도 같은 지식과 지혜 역시 이 세상에 존재합니다. 본서도 그러한 지혜를 제공하고 있다는 점에서 출간하게 됨에 있어 매우 기쁘게 생각합니다. 부디 이 책을 읽는 독자들이 저자의 깊은 마음을 전달받아 험한 세상을 살아가는 데 큰 힘을 얻을 수 있기를 바랍니다. 많은 이들의 안녕을 빕니다.

'행복에너지'의 해피 대한민국 프로젝트!
〈모교 책 보내기 운동〉

대한민국의 뿌리, 대한민국의 미래 **청소년·청년**들에게 **책**을 보내주세요.

　많은 학교의 도서관이 가난해지고 있습니다. 그만큼 많은 학생들의 마음 또한 가난해지고 있습니다. 학교 도서관에는 색이 바래고 찢어진 책들이 나뒹굽니다. 더럽고 먼지만 앉은 책을 과연 누가 읽고 싶어 할까요?
　게임과 스마트폰에 중독된 초·중고생들. 입시의 문턱 앞에서 문제집에만 매달리는 고등학생들. 험난한 취업 준비에 책 읽을 시간조차 없는 대학생들. 아무런 꿈도 없이 정해진 길을 따라서만 가는 젊은이들이 과연 대한민국을 이끌 수 있을까요?

　한 권의 책은 한 사람의 인생을 바꾸는 힘을 가지고 있습니다. 한 사람의 인생이 바뀌면 한 나라의 국운이 바뀝니다. **저희 행복에너지에서는 베스트셀러와 각종 기관에서 우수도서로 선정된 도서를 중심으로 〈모교 책 보내기 운동〉을 펼치고 있습니다.** 대한민국의 미래, 젊은이들에게 좋은 책을 보내주십시오. 독자 여러분의 자랑스러운 모교에 보내진 한 권의 책은 더 크게 성장할 대한민국의 발판이 될 것입니다.

　도서출판 행복에너지를 성원해주시는 독자 여러분의 많은 관심과 참여 부탁드리겠습니다.

도서출판 **행복에너지** 임직원 일동
문의전화　0505-613-6133

행복에너지(개정판)

권선복 지음 ㅣ 값 20,000원

이 책 『행복에너지 – 하루 5분 나를 바꾸는 긍정훈련』은 2014년 첫 출간되어 출간 보름 만에 인터파크 종합 베스트셀러 1위, 교보문고 자기계발 부문 베스트셀러 3위에 오른 권선복 도서출판 행복에너지 대표의 저서를 2020년에 맞추어 새롭게 출간한 책이다. "긍정도 훈련이다"라는 발상의 전환을 통해 삶을 행복으로 이끄는 노하우, '하루 5분 긍정훈련'을 제시하며 이를 기반으로 실생활에서 경험한 구체적인 긍정의 성공 사례를 펼쳐 나간다.

당신을 만나 참 좋았다

가갑손 지음 | 값 25000원

이 책 『당신을 만나 참 좋았다』는 그처럼 저자가 8년간 페이스북을 통해 기록한 본인의 단상을 옮겨 놓은 수필이다. 일상적인 이야기부터 때로는 우리나라의 정치, 경제, 경영, 사회, 문화 등 다양한 범위를 망라하며 본인의 생각을 옮긴 저자의 흔적들은 짧지만 강렬한 비판의식을 가지고 있으며 문장 사이사이는 단호한 주관으로 빛난다. 복잡다양한 세상사를 이해하고 그에 대한 비판적인 시각을 기르는 데 도움을 얻을 수 있을 것이다.

트로트 열풍 - 남인수부터 임영웅까지

유차영 지음 | 값 25000원

본서는 대한민국의 트로트 역사를 꼼꼼히 망라하는 '트로트 입문서'이다. 유차영 작가는 '유행가는 그 시대를 풀어내는 산 증인'이라는 자신의 신념과 함께 1921년 〈희망가〉로부터, 2020년 〈이제 나만 믿어요〉까지 우리나라 트로트 역사 100년의 궤적을 엮어 노래별로 얽힌 사람과 역사, 당시의 사연들을 시원한 입담으로 풀어낸다. 그 시절의 아련한 향수를 떠올리게 하는 한편 더욱 흥미롭게 트로트를 즐길 수 있게 도와줄 것이다.

억울하면 집회시위로 해결하라!

김한성 지음 | 값 33000원

국내 제1호 '집회컨설팅 전문가'인 저자 자신의 경험을 통해 만들어진 이 책은 억울한 상황을 해소하기 위해 집회시위를 생각하고 있는 사람들을 위한 집시학 총론서이자 국내 최초의 집회시위 지침서이다. 다양한 이유로 집회시위를 생각하고 있는 사람들이 꼭 알아야 할 것들을 알려주는 한편 집회시위에도 철저한 계획과 '컨설팅'이 필요하다는 점을 강조하고 있다.

하루 5분 나를 바꾸는 긍정훈련

행복에너지

'긍정훈련'당신의 삶을
행복으로 인도할
최고의, 최후의'멘토'

'행복에너지
권선복 대표이사'가 전하는
행복과 긍정의 에너지,
그 삶의 이야기!

인터파크
자기계발 분야 주간
베스트 1위

권선복 지음 | 15,000원

권선복

도서출판 행복에너지 대표
지에스데이타(주) 대표이사
대통령직속 지역발전위원회
문화복지 전문위원
새마을문고 서울시 강서구 회장
전) 팔팔컴퓨터 전산학원장
전) 강서구의회(도시건설위원장)
아주대학교 공공정책대학원 졸업
충남 논산 출생

책『하루 5분, 나를 바꾸는 긍정훈련 - 행복에너지』는 '긍정훈련' 과정을 통해 삶을
업그레이드하고 행복을 찾아 나설 것을 독자에게 독려한다.
긍정훈련 과정은 [예행연습] [워밍업] [실전] [강화] [숨고르기] [마무리] 등 총
6단계로 나뉘어 각 단계별 사례를 바탕으로 독자 스스로가 느끼고 배운 것을 직접
실천할 수 있게 하는 데 그 목적을 두고 있다.
그동안 우리가 숱하게 '긍정하는 방법'에 대해 배워왔으면서도 정작 삶에 적용시키
지 못했던 것은, 머리로만 이해하고 실천으로는 옮기지 않았기 때문이다. 이제
삶을 행복하고 아름답게 가꿀 긍정과의 여정, 그 시작을 책과 함께해 보자.

『하루 5분, 나를 바꾸는 긍정훈련 - 행복에너지』